推理アンソロジー

有栖川有栖《ありすがわありす》／我孫子武丸《あびこたけまる》
倉知《くらち》 淳《じゅん》／麻耶雄嵩《まやゆたか》

まほろ市《し》の殺人《さつじん》

NON NOVEL

祥伝社

目次

装幀　かとう　みつひこ
カバーイラスト＆本文イラスト　田地川じゅん
地図作成　三潮社

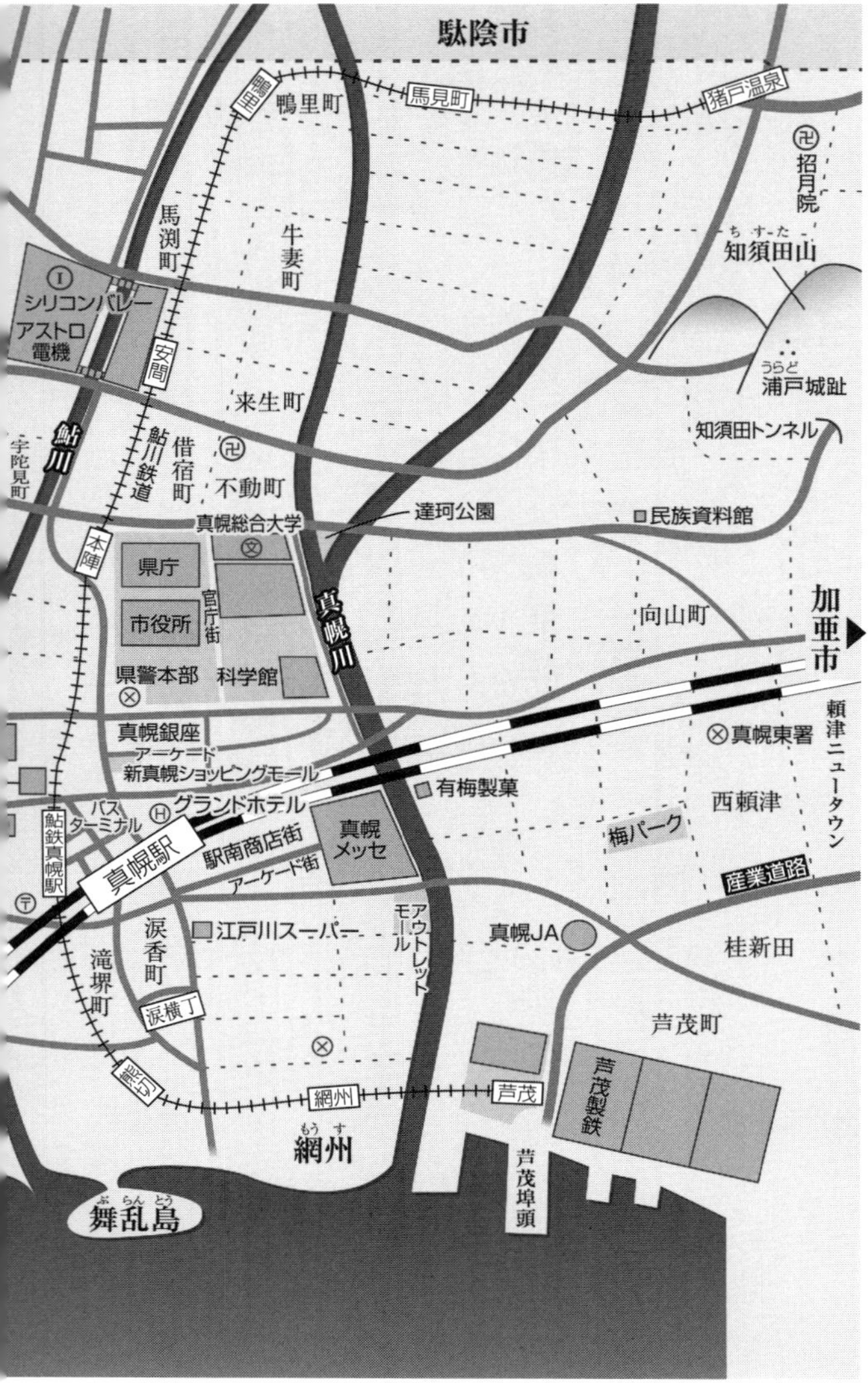

駄陰市
馬見町
猪戸温泉
鴨里町
招月院
知須田《ちすた》山
馬渕町
牛妻町
シリコンバレー
アストロ電機
安間
浦戸《うらど》城趾
来生町
知須田トンネル
鮎川
宇陀見町
鮎川鉄道
借宿町
不動町
達珂公園
民族資料館
真幌総合大学
本陣
県庁
市役所
官庁街
真幌川
向山町
加亜市
県警本部
科学館
頼津ニュータウン
真幌銀座
アーケード
新真幌ショッピングモール
真幌東署
有梅製菓
バスターミナル
グランドホテル
西頼津
鮎鉄真幌駅
真幌メッセ
梅パーク
真幌駅
駅南商店街
アーケード街
産業道路
アウトレットモール
涙香町
江戸川スーパー
真幌JA
桂新田
滝堺町
涙横丁
芦茂町
網州
芦茂
芦茂製鉄
網州《もうす》
芦茂埠頭
舞乱《ぶらん》島《とう》

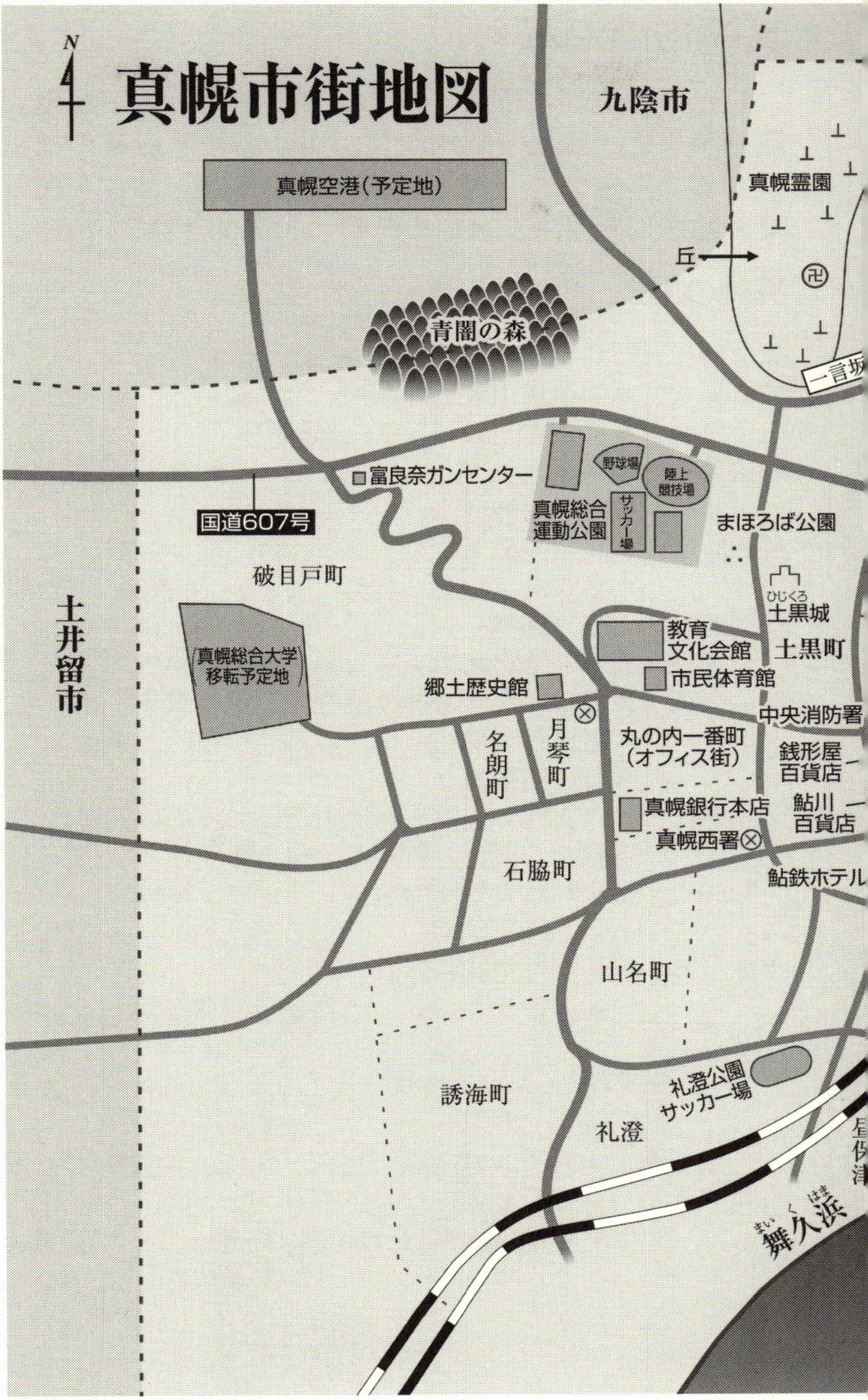
N
真幌市街地図
九陰市
真幌空港（予定地）
真幌霊園
丘
青闇の森
一言坂
富良奈ガンセンター
国道607号
野球場
陸上競技場
真幌総合運動公園
サッカー場
まほろば公園
破目戸町
土黒《ひじくろ》城
教育文化会館
土黒町
土井留市
真幌総合大学移転予定地
郷土歴史館
市民体育館
中央消防署
名朗町
月琴町
丸の内一番町（オフィス街）
銭形屋百貨店
鮎川百貨店
真幌銀行本店
真幌西署
石脇町
鮎鉄ホテル
山名町
誘海町
礼澄公園サッカー場
礼澄
舞《まい》久《く》浜《はま》

真幌市の沿革

D県の中央部に位置。古くからの城下町・宿場町。繊維・染色・製菓・製鉄産業が中心。地域産業の拠点となる「真幌テクノエリア構想」を推進。漆器・梅製菓・輸送用機器・光技術の分野の世界的企業が存在。

真幌の歴史

先史時代	市北東部で土器出土
縄文	＊知須田山近辺の洞穴　岩陰遺跡
弥生	＊稲穂を包む石包丁（黒猫町）
戦国時代	横溝氏（浦戸城）、鮎川氏（土黒城）、真幌川を挟んで対峙
江戸時代	＊新田開発 ＊名産品（銘菓“有梅”など）・工芸品（“蜜漆”など）開発 大水・冷害相次ぐ
明治時代	真幌県になりその後統合、D県の県庁所在地に。 ＊猪戸村（現在の猪戸町）の染色、工業化 ＊芦茂製鉄設立
昭和時代	第二次世界大戦・真幌大空襲で市内は灰燼に ＊戦後、染色・製鉄の急速なる復興
30年代	頼津町に大型団地・ニュータウン建設
平成～近年	＊染色工業の停滞 ＊シリコンバレーの躍進、真幌シリコンバレー （アストロ電機誘致後、ソフトウェア会社が集結） ＊市街地再開発（真幌メッセ、安富町アウトレットモールなど） ＊本年は市制施行90周年にあたり、年間を通じて各種のイベントが予定されている。

春　無節操な死人

倉知 淳

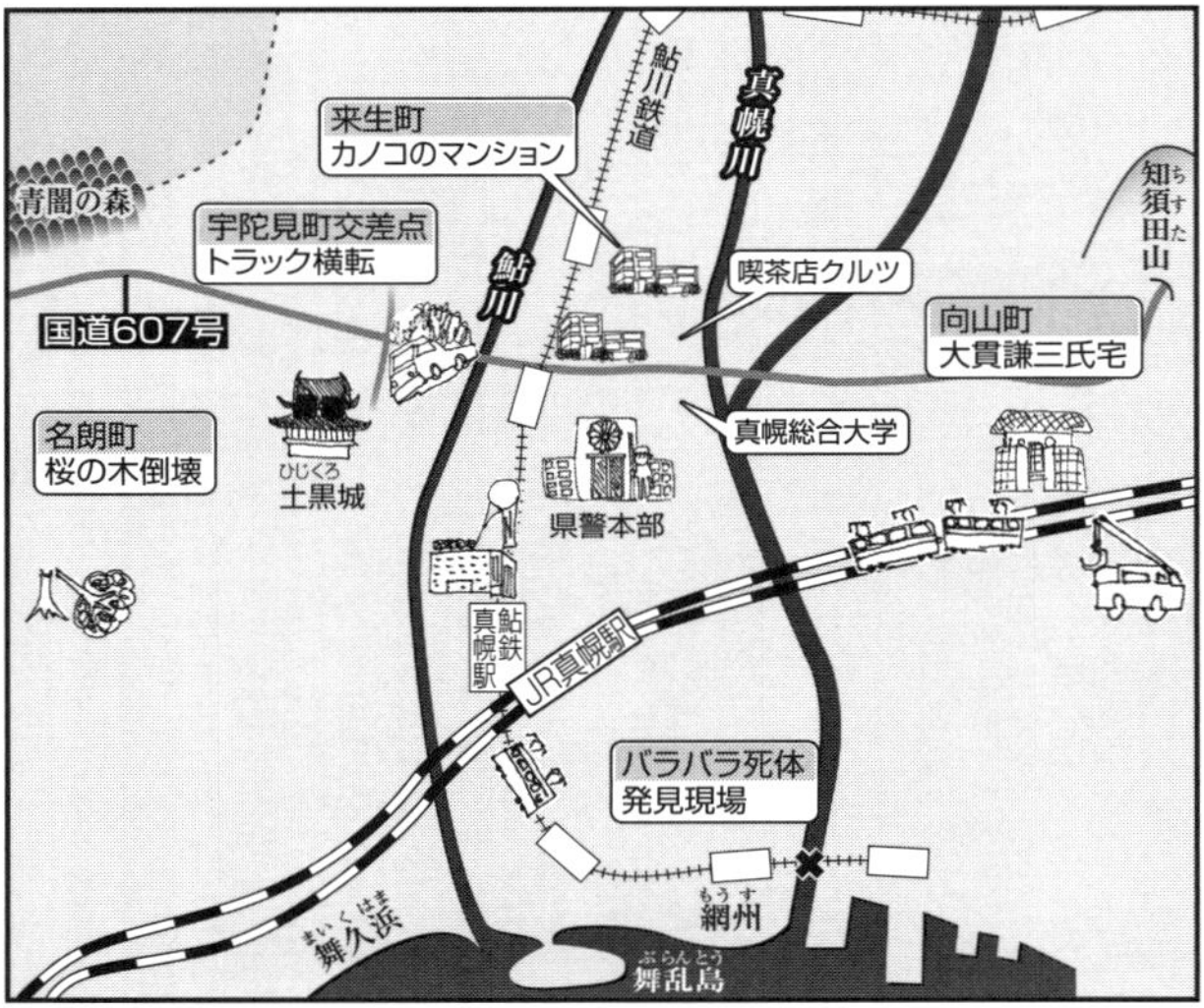

鮎川鉄道
真幌川
来生町
カノコのマンション
青闇の森
宇陀見町交差点
トラック横転
鮎川
知《ち》須《す》田《た》山
喫茶店クルツ
国道607号
向山町
大貫謙三氏宅
名朗町
桜の木倒壊
土黒城《ひじくろ》
真幌総合大学
県警本部
鮎鉄真幌駅
JR真幌駅
バラバラ死体
発見現場
舞久浜《まいくはま》
網州《もうす》
舞乱島《ぶらんとう》

もう、頭きちゃう。痴漢《ちかん》に遭《あ》っちゃったよ、しかも幽霊の。相手が幽霊じゃ捕まえて警察に突き出すわけにもいかないし、私のこの憤《いきどお》りはどこに向ければいいのよ、まったく――。

などと、素《す》っ頓狂《とんきょう》かつ季節外れなことを美波《みなみ》が云《い》い出したのは、五月中頃のある朝のことだった。

美波の突拍子もない言動には慣れているはずの僕だけど、さすがにこの時は返す言葉を失って――いや、こういう説明の仕方をするよりは、最初から順を追って話した方がいいかもしれない。きちんと整理して、起こった出来事を順番通りに説明した方が、多少まだるっこしくなるだろうけど、判《わか》りやすいし親切というものだろう。うん、人に親切にするのはいいことだ。だから、順を追って話すことにする。

その日、五月十七日の朝(と云っても、僕みたいな暇《ひま》な学生にとっての朝、という意味だから、そんなに早い時間ではないのだけれど)僕は「クルッ」という喫茶店の表でトンカチを振るっていた。

「クルッ」は大学のすぐ裏手にあるという好立地のためもあって、僕が行きつけにしている店である。コーヒーが美味《うま》くて居心地がよく、ぐずぐずと長っ尻《ちり》をしてもまるで気兼ねが要《い》らないという理想の喫茶店。時間だけは腐るほど持て余している学生ならば、誰でも一軒や二軒こういう馴染《なじ》みの店があるものだろうと思う。僕もそのご多分に漏れず、文庫本をお供に午後いっぱい居座ったり、友人たちと延々無駄話に興じたりと、普段からお世話になっている。

だから僕がトンカチ片手に店先の修繕に励《はげ》んでいるのは、顔馴染みのマスターへの奉仕活動のボランティアにすぎず、僕がここでアルバイトをしているというわけではない。

で、僕が何を修理しているのかといえば、店の表の木の柵だ。「クルッ」は全体的にカントリー調というか民芸風というか、自然木を基調としたデザインがなされていて、店の敷地と舗道を隔《へだ》てる段差に、木の柵が立っている。これが昨日、吹っ飛んだ。

大風のせいである。

大風——台風の誤記ではない——は、昔からここ真幌《まほろ》に特有の、春のカラっ風だ。毎年この季節になると、地形の関係か気圧のせいか、最大風速三十メートルになんなんとする大風が吹き荒れる。

通称、浦戸颪《うらどおろし》。

風は北から南から西から東から、風向きもまちまちに終日吹きすさび、一日経てばぴたりと収まる。五月も半《なか》ばになると、そういうことが何日かある。浦戸颪が始まると、ああ今年もそんな時期になったんだなあ、と真幌市民はしみじみと季節の移り変わりに思いを馳せるという、まあ風流と云えば風流な、季節の風物詩である。冬の蜃気楼《しんきろう》と並んで、真幌名物の自然現象のひとつに数えられているのだ。

ちなみに、浦戸というのは古い地名だそうで、戦国時代には有力武将の居城が建っていたらしいけれど、今では史跡としての城趾しか残ってはいない。現在、土黒《ひじくろ》町に再建されている鉄筋コンクリートの天守閣は、それとはまったく別物であり(結局、浦戸の豪族は風の名前としてしか歴史に名を留めることができなかったわけだから)まったくもって盛《じょう》者必衰《しゃひっすい》、諸行無常《しょぎょうむじょう》と云う他はない。

まあ、そんなことはともかくとして——とにかく「クルッ」の柵が風で吹き飛んだのだ。

だから、僕が午後からの講義に出るために愛車の90ccに跨《またが》って「クルッ」の前を通りかかった時、マスターは柵の修理に精を出しているまっ最中だった。

「ああ、湯浅《ゆあさ》くん、昨日の大風でこのありさまだよ、とんだ災難」

僕がスクーターを店の前で停めると、痩《や》せぎすのマスターはそう云って肩をすくめた。

「へえ、大変でしたね。でも、そんなに大した被害じゃなかったみたいですね」

ヘルメットを脱ぎながら僕が云うと、マスターは、とんでもないと云いたげに顎鬚《あごひげ》の顔を振った。

「いやいや、今朝からずっとかかりきりで、やっとここまで直したんだ。全部吹き飛んでたんだから」

実際、木の柵は、あと板を二、三枚打ちつける程度にまで修復されている。僕はそれを見て被害が少なかったと思い込んでしまったのだが、どうやらそれはマスターの孤軍奮闘の成果だったらしい。

「結構ガタがきてたのかなあ。昨日の夜は大丈夫だったのに、夜中にとうとう飛ばされちゃったらしいんだ」

コーヒーを淹《い》れる腕は抜群だけど大工仕事は不得手《ふえて》のようで、マスターはほとほとくたびれ果てたといった様子で云う。

「僕、手伝いましょうか。そういうの、割と得意だし」

「え、本当。やってくれる？」

マスターの表情が一転、喜色に輝いた。どうやら、ここまでやったのだから後は誰かに任せてしまいたい、と思っていた矢先らしい。どんな作業でも、最後まで自分でやり遂《と》げないと気がすまないタイプと、自分は充分努力したのだから最後の仕上げくらいは人に頼って楽をしたいと考えるタイプがいるものだけど、どうやらマスターは後者のタイプのようで、僕が通りかかったのは、渡りに船だったというわけだ。

「いいですよ、やります、まだ時間はあるし——。この板、打ちつけて終わりでしょう」

「いやあ、助かる助かる。こういうの苦手でね、もう面倒くさくてイライラして、限界だったんだよ。

後でコーヒー奢《おご》るからさ」

「そんなことしてくれなくってもいいですよ、コーヒー売るのが商売なんだから」

「いや、いいのいいの、俺の感謝の気持ち。あ、釘はその箱の中ね」

仕上げを僕に押しつけたのがよほど嬉しいらしく、金槌《かなづち》を僕に手渡してマスターは、満面の笑みでそそくさと、店に入って行ってしまう。よっぽど面倒だったんだなあ——と苦笑してその後ろ姿を見送ってから、僕はしゃがみこんで、釘と木の板を手に取った。

早速、板を釘で打つ。トントントンと、リズミカルに——。

浦戸颪がすっかり収まったうららかな陽気の下、のんびりと大工仕事に没頭するのは、なかなか爽《さわ》やかな気分ではある。

ラジオの音が、ゆったりと聞こえてくる。きっと、慣れない作業の気を紛《まぎ》らわすために、マスターが音楽でも聞いていたのだろう——店の入口脇のレンガの上に、小型のラジオが置いてある。そこから、県内のローカル局の放送が、流れてくる。実にのどかな雰囲気だ。

『昨日は真幌市に、今年最初の浦戸颪が吹きましたね。とっても凄《すご》い風でしたよ。私も局に入るのに歩いていて、転びそうになっちゃいました。あ、ディレクターが向こうで笑ってるぞ。どうせ、私のお尻はどっしりしてて安定がいいから風くらいじゃ転ばないよ、なあんて失礼なことを考えてるんでしょうね。意地悪だなあ』

女性DJの柔らかな声を聞くともなしに聞き流しながら、僕は釘の頭を叩く。

『今日は打って変わっていいお天気の洗濯日和《びより》ですけど、昨日の風、本当に凄かったんですよ。ですから、今日の県内フラッシュは浦戸颪の被害に関する話題です。真幌市内の各地で、この風による被害が出てるんですよね。まず、頼津《らいつ》ニュータウンの造成地で、午後二時頃、風に煽《あお》られたクレーン車が転倒するという事故が起きました。クレーン車の高さは三十メートル。幸い風のせいで作業が中断していたため、怪我《けが》人は出なかった模様です。一歩間違えたら大惨事。危なかったですねえ』
頼津ニュータウンは、市の東南にある開発地区で、このところ宅地造成が急ピッチで進んでいる。人口四十万を誇る真幌市だが、これからまだまだ大きな街になるのだ。
『それから、午後五時頃、国道六〇七号線の宇陀見《うだみ》町交差点附近では、風にハンドルを取られたトラックが横転するという事故が起きています。このトラックは白創《はくそう》社という服飾メーカーの所有車で、運転手の北見甚吉《きたみじんきち》さん、五十二歳は、奇跡的に軽傷ですんだのですが――問題は事故の後だったようですね。このトラックの積み荷というのが、出荷前の夏物のジャケット二百着。車が横転した拍子に、ビニールカバーのかかったままのジャケットが道路にぶちまけられ散乱し、さらに折からの強風のせいで、二百枚のジャケットがあちこちに飛ばされて乱舞――現場は一時騒然となって大混乱だった模様です。この事故の影響で国道はいつも以上の大渋滞――。それにしても、二百着のジャケットが路上で一斉に飛ばされたんですからねえ。さぞかし壮観な眺めだったでしょうね。近くを走っていたドライバーの人たちも、びっくりしたことでしょう。今日は風がないですけど、ドライバーの皆さん、くれぐれも安全運転を心がけてくださいね』
珍妙《ちんみょう》な事故であるが――いや、怪我人が出ているのに珍妙と云ってしまうのも不謹慎だけど――ただでさえやたらと渋滞するあの国道でそんな混乱が起きたのでは、きっと大変なことになっただろうと思う。真幌には高速道路が通っていないせいもあって、国道六〇七号線は物流の大動脈なのである。交通量が多くて車線が少ないから、それがすぐに渋滞してしまう――運転手泣かせの国道なのだ。交通上の要《かなめ》があんなに脆弱《ぜいじゃく》なのが、地方都市の限界なのかもしれない。

『また、昨夜九時頃、名朗町《めいろう》の民家の庭で、古い桜の木が倒れて隣家の二階を直撃――家が半壊する事故になりました。こちらも幸い、その家の人達はたまたま外出中で、大事には至らなかったようです。台風で倒れたこの桜の木、なんと高さが八メートルもあったそうで、そんなのが家に倒れてきたんだから、もう危ない危ない。本当に人に当たらなくてよかったですねえ』

名朗町は、江戸時代に土黒城があった頃からのお屋敷町で、今でも広い敷地の古い家や昔のままの庭園などが残っている。その風で倒れた桜も、きっと樹齢百何十年という古木で、幹が弱っていたのだろう。浦戸颪は風雅な季節の風物詩ではあるけれど、こういう事故が時たまあるから、あまり風流だと喜んでもいられない。

ラジオからはさらに、大風にまつわるちょっとお間抜けな事故の話題も流れてくる。昨日の夕方頃、銭形《ぜにがた》屋百貨店の屋上から、大売り出しと垂れ幕のついたアドバルーンが、風のせいでロープが外れて飛ばされ行方不明――今時そんなもので広告を打つとは、銭形屋百貨店は相変わらずアナクロなセンスのデパートである。真幌駅前には、銭形屋百貨店と鮎川《あゆかわ》百貨店の二大デパートがライバル意識剝《む》き出しにして鎬《しのぎ》を削《けず》っているのだが、いかんせん銭形屋のセンスは古くさくて若年層にはもうひとつ人気がない。美波に云わせると「銭形屋はおばちゃん御用達《ごようたし》だから行ってやんない」だそうであるが、あのいかにも地元の老舗《しにせ》然としておっとりした感じが、僕はそれほど嫌いではない。

ラジオによると、借宿《かりやど》町のマンション建設現場では、ビル全面に貼ってあった保安用のビニールシートが全部すっ飛ばされて、マンションは鉄骨丸出しのすっ裸になった――このすぐ近くでのことである。不動《ふどう》町や借宿町は大学から徒歩数分圏内の住宅地なので、独《ひと》り暮らしの学生客を当て込んだマンションが次々と建てられており、日照権やら住環境の破壊やらで、昔からの住人との間にいざこざが絶えない。こういう問題も、発展していく地方都市の宿命みたいなものなのだろう。

などと、ラジオのニュースにかこつけて、この街のだいたいの雰囲気を紹介している僕は、なかなか気が利《き》いているのではないだろうか——って、誰に向かって云ってるんだか。

そんなこんなで、最後の板を打ちつけ終えた僕は、しゃがんだままで道具の後片付けを始めた。散らばった釘を小さいボール箱にしまって、トンカチやノコギリをまとめていると——僕の目の前で、赤いローヒールの靴と、そこから伸び出たすらりとした脚が止まった。そして、僕の頭の上から声がかかる。

「何やってるの、新一《しんいち》——金曜日なのに日曜大工?」

顔を上げるまでもなく、僕を呼び捨てで呼ぶ、どことなく不機嫌なその声の主は、鷹西《たかにし》美波だ。

「いや、マスターの手伝い」

立ち上がると、美波の顔は僕の肩の辺りの高さになる。

「いいタイミングで来たな、ちょうど終わったところなんだ」

なぜだかちょっとご機嫌斜めらしい美波を促《うなが》し、僕は「クルッ」の店内へ入った。

＊

マスターが淹れてくれた「お手伝い報酬」のコーヒーをすすりながら、僕と美波は、窓際のいつもの席に座っている。特に待ち合わせたわけでもないのに、美波が「クルッ」へ来たのは、彼女も僕と同じ暇人学生で、ここの常連の一人であるからだ。もちろん、ここに来れば僕と合流できる可能性が高いということもあるけれど――。

で――ぷんすかぷん、と何だかお冠《かんむり》の美波が、僕と向かい合って座るやいなや、口にしたのが――例の冒頭の台詞《せりふ》というわけなのである。

痴漢に遭った、それも幽霊の――。

「はあ――？」

僕は思わず、不得要領な返答をしてしまう。

「何だよ、それ」

「だからあ、痴漢に遭ったんだけど、それが幽霊なんだってば」

大きく腕組みして、憤然と美波は云う。

「あのさ、新一――あなた自分の彼女が痴漢に遭ったって聞いても何とも思わないわけ？　それはあまりにも薄情じゃないの」

「いや、薄情って云われても」

戸惑う僕に、美波は腕組みしたままで、

「ここは怒るところでしょ。俺の彼女に何しやがるんだ、この野郎って」

「そりゃそうだろうけど、何だか状況がまるっきり飲み込めないよ。いきなり幽霊って云われてもさ」

「もう、新一は反応鈍《にぶ》いなあ――まあ、いつものことだけど。仕方ない、それじゃ最初から話してあげる」

そう、その方が親切だと思う。何事も、順を追って話してくれるのが親切というものである。

「昨日の夜なんだけどね、カラオケ行ったわけよ、朝まで爆唱《ばくしょう》コース」

と、美波は話し始める。

「って云っても余計なヤキモチは不要だからね、女の子ばっかりだったから。涼子《りょうこ》と篠《しの》ちゃん、カノコちゃんに真奈美《まなみ》――女五人で」

「どうでもいいけどさ、昨日の夜はまだ風が強かっただろ、そんな中でよくカラオケなんか行くよな」

「だから行ったんだよ、家に一人でいると窓とかガタガタ鳴って恐いから。それで一晩ボックスに籠《こ》もって風をやり過ごそうって、そういう企画だったったの」

「ああ、なるほど」

そう云われれば、納得がいく。美波が列挙した女友達は、確かみんな、親元を離れて大学に通っている独り暮らし組だ。

「それで、大盛り上がりに盛り上がりの唄いまくりで、店を出たのが朝の四時半くらい。風ももうだいぶ落ち着いたから、帰ることにしたわけ」

「そんな時間まで騒いでて、もう起きてきたのか」

壁の時計が、正午までまだ間があることを確認してから、僕は云った。美波たちのカラオケでのはしゃぎ具合といったら、それはもう壮絶と云うか阿鼻《あび》叫喚《きょうかん》と云うか、僕などは参加するごとに昼過ぎまではダウン必至だというのに——いやはや、女の子は元気だ。

「そんなことどうだっていいでしょ、余計な茶々を入れないの」

「はいはい」

元気な美波に睨《にら》まれて、僕はこっそり肩をすくめる。

「でね、帰り道がおんなじの篠ちゃんとカノコちゃんと一緒に帰って、まず篠ちゃんと途中で別れて、カノコちゃんともあの子のマンションの前で別れて——一人になった私が、まだ明けやらぬ町をとぼとぼと、淋《さび》しく帰路に就《つ》こうとしたその時」

美波の口調が、だんだん怪談調になってくる。

「誰もいない静かな道を、急ぎ足で歩いている私のお尻に、ぺろっときたわけよ、ぺろっと」

「ぺろっと、ねえ」

「そう、ぺろっと触られたわけ。でも、誰もいなかったはずなんだよね、その道には——。あれ、おかしいなあ、人っ子一人歩いていないはずなのに——って、そう思って立ちすくんだ私の肩に、今度はぽんっと男の手がかかるっ」

「——おいおい、本当かよ」

さすがに僕も、心中穏《おだ》やかならざる気分になってきた。

「ホントもホント、大ホントよ。ぺろっときた時は一瞬何がなんだか判らなかったけど、肩を引っぱられたから、もう焦《あせ》ったのなんの。うげえ、痴漢が出たあって思って、思わず飛び退《の》いて身構え振り返ると——さあ、そこには誰もいない。一陣の風が、虚《むな》しく空を切るのみでありました、とさ」

「誰も——いなかったのか」

「そう、誰も」

「気のせいじゃないの」

「本当に肩を摑《つか》まれたんだよ、男に。気のせいなんかじゃないってば」

美波はそう力説する。しかし、話の展開が本当に怪談めいたものになってしまったことで、沸き立ちかけた僕の痴漢への怒りは、急速に萎《な》えてしまって、

「何かが風で飛んできてぶつかっただけじゃないのかな。コンビニのビニール袋とか、その辺に貼ってあったポスターが剝《は》がれたとか」

「あのね、そんな物と男のごつい手と見間違えるわけないじゃない」

「でも、痴漢の姿ははっきりと見てないんだろう」

「そりゃそうよ、幽霊なんだから」

「普通はそこでカン違いかもしれないって思うぞ。そんな時間まで騒いでて疲れてただろうし、酔ってたんだろうし」

「昨日はそんなに呑んでないっ」

と、美波は、ぐいと身を乗り出して断言する。僕は少したじろいで、

「いや、でも暗かっただろうし——」

「だからカノコちゃんのマンションの下だって云ってるでしょ。あそこの駐車場は街灯がいっぱいあって明るいの、新一も知ってるでしょうに」

確かにそれは知っている。それこそ呑み会やカラオケの帰りに、美波のアパートへ向かうついでに、その途中にあるカノコちゃんのマンションまで、彼

女を送って行ったことは何度もあるのだ。あのマンションは女性の独り暮らしが多いとかで、防犯上、必要以上に皓々《こうこう》と街灯が並んでいる。

ちなみに、カノコちゃんのフルネームは鹿之子《かのこ》瞳《ひとみ》といって、呼び名となっているカノコは名字の方である。

「ね、だから見間違えのはずないんだよ。ほら、恐いでしょ、あれは絶対に幽霊だよね。私、幽霊に痴漢されたんだよ、うう、恐いよお」

美波はそう云って、自分の両肩を両腕で抱くような仕草をしたが、恐がっているというより、どちらかと云えば面白がっているふうにも見える。

「男っていうのはホント、困ったもんよね、幽霊になってまで女の子に触りたがるんだから。私の魅力に迷って妄念が刺激されて化けて出たってやつ？いやあ、私も罪深い女なのかしら、なあんてね」

だいぶご機嫌を持ち直した美波に、僕は何も云えないでいた。まあ、美波の魅力云々《うんぬん》については、僕もあながち知らないわけではないけれど、だからと云って幽霊の痴漢だなんて、そんな突拍子もない話など、にわかに信じられるものではないだろう。

「ね、新一、どう？　本当に幽霊でしょ、さもなければ透明人間」

別に特別オカルト好きなのではないが、美波はそう云って喜んでいる。幽霊のみならず透明人間とは、普通に考えればどう考えたってあり得ない。やっぱり思い違いかカン違いなんじゃないかな――と、僕が感想を述べようとした時、電子音が鳴り響いた。最新流行のポップスのメロディは、美波の携帯電話である。

「あれ、カノコちゃんだ――」

着信画面を見て美波が呟《つぶや》き、すぐに電話に出た。通話の内容は僕には聞き取れなかったけれど、カノコちゃんからの連絡は、美波の痴漢幽霊騒ぎを吹き飛ばすほどの衝撃力を持っていた。電話を切った美波は、ぽかんとした顔つきでこう云ったのだ。

「なんだかカノコちゃん、取り乱してて要領を得ないんだけど、変なこと云ってる。『私、人を殺しちゃったかもしれない』って」

＊

とにかく、取るものもとりあえずカノコちゃんの自宅へ急行した。僕の90ｃｃに二人乗りで——美波のヘルメットはマスターに借りて——猛スピードで駆けつけた。

幸いカノコちゃんのマンションは来生町《きすぎ》だから、すぐ近くだ。ものの五分程度で、僕と美波は、マンションの下の駐車場へスクーターを滑《すべ》り込ませることができた。

カノコちゃんのマンションは八階建て。その全室がワンルームという造りだ。ＯＬや女子学生が大半とかで、オートロック完備。ここの七階にカノコちゃんの部屋がある。

「一体どうしたの、何があったの」

部屋の玄関のドアを開けて迎え入れてくれたカノコちゃんに、美波は挨拶《あいさつ》も省略して勢い込んで尋ねた。さっきの電話の様子がよほどおかしかったのだろう。

「ああ、美波——湯浅くんも来てくれたんだあ。あのね、美波、私もう恐くて、どうしたらいいか判らなくて——あ、とにかく、入って」

少し下脹《ぶく》れ気味のカノコちゃんの顔は、いつもより憔悴《しょうすい》してふっくら加減が減じているようにも見えた。幾分垂《た》れた愛嬌のある目を、不安そうに瞬《またた》かせている。

招き入れられたカノコちゃんの部屋は、ごく一般的な女の子の独り暮らしといった風情《ふぜい》で（と云っても、僕が格別、女の子の部屋について豊富な知識を持ち合わせているというわけではないので、本当のところはどうだか判らないのだけれど）美波のアパートのやたらと物が多くて雑然とした感じよりは、こざっぱりとしていた。このマンションの前までは何度か来たことがあるが（先述した通り、呑み会の帰りなどに、美波と一緒にカノコちゃんを送って来ることがあったから）中へ入れてもらったのは初めてで、正直なところ、僕はちょっとどぎまぎしていた。女の子の部屋へ上げてもらうというのは、やはり緊張する事態である。でも、そんなことを美波に気取られて不興《ふきょう》を買ってもつまらないから、僕は努めて平静を装っていた。

「その辺に適当に座っててね——あ、今、お茶淹れるから」

「そんなこといいから、とにかく話、聞かせてよ」

おっとりと云うカノコちゃんを、美波が引きとめる。カノコちゃんはそれで、ぺったりと力なくフローリングの床に座り込み、僕と美波もガラステーブルを挟んで腰を降ろした。

「で、何があったの、どうしたの」

再度、急《せ》かして質問する美波に、カノコちゃんは放心したみたいに視線を上げると、

「昨日ね、私、人を殺しちゃったかもしれないの、それでね、それでね」

「それは電話でさっき聞いたよ——って云うかそれしか聞き取れなかったけど。ねえ、ちょっと、カノコちゃん、大丈夫？」

「うん、平気——あ、平気じゃないかも——あ、でも、今はもう大丈夫」

どうにも云うことが支離滅裂《しりめつれつ》である。ただでさえおっとりした気質のカノコちゃんだが、普段から喋《しゃべ》り方がスローテンポなところへもってきて、その上なにやら精神的に不安定になっているようで、云っていることの判りにくさはいつもの三割増しだ。

それを美波が叱咤《しった》して、ようやくカノコちゃんが、ぽつりぽつりと事情を説明し始める。

昨夜（と云っても、もう日付が変わった明け方だけど）カラオケから帰ったカノコちゃんは、マンションの前で美波と別れ、部屋へ入った。すぐに寝よ

うか、それともシャワーでも軽く浴びようかどうしようか、という時に、ベランダに置いたハーブの鉢《はち》が、ふと心配になったそうだ。なにしろあの浦戸颪が吹き荒れたのだから、鉢がひっくり返ったりしていないか、気になったわけである。そこでカーテンを開いて窓を開け――カノコちゃんは仰天《ぎょうてん》することになる。

「男の人がいたのよぉ――ベランダの手摺《てす》りの外に」

「手摺りの外に?」

「うんうん、そう、手摺りにしがみついて外側に」

「随分危ないことする人がいるんだね。ここ、七階でしょ」

美波が、窓の方を見ながら云うと、

「うん、それはそうなんだけど――その時は私、そんなこと思わなかったの。だって、だってね、目が合っちゃったのよお、もう、ばっちりと――恐かったよ、ホントに。私、心臓止まるかと思った」

カノコちゃんは、下脹れの頬をふるふると震わせて首を振る。それはさぞかし恐かったことだろう。独り暮らしの女の子が、帰ってきた途端、今しもベランダから忍び込もうとしていた男と目が合ったのだから――いや、女の子でなくても、僕だって、そんなことになったら心臓止まる。

「でね、でね、私、もうパニクっちゃって、どうしたらいいのか判らなくなっちゃって、そこのモップで――」

と、カノコちゃんは、窓枠の横に立てかけてあるモップ(床をカラ拭きする室内用のやつだ)を指さして、

「柄《え》の方で突いたの、手摺りの柵の隙間から」

「突いた――?」

美波が、さすがに啞然《あぜん》とした声をあげる。おっとりとしたカノコちゃんにしては、なかなか大胆なことをしたものである。

「そう、突いたの、力まかせに、どんって――。だ

って、咄嗟《とっさ》のことで頭わやくちゃになってたから」

「でも、そんなことしたら――」

「うん、私もすぐに我《われ》に返ってぞっとしちゃった」

いや、ぞっとしたなどと云う次元の話ではないだろう。なにしろ、ここは七階なのだから――。

「突き落としちゃったのよ、私――変質者だか泥棒だか知らないけど――落としちゃったの、七階から」

涙ぐんできたカノコちゃんを、美波は押し留めるように、

「で、どうなったの、その変質者だか泥棒だかの男は」

「それがね、それがね――私、慌ててベランダに出て、下を見てみたの。でも、でも――」

下では男が、ぺたんこになって倒れているはずだ。色々と、直視したくない液体をたっぷりぶちまけた状態で――。

しかし――、

「誰も、いなかったの」

「え――?」

「なかったのよ、何も――誰も倒れてなんかいなかったの」

僕は美波と、思わず顔を見合わせてしまう。またぞろ怪談じみた展開になってきた。

「カノコちゃん、ちょっとベランダ見せてもらうね」

美波はそう云って立ち上がり、今はカーテンも窓も開けっぱなしになっているベランダへ向かった。僕もそれに倣《なら》って、ベランダに出てみる。

そこは、ワンルームマンションではよく見かける、ごくささやかなスペースだった。コンクリートの床、隅に洗濯機、エアコンの室外機。カノコちゃんが心配していたハーブの鉢植えが三つ。何の変哲もない、ありきたりなベランダだ。手摺りも至極《しごく》普通のもので、僕の膝《ひざ》の高さくらいまでのコンクリートと、その上に鉄の柵が、胸の高さまでついていい

る。柵の隙間はそれぞれ十センチ程度か——物を落とす不安はないけれど、モップの柄が通るには充分だろう。

「新一、手摺りに触っちゃダメ」

下を覗《のぞ》くために鉄柵に手をかけようとした僕に、美波が鋭い声をかけてきた。

「え——どうしてだよ」

「後で警察呼ぶかもしれない。余計な指紋つけない方がいいよ」

「ああ、そうか」

それで僕は手摺りに触れないようにして、身を乗り出して下を覗きこんでみた。

遥か眼下にアスファルトの駐車場が広がっている。地面までの見通しはすこぶるよくて、途中に障害物など何ひとつない。駐車場の向こうには狭い道が通り、さらに民家の屋根が連なっているのが見渡せる。

青空がぽっかりと広がり、いい眺めだ。

このマンションは周囲の家々と較べて飛び抜けて高いから、飛び移るような建物など近くにはない。ここの鉄柵の外側にしがみついていた人物が突き落とされたら、もう下のアスファルトにまっ逆さまに落下するしかないだろう。そうなったらこの高さだ、タダではすまない。

しかし、カノコちゃんはその男が消えてしまったと云う。そんなことがあっていいものだろうか。

「気のせいだったんじゃないかな」

部屋の中に戻りながら、僕はさっき「クルッ」で美波に云ったのと同じ台詞を口にした。我ながら面白味のない意見だとは思うけれど、そう考える他はないではないか。

「違うよ、気のせいなんかじゃないよお」

カノコちゃんはぺたんと座ったままで、両手をぱたぱたと振った。

「突き落とした時、ちゃんと感触があったもん。間違いなく人間の手応えがあったんだから」

「だったら、映像を投影したんでも、人の姿の等身大写真か何かが貼ってあったんでもないのね」

と、美波が、ベランダから戻って来て云う。おかしなことを考えるものである。

「うん、絶対にあれは人だった」

カノコちゃんがうなずく。

「その男の顔に見覚えはある？　知ってる人じゃなかったの」

「全然知らない人。中年の男で、恐い顔でこっちを睨んでた」

カノコちゃんは答えるが、恐い顔をしていたのは必死の形相《ぎょうそう》で鉄柵にしがみついていたからではなかろうか——と、七階の高さを目《ま》の当たりにしたばかりの僕は思うのだが、わざわざ云うほどのことでもないので黙っておいた。

「私、すぐに下の駐車場も調べたんだよ、何か跡《あと》が残ってないかと思って——」

カノコちゃんはなおも主張する。


「美波と別れたばっかりだから、まだその辺にいてくれるかと思ったけど、もういなかったから——私、一人で恐かったけど、下へ行って調べたの——でも、でも」

アスファルトには何の痕跡もなかったという。直視したくない色々な液体どころか、染《し》みひとつなかったらしい。カノコちゃんはすっかり混乱して、死体が見つからなかった安堵《あんど》感と徹夜カラオケの疲労も相まって、そのまま気絶するように眠ってしまった——のだそうだ。そして目が覚めてから、昨夜の恐怖が甦《よみがえ》り、美波に救助を求める電話をかけてきた、というわけである。なるほど、人を殺したかもしれないという曖昧《あいまい》な言葉は、この不可解な状況を(七階から人を突き落としたのに、死体や怪我人はおろか、その痕跡すら発見できなかったという面妖《めんよう》な事態を)割と的確に表現していたと云えるだろう。

「下へ落ちたんじゃなければ——上、ね」

美波が、落ち着き払った口調で云った。

「そう考えるのが一番自然じゃない。その男は真上の、八階の部屋からロープか何かを伝って降りてきて、カノコちゃんに見つかって反撃に遭ったから慌《あわ》ててロープをよじ登って逃げた——こう解釈すればいいでしょ」

「何のためにそんなことしたんだ、その男は」

僕が尋ねると、美波は少し呆《あき》れたような目を向けてきて、

「そんなの決まってるじゃない。空き巣か変態が女の子の独り暮らしの部屋に忍び込もうとしたんだよ、それでも理由に疑問があるって云うの」

「いや、そういう意味じゃなくて——そんなスタントマンみたいな真似しなくても、もっと侵入しやすい一階や二階を狙えばいいんじゃないのかな」

僕が云うと、カノコちゃんも横から、

「それに、上の部屋はOLさんの独り暮らしだよ。前に上の洗濯機が壊れて、うちのベランダが水浸しになった時、謝りに来てくれて会ったことあるけど——普通のOLさんだった。屋上もいつも鍵がかかってて、誰も入れないようになってるし」

「——だったら、上じゃなくて下——落ちる途中で、六階のベランダの柵に引っかかったってのはどう？」

「ううん、そんな音はしなかった。それに、結構強く突いたから、その人がベランダから離れちゃったのは間違いないないし」

カノコちゃんもそれくらいのことは当然考えていたのだろう、美波の意見をあっさりと否定する。

「えーと、それじゃ、隣のベランダの柵に飛び移った、というのは？」

「空中を平行移動して？　そんなムササビみたいな奴はいないよ。物理法則無視してくれるなよな」

今度は僕が、美波の説を一蹴《いっしゅう》した。それでも美波はめげずに続けて、

「だったら、もっと素直に考えて——その男は下に

落ちて怪我をしたけど、空き巣未遂で捕まるのがイヤで、怪我を押して逃走した、とか」

「おいおい、七階だぞ、そんな軽傷ですむかよ」

「それに、下には何の跡もなかったんだってば」

僕とカノコちゃんの突っ込みは、ほとんど同時だった。

「うーん、それなら、下の駐車場にたまたま布団を満載したトラックか何か駐《と》まってて、変態男はそこに落ちてぼよよーん、と」

「いつの時代のマンガの話だよ、それは」

「だったらその変態男はどこに行っちゃったって云うのよ」

美波はいささか逆ギレ気味に云ったが、それはこっちが聞きたいものである。

もう何も思いつかなくなったようで、美波は宙を睨《にら》んで考え込んでしまう。僕も、何も云うべき言葉が見つからず、押し黙ることしかできないでいた。

カノコちゃんは、そんな僕たちを不安げな眼差《まなざ》しできょときょとと見較べて、

「どうしよう、私——もう、何がなんだか判らないよ」

嘆息するように云う。すると美波は決然と顔を上げ、

「こうなったら、とにかく警察に知らせよう。徹底的に調べてもらおうよ」

「でも、私——人殺し扱いされちゃうかもしれないよお」

「大丈夫だよ、変態が忍び込もうとしたのを撃退しただけなんだから、立派な正当防衛だし。きちんと調べてもらって、すっきりした方がいいよ」

「けど、私、恐い——」

宥《なだ》める美波をよそに、カノコちゃんは決心がつきかねるようでぐずぐず云っている。確かに、正当防衛でも人を殺したとなればいい気分はしないというのは、充分判る。しかしこれ、本当に殺人なのか——と、少々首を傾げてしまう僕である。肝心《かんじん》の死

体もなければその痕跡もなし、あるのはカノコちゃんの証言だけ——それも徹夜明けで朦朧《もうろう》とした女の子の、しかもどちらかと云うとのどかな性格の。世間一般の感覚では、こういうのは、気のせいとか思い違いで片付けてしまっていいのではないだろうか。

という僕の疑問とは一切関わりなしに、美波は携帯電話を取り出した。

「安心して、カノコちゃん。何があっても絶対に私たちがフォローしてあげる。警察の人がカノコちゃんを人殺し扱いして横柄《おうへい》な態度取るようだったら、私が断固抗議してあげるから。国家権力なんかに屈したりしないからね、心配いらないよ、私たちがついてるから」

＊

しかし、美波の意気込みに反して、警察の反応は極めて素っ気《そっけ》ないものだった。

美波の通報で駆けつけて来た二人の制服警官は、途中までは熱心に話を聞いていたものの、犯人（？だか被害者だか）が消失してしまった件《くだり》になると、途端に熱を失ってしまった。

間近で見る警官の制服の威圧感に圧倒されてしまったらしいカノコちゃんが、いつにも増してしどろもどろの話し方になっているのもひとつの要因であろうが、どちらかと云えば、問題なのは話の内容だろう。七階から突き落としたはずの人間がいなくなったという荒唐無稽《こうとうむけい》な話を、警察が、ああそうですかと受け入れてくれるとは思えないし、そもそもカノコちゃんの申告自体が、自首なのか被害届けなのかも判然としない。

「確かにベランダの外側でも、不法侵入には違いないんですけどね」

若い方の警官は、ろくすっぽベランダを調べもしないで、困惑した顔で云う。

「部屋の中にまでは入られてないんですよね」

「ええ――」

消え入りそうに答えるカノコちゃんである。

「盗られた物も何もないわけですね、何かなくなった物は？」

「――ありません」

「うーん、そうなると、どうしたものでしょうねえ」

若い警官は、年嵩《としかさ》の方に救いを求めるみたいな視線を向けたが、ベテランと思しき警官はすっかり勤労意欲を失ってしまったらしく、覇気のない表情で口を閉ざしたままだった。

「とにかく、変質者がこのマンションを狙っているかもしれないわけですから、パトロールの強化は申請しておきます。戸締まりには充分注意してくださ い」

若い警官はそう云った。話を締《し》め括《くく》ろうとしているのが、ありありと判る態度だった。

「えと――彼女はどうすればいいんでしょうか」

おずおずと尋ねる美波の言葉にも、若い警官は困ったような顔つきのままで、

「まあ、身辺にご注意ください」

木で鼻を括った、という喩《たと》えの見本みたいな答えを返しただけだった。

美波はカチンときたようだったが、この対応も無理からぬものだろう、と僕は思う。なにしろ証拠は何もなくて、事件性は皆無なのだから（実際、警官が来る前に、僕と美波は二人で、下の駐車場をざっと見て回ったけれど、カノコちゃんが云う通り何の痕跡も発見できなかったわけだし）やはり警官たちも、カノコちゃんのカン違いか何かだと判断してしまったに違いない。

そして、二人の警官はとっとと帰って行ってしまった。

僕と美波とカノコちゃんは、三人で、所在なく取り残されてしまった。

ちょっと白けた空気が、部屋の中に漂う。

カノコちゃんは拍子抜けしたみたいで、ぽかんとした表情を隠そうともしない。

「――で、これからどうしよう」

ややあって、美波がぽつりと云った。

「そうだな、昼飯喰って、学校行こうか」

と、僕は、物凄く日常的で常識的な答えしかできなかった。次の日に、あんなにごたごたした展開になるとは知りもしなかったから。

＊

翌日、十八日の土曜、昼過ぎに僕は「クルツ」へ向かった。

土曜日で授業がないことを幸い、例によって午後のひと時をのんびりコーヒーでも飲んで過ごそうと、愛車の90ccで到着した。

「あ、やっぱり来た。そろそろ来る頃だと思ってたんだよ。他に行くとこないの、暇人新一」

店内へ入ると、美波がそう声をかけてきた。人のことをとやかく云ってほしくない。自分だってまっ昼間から、こんなところでとぐろを巻いているくせに。まあ、いつものことだけど――ただ、いつもと違うのは、美波は一人ではなく、連れがいる。

カウンターの中のマスターにコーヒーを頼んでから、僕は美波の隣に腰を降ろした。そして、

「やあ、来てたんだね、また大学見学？」

と、テーブル越しに、美波の連れに挨拶をした。

「ええ、午前中に見てきました。ついでに姉の様子も見に来たんですけどね」

にっこり笑って答えた美波の連れは、鷹西渉《わたる》くん――つまり、美波の弟さんである。

「どうですか、湯浅さん、姉はきちんと学校行ってますか」

「うん、まあ、そこそこにはね」

渉くんの質問に、僕は正直に答えた。

「湯浅さんがそうおっしゃるなら、大丈夫みたいですね」

「ちょっと、渉、あんた帰ってから余計な報告しないでよ」

「しないよ、そんなこと——僕は大学の雰囲気を見に来てるだけなんだからさ」

美波の文句も、渉くんは微笑《ほほえ》んで受け流す。

「余計な報告されたくなかったら、姉貴は単位落とさないように、ちゃんと授業出ればいいだけのことだし」

「もう、相変わらず減らず口ばっかり」

渉くんは高校三年生になったばかりで、来年こちらの大学を受験する予定だ。僕や美波みたいに潰《つぶ》しの利《き》かない文系の学部ではなく、偏差値の異常に高い理工学部志望だというから、成績優秀なのである。その第一志望の大学を見学にやって来るのは、受験勉強のモチベーションを高めるため、だそうだ。キャンパスの空気を直《じか》に感じて、よおし、今度の春には新入生として晴れ晴れとここを歩いてやるぞお——と、気合いを入れるのが目的らしい。

というのは表向きの理由で、実のところ、姉の生活態度を監視する役割を、ご両親から仰《おお》せつかってのことのようだ——と、僕は薄々察している。美波の実家は県内だから、距離もそれほど遠くはない。それで土日は、美波のアパートをホテル代わりにして、ちょくちょくこっちへ遊びに来る。だから僕とも顔見知りになっているのだ。

「湯浅さん、実はさっき、生駒《いこま》教授の研究室をこっそり見学させてもらったんです。土曜日で人がほとんどいなかったから、内緒でちょっとだけ」

渉くんはにこにこと、嬉しそうに報告してくる。美波が横から補足して、

「ミドリちゃんの彼氏、ゴンセンパイってあそこの院生でしょ。——ほら、あの、こっそり爆弾でも作ってそうな暗い感じの人。あの人にばったり会ったから、少し覗かせてもらったの」

渉くんは、なおも嬉しそうに、

「ああいうところ初めて入ったけど、雰囲気がすごくよくて感動しちゃいました。高校の実験室なんかとは全然違うんですよ。合格できたら、僕もああいう研究室に出入りできるようになれるんですよね、感激しちゃうなあ」

「へえ、それはよかったね」

理工学部の研究室に感動してしまう高校生の気持ちがよく判らなくて、僕はついつい生返事になってしまう。美波も同感らしく、げんなりしたように、

「私は退屈で退屈で、寝そうになったよ。一応ゴンセンパイの手前、しゃきっとしてたけど」

「何云ってるの、姉貴、しっかり舟漕《こ》いでたじゃない。僕、ちょっとひやひやしちゃったよ」

「あんな横文字が混じった数式並べ立てられて喜んでる、あんたみたいな奇人変人とは、私は違うの」

「一所懸命に説明してくれる人の前で居眠りする方が、よっぽど失礼な変人だよ」

「はいはい、悪うございました」

顔立ちこそ、びっくりするほどよく似ている姉弟だけど、渉くんは今どきの高校生とは思えないくらい行儀がよくて物静かな印象で、美波とは正反対なのである——などと云うと、美波にどやされるから云わないけど。

そうやって、極上のコーヒーを味わいながら僕たちが無駄話に興じていると、入口のドアが勢いよく開いた。その勢いと同様に、誰かが慌てて駆け込んで来る。誰かと思えば、カノコちゃんだった。

「あ、やっぱりここにいた——ちょっと、ねえ美波、携帯の電源切ってるでしょう。連絡つかなくて捜しちゃったよお」

走ってでも来たのか、カノコちゃんは荒い息でこっちへ近付いてくる。何だかやけに慌てているようだ。

「あ、ごめん、さっきちょっと電子機器とかごちゃごちゃあるところにいたから——そんなことよりど

うしたの、カノコちゃん」

美波が携帯電話をセットし直しながら聞くと、カノコちゃんは息せき切って、

「そうそう、それどころじゃないの――あのね、何だか変なことになっちゃって――もう、私、困っちゃって、どうしたらいいのか判らないの」

昨日に引き続き、またもやカノコちゃんは困ったことになっちゃっているらしい。美波はそんなカノコちゃんを、渉くんの隣に座らせて、

「とにかく落ち着いてよ、ほら、水飲んで――あ、カノコちゃんは初めてだったよね、これ、私の弟」

「あらまあ、そっくり」

美波と渉くんを見較べて、カノコちゃんは目をぱちくりさせている。

「へええ、美波の弟くんってこういう感じなんだあ、ふうん――ねえねえ、高校生なの」

「うん、今年は受験生――って、そんなことどうでもいいってば、私に何か用があるんじゃなかったの」

「あ、そうそう、ホントにもう、大変なの」

カノコちゃんは、何やら困ったことになっている己《おのれ》の立場を思い出したらしく、両手をぱたぱたと振った。

そんな騒ぎの中でも「クルッ」のマスターは、我関せずの体《てい》で、ごく自然な態度でカノコちゃんの注文を取り、黙々とカウンターの中に戻る。この人はいつもこうして、マイペースを崩さない。まあ確かに、学生の起こす騒動にいちいち反応していたら、学生街の喫茶店の店主は身が保《も》たないだろう。

「あのね、それでね、今朝、警察が来たの、それもたくさん、大人数で」

と、カノコちゃんは、慌てていたわけを話し始める。

「警察って、昨日のあの件で？」

事情を知らずに不思議そうな顔の渉くんに構わず、美波が尋ねる。

「そうそう、もう一度調べたいとか云って——。ホントにたくさん来たのよお、制服のお巡りさんにスーツの刑事さんに、それと紺の制服着たあの鑑識っていうの？　ドラマでよく写真とか撮ってる人たちも。私の部屋、もうぎゅう詰めの満員電車状態」

「鑑識まで——」

「そう、それで、ベランダ調べて粉を撒《ま》き散らして、鉄柵のところで何だか『出た出た』とか云って、興奮して刑事さんに報告してた」

「指紋——ね」

美波が呟く。粉を撒き散らして検出するものといえば指紋——それくらい、小学生でも知っている。カノコちゃん本人の指紋が出るのは当たり前だから、それ以外の不審な指紋（その時点では誰のものかは判らないだろうけど、状況からして多分、鉄柵にしがみついて忍び込もうとしていた男のものだと推定される）が発見されたのだろう。そう考えると、昨日、僕が美波に注意されてあの鉄柵に触らなかったのは大正解だったということになる。無関係の僕の指紋をつけて捜査を混乱させてしまうか、ヘタをするとうっかり、変態忍び込み未遂男の指紋を消してしまうところだった。

しかしそれにしても、鑑識まで出てきて指紋を採取するとは、昨日の対応との落差はどういうことだろうか。あの二人組の警官はあんなに淡泊だったのに（まあ、カノコちゃんの申告があんな具合だったから、それは仕方ないとしても）どうして今朝になって急に、そんな大ごとになったというのか。警察の人たちは一体何を考えているんだ？

美波も当然、それに思い至ったようで、

「なんでいきなりやる気になっちゃったんだろう——ねえ、何か云ってた？」

「それが全然。聞いてもなんにも教えてくれないの。もう少し事実関係がはっきりしてから話すって、それしか云わないの。秘密主義丸出しで、もう感じ悪いったらないのよお」

と、カノコちゃんも不満げに答えて、

「それからね、変なことも聞かれた」

「変なことって？」

「あのね、十六日、木曜日の夜から次の朝まで、どこで何をしてたかって――アリバイっていうの？そんなことまで聞かれたの」

「アリバイ？　何それ」

怪訝《けげん》そうな美波に、カノコちゃんもうなずいて、

「ね、変でしょ。私のアリバイなんか聞いて何が嬉しいんだろ――。正確には、十六日の夜十時から次の金曜の午前三時まで――だったかな、確か――その時間帯、どうしてたかって」

「その日だったら、私たちカラオケだったよね」

「うん、だから私、正直に云ったの。友達と食事して、それからカラオケボックス行って夜通し唄ってたって――。それでねそれでね、一緒に行ったメンバーを教えてくれって云われて、私、みんなの連絡先、教えちゃった。いけなかったかなあ、みんなに迷惑かけちゃうかもしれない」

不安そうに云うカノコちゃんに、美波は大きくかぶりを振って、

「そんなことないよ、大丈夫。アリバイ証言くらい、いくらでもしてあげる」

「よかったあ――迷惑かけるかもしれないから、みんなに連絡してたんだよ。でも、美波だけ携帯つながらなくて――」

それで捜してここまで来てくれたというわけか――カノコちゃんが慌てていた経緯はよく判ったが、判らないのは警察の行動である。その、夜十時から三時までというのは、一体何の話なのだろう。

僕がそれを尋ねると、

「それも全然判んないんだよお、なんにも教えてくれないんだもん」

カノコちゃんは下脹れの頬をぷるぷると震わせて、首を横に振るばかりである。

「私、もう何がなんだか判らないよお。どうしてア

リバイなんか聞かれたりしなくちゃいけないのよ。それにどうして、急にあんな大勢で警察が押しかけて来たの」

「本当に、わけが判んないね」

美波が眉間《みけん》に皺《しわ》を寄せて云う。僕もまったく同感だった。本当にわけが判らない。

渉くんは状況がよく飲み込めていないようで、僕たちの顔を不可解そうに眺めている。それでも無作法に口を挟んで疑義を呈さないのが、渉くんの礼儀正しいところである。

「私、てっきり美波か湯浅くんが警察に圧力かけたのかと思っちゃったよ。ほら、昨日のお巡りさんが全然やる気なかったから」

カノコちゃんはそう云って、僕と美波を交互に見る。

「僕と美波が圧力——?」

「うん、もっとちゃんと調べろって、警察の上層部に」

「まさか——一介の学生にそんなことできるわけないよ」

「うん、でも、湯浅くんの親戚のおじさんか何かが、県警のお偉いさんだったりするのかなあって思ったの」

「そんな都合のいい親戚はいないよ、推理小説の登場人物じゃあるまいし」

僕はそう答えて、もしそんな親戚がいたら駐車違反くらいいくらでも揉み消してもらえるだろうなあ——などと、益体《やくたい》もないことを考えて苦笑している と、美波の携帯電話がメロディを奏でた。

「はい——え、あ、そうですけど」

電話に出た美波が、途端に真顔になる。

「ええ、はい、今からですか——それは構いませんけど——ええ、私、今喫茶店にいるんです、そこでいいですか——はい、それじゃ場所、云います」

美波は「クルッ」の所在地を伝えると、それで電話を切った。そして、ふうっと息をつき、

「警察からだった。今から会いたいって」

「あ、私がみんなの連絡先教えたから——」美波は力強い目を見開いて云うカノコちゃんに、視線を向けて、

「大丈夫、何がどうなってるのか、本人たちの口からとっくりと聞かせてもらおうじゃないの」

＊

渉くんに昨日のいきさつを説明しているうちに、二人組の刑事がやって来た。随分早いお出ましなのは、恐らく、さっきの電話は割と近くからかけていたからなのだろう。

僕と渉くんは隣のテーブルへ移動していたので（部外者が同席していても邪魔だろうし、ここは美波に一任することにして）他人のフリを決め込んで、こっそり彼らを観察することができた。

刑事たちは、カノコちゃんがここにいるのに驚いた様子も見せずに、

「ああ、ご一緒でしたか——先ほどはどうも」

と、平然として、美波とカノコちゃんと向き合って座る。そして、美波に軽く一礼すると、

「お時間を取らせてしまって申し訳ありません。私は県警の中川《なかがわ》、こちらは檜山《ひやま》です」

テレビドラマと違って手帳をちらつかせたりはせずに、名刺をテーブルの上に並べただけだった。しかも、それすらくれる気はないらしく、美波が名刺を眺め終わる頃合いを計って、そそくさと回収してしまう。警察の名刺を無暗《むやみ》にバラ撒《ま》いたら悪用する奴がいるかもしれないので、用心しているという可能性もあるけれど、もしかしたら、単に経費節減を図っているだけとも考えられる。どっちにしろ、随分せせこましいという印象だけは免《まぬか》れなかった。

隣のテーブルから見たところ、中川と名乗った刑事はやたらと貫禄《かんろく》のある太鼓腹で、刑事というよりは、成功した実業家か大きな会社の重役のように見

える。対して、檜山という刑事は中川刑事よりずっと若く、これから入社試験に挑もうかというふうに、スーツが板についていない。多分、年齢も僕とあまり変わらないのだろう。

いずれにせよ、僕には刑事の知り合いなどいないから、この二人が特別規格外れなのかどうかは判断できなかった。ただ、はっきりしているのは、これから、刑事の事情聴取という極めて非日常的なやり取りが始まろうとしているということである。「クルッ」の店内という、僕にとってごく日常的な空間で——。

驚いたことに、こんな折でもマスターは、いつもの如《ごと》く知らぬ顔の無関心で、黙々と刑事が注文したコーヒーを淹れている。

「早速ですが、確認させてください」

中川刑事が云う。

「鷹西美波さんは鹿之子瞳さんのご学友ですね」

「ええ、そうです」

ご学友というガラではないが、美波は澄《す》ましてうなずいている。その態度がおかしかったのか、渉くんが笑いを嚙み殺して下を向いた。

「一昨日の十六日、その夜から次の日の明け方まで、鹿之子さんはあなたとご一緒だったとおっしゃっています」

中川刑事が美波に云う。

「それは確かですか。正確に云いますと、十六日の午後十時から翌十七日の午前三時まで、ですが」

出た。十時から三時までのアリバイだ。一体それは何なのだろう。その時間帯に何があったというのか——僕は耳を欹《そばだ》てたが、刑事はそれ以上のことを云わない。美波も、詳しい説明を待っていたようだったが、相手が口を閉ざしてしまったので諦めたらしく、

「間違いありません、ずっと一緒でした」

はっきりと答える。

「十六日は、八時頃に集まって『デメル』というお

店で食事して、九時半頃にカラオケボックスの『ビッグシャウト』に移動しました。その後は、午前四時半過ぎに解散するまで、そこを出ませんでしたから」

「なるほど、鹿之子さんのお話と一致しますな」

と、中川刑事は手帳も見ずにうなずいて、

「カラオケボックスにいる間は、ずっと鹿之子さんとご一緒だったんですね」

「ええ――そりゃトイレに立ったりはしましたけど、長時間席を立った人は誰もいませんでした――あ、今ここに彼女がいるからって、口裏合わせたわけじゃありませんからね。他の友達も同じように答えるはずです。それに、居酒屋やカラオケボックスの店員さんに聞いてもらえれば、私たちのこと覚えてる人がいると思います」

「ええ、それはもちろんそうしていますよ」

中川刑事の口ぶりからは、そっちの確認も怠《おこた》りないことが察せられた。


「さて、そこでです――さっきも何度も伺いましたが」

と、中川刑事は今度はカノコちゃんに向き直って、

「あなたが問題の覗き男を突き落としたのが――いや、まあ正確には落ちていないわけですが――その日の午前五時すぎ、と。これも間違いないですね」

「ええ――」

カノコちゃんは小さな声で、それでもきちんと肯定した。

「本当ですね、他の日と日付を記憶違いしているということはありませんね」

「ないです、さっきも何遍も同じこと云ったはずです」

カノコちゃんの返事は、少なからず抗議するような響きを帯びている。午前中に、鑑識を引き連れて部屋に押しかけた時も、この刑事は執拗《しつよう》に問い質《ただ》したのだろう。昨日のお巡りさんのあっさりした対応

から一転、なぜこれほどしつこくなったのか——それが判らないから、僕も次第にイライラしてくる。

マスターが刑事たちのコーヒーを運んだので、そこで少し言葉が途切れた。僕の向かいの席では、渉くんが雑誌をめくるフリをしている。実質は、しっかり聞き耳を立てながら——。僕もカモフラージュ用の雑誌の角度を調整して、刑事たちがもっとはっきり視野に入るようにする。

湯気の立つコーヒーをひと口飲んだ中川刑事は、予想外の美味さに驚いたらしく、しばしコーヒーカップをしみじみと見つめてから（どうでもいいことだけど、この刑事がまともに表情を動かすのは、これが初めてのことになる）仕切り直しというふうに、話題を変えた。

「ところで、この男に見覚えはありますか」

中川刑事が胸ポケットから取り出したのは、一葉の写真だ。美波たちのテーブルに置かれたので、もちろん僕にはよく見えない。僕は渉くんと、ちらりと目を見交わし合って、歯がゆい思いを共有する。

「この人、ひょっとして、何か悪いことして前に一度捕まった経験のある人ですか」

出し抜けに美波がそう云った。無表情に戻った中川刑事は、やはり表情を変えもせず、

「ほう、どうしてそう思ったんですか」

「だって指紋——彼女の部屋のベランダで——」

と、美波は隣のカノコちゃんを目で示し、

「指紋が出たとか云ってたんでしょう。それでこんな写真がすぐに出てくるってことは、警察の前歴者リストにこの人の指紋と写真が登録されてたとしか思えません。だから、そんなリストに載っているのなら、この人は前に一度捕まった前歴があるんだと考えたんです」

「ははあ、なるほど」

中川刑事は自分の太鼓腹を撫でながら唸るように云ったが、美波の考えが当たっているのかどうかは明言しなかった。否定しないところを見ると、どう

やら図星らしかったが、僕はそれよりカノコちゃんの反応の方が気になっていた。カノコちゃんの目が食い入るように、写真に釘付けになっているのだ。

中川刑事もそれに気付いたようで、

「どうです、見覚えがありますか」

「あ——ええ、多分」

カノコちゃんはゆるゆると、びっくりしたみたいな視線を上げる。

「多分、この人です、私が突き落と——あ、いえ、えーと、ベランダから忍び込もうとしてた男の人」

「ほほう、そうですかそうですか」

中川刑事は大いに興味をそそられたらしく、身を乗り出した。檜山刑事も、今まではずっと先輩刑事のおまけみたいに黙ったままだったが、ここで初めて口を開いて、ちょっとだけ興奮気味に、

「間違いないですか、この男だったんですね」

「あの、えーと、多分——あ、でも、もしかしたら違うかもしれません——あの、よく判んないですけど、多分、そうかも」

煮え切らないカノコちゃんの返答に、それでも満足したらしく中川刑事は、

「構いませんよ、なにしろ暗いベランダの外でちらっと見ただけでしょうからね、はっきりしなくても当然です。それで、知っている男ですか」

「いいえ、全然」

カノコちゃんは、今度はしっかりと首を振る。

「知らない男なんですね」

「ええ」

「前にどこかで会ったこともありませんか」

「ないです——多分」

また自信を失いかけてきた答えのカノコちゃんとは対照的に、美波は、

「この男の人がどうしたんですか。だいいちこれ、何の捜査なのか、まだ聞いていないんですけど」

「あれ？　知らないんですか、だって——」

云いかける檜山刑事を、中川刑事が目顔で制し

て、

「ま、それはおいおいお話ししますよ」

そして、太鼓腹を持ち上げておもむろに立ち上がると、

「今日はこれで結構です。ご協力を感謝します」

写真を胸ポケットに戻してしまう。今にも帰りそうな態度だった。

「あ、だったらせめて、その写真の人が誰かくらいは――」

「いやいや、それもまたの機会に、ということで。改めてお聞きすることがあるかもしれませんからな――。マスター、ごちそうさま、久しぶりに本物のコーヒーを飲ませてもらったよ」

食い下がる美波を軽くいなして、刑事たちは本当に帰ってしまった。美波たちの分まで代金を払って行ったのは、経費で落ちるからなのか、それとも相手が若い女の子だったからか――そんなことはともかく、来た時と同様に唐突な退場だった。

「何を調べてるんだろう、あの連中」

二人の刑事が出て行ったドアを見やりながら、僕はつい独《ひと》り言で呟いてしまう。渉くんも首を傾げて、

「さあ――鹿之子さんのアリバイが気になるようでしたけど――でも、あの写真は――？」

隣のテーブルでは、美波がカノコちゃんに質問をぶつけている。

「本当にあの男だったの？　間違いない？」

「うーん、そう云われると確信持てないよぉ」

すっかり困惑の体《てい》のカノコちゃんである。

「でも、知らない人だってことは間違いないんでしょ」

「うん、それは確か、知り合いにあんな人いないもん。けど、けど、何で私が刑事にあんなしつこく色々聞かれなきゃいけないのよ、もうイヤだよお、ああ、もうぐったり――くたびれたあ」

半べそ顔のカノコちゃんの肩を、美波はぽんと叩

いて、

「大丈夫、心配しないで私に任せて——。マスター、またメット貸してください。ほら、新一、ぐずぐずしないで、早くスクーターのエンジンかけて。行くよ」

今にも飛び出して行きそうな勢いなので、僕は慌てて立ち上がりながらも、

「行くって、どこへだよ」

「決まってるじゃない、あの刑事の後を追いかけるの。まだその辺にいるはずだから——ほら、急いで、早くしないといなくなっちゃう」

もどかしそうに云うと美波は、マスターがカウンター越しに放ってよこしたヘルメットを引っ摑むやいなや、猛然と外へと駆け出して行く。こうなると止まらないのが美波の性分だ。仕方なしに僕は、その後を追った。呆れ顔の渉くんと、不安そうなカノコちゃんを残して——。

＊

幸い、二人の刑事は車に乗り込むところだった。少し離れた場所に、パトカーではないごくありふれた乗用車を路上駐車していたようで（警官のくせに違法駐車だ）今しも発進しようとしている。僕と美波はヘルメットを被り、90ccのエンジンをかけ、シートに二人乗りする間にも、慌ただしく会話を交わす。

「さっきの写真、どんなだったんだ」

「中年の男、目つきの悪いおっさん、全然知らない顔。そんなことより早くして、刑事に逃げられちゃう」

「だから追っかけてどうするんだよ」

「何を調べてるのか、逆に探ってやるの。最初に出した名刺の肩書き、何て書いてあったと思う？　県警捜査一課だよ」

「一課？」

「そう、知ってるでしょ、殺人や強盗なんかの凶悪事件を担当するのが一課。たかが変態が忍び込もうとしただけの事件に、どうして一課が出てくるのよ。絶対、裏に何かある」

と、物凄い早口で美波は、

「カノコちゃんは写真の男を認めちゃったし、このままじゃ何かまずい立場になるかもしれない。その前にできるだけ情報収集——これから次の聞き込みに行くんだろうから、どういう人に会うのか確かめて、それで、できたらその人たちに話を聞いて、何を調べてるのか突き止める——ほら、スタートした、行って」

「判った」

刑事たちの車を追って、僕はアクセルを吹かした。もう何も聞かなかった。確かに美波の云うことにも一理ある。カノコちゃんが何か大きなトラブルに（それが何なのかはさっぱり判らないけれど）巻き込まれている公算は大きい。マンションに鑑識まで入って、その上、殺人事件担当の刑事がわざわざアリバイを確認しに来たのだから——。だとしたら、このまま見過ごすことなどできっこない。僕は黙って、刑事たちの車を見失わないように、前方と運転に集中力を傾けた。

車は、真幌川沿いの大通りに出た。南へ向かっている。法定速度ぎりぎりの安全運転。引き離されることなく、楽に追跡できる。

右手には僕らの大学が見える。左には川。川はまっすぐ南へと流れている。川面が陽光にきらめく。穏やかな流れに、時折さざ波が立つ。

科学館の横の四つ角を、右折した。どうやら街の中心部に向かっているらしい。加速をかけてカーブする。タンデムシートの美波が、ぐいとしがみついてきた。ヘルメットの堅い感触が僕の肩に当たる。

どこまで行く気なのだろうか。右は官庁街。左に曲がれば駅前の繁華街に出る。しまった、こんなこ

となら ガソリンを入れとけばよかった。遠出になるようならば、今の残量では心許ない。途中でガス欠なんて、目も当てられないぞ。どうしようか。どこかで入れている時間はあるだろうか。もたもたしてたら見失ってしまう。

——という僕の心配は杞憂《きゆう》だった。

刑事たちの車は、ほどなく右ウインカーを点滅させながら、とある建物の駐車場へと滑り込んで行った。僕もスクーターのスピードを落とし、路肩へ寄る。

「あれ、このビル——」

後ろで美波が訝《いぶか》しそうに呟く。僕も啞然と、その建物を見上げた。

県警本部。

何のことはない。刑事たちは自分の職場に帰ってきただけなのだ。次の聞き込みの相手に接触を図って刑事の意図を聞き出すという美波の計略は、根底から頓挫《とんざ》してしまった。

道の向こうの駐車場では、二人の刑事が車から降りてこっちを見ていた。中川刑事が片手を上げて、僕らに挨拶を送ってきた——ように見えた。すかさず若い檜山刑事が、

「おーい、学生さん、二人乗りは運転に気を付けるんだぞ」

大きな声で云って手を振った。しかも、笑っていやがる。畜生、からかわれてたんだ——こっちの尾行など、とっくに気が付いていたらしい。情けない思いで立ちつくす僕と美波を放置して、刑事たちは県警のビルへと姿を消した。

「思いっきりカラ回り、だな」

そう云って僕が、肩をすくめて美波を見やると、

「うー、頭くるなあ、人の悪いおっさんめ」

憤然とヘルメットを取って、美波は唸った。

「なんだか僕たち、バカみたいだな」

「うう」

「絵に描いたみたいな骨折り損ってやつだ」

「うるさい、黙れ」

不機嫌丸出しで美波が云うと、それを嘲笑《あざわら》うようなタイミングで着メロが鳴った。美波の携帯だ。

「はい、もしもし――ああ、真奈美――え？　刑事？」

美波の持っている電話機に、僕も反対側から耳をくっつけた。

『うん、今さっきまで刑事と会ってたんだけどさ』

電話の主は、美波の友達の真奈美ちゃん――例のカラオケの時に一緒にいたメンバーの一人だ。

『何だかカノコちゃんのアリバイとか調べに来たみたいなんだけど、美波のとこには来なかった？』

「来た来た、出っ腹のおっさんと貧相な若手刑事」

『へえ、私の方は女刑事の二人組だった。割と美人の』

「ふうん、私もそっちがよかったな」

どうも警察は、カノコちゃんのアリバイを徹底して調べているようである。

『ねえ、もしかして、あの事件じゃないの、ほら、真幌川のバラバラ死体』

「何それ、バラバラって」

『あ、やっぱり美波も新聞読んでないな。私も刑事なんかが来たから気になってさ、今新聞で見たんだけど、何だか大騒ぎになってるみたいだよ、バラバラ殺人事件って云って――。お互い新聞くらい読まないと、本物のおバカになっちゃうぞお』

笑っている真奈美ちゃんをよそに、びっくりした僕は、同じく目を丸くしている美波と、思わず顔を見合わせて息を飲んだ。

＊

まあ要するに、普段新聞もニュースも満足に見ない、お気楽な学生の身分が祟《たた》ったというわけなのである。

「マスター新聞新聞、新聞見せてください、ここ

二、三日の分でいいから」
「クルッ」に戻ると、美波は慌ただしくマスターに詰め寄った。カウンターの中で洋楽雑誌をめくっていたマスターは（喫茶店の店主に相応《ふさわ》しく、洋楽のCD収集が趣味なのである）物憂《ものう》げに視線を上げて、

「新聞だったら、ほら、あっちの彼が」

テーブル席の渉くんに向けて、鬚に覆われた顎をしゃくった。その渉くんは、新聞紙をテーブルいっぱいに広げていて、そのうちの一枚を示しながら、

「これだと思うよ、お目当ての記事。姉貴たちが出てってからすぐ見つけたんだけど」

「だったらどうして呼び止めなかったのよ」

「止めようとしたけど行っちゃったくせに――」

理不尽な文句を云う美波に、渉くんはそう云って顔をしかめる。

「あれ？　カノコちゃんは」

テーブルに渉くんしかいないことに気付いて僕が聞くと、

「ああ、帰っちゃいましたよ、何だか気分悪そうでしたから」

渉くんは心配そうに答える。確かにそれも無理はないかもしれない。自分が七階から突き落としたない（かもしれない）男の写真をいきなり突きつけられたら、気分も悪くなろうというものだ。

「大丈夫かな、カノコちゃん」

美波も不安そうに云ったが、それより今は記事を確認することが先決だ。僕と美波はコーヒーのお代わりをマスターに頼み、渉くんが新聞紙を散らかしている席に座った。

「どれどれ、どこに載ってるの」

美波が新聞を掻き分けたが、敢《あ》えて捜す必要はなかった。真幌は地方都市にしては大きな街だから、派手な事件は珍しくないけれど、さすがにバラバラ殺人などというセンセーショナルな事件は、めったに起こるものではない。だからその殺人事件の記事

は、かなり大きなスペースを割かれていたのだ。

新聞を広げた美波の横で、僕も問題の記事に目を通す。その記述によると——、
昨夜、真幌川の下流で男性のバラバラ死体が発見された。場所は、鮎川鉄道の鉄橋の下。川を渡る鉄橋の橋脚に、死体の一部が引っかかっていたらしい。見つかっているのは胴体と左腕、および右脚——頭部と右腕と左脚は未発見——つまり、死体は六つのパーツに切断されていたというわけだ。

殺された時間は、十六日木曜深夜と推定されている。死因は不明（胴体からは死因が特定されるような傷などは見つからなかったから、恐らく未発見の頭部にその原因があると思われる）それでも、胴体が発見されているお陰で、死亡推定時刻が判明しただけでも儲けものと考えるべきなのだろう。また、死体は、最低限の衣類しか身につけておらず、所持品もなかったようである。

殺害場所、切断現場、死体遺棄場所——これらはすべて不明。多分、川のどこかから捨てられて（川沿いの道か、橋の上辺りなのだろうか）下流の淀《よど》みに流れ着いたらしい——というのが捜査本部の見解だ。発見場所がもう少しで海に流れ着く地点、ということから、未発見の死体部位は既に海の中という可能性もあり、目下捜索中。

死亡推定時刻が木曜深夜で、切断されたのも川に遺棄されたのも、その日のうちだということが判明しているらしい。新聞記事が書かれた時点では正式の司法解剖はまだとはいえ、胴体を調べればそれくらいのことは判るそうなのだから、法医学というのは大したものである。そして、発見されたのが昨夜（十七日の金曜）ということは、つまり死体は、丸一日川に沈んでいて、一晩経って浮いてきたというわけか。丸一日かけて、どんぶらこっこと川を下るバラバラ死体——想像してみるだけでも不気味である。

死者の身元も判明している。大貫謙三《おおぬきけんぞう》という名の

男、市内向山《むかいやま》町在住の三十六歳、無職——と記載されているが、この記事が書かれた時点ではまだ被害者の身辺調査が行き届いていなかったらしく、それ以上のプロフィールは紹介されておらず、その顔写真も出ていない。死体発見現場として、鉄橋の写真が大きく掲載されているのみである。

——といった内容の新聞記事を読み終えて、美波は、ふうっと軽いため息をついた。カノコちゃんの変質者突き落とし騒動が、いきなりバラバラ殺人などというハードな展開になって、その落差と重みに戸惑っているのだろう。あまりにもギャップが大きすぎる。僕も美波と同じく、事件の重大さに動揺を禁じ得ない。

しかし、県警一課が動いているということは、彼らが捜査しているのはこの事件だという可能性が高い。それがカノコちゃんの変態撃退の一幕とどう繋がってくるのかは、やっぱり判らないけれど——。

それにしても、さっきまで知りたくてたまらなかったことが（90ccで刑事の尾行までやらかして）全部こうして新聞に載っているなんて——いや、もう、本当にまるっきりバカみたいな僕たちである。

「何だか凄い事件だね、死体をバラバラに分解して川のどっかで捨てて——それが川下に流れ着いた、か」

と、美波が、新聞を熟読している間にマスターが運んでくれたコーヒーをひと口すすってから、云った。そして、

「あ、そうか——午後十時から午前三時っていうのは、この死亡推定時刻だったってわけね。刑事が気にしてたあの時間帯、この記事とぴったり一致するよ」

「木曜深夜——そうだな、間違いない。多分、今日の朝にでも解剖して、時間が絞り込まれたんだな」

と、僕は美波の言葉にうなずいて、

「だとすると、カノコちゃんはこの事件とは関係ない。アリバイがあるんだから」

「そうそう、私たちとカラオケしてた。それに、ほら、死因は判明してないって書いてあるでしょ。墜落死じゃないんだから、カノコちゃんが七階から突き落としたのが原因じゃないってことよね」

「ああ、それが死因だったら、死体の胴体部分にその痕跡があるはずだもんな」

「じゃ、やっぱりカノコちゃんは関係ないんだ。よかったあ」

と、美波は、少し安堵したように笑顔になった。カノコちゃんがこの男を殺してしまったわけではない――僕も、ほっと胸を撫でおろす。どうやら最悪の事態だけは免れたようである。

「でも、それなら――」

と、美波はふと首を傾げて、

「どうして刑事がわざわざ来たんだろう」

「そう、それが判らない。そもそもカノコちゃんが変質者を撃退したのは、午前五時過ぎなんだろ――死亡推定時刻とも大きくズレてるしな」

「ひょっとしたら、別の事件なんじゃないの」

眉をひそめる美波に、横から渉くんが、

「けど、ざっと調べたけど、新聞にはここ一週間くらいは他の殺人事件なんて載ってなかったよ」

「じゃ刑事は何の捜査してたのよ、一課の殺人担当の刑事なんだよ」

「そんなこと僕に聞かれても――」

返答に窮する渉くんに、僕は助け船を出して、

「それより、あの写真は何だったんだろうな。カノコちゃんが確認した変態男の写真。あれは誰だろう」

「被害者――ってことはないよね」

と、美波が腕組みしながら、

「何しろバラバラ事件の被害者の大貫さんって人は、午前三時前には死んじゃってるんだから」

「そうだな、その後の五時過ぎにカノコちゃんのマンションに忍び込めるはずもない」

「それじゃ加害者？　警察がマークしてる容疑者っ

カウンターの奥へ呼びかけた。

「はいよ」

けだるそうに返事をしたマスターは、カウンターの内側でごそごそ動き回った後、一台のノートパソコンを引きずり出してきた。そして、

「ほい、これもね」

パソコンと一緒にマスターが差し出してきたのは、こちらは途轍《とてつ》もなく古くさいデザインの目覚まし時計。この新旧ふたつの機械のセットが、マスターご自慢の「IT革命」である。

ご大層な命名ではあるが、要するに、貰い物の中古パソコンを常連客に無料開放しているだけの話で（セットアップや接続は、僕らみたいな常連学生客にやってもらって）それでもマスター本人はいたくご満悦らしく「いやあ、これで俺の店も技術革新を迎えたわけだ、インターネットカフェみたいだろう、うほほほほ、カッコいいなあ」だそうである。

無料プロバイダーに繋《つな》いであるから、電話代だけは

てことかな」

「それもどうだか――」

と、僕は美波の意見に異を唱えて、

「そいつが犯人だとしたら無茶苦茶不自然だぞ。人を殺してバラバラにして、おまけに川に捨ててから、その後で今度は全然関係ない女の子のマンションに忍び込もうとする――そんな奴がいるかな」

「物凄くアグレッシブな犯人だったりして。体力あり余ってて」

「んな奴はいないって」

美波の軽口に、僕は取り合わず、

「犯罪のトライアスロンでもやってたのかよ、そいつは」

「うーん、どう考えても不自然だよねえ」

と、美波はちょっとの間考え込んでから、出し抜けにぴょっこり立ち上がり、

「やっぱり新聞の第一報だけじゃ情報足りないよ――。マスター、例のIT革命、貸してください」

使った客が（アナクロな時計で使用時間を計って）負担する仕組みだ。これを技術革新だのIT革命だのと称するセンスはいかがなものか——と常連客は誰しも胸の内で思っているはずだが、ご本人に向かってとやかく云う者がいないところが、マスターの人徳の為《な》せる業《わざ》であろう。

電話線と電源コードをずるずると引きずって、その革命的物件をテーブルまで運んできた美波は、

「はい、渉、調べてみて」

「え、僕がやるの」

「そりゃそうだよ、あんたが一番こういうの得意なんだから」

「仕方ないなあ——」

散乱した新聞紙やコーヒーカップを片付けて、渉くんはぼやきながらも、

「えーと、検索キーワードは真幌市と殺人事件、でいいかな」

それでも楽しそうにパソコンを立ち上げる。理系の高校生らしく、渉くんはパソコンが大好きなのである。

「それよりさ、新一、私ちょっと気になったんだけど」

ロースペックの旧型パソコンがのろのろと起動するのを待つ間に、美波が云った。

「ここにさ、被害者の身元が載ってるじゃない」

「うん、出てるな」

僕は、美波が示した新聞記事を見てうなずいた。バラバラ殺人の被害者は、大貫謙三氏、向山町三丁目に住む三十六歳、と書いてある。

「身元判明がちょっと早すぎるんじゃないかなって思ったの。だってバラバラ死体が見つかったのは昨日の夜なんでしょう、でも、朝刊にはもう被害者の名前が出てる。何だかやけに早い気がするんだけど」

「早いかな」

「早いよ、だって所持品は何もなかったって書いて

あるから、身分証も免許証も持ってなかったはずでしょ」

「うん」

「それに、頭の部分はまだ見つかってないんだよ。顔が判らないはずなのに、どうしてこの人だって判ったんだろう」

「持ち物や顔じゃなかったら、後は——指紋じゃないかな」

僕は思いつきを口にしてみた。美波は怪訝そうな顔になって、

「指紋——?」

「うん、腕は片方見つかってるんだからさ、指紋は採れるだろ。それを調べれば、身元なんか一発で判るはずだよ」

「あ、そうか、なるほどね」

美波は納得してくれたようだったが、これはさっきの美波の話が頭に残っていたから思いついたことだった。最前、美波が刑事との面談の際に、カノコちゃんちのベランダから出た指紋を、写真の男のものではないかと当たりをつけた理屈。警察の前歴者リストに指紋があれば、身元特定は簡単だというあの理屈が、僕の頭のどこかに残っていたわけだ。おや? だとすると、この被害者も警察のリストに登録されていたということにならないか——と、僕がこの新たな思いつきを言葉にする前に、

「うーん、やっぱりこのところ他に殺人事件なんか起きてないみたいだよ。新聞社のサイトでも全然引っかかってこない」

渉くんが、パソコンから顔を上げて、そう報告した。

「ふうん、だったら、警察が捜査してるのはやっぱり——」

「うん、このバラバラ事件なんだろうね、多分」

と、渉くんは美波の言葉に相槌《あいづち》を打って、

「ほら、この事件ならこんなにいっぱいヒットする——と、あれ? 何だこれ」

スクロールしていた画面を止める。

「姉貴、ちょっとこれ見てよ、写真が出てる」

渉くんがこちらに向けたディスプレイを、僕と美波は覗き込む。どうやら地元ローカル新聞のホームページらしく、更新時間も新しい。

そこには、男の顔写真が載っていた。不景気な表情の、陰気な目をした中年男だ。キャプションには「死体で発見された大貫謙三さん（36）」とある。さすがにネット上の情報は早い。朝刊には間に合わなかった被害者の写真が、もう載っている。

「え――この顔」

隣で美波が声をあげた。

「どうした」

「これだよ、この男。さっき刑事が見せた写真と同じだよ」

やや興奮気味に、美波は断言する。なるほど、やはり警察は被害者の顔を確認させたかったのか――と、僕は得心しかけて――いや、ちょっと待て、それはおかしい――、

「おかしいぞ、それは。この写真、本当にさっき刑事が見せた男なのか」

「うん、そう」

美波はうなずく。

「それなら、カノコちゃんは、この男が忍び込み未遂男だと認めたわけだよな」

「そうだけど、それで何か不都合が――あっ」

と、美波も気付いたらしく、目を大きく見開いた。僕はそれに勢いを得て、

「ほら、不都合あるじゃないか。さっきも云ったけど、カノコちゃんが侵入未遂男を撃退したのが明け方の五時過ぎで――」

「でも、この人が殺された死亡推定時刻は、午後十時から午前三時までの間――」

美波はそこで絶句した。

「な、おかしいだろ。どうしてこんな変なことになるんだよ。三時前には殺されていたはずの男が、五

時過ぎにはまだ生きてて、カノコちゃんちのベランダから忍び込もうとするなんて——そんなこと、ありっこないじゃないか。どうなってるんだよ、これは」

僕の問いかけに、美波も渉くんも答えることができないようだった。よく似た面差しの顔を、揃ってぽかんとさせている。

とにかく事態は、物凄く変なことになってきた。そういえば、さっき刑事は、他の日とカン違いをしているのではないかと、カノコちゃんに尋ねていたけれど、それはこの矛盾のせいだったのか——。遅蒔きながらも、僕はそこに思い至った。矛盾——変だ、何かが決定的に歪《ゆが》んでいる。三時前に殺された男が、五時過ぎに家宅侵入未遂をやらかすとは、これは大きな矛盾である。

「ねえ姉貴、くどいようだけど、刑事が見せた写真って、本当にこの男だったの」

渉くんが、実に真っ当な疑問を表明する。僕も渉くんも、刑事の写真の現物を見ていないのだから、美波の記憶違いで片付くのなら、そうしてしまった方がすっきりするというものだ。しかし、美波は大きく首を横に振り、

「それは間違いないってば。いくら何でも、ついさっき見た顔を見間違えっこないもん。絶対確実にこの男だったよ」

そこまで云われたら、返す言葉もない。渉くんは、首を傾げて黙ってしまう。

「でもなあ、そうなるとカノコちゃんが突き落としたのは、この被害者だってことになっちまうぞ」

僕が云うと、美波は膝を叩いて、

「無理に同一人物だと考えるからおかしくなっちゃうんじゃないの。この大貫さんっていう被害者とカノコちゃんが見た変質者は、よく似たそっくりな人だけど別人ってのはどう？　そのそっくりな人たちが、一人は殺されて、もう一人はカノコちゃんのマンションに忍び込もうとした——そう考えれば、別

に不自然でも何でもないでしょ」

「よく似たそっくりな別人――」

「そう、たまたま他人の空似で似てただけ。あ、双子でもいいか」

「いくら何でも、そんな御都合主義な話があるかな」

承服しかねて、僕はそう云った。

「たまたまそっくりな男が二人この町にいて、たまたま同じ日にその片方が殺されて、もう一方も家宅侵入を企《くわだ》てる――そんな偶然あっていいのか。物凄く確率低いと思うぞ、それは」

「そっくりじゃなくて双子だってば」

「余計に確率低くなるよ、それじゃ」

「そうかなあ、確率低いかあ――」

さすがに自分でも無理があると思ったようで、美波はそれ以上固執しなかった。

「やっぱりカノコちゃんのカン違いだったってことなのかな」

この不可解な状況にお手上げ状態の僕がそう云うと、美波は即座に手を振って、

「それはないよ、あり得ない」

「どうしてだよ」

「だって、警察がわざわざ写真持って来たのは、カノコちゃんちのベランダの手摺りから出た指紋と一致したからなんだよ」

「うん」

「だったらもうカン違いとか見間違いなんてレベルじゃないでしょ。カノコちゃんが目撃したのはこの男で間違いないよ、指紋っていう決定的な証拠があるんだもん」

「それもそうか――それじゃ、カノコちゃんが時間の思い違いをしてるとか」

「またそんなことを蒸し返す――。あのね、私たちがカラオケボックス出たのは、四時半を回ってたって何度も云ったでしょう。私たち五人とも、揃いも揃ってバカみたいに時間を間違えるはずないんだか

ら」

「そうだよな、確かにそうだ——けど、そうなると時間の矛盾は解消しないぜ」

僕は、ため息とともにそう云った。三時前に殺された男が、五時過ぎにカノコちゃんのマンションに忍び込めるはずがない。

「その十時から三時までっていう死亡推定時刻が間違ってるんじゃないかな」

と、美波がまた大胆なことを云い出す。

「検死の間違いっていうのはあんまり可能性がなさそうだから、警察がわざと嘘をついてる、とか」

「どうしてそんな嘘をつく必要があるんだよ」

「うーん、何か私やカノコちゃんにカマをかけるため？」

半疑問形で云う美波の言葉を、僕は鸚鵡《おうむ》返しで、

「カマをかける？」

「そう、例えば、私やカノコちゃんのことを警察は疑ってて、わざと間違った情報を伝えて罠《わな》を張って、ボロを出すのを狙ってる」

「そこまでするかな。だいたい美波はただのアリバイ証人でしかないはずだぜ、どうして疑われなくちゃいけないんだ」

「それは知らないけど、偽証の可能性がある、とか」

「ただのアリバイ証人にまで罠を仕掛けるなんて、ちょっと変じゃないのか」

「変かなあ」

「変って云うか、そこまでする必要があるとは思えないんだよな。それに、新聞にも死亡推定時刻は十六日深夜って書いてあるんだぞ、それも嘘なのか」

「そう、偽の情報を流したわけ」

「いくら何でもそんなことまでしないだろう。だいいち、そこまで疑うんなら、さっきの刑事が偽者だって可能性まで考慮しなくちゃいけなくなる」

「偽刑事ってこと？」

「うん、可能性だけならそれもありって話になっち

ゃうぞ。ほら、さっきの刑事、名刺は見せただけで結局渡さなかっただろう、あれは偽刑事だからなのかもしれない。証拠を残すとまずいから」

「でも、あの刑事、今朝カノコちゃんのところへ鑑識引き連れて行ったうちの一人みたいだったよ。カノコちゃんに、先ほどはどうもって云ってたし――。そうなると、大人数で押しかけた鑑識も全部偽者ってことにならない？　そんなにたくさん偽者がいるなんて変じゃない。何の組織なのよ、その連中」

「悪の秘密結社――って、まあ冗談はともかく、そこまで疑ってたらキリがないってことだよ」

「うん、キリがない」

「そもそも最初に、刑事の話が嘘だなんて云い出したのは美波の方なんだぜ」

「まあ確かにそうだけど――」

「だから、十時から三時っていう死亡推定時刻はとりあえず信じてもいいと思うんだ」

「でも、そうなると――」

「そう、変なんだよな」

時間の矛盾は解決しない。堂々巡りである。完全に行き止まりに突き当たってしまった気分。やれやれ――と嘆息する僕に、気を遣ってくれたのか、

「これ見てくださいよ、事件系サイトはろくなものが引っかからないんですよ。こんなのばっかりで」

それまで無言でパソコンを操《あやつ》っていた渉くんが、声をかけてきた。

「ん、どれ？」

僕と美波が揃ってディスプレイを見ると、そこには、やけにおどろおどろしい模様の壁紙をバックに、戯言《ざれごと》としか思えない文章が躍《おど》っている。

『死体を遺棄した犯人の思惑
お告げと占い結果がでました
胴体を川　水の属性　水晶の祝福
海の方角　南　水瓶座《みずがめ》

このことより予測可能です
未発見の頭部の在処《ありか》は
対して土の属性
隠された十二宮　アストラル帯
推測可能範囲は水に反する属性
必然として土に埋めるのです
犯人は頭部を隠匿《いんとく》しました
場所は青闇《あおやみ》の森　もしくは空港予定地
掘ってみれば判明するでしょう
南十字星の法則　聖なるイコン
供物《くもつ》としての肉体と血
完全なる者として昇華するのが動機』

「何だ、こりゃ」

僕は思わずひっくり返った声をあげてしまう。

「意味判らないぞ、何を云いたいんだよ――。これ、何のサイトなの」

「さあ、よく判んないんですけど――」

と、渉くんは僕の質問に首を捻《ひね》って、

「何だか占いとかにハマってる人の個人ページらしいんです。ちょっと怪しい宗教がかってますよね。猟奇殺人も好きみたいで、今回のバラバラ殺人について、特殊な能力と占いで予測を立てたと云い張ってるみたいなんです。冗談なのか、本当に頭にスフが入っちゃってるのか、ちょっと判断がつかないんですけどね」

「バカバカしい」

美波が一刀両断に、奇人系ＨＰの主を切って捨てる。

「それから、こんなのもありましたよ。チャットルームなんですけど」

と、渉くんが、画面を変える。

『

［みゅん］マジっすか　〉のぽどん
［のぽどん一号］オレは知らんけどね。見たっていってたよ　〉ＡＬＬ

［ネコミミ］どこで？？？　＼のぼどんミ
［のぼどん一号］ＪＲの真幌の駅前　＼ネコミミ
［先行舎］昨日の夜なら大貫さんとっくにシんでるのだ（笑）　＼のぼどんさん
［のぼどん一号］オレが見たんぢゃない。大貫さんを見かけたのは友人　＼先行舎
［みゅん］ウソくさ
［魔鬼］大貫さーん　出てこーい（大笑）　＼大貫さん（笑）
［先行舎］大貫さんの内縁の妻はナンバーワンホステスなのだ
［魔鬼］いいね　ほすてす　きゃばくらねえちゃん　いいないいな　＼先行舎
［ネコミミ］ホステス　お店の名前？？？　＼先行舎
［先行舎］そこまではシらないのだ　マホロのどこかの店　＼ネコミミ
［のぼどん一号］大貫さんは昨夜その女に会いに行ったと思う　＼ＡＬＬ
［みゅん］だからもう死んでるって　＼のぼどん
［ネコミミ］お店の場所　大貫さん目撃現場から近いの？？？　＼先行舎
［のぼどん一号］友人が目撃した場所は不明。ただ駅前と　＼ネコミミ
［先行舎］シらないよ　＼ネコミミ
［みゅん］ガセだ　ガセだ　ガセの大群だ　＼先行舎
［先行舎］ガセいうな　＼みゅん
［魔鬼］ガセいうな　ネタといえ　＼みゅん
［みゅん］なんだ寝たか　＼先行舎
［先行舎］ネタでもない。まじ　＼魔鬼　』

「ひどいなこいつら、完全に遊んでるぞ」
僕が素直な感想を述べると、美波も不快げに眉を

寄せて、

「いるんだよね、こういう連中。他人事だと思って無責任に面白がる手合いが」

「まあ、ネット上は無責任の巣窟《そうくつ》みたいなものだからね。あ、こっちは比較的まともかもしれない——」

と、渉くんはまたマウスをクリックして、

「自称ルポライターって人が独自の情報を公開してるんだけど、ちょっと文章力がどうかと思うんだけどね」

新しい画面を開いた。

『——そして被害者大貫謙三氏については報道等では無職とされているが、それが誤りである事実を摑《つか》んだ。大貫謙三氏は前科一犯であり窃盗と家宅侵入の罪で、一年二ヶ月の実刑判決を受けている身であるのだ。その以前にも起訴猶予となった家宅侵入未遂一件と女性宅の覗き一件があることが、未確認ながらも確実な情報源からのリークなのでほぼ間違いないと推理される。現在でも公《おおやけ》には求職中とされているが、空き巣、泥棒等の窃盗で生計を立てていると推理されるという情報もあり、被害者自身の倫理面の生活態度等を問題視することも可能なのである。一方そうした被害者自身の問題に対して捜査陣も注目しているようで——』

なるほど、これは少し信憑《しんぴょう》性があるかもしれない——と、僕は思った。

文章にそこはかとなく悪意が感じられるのは気に入らないが、この自称ルポライター氏の調査が本当ならば、気になっていたことがひとつ解消する。

気になっていたこと——さっき美波が、バラバラ死体の身元判明が早すぎるのではないかという疑問を持ち出した時、僕は、死体の指紋から身元が判ったのではないかと答えたのだ。もし、自称ルポライター氏の情報が正しくて、被害者が前科一犯という経歴の持ち主ならば、警察の前歴者リストにその指紋が残っているはずだ。だから、バラバラ死体が見つかった際、警察が念のためにリストと照合してみたら（多分、電子的に登録されているだろうから、照会にはさほどの時間はかからないだろう）死者の身元は、たちどころに判明したはずなのだ。そう考えれば、身元判明が早すぎるという美波の疑問は、簡単に解消することになる。

——と、僕がそんなことをぼんやりと考えて、一人で納得していると、

「あ、そうか、そういうことか」

美波が呟いた。

「何だ、何か気付いたのか」

僕が尋ねると、美波はくるりとした目を向けてきて、

「うん、ほら、カノコちゃんのマンションの件——昨日のお巡りさんはあんなになおざりだったのに、今日になって急に熱心になって調べに来たのが変だって、さっき不思議に思ったでしょう」

「うん、そうだったな」

どうやら美波は、僕とは別のことを考えていたようだ。

「どうして突然手の平返して真面目に捜査する気になったのか——しかも鑑識まで出動させて——それが判ったような気がする」

「へえ、どうして」

僕が促《うなが》すと、美波はちろりと上唇を舐めてから、

「このホームページの、被害者が窃盗の前科があるっていうのが本当だったとして——それで警察の立場になって考えてみるの」

「警察の立場に——？」

「うん、そう。バラバラ死体が発見されて身元を調べてみたら、指紋の登録リストから死体は前科のある泥棒の人だと判明した——ここまではいいよね」

「うん」

それは僕も今、考えていたことである。

「被害者の事件当日の足取りを追うのは捜査の常道だから、警察はまずそれを調べ始める——そんなさ

中、とある報告書が下から上がってくるわけよ。その報告書にはこう書いてあるのよね『市内の女子大生から家宅侵入未遂の届け出あり。パトロールの強化を要請します』――と」

「そういうこと。あのお巡りさん、そんなこと云ってたでしょ、パトロールを強化するとか何とか――。で、その女子大生が侵入未遂の被害を受けたのは、問題のバラバラ殺人が起きた日に他ならない。被害者の前歴が前歴だけに、警察としてはこの報告を無視するわけにもいかず――まあ、そういう考え方ってイヤらしいとは思うけど、警察ってそうでしょ、何か事件があるとそういう経歴の人を最初に疑ってかかるっていう、そういう体質だから――。それで、ことは殺人っていう重大事件だし、無駄骨覚悟で念には念を入れて、その女子大生のマンションから何か出てくれれば儲《もう》けものって思って調べてみたら、どんぴしゃりで指紋が検出された――とまあ、そんな段取りね」

「なるほど、判りやすいな」

僕はうなずく。そう考えれば、警察の態度が一変した理由の説明がつく。今となっては小さなことだけど――。しかしそのせいで、余計にややこしいことになってしまっているのだ。その女子大生宅に忍び込もうとした男は、彼女の申し立てより二時間以上も前に殺されているのだから――。明らかに矛盾を来《きた》している。刑事たちがカノコちゃんのアリバイ調査に拘泥《こうでい》しているのは、それが原因なのだろう。

「だとすると、警察はカノコちゃんの証言を少しは信じてるってことになるよな」

僕が云うと、美波は、

「うん、多分ね。指紋も出たことだし」

「だったら、あれはどう思ってるんだろう。ほら、忍び込み男が消えてしまったあの問題」

カノコちゃんが突き落としたはずの男が、何の痕跡も残さず、きれいさっぱり消失してしまったあの不可解な現象——あの問題にも解決案はまるで出ていないのである。僕にはまるっきり判らないのだが、警察はどういう解釈をしているのだろうか。

「知らない。私、警察の人じゃないもん」

しれっとして、美波は云う。

「おいおい、またそんな適当な——。指紋が出たってことは、問題の男があそこのベランダにしがみついてたのはもう間違いないんだぞ」

「うん」

「だったらカノコちゃんが突き落とした後、そいつはどこへ消えちゃったんだよ」

「そう、それが謎なんだよねえ——ホントに消えちゃったとしか思えないし——どうなってるんだろう」

美波もそれについては考えがあるわけではないようで、しきりに不思議そうに首を傾げるばかりである。

「それはそうとして——素朴な疑問なんですけど」

と、渉くんが珍しく口を挟んでくる。

「僕ちょっと気になってるんですよ。どうして犯人は死体をバラバラにしたんだろうって」

「どうしてって、別に大した意味なんかないんじゃないの。捨てる時の持ち運びが楽だってだけのことで」

あっさりと云ってのける美波に、渉くんは少し苦笑して、

「うん、そういうシンプルな理由も悪くないんだけど——今回の場合は、まだ頭部が見つかってないよね。だから、つい深読みしたくなっちゃうんだ」

「深読みって、どんな？」

尋ねる僕を、渉くんは美波とそっくりな目で見つめてきて、

「小説のミステリなんかだと、頭部が見つからない場合は身代わり殺人というパターンがよくあるんです。つまり、被害者と見做《みな》されている人物は、実は別人の死体と入れ替わっていて、本人は社会的に消

のよ」

「何のためにそんな回りくどいことする必要があるのよ」

美波が云う。

「それは色々と理由があるんだよ。殺されたと見せかけて、自分は容疑圏外へ逃れるとか逃走時間を稼ぐとか——それに保険金詐取《さしゅ》や、借金があって危ない闇金融の連中に追われてるとか——それで自分が死んだことにするわけ」

「でも、この事件はそんなことないよ。腕が、指紋が出てるはずなんだから、別人ってことはないでしょ」

美波の意見に、渉くんはうなずいて、

「そうだね、その場合、胴体と腕がそれぞれ別の人ってことも考えられるけど——別人の胴体と自分の腕をセットにして並べて、自分が死んだように見せかける、とか——でも、そんなの警察が遺体を調べればすぐに判るだろうし」

「当たり前でしょ、腕一本犠牲にしてまで消えようなんて、そんな極端なこと考える人はいないよ」

「うん、だからもっと現実的に考えるとすると——」

と、渉くんは、そこで少し間をおいて、

「普通、バラバラ殺人っていうのは、身元を隠すためとか、もしくは死体を小さなパーツに分けることで隠しやすくするために、切断するものだと思うんだけど」

しかしこの事件では、犯人は死体をまとめて無造作に捨てている。結果的には川の下流で、胴体と片腕片脚が、揃って見つかっているのだ。真幌川に投げ込んで遺棄したから、渉くんは、そのことを再確認してから、

「犯人は死体を隠そうとしていないみたいなんですよね。それに被害者の身元判明を恐れている様子もない——現に、指紋のある片腕が見つかって、警察のリストで簡単に身元が判ってるんだから」

「でも、犯人は、警察のリストに被害者の指紋が登録されてることを知ってるとは限らないんじゃないの？　だから、身元判明を恐れてないなんて、一概には云えないと思うけど」

美波が云うと、渉くんは首を振って、

「同じことだよ。失踪者の届け出があって、よく似た年格好の男性ってことで照会されたら、どっちみち、すぐに判ることには変わりはないんだから」

「ああ、そうか――」

「この場合、被害者の指紋から身元が割れることを、犯人が気にもとめていないっていうのが問題だと思うんだよ」

「問題かなあ」

「うん、わざわざ手間をかけてバラバラにしたのに、死体を隠そうとも身元を隠そうともしていないなんて――そこに僕はちょっと引っかかるんだよね」

「だったらやっぱり、運ぶための便宜《べんぎ》ってことじゃないの。死体を丸ごとそのまま運ぶのは重いし、人目につくし」

明快な美波の意見にも、渉くんはまだ承服しかねるようで、

「うーん、そうなのかなあ、確かにそう考えれば単純でいいんだけど――。でも、実はもうひとつ考えられるんだよ、死体をバラバラにした理由――けど、これはちょっと云いにくいな」

口ごもる渉くんを、美波は急《せ》かして、

「何をもごもご云ってるのよ、そこまで云ったんなら最後まで云いなさいよね」

「うーん、でも――やっぱりやめとく」

「何でよ、云いなさいってば」

「だって、怒るもん。姉貴、怒らせると恐いから」

渉くんは、苦笑いを浮かべて云う。美波を怒らせて散々な目に遭ったこれまでの歴史を振り返っているのかもしれない。美波が怒ると恐いことは、それはまあ、僕も多少は知っている。

「怒らない、怒らないから云ってよ。途中でやめられたら消化不良みたいで気になるじゃないの」

　美波の言葉に、渉くんは疑わしそうな目を向けて、

「本当？　怒らない？」

「絶対、大丈夫」

「じゃ、もし怒ったら今夜の夕食、姉貴の奢《おご》りってことで」

「どうしてそうなるのよ。あんたどうせ、お父さんから軍資金たんまりせしめて来てるんでしょうに」

「でも絶対に怒らないんだろ、だったらこのくらいの賭けしてもいいはずだよ」

　渉くんのあからさまな挑発に、美波は一瞬躊躇したが、

「いいよ、判った、その賭け乗った」

　すぐに断言する。さすがに渉くんは、姉の負けず嫌いを煽って操縦する法をよく心得ている。

「それじゃ賭けは成立だね。なら云うけど——」

　と、渉くんはにっこりと笑って、

「それでね、死体をバラバラにした理由として、もうひとつの可能性っていうのは——つまり、死体の一部を利用するってことなんだよ。ただ殺害するだけじゃなくて、他の目的に利用するために」

「他の目的——って何？　どういうこと」

「そうすれば、鹿之子さんの目撃談の、例の時間的矛盾も解消するんだけどね」

　美波の問いかけに直接答えずに、渉くんは云う。彼が何を云いたいのか、僕も薄々気付いてきた。いや、本来ならばもっと早く——バラバラ殺人と聞いた時に、これは気付かなくてはいけないことだったのかもしれない。時間的矛盾などと云い出す前に、この可能性に思い当たるべきだったのだ。しかし、だが——これは途轍《とてつ》もなく嫌な想像である。とても不愉快な考え方だから、僕は黙っていることしかできないでいた。美波が本気で怒りだすのではないかと心配しながら——。

「要するに、犯人が死体をバラバラにしたのは、その頭部が必要だっただけなのかもしれないんだよ」

渉くんは覚悟を決めたのか、容赦なく云う。

「つまり、被害者の顔を鹿之子さんに見せるために――彼女の部屋のベランダから覗かせるために――その道具とするために首を切って持ち去った、という可能性なんだよね。上から吊すとか、下の階のベランダから竿《さお》か何かで持ち上げるとかして」

「何のためにそんな手間かけなくちゃいけないのよ」

話の展開が穏やかならざる方向を向いてきたのを感じたようで、そう聞く美波の声は心なしか尖《とが》っている。渉くんはそれを咎《とが》めて、

「もしかして姉貴、もう怒った？」

「怒ってないってば。質問しただけ」

「ならいいけど――そんな手間をかけた理由は決まってるよ、他でもない、鹿之子さんに見せるためだって云っただろ」

「だったらわざわざ死体の首なんか持って行く必要はないじゃない。ベランダから顔を見せるためだったら、そんな変なことしなくたって、それを企《たくら》んだ奴が直接自分で覗けばいいんだから」

「だから、あの男の顔じゃないといけなかったんだよ。もちろん最初は殺すなんてこと考えないで、本人に頼んだんだと思うよ『あのマンションのあの部屋に忍び込んでくれ』って。でも、それを断られたから、仕方なく次善の策として首を持って行くことにした――。それがバラバラにした理由なんだよ。死体を丸ごと吊したり持ち上げたりするのは重いから」

「ちょっと待ってよ、カノコちゃんはあの男なんて知らないって云ってるんだよ。一度も会ったことはないって――。赤の他人の顔を、それも殺して首を切ってまで持ってって見せても、そんなの意味ないじゃない」

「そう、他人の顔では意味がない――僕もそう思う

よ。だからこそ見えてくるんじゃないかな——つまり、鹿之子さんが嘘をついているって真実が」

「カノコちゃんが——」

目尻を吊り上げかけた美波は、すぐに思い直したようで、自分の胸に手を当てて深呼吸。どうやら頭に血が上るのを自制しているらしい。そんな美波をよそに、渉くんは続けて、

「そう、鹿之子さんが嘘をついていると考えれば、全部すっきりするはずだよ。バラバラ殺人の被害者は午前三時より前に死んでいるはずなのに、鹿之子さんがその男をベランダで目撃したのは五時過ぎだった——でも、それは死体の首だけだったんだから、もう不思議でも何でもないよね。どっかの誰かさんが首だけを持って行って覗かせたわけなんだし——。それじゃ、その誰かさんは何のためにそんなことをしたのか——。見知らぬ他人の顔をわざわざ見せても意味はないんだから、当然、鹿之子さんはその顔を知ってることになるよね。でも、鹿之子さんは知らないと云い張っている——ほら、やっぱり嘘をついてるじゃないか。きっと鹿之子さんは、あの被害者の男と何か人に云えないような後ろ暗い繋がりがあって、それを知っている犯人の誰かさんが、鹿之子さんにプレッシャーをかけるために、もしくは脅迫の意味でその男の顔を覗かせたんじゃないかな。『この男とあんたの関係を知ってるぞ』とか『要求に従わないとあんたもこの男のようになるぞ』みたいな意味で——。つまり、犯人の誰かさんは『あの男が鹿之子さんの部屋を覗く』という状況を作りたかったってわけなんだね」

どうやら渉くんは、わざと美波を怒らせようとしているらしい——と僕は、遅蒔《おそま》きながらも気が付いてきた。美波の友達を嘘つき呼ばわりして侮辱《ぶじょく》して、わざわざ虎の尾を踏みに行っているのだ。それほど夕飯代が惜しいのか、ただ賭けに勝ちたい意地なのか——随分無謀《むぼう》なことをするものである。

完全に沈黙してしまった美波と喋り続ける渉くん

の姉弟攻防を、僕はハラハラして見守るばかりだ。

「考えてみれば、最初から鹿之子さんの行動には不審なところがあるんだよ。姉貴、気が付かなかった？　ほら、変質者撃退事件があったのはカラオケから帰った直後だったのに、姉貴に連絡してきたのはその日の昼前だったんだろう。その数時間の間、鹿之子さんは何をしていたんだろうね。僕はそれが不自然だと思うんだ。何か人に云えないようなことをしていて、それで電話してきたのが遅くなったんじゃないだろうか――。黙っていればいいものを、わざわざ姉貴をマンションに呼び寄せたのは、後々何かの証人に仕立て上げる企みがあるからだとは考えられないか――。もちろん鹿之子さんには、死亡推定時刻のアリバイがあるから、このバラバラ殺人の犯人ではないだろうけど、被害者との裏の関係を隠してることには間違いない。でも、この事件にはもう一人、生首を使って鹿之子さんを脅した真犯人の誰かさんが絡んでるからね。ひょっとしたら鹿之子さんは、脅されたことで逆上して、その誰かさんを殺してしまったのかもしれない。姉貴に電話を入れるまでの数時間は、その誰かさんの死体をバラバラに切り刻むために使ったのかもしれない。とすると、今度は川にもう一人分の死体が浮かぶことになる――」

と、そこで言葉を切った渉くんだったが、美波は何も意見を云おうとはしなかった。ちょっと恐いほどの無表情で、渉くんの顔を見つめている。何を思っているのか、判らない。

ひどく嫌な感じの沈黙が落ちてきた。もしかしたら美波は、口を開くこともできないほどの怒りを胸に溜めているのかもしれない。

これだから嫌だったのだ――僕は内心で、ため息をついた。渉くんの仮説は、前半までは僕の考えていた想像と一致していた。途轍もなく不愉快な想像である。確かにそう考えれば時間的矛盾は解消するが、しかしそれは、カノコちゃんが嘘をついているという前提で成り立っている。美波にしてみれば、それは取りも直さず、友達に疑いの目を向けることになってしまうのだ。

その上さらに渉くんは、カノコちゃんがバラバラ殺人をしでかしたとまで言及してしまった（そこまで強引な展開になるとは僕も予測しきれなかったけれど）。死体を切り刻むカノコちゃんの姿なんて、途方もなく似合わない。いくら何でもそんなことはないと思うけれど、美波を怒らせるには充分ではないだろうか。

と——美波が突然、大きく息をついた。

おお、いよいよ怒りが爆発か——と、身構えた僕だったが、案に相違して美波は、けろりとした口調で、

「ダメだね、渉、その程度じゃ——。詰めが甘いよ」

渉くんに、にんまりと笑いかける。

「あれ、怒ってないの」

少し意外そうに聞く渉くんに、美波は、

「うん、全然——途中ちょっとカチンときたけど——無理に怒らせようとしたって、そうは問屋が卸《おろ》さない」

「表現古いなあ——でも、筋道立ってたんじゃないかな」

渉くんは何だか不満げだが、

「うん、まあ、ある程度、筋は立ってたけどね。敗因は、あんたがカノコちゃんの人柄を知らなすぎたことにあるね」

美波は、握り拳《こぶし》でゆっくりと、渉くんの額を殴る真似をすると、

「カノコちゃんの電話が遅かったのは、本人の云う通り気絶するみたいに寝てたから——あの子はそういう呑気《のんき》な子なの。私はそれをよく知ってるから、カノコちゃんが嘘なんてついてないって信じられるんだ」

「でも、僕はさっきちょっと会っただけなんだか

ら、そんな人柄とかで否定されても――」

「だったらもうひとつ否定条件がある。渉、あんた指紋のこと忘れてるよ」

「指紋――？」

怪訝そうに首を傾げる渉くんに、美波はうなずき、

「そう、カノコちゃんちのベランダから出たあの男の指紋。あれをどう説明するのよ」

「え――？」

「渉の云うように、真犯人の誰かさんが首だけ持って行ってカノコちゃんちのベランダの外から覗かせたんなら、どうして被害者の指紋が残ってたって云うの」

「それは、ほら、首と同じで、切断した腕を持って行ってスタンプみたいに――」

「でも、指紋が検出されたのは警察が調べたからでしょ。渉の云う話が正しいとしたら、カノコちゃんを脅迫したその誰かさんは、カノコちゃんと被害者の男に何か後ろ暗い繋がりがあることを知ってることになるよね。だったらその誰かさんは、カノコちゃんが被害者との関係を人に知られたくないってことも予測が立つはず――何しろ後ろ暗い関係なんだから。だから、誰かさんは、カノコちゃんが警察に届けるとは思わない道理でしょ。だとしたら、わざわざ腕を持って行って指紋をつけるなんて無駄な手間は省《はぶ》くはずだよ。顔を見せるんなら、首だけでいいんだから――。警察が来なければ指紋は検出されないはずで、その誰かさんはカノコちゃんが警察を呼ばない予測がついたはず――ほら、ここがおかしい。つまり、指紋が出たこと自体が、カノコちゃんと被害者の後ろ暗い繋がりっていうのを否定しているわけよ」

「ああ、そうか――」

「それに、警察を呼ぶ時、カノコちゃんはそれほど強く反対しなかったんだよ。もしカノコちゃんと被害者に人に云えないような関係があったとしたら、

必死で止めようとしてたはずでしょ」

「――うん、ごもっとも、だね」

「そもそも、人に見せるために首を切って持って行くって発想に無理があると思う。いかにも机上論って感じで」

「それもそうだね――なるほど、僕の負けかあ」

涉くんは、さほど悔しそうでもなく云うと、自説に固執することなく、またパソコンの画面に目を戻してしまった。そして、マウスを動かしながら、

「てっきり怒ると思ったんだけどな、せっかく無理して話をオーバーにしたのに――まあ、カッカしてもそこまで冷静に考えられるんだから、姉貴も大人になったのかなあ」

「まあた生意気な口を利く」

美波は、ぷっとむくれた頬で、

「ひどいでしょ、新一――この子、昔っからこうなの。こんな面白味のないおとなしい顔して、案外人が悪いのよね。わざと人を怒らせるのも大好きだし」

「面白味がないっていうのは余計だよ」

ディスプレイから視線を離さずに、涉くんは不平を唱《とな》える。

「本当に面白味なんてないじゃない。高校生のくせに、髪染めるでもなくピアスするでもなく」

「そんなのは個人の趣味の問題」

「若者らしくないって云ってるの」

「大きなお世話」

遠慮のない、姉弟らしいやり取りを聞きながら、僕は苦笑するしかなかった。

しかしそれにしても、僕も美波とはよく軽口を叩き合うけれど、つまらない賭けでわざと怒らせようとするまでは、まだできないな――などと、どうでもいいことを、僕は考えていた。そんなことができるのは、やはり美波と涉くんが実の姉弟だからなのかもしれない。僕が美波と知り合って一緒に過ごした時間より、美波たち姉弟がひとつ屋根の下で暮ら

した時間の方が、遥かに長いのだ。美波のことは大抵判ったつもりになっている僕だけど、その時間の隔《へだ》たりを思えば、渉くんが知っていて僕の知らない美波の一面が、まだまだあるのかもしれない――。

少しだけ、ほんのちょっぴりだが、渉くんに嫉妬めいた感慨が湧き上がってしまうのを、僕は抑えきれないでいた。渉くんの立場に立てば、不当で迷惑なことかもしれないけれど――。

しかしまあ、美波が怒らなかっただけでもよしとするか――僕はそう、苦笑混じりに思ってもいた。美波が本気で怒ったら、そりゃもう手がつけられなくなるのだから。

「うわ、何だこれ――」

姉を怒らせ損なった（ある意味幸運な）渉くんが、パソコンのディスプレイを見てのけぞっている。

「今度は何よ」

美波が聞く。

「うん、ちょっとこれ、見てよ。リンク先辿《たど》ってたら、またオカルト系のサイトに出ちゃったんだけど、今度はこんなのが載ってる。まあ事件とは関係ないだろうけど」

渉くんがこちらを向けた画面を見て、

「何だ、こりゃ」

僕も、美波と顔を見合わせてしまう。

心霊写真――。

本来は鳥の姿を撮影したもののようだったが、その写真はひどく不鮮明だった。夕方か明け方の、外があまり明るくない時間帯に撮《と》ったのだろうか――おまけに型落ちパソコンの表示能力の限界もあって、なおのこと見づらい。ただそのために、不気味な雰囲気が一層強調されていることも確かだ。

「これ、本当に人の顔に見えるね」

美波が、誰へともなく呟いた。僕にもそう見える。

写真の中央に、鳥が木の枝にとまっている姿が写っている。構図から判断すると、撮影者の意図は、その嘴《くちばし》の長い鳥を写すことにあるのは明白だったけれど、もっとインパクトのある物体のために、すべてが台なしになっていた。

人の顔だ。男のものらしい顔が写っている。短い髪に、かっと見開いた目。しかも、結構大きい。

鳥の上方、暗い空を背景にして、男の顔が写り込んでいるのだ。ピントが鳥に合っているから、顔はぼやけてぶれている。高速で移動している途中にも見える。そのせいではっきりとは判らないのだが、それは確かに人間の顔にしか見えなかった。よくある心霊写真のように、木の茂みや岩の影がたまたま人の顔みたいに見えるというふうなものではなく、バックが空だけなのだから、判りやすさも一入《ひとしお》だ。フレームの上辺ぎりぎり、かろうじて写真に収まる位置に、その顔は浮かんでいる。

酔興な誰かが、鳥の上方に写るようにシャッターチャンスを狙ってジャンプしたわけではない証拠に、その人物の胴体や手足があるべきところには、何もなかった。薄暗い空を背景に、ただぼんやりと空中に顔が写っているのみである。ご丁寧なことに、それを丸で囲んで矢印まで描き込んであった。

「何だか凄く判りやすい心霊写真だな」

僕はそう感想を述べつつ、写真の下についている文章に目を通す。

『私は毎朝、庭に遊びに来る野鳥を撮影するのを趣味にしているのですが、今朝の写真にこの様な物が写っておりました。新聞等の報道によりますと、私の住む町でバラバラ殺人なる恐ろしい事件が起きた様でして、この写真を撮影致しましたのも、その事件の起きた朝のことですので、その被害者の方の魂が天に召《め》される様子が偶然写った物と考え、皆様にも御覧戴《いただ》きたく投稿した次第です。(真幌市・AY生)』

途方もなく胡散《うさん》くさい話だ。しかし、ネットの世界がいかにでたらめの宝庫とはいえ、こうして写真という形でアップされていると、多少なりとも真実味が感じられるから不思議である。

「これ、どこの誰が撮ったのか判らないの？」

美波が渉くんに尋ねている。

「匿名だから判らない。どうやら心霊写真好きの人たちが、自由に色々貼りつけて行くシステムみたいだから」

と、渉くんは答えてから、独りごちて、

「合成なのかなあ――誰かが冗談で作ったのかもしれない」

「でも、何だかこうなったら、全部幽霊のせいにしちゃいたい気分ね」

と、美波は顔をしかめて云う。

「この心霊写真といいカノコちゃんのマンションの件といい、霊が迷ってふらふらあっちこっち徘徊《はいかい》したって考えた方が、よっぽどすっきりすると思わない？　女の子の部屋を覗きたいっていう妄念が残ってベランダの外に化けて出たり、首が発見されない無念のせいでこうして写真に写ってみたり――」

「まあ、確かにそう考えれば楽だけどね」

オカルトじみた話があまり好きではない僕は、気のない相槌を打ってしまう。

「こんな関係ない心霊写真なんか見て喜んでる場合じゃないよね――いつまでもぐずぐずしてても仕方ないし。新一、行こうよ、スクーター出して」

いきなり美波が立ち上がり、僕の肩をとんと叩く。

「行くって――今度はどこへだよ」

戸惑いながら聞く僕に、美波は、

「とにかく情報収集。さっきの渉のカノコちゃん犯人説は無茶苦茶すぎたけど、警察がカノコちゃんのアリバイを気にしてるのは確かでしょ。あんな矛盾だらけの証言しちゃったカノコちゃんは、冗談抜きで警察から変な目で見られてるだろうし――。カノコちゃんがおかしな具合に疑われないように、何でもいいから助けてあげないと――。そのためにはこんなネットでぐじゃぐじゃやってるより、自分の足で色々調べた方がマシでしょ」

「そりゃまあ、カノコちゃんの役に立ちたいってのは判るけど――具体的にはどこで何を調べるんだよ」

「とりあえず被害者の身辺、かな――新聞に住所が載ってるから簡単に行けるでしょ。後はもう一度警察と接触して、今度こそ色々聞き出す――調べることはいくらでもあるよ。ほら、新一、ぐずぐずしない。あ、渉は適当に帰ってて、ウチのアパートの鍵、持ってるよね」

　云いたいことだけ云ってしまうと、美波はさっさとドアの方へ向かってしまう。それを目で追いながら、渉くんは、やれやれと云いたげに、

「すみませんね。姉貴、いつもあんなで――湯浅さんも大変ですよね」

　よくできた弟さんである。

「まあいいさ、もう慣れてるしね」

　よくできた弟さんに、僕はそう云って肩をすくめて見せた。

＊

　愛車の90ccを走らせた。タンデムシートに美波を乗っけて。

「クルッ」で長居したから、町はもうすっかり暮れ色に染まっている。夕暮れの町を、風を切ってひた走る。振動に合わせて、美波の被ったヘルメットが、こつんこつんと僕の肩を叩く。

　僕はスピードを上げて、街灯が点《とも》り始めた道をすっ飛ばした。自動車のテールランプをいくつも追い抜く。

　被害者の住所は向山町三丁目、コーポコウエイというアパートだと新聞に出ていた。もうすぐだ。近づいてきた。

　住所だけで辿り着けるかと少し不安だったが、そ

んな心配は不要だった。

人だかりができている。

目指すアパートは、裏路地の奥にあるごくありふれた二階建てのものだったが、その周囲を大勢の人が取り囲んでいた。ライトを皓々《こうこう》と点しているのは、テレビ局のクルーだろうか。大きなテレビカメラを肩に担いだ男の姿も見える。その周囲にも人垣ができている。折しも、狭い路地を車が一台通り抜けようとしているところらしく、クラクションと人のざわめきが響き渡っている。何だか大変な混乱状態だ。ヤキソバやタコヤキの屋台が出ていないのが不思議なくらいだった。

「何これ、何やってるの、この人たち――」

十重二十重《とえはたえ》にアパートを取り巻く人々の後方で90ccを停めると、ヘルメットを脱ぎながらスクーターを降りた美波が、驚いたようにそう云った。

人だかりはどうやら野次馬の群れらしく、好奇心と期待感でぎらぎらした目つきで、アパートの二階を見上げている。

僕と美波が呆気に取られながら人垣に近付くと、その最後列にいた初老の男が、ひょいと振り返った。

「何だ、わざわざスクーターで見に来たのか、兄ちゃんたちも物好きだな」

あまり清潔そうでないよれよれのシャツを着て、どういう意味か耳に煙草を一本挟んだその男は、こちらが何も云ってないのに話しかけてきた。

「ほれ、あそこでライトぴかぴかさせてるのがテレビの取材の連中だ。あっちに屯《たむろ》してるのが新聞や雑誌の記者、それであそこにいるのがラジオ局だな」

頼んでいないのに、どうでもいいことを教えてくれる。

「――はあ、そうなんですか」

僕が生返事をすると、耳に煙草を挟んだおっさんは、

「なにしろバラバラ殺人だなんて大事件だもんな、

報道の連中も各社目の色変えてやがるんだ。それでこんな大騒ぎさ。近所の奴らもみんな見物に来ててよ、俺もこの近くなんだけどな、これからニュースの生放送があるからな、ほれ、よくやってるじゃねえか『ここがバラバラ死体で発見された被害者の自宅です』なんつってレポートするやつ、あれがもうすぐ始まるんだ。これからもっと人が集まって来やがるぜ。どいつもこいつも物見高いよな、兄ちゃんたちもその口だろ」

「いえ、別に僕らはそういうわけじゃ――」

「昼のニュースでもそういうのやっててよ、若い連中がカメラの後ろでVサイン出してはしゃいでやがってな、テレビのスタッフと小競《こぜ》り合いが始まってよ、なかなか見物だったぜ。兄ちゃんたちも映りたいんだったら、もっと前に行かなくちゃダメだぞ」

誰かに話したくて仕方がないらしく、耳煙草のおっさんはにやにやして喋りまくる。

「面白えなあ、家の近所でこんな騒ぎがあるなんてよ、めったにあるこっちゃないぜ。午前中は警察が来て家宅捜索してたみたいなんだけどな、そいつは見逃しちまった。それでな、兄ちゃん、知ってるか」

「はあ――何でしょうか」

「あそこに住んでる被害者の女房ってのがよ――女房っつっても正式な夫婦じゃなくて内縁関係だったらしいんだけどな――その女にコメント取りたがってマスコミ連中がこうやって押しかけて来てるんだけどよ、とっとと雲隠れすりゃよかったんだよな、逃げ遅れて目下籠城中って塩梅《あんばい》さ、とんだドジな女だぜ、まったく。なあ兄ちゃん、そうだろ。亭主があんな派手な殺され方したら、マスコミが来るに決まってるじゃねえかよ。閉じこもってインタビューに応えないくらいなら、早く逃げりゃいいじゃねえか、なあ」

「はあ――」

そして、おっさんは、ぐいとヤニくさい顔を寄せ

てきて、秘密めかして声を落とすと、

「それでな、その女ってのが水商売か何かやってるらしいんだけどよ、問題なのは殺された亭主の方の仕事だ。こいつは極秘情報なんだけどな、空き巣だか覗きだかで前科があるってえから驚きじゃないか――いや、盗みだったかな――まあとにかく、そういうお天道《てんと》さまの下をまっとうに歩けない奴だったらしいんだ」

なるほど、ネットの情報にも、いくつかは本当のことがあったわけか、出所はこのご近所の情報網なのかもしれない――と、そんなことを考えている僕に、おっさんはにやにやと嬉しそうに続けて、

「それが今でもやってやがったっていうんだよな、盗みをよ。あの大貫って野郎、昼間っから仕事もしねえでふらふらしてる妙な奴だって噂は前々からあったんだけどな、それが案《あん》の定《じょう》、このザマだ。きっと盗っ人同士の仲間割れか何かで殺されたんだぜ。なあ兄ちゃん、悪いことあできねえもんだよな、因《いん》果応報《がおうほう》だあな。悪事に手を染めてやがると、結局はこんなことになっちまうんだ」

「新一、行こう――」

突然、美波が僕の背中をつついて云った。振り返ると、美波はもう人ごみから離れて、すたすた歩きだしている。確かにこの状況では、情報収集どころではないだろう。まだ話し足りない様子のおっさんを残して、僕は美波の後ろ姿を追った。

スクーターに乗るのかと思いきや、美波はそこを通過して、とぼとぼと歩いて行く。片手に持ったヘルメットをぶらぶらさせながら、俯《うつむ》き加減に歩を進める。

何だかちょっと様子がおかしい。

僕は愛車を引きずって、慌てて追いすがる。

「おい、どこ行くんだよ」

軽く下唇を噛んだ硬い表情のまま、美波は立ち止まらない。幾分悄然《しょうぜん》とした足取りで、とぼとぼ歩く。

「何やってんだ、乗らないのか」

呼びかけた僕の声が聞こえないかのように、美波は歩き続ける。どうしていいのか判らずに、僕はスクーターを引きずってついて行く。

やがて美波は不意に歩みを止め、地面に視線を落としたままで、

「何か、私——バカみたいだね」

ぽつりと呟いた。細い肩が、やけに頼りなく、儚《はかな》げに見えた。

「何だ、どうした、急に」

その隣に歩み寄り尋ねる僕に、顔を向けずに美波は云う。

「カノコちゃんのためとか何とか云ってもさ——結局、私もあの連中と同じことしようとしてたんだよ。無責任なマスコミや、噂好きの野次馬や、面白がってるネットの人たち——人が一人死んでるっていうのに、ゲームや小説みたいな感覚で首を突っ込もうとして——傲慢《ごうまん》だよね、そういうの。バカみたいだよ——私も、あのお喋りのおっさんと同類なんだから」

美波はどうやら、落ち込んでいるようである。

実に、まったくもって美波らしい。

後先顧《かえり》みずに一人で突っ走って、勝手に傷付いて落ち込んで——その辺が美波の美波たる所以《ゆえん》だ。

なるほど、確かにバカみたいではあるけれど、僕は、美波のそういうところが、その、何と云うか、うまく云えないが——悪くないと思う。思い込みが激しくて、僕を巻き込んで勝手に暴走して、怒りっぽいくせに落ち込みやすい気分屋で——そんな美波だけど、いや、そういう美波だからこそ、僕は、その、えーと——大切な人だと思っているのかもしれない。まあ、今さら面と向かってそんなことを云うのは照れくさいから、云わないけど。

ふと、さっき渉くんに感じた嫉妬めいた感情を思い出す。彼はもちろん、美波のこういうところをよく知っているのだろう。長い時間を共に積み重ねて

きた姉弟なのだから。でも、僕も知っている。美波のそういう性質を熟知した上で、こうしていつも一緒にいるのだ。そう考えると、ちょっと誇らしいような、くすぐったいような、妙な気分になってくる。そうだ、僕はこれからも、長い時間をかけて、美波のことをもっともっと知っていけばいい。時間はこの先、まだまだたっぷりあるのだから——。

「あのさ、美波——」

僕はそっと、声をかける。

「美波は同類なんかじゃないと思うぞ。自分でそれに気付いただけでも、上出来だと思うけどな」

そう云うと、美波はやっと顔を上げる。少し、はにかんだような笑みを含んだ表情で——。

「——そうだね、うん。新一、いいこと云うじゃない」

そして、何かをふっ切るように、ヘルメットをぽいと空中に投げ上げてから、それを両手でキャッチする。

「よし、新一、呑みに行こう。気分転換と験《げん》直しを兼ねて」

若干元気を取り戻したようで、美波はくるっと僕に向き直る。

「それもいいか、もうこんな時間だし」

僕が答えると、美波はひょいっと90ccに跨って、

「ねえ、渉も連れてっていいかな。あの子、たんまりお小遣いせしめて来てるはずだから、奢らせちゃお。賭けにも勝ったことだし」

「おいおい、高校生を酒に誘うなよ」

「お子ちゃまは御飯だけだよ、呑むのは私と新一。大学に受かったら、堂々と大っぴらにお酒を楽しめるってとこを見せびらかせば、あの子の受験勉強の励みにもなろうってものだし——どう、教育的配慮も抜群だよ」

「またそういう勝手なことを——だいたい、大学生になったら酒が呑めるって理屈がおかしいぞ」

「どうしてよ」

「二十歳過ぎなきゃダメなんだよ、法律上」

「へえ、知らなかった」

「白々しいなあ」

苦笑いしながら僕はヘルメットを被り、スターターを思いきり踏み込んだ。美波がぐいと、腰にしがみついてくる感触を確認しながら――。

＊

翌日の日曜日、僕は毎度のごとく「クルッ」へやって来た。我ながら他に行くところはないのかよ、とは思うけれど、貧乏学生の日常というのはこんなものである。

いい天気だから、誰か同じ常連客の友達でもいたら合流して遊びに出かけようか、などと思案していたのだけど、美波がすでに「クルッ」に来ていた。渉くんも一緒だったが、彼の足元には大きなスポーツバッグが置かれている。週末の姉の生活状況視察も終わり、家に帰るのであろう。

「あ、湯浅さん、昨日はすみませんでした、半分払ってもらっちゃって」

店に入って行った僕を目敏《ざと》く見つけて、渉くんが礼儀正しく頭を下げてくる。

「いいよ、散々バカ呑みしたのは僕と美波なんだから」

美波の隣に座りながら、僕は年長者の余裕を見せる。

「バカ呑みしたのは新一だけでしょ。私はそんなに呑んでないよ」

けろっとして云う美波に僕は、嘘つけ、と非難の眼差しを送ってから、マスターにコーヒーを注文した。

「昨日は随分聞こし召したんだって？　それにしては二日酔いには見えないけどね」

カウンターの中のマスターが云う。

「ちょっとは残ってますよ。でもちゃんと寝ましたからね」

「ふうん、若さの特権だねえ」

自分の顎鬚を撫でながら、マスターは感心したように笑った。確かに、美波のハイペースに付き合って呑んだにしては、驚異的な回復力だと自分でも思う。帰りにはちゃんと美波と渉くんを送って行って、まさか川の字になるわけにもいかず、しっかり自分のアパートへ帰り着いたのも、大したものだと自画自賛するにやぶさかではない。ただ、別れ際に美波が口を滑らせた「あ、新一、今日は泊まって行かないんだね」との失言が、姉の監視役たる渉くんの目の前で発せられたのが、若干気にならないわけでもないのだが——。はてさて、この酔っぱらいの失言、渉くんによってご両親の耳に入ってしまうのか否《いな》か。渉くんの武士の情けに期待する他ないだろう。

「ところで、昨夜は姉貴のテンションがヤケ呑みモードに入ってたから話しませんでしたけど——」

と、渉くんは、こっちの煩悶《はんもん》に気付きもせずに、いつも通りのはきはきした調子で云った。

「姉貴も湯浅さんも気になってるみたいだから、帰る前に一応、話しておこうと思うんです」

「何の話よ」

「もちろん事件の話だよ」

と、渉くんは美波に答えて、

「ただ、これは昨日の続きで、あくまでもただの仮説です。姉貴を安心させるためだけに組み上げたストーリーですから、真実とはかけ離れているかもしれませんけど——。信じる信じないはご自由に、ということで」

「へえ、まだ他の考えがあるんだ」

僕は感心してそう云った。どうも渉くんには、あの不可解な状況に解決をもたらす仮説があるらしい。しかも、にこにこと余裕のある顔つきからすると、どうやら相当な自信まで感じさせる。だが、いくらしっかりして賢い高校生とはいっても、このおとなしそうな男の子に、あんな不可思議な謎を解くことなどできるのだろうか。

「要するに姉貴は、鹿之子さんが事件と無関係ならそれでいいんでしょ」

半信半疑の気分の僕に構わず、渉くんは美波にそう問いかける。

「うん、まあ、それでいいってわけじゃないんだけど——」

「けど、それで安心できれば、もう余計なこと考えてヤケ呑みする必要もないよね」

「まあね」

「だったら、とりあえず辻褄《つじつま》だけは合うから、聞いてほしいんだよ」

渉くんがそう云って、美波は神妙な面持ちでうなずいた。僕も興味を掻き立てられて、渉くんの次の言葉を待つ。

「ここはひとつ、シンプルに考えてみようと思うんです。試験問題を解く時だって、出題者の意図を深読みして捻《ひね》った考え方をする前に、まず素直に正面から考えるのが定石《じょうせき》ですからね」

渉くんは、受験生らしい喩《たと》えで話を始める。

「だから、情報が間違ってるとか誰かが嘘をついているとか、そんなふうに疑ってたらキリがないと思うんです。どの道、僕らは警察官でも何でもないんだから、取り調べや事情聴取なんかもできませんし——従って、無理やり誰かの口を開かせたり証人の嘘を暴《あば》いたりなんてこともできないわけで、答えに辿り着こうと思ったら、ややこしく考えても仕方がないですからね。だから、とにかく素直に、誰も嘘をついていない——警察や新聞の情報も全部本当、鹿之子さんの目撃証言も野次馬の噂話もみんな真実だと、そう素直に考えて、手持ちの情報だけで考えるところからスタートしてみようと思うんです」

「でも、そうすると矛盾は解消しないよ、カノコちゃんの証言の矛盾」

と、美波が口を挟んだ。昨日の一件で、事件そのものを詮索する熱意は少し薄れているようだが、それでもカノコちゃんが警察にマークされているかもしれないという恐れはまだ十二分に感じているらしく、不安そうな面持ちで美波は、

「カノコちゃんが七階から突き落としたのはあの写真で見た被害者の男だってことは、カノコちゃん自身が認めちゃってるんだから――。その男の死亡推定時刻が十時から三時なのに、その二時間以上後になってカノコちゃんのマンションに侵入しようとするなんて――そんなことあるはずないもん。昨日、渉が云ってたみたいに、誰かがバラバラ死体の首だけ持って行ってベランダから覗かせて見せたっていう説を採用するとしても、カノコちゃんは問題の被害者とは一面識もないって云ってるんだから、そんなことする意味はないわけだし」

「そう、意味なんてない――僕もそう思うんだよ」

渉くんはうなずいて、

「首を運んだ人なんていないと思うんだ、昨日の話は撤回するよ。いや、意味がないって云うか、誰の意思も働いていないって云った方が正確なのかな」

「誰も何も企んでないんだったら、死人がベランダから忍び込もうとするなんて変な状況になるわけないじゃないの」

謎めいた言葉を発した渉くんを、美波はそう云って牽制《けんせい》する。

「うん、とにかくまあ、その問題はちょっと脇に置いといて――まずは表層的な事実だけで、起きたことを整理してみたいんだ。時間を追って順番通りに、ね」

と、渉くんは云う。そうだ、何事も順番通りに話すのが親切というものだ――と僕は、マスターが運んでくれたコーヒーの最初のひと口を飲みながら思っていた。

「それで、被害者についてなんだけど、バラバラにされて殺されたあの男の人は、空き巣や窃盗を生業

にしていたっていう情報があったよね――ネットの自称ルポライター氏や、姉貴たちが会った近所の野次馬おじさんもそう云ってたそうだし――これを信じるとすると、もしかしたら被害者は、あの夜、仕事をしようとしていたんじゃないかって、僕はそう思うんだ」

渉くんは云う。

「あの夜は浦戸颪の影響で、夜になってもまだ風が強かったんだよね」

そう、夜も風が収まらなくて、それでこの「クルツ」の入口の柵が壊れたのだし、美波たちがカラオケに繰り出したのも、大風の夜に一人でいるのが嫌だったからだ。

「それだけ風が強ければ、例えば隣の家から多少変な物音がしても、風のせいだと思って誰も気にしないだろうし、警察に通報したりしないだろうからね、空き巣なんかにはうってつけの夜だったと思うんだ。だから彼は仕事に行った――そう考えるのは少しも不自然じゃないよね」

「うん、まあ、不自然ではないけど――」

美波がどことなく釈然としない表情で相槌を打ったのは、渉くんの話がどっちの方向を目指して展開しているのか読み切れないからなのだろう。僕にもまるで判らない。しかし渉くんは、平静な口調のまま、

「それから、このバラバラ殺人事件で、殺害現場や死体を切断した場所が特定されたって報道は、まだ出ていないよね。つまりこれは、被害者の身辺を徹底的に洗っているはずの警察も、そのラインからは殺害場所に辿り着いていないってことを意味してるはずだよね。被害者の自宅やその生活圏内には、殺害現場や切断場所は存在しない――逆に云えば、殺害現場と被害者本人とは接点がないってことにもなると思うんだよ」

渉くんは、そこで確認するかのように、僕と美波の顔を交互に見てから、

「そして、これは昨日も云ったんだけど、どうして犯人は被害者をバラバラにしたんだろうって理由――そのわけについてなんだけど――。昨日云ったように、犯人はバラバラ死体を無造作にまとめて川に捨てているわけだよね――指紋がある腕も含めて。このことから、どうやら犯人は、死体をどうしても隠したかったわけでもないし、身元判明を恐れてバラバラにしたんでもないことが判る――どうも犯人は、死体が見つかっても、その被害者の身元から自分の正体を知られないと思っている節があるんだよね。被害者の身元から辿られないという確信――これは、取りも直さず、犯人と被害者には何の繋がりもないことを示していると思うんだ。被害者の人間関係をいくら調べられても、犯人は捕まらないという自信がある――要するに、個人的な殺害動機がない人物が犯人ってことだね」

「動機がないのに、どうして殺したって云うのよ」

「うん、そこでさっきの話に戻るんだけど――被害者は仕事をしようとしていた、そして、殺害現場と被害者との接点がない、さらに犯人と被害者との繋がりもない――これらの条件をかけ合わせれば、このバラバラ事件の犯人は、被害者が空き巣に入った家の人だって考えるのが自然じゃないかと思うんだけど」

「空き巣に入られた人が犯人――?」

「人間関係の繋がりがまったくなくて、被害者があの夜仕事をしようとしていたんなら、犯人と被害者の接点はそこしかないよ。空き巣に入られた家かマンション――多分、殺害現場も切断したのも、そこだと思うんだけどな。そこで何があったのかは想像するしかないんだけど、一番簡単に想像できるのは、きっと空き巣に入ったところを見つかっちゃって、争った挙句《あげく》に殺された、とか――」

「ちょっと待ってよ、空き巣を見つけて撃退したんなら、それ、立派な正当防衛じゃないの。なにもバラバラにして捨てたりしなくても、警察に届ければいいだけの話じゃない」

「けど、簡単に届け出られない場合だってたくさんあると思うよ」

美波の反論にまったく動じず、渉くんは云う。

「姉貴も湯浅さんも、昨日、被害者のアパートの前で見てきたはずでしょう。マスコミの徹底した覗き見主義や、近所の人たちの好奇の目──被害者だろうが何だろうが、センセーショナルな猟奇事件を面白がって群がる無責任な人たちの好奇心──」

昨日会ったあの、耳に煙草を挟んだおっさんの、にやにやと嬉しそうな下卑《げび》た顔を、僕は思い出した。少し辟易《へきえき》した気分になる。美波が黙ってしまったのも、恐らく僕と同様なのだろう。

「たとえ正当防衛でも、人を一人殺してしまったという事実は動かないんだよ。ねえ、姉貴、それを聞いた世の中のすべての人が『泥棒をやっつけた勇気のある人だ』って称《たた》えてくれると思う？　僕は全然思わない。口では『大変だったねえ』なんておためごかしを云いながら、陰に回って『あいつは人殺しだからな』って云って蔑《さげす》む人たちは凄く大勢いると、僕は思うんだ。まるで穢《けが》れた汚ないものを見るような目で、差別したり後ろ指差したり──きっといっぱいいるよ、そういう反応する人は。職場でもご近所でも、ずっとそういう色眼鏡で見続けられるんだ、しかも一生──。堅い仕事に就《つ》いてる人や社会的地位のある人はもちろん、誰だってそんな一生、耐えられないと思う」

渉くんは、苦いものでも飲み込んでしまったみたいな表情で、さらに続けて云う。

「まして、それが女の人だったらどう？　泥棒が、一人で寝ている女の人のマンションか何かに忍び込んで変な気を起こして──それで抵抗しているうちに殺してしまったとしたら──。そんなことをニュースや新聞で大々的に報道されちゃったら、その女の人はどういう立場に立たされると思う？　世間の人は、絶対に未遂だとは思ってくれないよ」

「あんた高校生のくせに何考えてるの、変なＤＶＤの見すぎなんじゃない」

美波が文句を云ったのは、多分、世の卑劣な男一般に対する怒りの八つ当たりに違いない。

だが、渉くんの云い分に説得力があることは、認めざるを得ないだろう。暴漢に乱暴された女性が相手を殺した――法的には許されても、世間の好奇の眼差しはそれを許してくれない。無責任な噂話に興じる人たちにしてみれば、蜜の味のする格好の話題に他ならないだろう。ずっと囁《ささや》かれるひそひそ話とつきまとい続ける下劣な視線――。それはあまりにも重すぎる。一生背負うにはキツすぎる。いくら正当防衛とはいえ、警察に届けるのをためらう理由としては、充分に不足はないだろう。そうだ、カノコちゃんのベランダ突き落とし事件の時も、実体のまるでない「かもしれない」という次元でさえも、彼女はあれほどうろたえて怯《おび》えていたのだし――。

「だから、忍び込んできた空き巣を勢い余って殺してしまった犯人が『死体さえ片付けてしまえば後は無関係でいられる』って、そう考えたとしても不自然ではないと思うんだ」

と、渉くんは、僕と美波が考え込んでしまったのを気にする様子もなく、話を続ける。

「元より泥棒と自分との接点は何もないんだから、死体が見つかっても警察に捕まる危険はないわけだし、『悪いのはこの泥棒なんだから』って自己正当化は簡単だろうから、良心も大して痛まないし――警察に届けずに、死体を捨ててしまおうと犯人が思ったとしても、全然不自然じゃないと思うんだよ。バラバラにしたのは、やっぱり運搬が楽だってだけのことなんだろうね――昨日の姉貴の直感が、結局正しいと僕も思うよ。もし女の人が犯人だったら、男の死体をそのまま運ぶのは重いだろうし、そんな大きな物を引きずってたら捨てに行く途中で誰かに見られる危険も大きくなるわけだし――」

「川にまとめて捨てたのは、身元が判明しようが犯人にとってはどうでもよかったから――というわけか」

僕が云うと、渉くんも、

「そう思います。犯人はとにかく死体を自宅から遠ざけたかっただけなんですからね。そのためだけに運びやすいようにバラバラにして――死体遺棄場所が特定されにくい川に捨てたのも、遠くへ行ってほしい一心だったんだと思います。なにしろ水の流れが勝手に運んでくれますから」

「案外シンプルなもんだね」

「ええ、何でもシンプルな方が判りやすいでしょう。僕が警察の立場だったら、やっぱりシンプルに考えて、不動産屋に駆け込む客に目をつけますね。ほら、死体をバラバラにした部屋になんか――多分、浴室でしょうけど――そんな風呂のある家にはもういたくないでしょうから、今頃はもう、部屋捜しを始めていると思いますよ。死体遺棄場所が真幌川のどこかなんだし、多分それほど長い距離を運んだはずはないんですから、その流域に沿った場所に現住所があると絞り込めば、犯人を見つけるのはそれほど難しくないんじゃないかな」

「あのさ、渉、犯人捜しなんか本職の警察に任せておけばいいの。それよりカノコちゃんちのベランダの一件はどうなったのよ」

美波にせっつかれた渉くんは、

「うん、姉貴にとってはそっちが本題なんだろうね――その件については、ちょっと僕、変なことを思いついちゃってさ――物凄く変なことだから信じてもらえないかもしれないけど、そうすれば全部がすっきりするから、僕は割と気に入ってるんだけどね」

と、珍しく悪戯《いたずら》っぽい笑顔になった。そして、

「人を一人バラバラにするのは、大変な手間だと思うんだよ。それで、殺したのは十時から三時の間だって判ってるから、犯行時間はとにかく夜中のことだよね。犯人にとっても人体切断なんて初めてで慣

れない作業なんだろうから、バラしているうちに夜が明けかけたら、きっと焦ると思うんだ。人目のない暗いうちに捨てに行きたいだろうし、一日家に置いといて次の夜に改めて捨てに行くってのも嫌だろうし」

「まあ確かに、そんな不愉快な作業は、その日のうちに終わらせちゃいたいのが人情だろうね」

「うん、人情ね、姉貴うまいこと云うなあ。だったら、手間をかけてバラバラにした後で、最後の仕上げくらいちょっと楽をしようって考えるのも人情――当然の心理だと思わない？」

涉くんの言葉に、僕は軽い引っかかりを感じた。ん、最後の仕上げくらい楽をしたい？　最近どこかでそんなことを考えなかっただろうか――と一瞬、記憶を探り、僕はすぐに思い出した。そう、ここのマスターだ。大風で吹き飛んだ店の前の柵を修理するのに、マスターは「ここまでやったのだから後は誰かに任せて楽をしたい」と思っていたようなのだ。それで僕が後の作業を引き継いだ――。涉くんの云う当然の心理というのは、割とよくあることなのかもしれない。

「昨日、姉貴と湯浅さんが刑事を追いかけて出てっちゃった後、僕はここ数日の新聞を調べてましたよね。警察が何の事件の捜査をしてるのか、あの時は判らなかったから――」

涉くんが云う。そういえばそんなことがあった。僕と美波が帰ってきた時、彼は新聞を散らかしていたっけ。

「その時、ちょっと面白い記事を見つけたんですよ」

と、涉くんは、また悪戯っ子みたいな笑みを浮かべて、

「浦戸颪が吹いた日、銭形屋百貨店から広告用のアドバルーンが飛ばされたっていう記事を――」

ああ、その話なら、僕もラジオで聞いた。この店の表で柵を修理している時に、そんな話を小耳に挟

んだ覚えがある。今時古くさい宣伝方法だなあと思ったものだが、それがどうしたというのだろうか。

「あの記事、ちょっと珍しい話だから印象に残ってたんですけど、その後だんだんおかしな想像が頭の中で膨らんじゃって——」

渉くんは、笑いを含んだ口調で云う。

「死体をバラバラにした犯人は焦っていて、『まずいぞ、早く捨てに行かないと夜が明けちまう』って思って、空の白み具合を確かめるために窓を開けたら——そこのベランダの手摺りか何かに、風に飛ばされたアドバルーンが引っかかっていたりしたら——これは使えるって、犯人は思ったんじゃないだろうかって、そんな変な想像なんだけど」

「使える——?」

目を丸くする美波に、渉くんは笑顔を向けて、

「うん、なにしろ犯人は『死体を自宅から遠ざけたいだけ』なんだから、死体遺棄という面倒な作業の一部くらい、楽をして風まかせにしても構わないだろう——って、そういうこと。そして、死体のパーツの一部をそのアドバルーンに括《くく》りつけて——」

「んな、アホな——」

美波は口をあんぐりさせたが、僕はまた、あの時のマスターのことを考えていた。どんな作業でも、最後まで自分でやり遂げないと気がすまないタイプと、自分は充分努力したのだから最後の仕上げくらいは人に頼って楽をしたいと考えるタイプ——。犯人も、マスターと同様に後者のタイプだとしたら、渉くんの突飛きわまる考えも、あながち笑い飛ばすことができないかもしれない。たまたま通りかかった僕に、苦手な大工仕事の仕上げを押しつけたマスター——犯人もたまたま引っかかったアドバルーンに嫌な仕事の一端を押しつけた——二者はぴったりと一致する。だからと云って、マスターその人が犯人だったと考えるのは、まるっきりヘタな推理小説の発想だけど——。ただ、そういう考え方をする人は、案外多いのではないだろうか。決して不自然で

はないと僕は思う。

「紛失したアドバルーンの直径も水素ガスの混合率も判らないから計算は不能だけど、要らない広告の垂れ幕の部分を取っちゃえば、十キロか二十キロくらいの浮力は得られるんじゃないかと思うんだよ。だから犯人は死体の一部を——全部を飛ばすには重すぎるだろうから、浮力が耐え得る限界いっぱいのパーツを——恐らく頭部と片腕だろうけど、それをアドバルーンからぶら下がっているロープに括りつけて、夜空に飛ばしてしまった——。いや、飛ばすって云うより、浮力はぎりぎりだったろうから、ほとんど地面に落下しない程度の高度を保ったまま、ふらふら漂って行っただけなんだろうけどね。でも犯人にとってはそれでも充分——死体がどこかへ行っちゃえばいいわけなんだから——川に捨てて水の流れに任せるのと同じ理屈だよ。浦戸颪の大風が吹いていたから、すぐに飛んでってしまったことだろうし——。残った死体のパーツを捨てる運搬作業も、それで結構楽になったと思うんだよ。話を面白くするならば、アドバルーンが自分の家に引っかかってるのを犯人が発見したのは、死体を切断する前ってことにしてもいいよ。犯人はアドバルーンを利用して死体を遺棄するこの方法を考えついたからこそ、浮力ぎりぎりに耐え得るように、釣り合いを保てる重りとしてのパーツを切り出すためだけに死体をバラバラにした——何だかミステリマニアが考えそうな本末転倒だけどね。残りの死体を切断したのは、それを隠すためのカモフラージュだったってわけで」

渉くんは、そう云って苦笑している。

奇妙で風変わりな発想ではあるけれど、もしこれが本当ならば、それは、何だか幻想的な眺めではないか——と、僕は思っていた。

暗闇の空を、アドバルーンが飛ぶ。死体の頭と片腕をぶら下げて——。

ふらふらと、ゆらゆらと——。

上空に飛び去るでもなく、地上に落ちるでもなく――死体がちょうどいい重りになって――ふらりふらりと街をさまよう。

大風の名残りの風に煽られ、北へ南へ、上へ下へ、ゆらりゆらりと漂って行く。

明け始めた彼誰《かわたれ》の空を、ふらふらとゆらゆらと、死体をぶら下げた気球が舞う。

気味は悪いが、悪夢みたいに印象的な光景ではないだろうか。

「アドバルーンっていうと、怪人二十面相が最後に逃げる時に『わはははは、明智《あけち》くん、今日はこのくらいにしといたるわ』とか負け惜しみ云って逃走する乗り物くらいしか使い道はないと思ってたけど――」

と、美波が妙な寸評を加えてから、

「それがカノコちゃんちのベランダに引っかかったって云うの？」

「うん、引っかかった腕が突き出してて、指紋がついたんだろうね」

渉くんはそう答えて、

「恐い顔で睨んでたっていうのも、そりゃ恐いよね、死に顔なんだから――。きっと、頭部は何かに包まれてたわけじゃなくて、スイカみたいに網か何かに入れて吊してあったから、鹿之子さんにもはっきり顔が見えたんじゃないかな。鉄柵にしがみついてたように錯覚したのは、七階という先入観が鹿之子さんにあったから、引っかかったのがそう見えたってだけなんだと思うよ。それを鹿之子さんがモップで突いて、引っかかったのが外れて――下を見ても誰も落ちてるはずないよね、またふらふら飛んでっちゃったんだから――。今頃は海にでも落っこちてるのかなあ」

「でもさ、渉、いくら何でもそんな偶然があるかな。たまたま犯人の家に引っかかったアドバルーンが、また、たまたまカノコちゃんちのベランダに引っかかるなんて――偶然が過ぎるんじゃないの」

カノコちゃんが嘘の証言をしているわけでもなく、また殺人事件と直接関わりがあるのでもないという点を評価したのか、どうやら美波は、渉くんのこの突飛な仮説を受け入れる気になっているようだった。安心したらしく、尋ねる美波の口調はとても穏やかなものになっている。

「偶然は最初だけだよ、あとはもっと多数のうちのひとつでしかないんだから」

と、渉くんは美波の疑問を軽くいなして、

「もっと色々なところに節操なく出没してるはずだよ。なにせあの大風の中を、死体をぶら下げたアドバルーンが、風任せに町じゅうをふらふらしてたんだからね。見た人もいるだろうから、これから目撃者が出てくるかもしれない。現にほら、昨日の心霊写真の投稿サイト——あれは、まだ暗かったし、撮影した人が鳥に気を取られてて気付かなかっただけで、ちょうどシャッターを押した時に、カメラの前をアドバルーンが横切ったんじゃないかと思うんだけどな。写真のフレームがいっぱいいっぱいだったから、一番下にぶら下がっていた死体の頭部しか写ってなかったけど、もう少しアングルが上を向いていたら、きっとロープやアドバルーン本体も写ってたはずだと思うよ。それに、姉貴の遭った痴漢もそうだし」

「私の——痴漢？」

美波がびっくりした声をあげる。しかし、渉くんは平然として、

「うん、姉貴は鹿之子さんのマンションの下で痴漢に遭って、でもそいつは消えちゃったんでしょ」

そう、それで美波は、幽霊に痴漢されたとか何とか云って騒いでいたのだ。殺人事件のインパクトが大きかったせいで、そんなことはすっかり忘れていたけど——。

「タイミングからして、それは多分、鹿之子さんが突いて自由になったアドバルーンの死体が、ふらふらと下降して——それで姉貴の体にぶつかった時

に、また風で上へ舞い上がっただけ――それだけのことだと思うよ」

「うげ――」

そう唸った美波の反応こそ見物だった。

半分腰を浮かせかけた美波は、仰天して目を見開いたままで、凍《こお》りついたみたいに固まってしまったのだ。無理もない。死体に――それも切断されたその一部に――痴漢されたのだから。同情を禁じ得ない。

「考えてみれば――」

と、渉くんは、姉を驚かすのに成功したのが楽しいのか、にっこりと笑って、

「昨日、姉貴が云ってたこと――霊が迷ってふらふらあっちこっち徘徊したって表現は、なかなか的を射てたのかもしれないわけだね。実際、死体は無節操にふらふらしてたんだろうから」

「うう――気色悪いこと云わないでよ」

ようやく気を取り直したらしい美波は、浮かせかけて固まっていた腰を、すとんと椅子に戻すと、

「今度から痴漢に遭ったら、私――まず上を見ることにする」

そう云う美波を見て、渉くんはまたにっこりと笑った。

美波が、それでもまだ動揺しているのは間違いなく、どうやら今宵《こよい》も、験直しの深酒に付き合わされそうな気配である。しかしまあ、それもいいか――と、僕は、美波の横顔を見ながら思っていた。

夏　夏に散る花

我孫子武丸

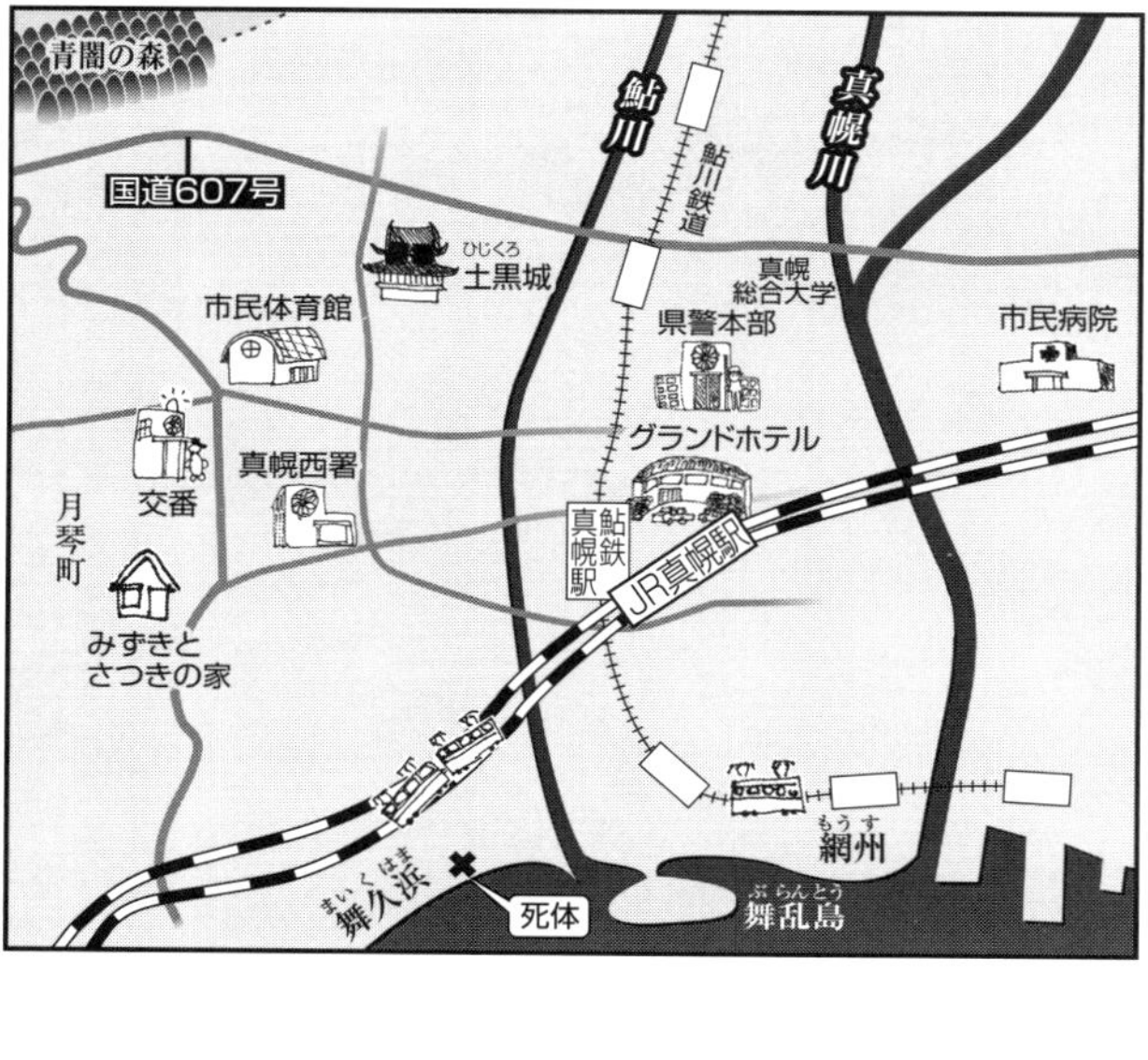

青闇の森
国道607号
土黒《ひじくろ》城
市民体育館
交番
真幌西署
月琴町
みずきと
さつきの家
鮎川
鮎川鉄道
真幌川
真幌
総合大学
県警本部
グランドホテル
鮎鉄
真幌駅
JR真幌駅
市民病院
網州《もうす》
舞久浜《まいくはま》
死体
舞乱島《ぶらんとう》

1

前略　君村義一《きみむらよしかず》先生

作家の方にファンレターなど書くのは初めてなので、一体どう書いていいものやら、どう書いても失礼になるのではないかと悩んでいますが、どうせ作家の方に感心していただけるような文章など書けるわけではなし、清水《きよみず》の舞台から飛び降りるつもりで（こういうの、紋切《もんき》り型って言うんですよね？）自分なりに書かせていただきます。

先日、先生の御作『コーリング』を読ませていただき、大変感動いたしました。

自分で書いていても何だか薄っぺらで嘘くさい感想ですが、ボキャブラリーの貧困なわたしには表現しきれないほどの感動だったのです。わたしはまだ十九歳ですが、同じ年の女の子たちに比べれば読書量は決して少なくないほうだと自負しています。でも、今まで読んだどの本よりも、『コーリング』はわたしにとって素晴らしい、大切な本です。

一度読み終えて、すぐもう一度頭から読み返し、また最後のところで泣いてしまいました。

作者紹介を見て同じ真幌市に住んでいらっしゃると知ってまたびっくり。年齢も二十三歳ということですからわたしとそんなに変わりませんよね。もしかすると同じ小学校の先輩だったりするのかも、とか、どこかですれ違ったことがあるのかも、と思うと不思議な気持ちになります。

この気持ちをとにかく一言だけでも伝えたいと思い、ホームページでも作っていらっしゃるのではと

検索しましたが、残念ながら見当たりませんでした
ので出版社気付でお出しします。きちんと届くとよ
いのですが。
ご返事はご無用です。ただ、わたしのようなもの
が他にもきっと数多く、先生の作品を待っているの
だということをお伝えしたかっただけですので。
草々
四方田《よもだ》みずき

きれいな字だった。そうと知らなければ、今どき
の十九歳の女の子が書き手だとは思わなかったろ
う。ペン習字のお手本になるような、正確で整った
字だ。小説家なんぞを志《こころざ》したわりに悪筆で、字を
手で書くのが大嫌いなぼくには、逆立ちしたって書
けないような手紙だった。
裏書きには確かに、真幌市月琴《げっきん》町と市内の住所が
書かれてある。大学で初めて真幌市に住むようにな
ったぼくには、大まかな位置は分かるが土地勘のな
いあたりだ。確かお屋敷町ではなかったろうか。
今はもう五月だが、消印の日付は三月。
昨年春に出たぼくのデビュー作にして最後の作と
なるかもしれない『コーリング』は、昨今の出版事
情を差し引いてみても売れない部類に属する作品だ
そうで、だからかどうか、ファンレターと呼べるも
のはまだ一度ももらったことがなかった。何だか年
寄りらしい人の、語句の間違いを指摘するお叱《しか》りの
手紙と、意味のよく分からない新興宗教か何かの手
書きのコピービラが編集部を通じて送られてきたこ
とがあるだけだ。
「第二作を」と盛んにせっついていた編集者も、最
近はとんとご無沙汰《ぶさた》で、編集部に来たこの手紙が誰
の目にも留まらず一ヶ月以上放っておかれたらしい
のも仕方がない。
しかし、ベストセラーどころか初版部数もさばけ

なかったらしい『コーリング』だが、いっときは晴れ舞台の直前まで行ったのだ。某有名文学賞の候補に名を連ねたのである。受賞すれば間違いなくベストセラー、落ちても多少の売り上げ増に結びつくだろう、と有頂天《うちょうてん》になったのは束《つか》の間だった。候補になって落選する、というのがいかにデメリットだけでメリットのないものかをぼくは知らなかったのだ。有名な文学賞といえども落選した候補作なんて誰も気にしてないから売れ行きには影響がなく、しかも、多くの賛辞を集めた受賞作と比較していかに駄目かという選考委員の罵倒《ばとう》だけはしっかりと伝わってくる。候補になった頃にいくつか見受けられた新聞書評やインターネットの素人《しろうと》書評でも「どうしてこんなのが候補に」といった声しか目につかなかったものだった。「若書き」「鼻につく文章」「大甘のラスト」うんぬんかんぬん。いちいち当たっているると自分でも分かるだけに余計腹が立つ。

元々、プロットなんてものも立てず、何が書きたいのかも分からず勢いに任せて書き上げただけの作品だったから、こうまで叩《たた》かれると、二作目を書こうなどという気はほとんど消え失せていた。書きかけていた数十枚分の原稿もしばらくぶりに読み返してデスクトップのゴミ箱に放り込み、はや数ヶ月。もういい加減ゴミ箱からも消し去ってやろうと考えていた頃、彼女からの手紙が担当編集の遅れを詫びる言葉と共に転送されてきたのだった。

彼女の手紙は救いの藁《わら》だった。ぼくは自分でも気づかぬうちに溺《おぼ》れかけていたのだ。世界でたった一人の理解者であるような気がした。

作家がファンに出す返事としてはいささか浮かれたものを一気に書き上げ（もちろん手書きではないが）、ちょっとためらったが自宅の住所とメールアドレス（ホームページこそないが、もちろんメールアドレスくらい持っている）を記していた。

書き手が自分と年の近い若い女性である（自己申告に過ぎないが）こと、同じ街に住んでいることを知ってきていることといったことに、なにがしかの期待を抱かなかったといえば嘘になる。大学生活最後の一年間ほど恋人といっていい関係だった女の子は、ぼくがさる証券会社の内定を蹴って職業作家を目指すと分かった途端、呆《あき》れて去っていった。それ以来、母親以外の女性とは食事もしたことがない。

しかし、たとえ相手が中年の男性だったとしても、ぼくは同じように浮かれた返事を書いたことだろう。

ストーカーじみた性格の女の子かもしれないという考えもちらっと頭を掠《かす》めなかったわけではないが、そんな心配をすること自体おこがましいような気がした。ストーカーに悩まされるくらいの人気作家になってみたいものだとさえ思う。

彼女からの返事はすぐさまメールで届いた。電子メールであっても、前略に始まり草々に終わる文章は、彼女の文字と同様、きっちりとした性格を思わせた。

前略　君村義一先生

ご返事は無用です、と書いたくせに、もしかしたらお手紙をいただけるかもしれない、なんて夢想していました。本当にいただけるなんて、まだ夢を見ているようです。

でも、メールアドレスはともかく、ご自宅の住所をそう簡単に教えるのはどうかと思います。わたしがストーカーにならない保証はないですからね。

……もちろん冗談です。何だか信用していただけたみたいで、とっても嬉《うれ》しいです。

お住まいは市民病院の近くですね。母がここしばらく入退院を繰り返していますし、わたしも身体《からだ》が弱いもので、近くまでよく行きます。これからは病院に行くたびにきっと先生が近くにいることを思いだしてしまうでしょうが、安心してください。わたしはとびきりの方向オンチなので、たとえ詳しい地図をいただいても、一人では先生の家を見つけられませんから。

あんまり嬉しくて、どうでもいいことばかり書いてしまいました。

早く第二作が読めることを期待しています。

草々

四方田みずき

すぐにまた返事を書きたかったが、何だかがっついているように見えはしないかと、わざと一日我慢して間を空けることにした。実際、ぼくは飢《う》えていたのだろう。彼女がぼくからの手紙を心待ちにしているなんてことについては今ひとつ実感がなかった。それよりもただぼくは、何の利害関係もない一ファンからの無条件の賛辞が欲しかったのだ。

とにかくそうして、メールの交換が始まった。

みずきは、自分で言っているとおり、本当に本が好きなのだとすぐ分かった。古典などに関しては、ぼくの方が全然読んでいなくて恥ずかしくなるほどだ。今でもドストエフスキーだのトルストイだのを読む若者がいること自体驚きだった。

何度かメールを交換しているうちに、彼女の方から、一度会ってくださいとかサインが欲しいとか言ってくれるのではないかと期待し始めていた。思い返せばもうこの時点で、ぼくはほとんど恋に落ちていたのだと思う。毎日毎日、彼女とのメールのやりとりのことばかり考えて過ごし、まだ見ぬ彼女の姿を想像しては打ち消した。文学少女なんてものが、ましてやぼくの本を面白がってくれるような奇特な人が、可愛い美少女であったりするわけがない。こちらにしてもヴィジュアル系の顔立ちではなし、お互い会ってイメージを壊すことはないという気もないではなかったが、それでももっと彼女と深く知り合いたい、そして失ってしまった何か――創作の、あるいは生きていくために必要なエネルギーのようなものだろうか？――を取り戻せないものかという気持ちは変わらなかった。それは性欲よりももっと利己的で不純な動機だったかもしれない。

ぼくはふと気がつくと、現在二作目が行き詰まっていることを告白していた。一作目は、ちっとも売れなかったこと、ファンレターなどをもらったのは実は初めてだということ。でもそのおかげで少しだけ、書き続ける気が戻ってきたということ。そんな愚痴《ぐち》めいた文句の最後に、できればゆっくり話がしたいですね、とたいしたことではないように装って書き添えた。

実際、やる気が戻ってきたのは確かなことだった。長い間ゴミ箱の中で眠っていた原稿をもう一度読み返し、あっさり捨て去ることにも成功した。もったいないと思っていたことが信じられないほど、どうしようもない原稿だった。ずっとのしかかっていた重荷が取れたような気分で、本当に書きたいことが溢《あふ》れてくるような気がした。

書き始めるところまでは行かなかったものの、いくつもの魅力的な設定やテーマが浮かび、それらをメモしているとさらにやる気がわいてきた。

二日間、返事は来なかった。ぼくが会いたいとほのめかしたことで（ほのめかし、というにはあからさま過ぎたかもしれないが）彼女の方はひいてしまったのではないかと心配し始めた頃、ようやく返事が戻ってきた。

ぜひ一度会ってサインしていただきたい、と書いてあった。

そしてぼくらは翌々日、真幌駅前のグランドホテルの喫茶室で待ち合わせることになった。

それは六月最初の日曜日のことだった。

2

写りは悪いが一応本の見返しに著者近影なるものが載《の》っていたから、目印はなくても、彼女の方がぼくを見つけてくれることになっていた。ぼくはいつもそうなのだが、約束の三時よりは三十分ばかり早めに着いて本を読んでいた。遅刻をしたらどうしようという強迫観念が常にあって、早めに着いていないとまったく落ち着けないのだ。人を待たせるのは嫌いだが、待つのは結構好きだったりもする。

それらしい若い女の子の一人客が来るとちらっと視線を飛ばしたが、みな別の誰かを見つけて手を振り、走り寄っていく。

五十分になった頃、小学生くらいの女の子を連れた若い母親が入ってきた。一瞬視線が合ったが、これまた関係ないと思って再び手元の本に視線を落とした。

近づいてきた脚がぼくのテーブルの脇で止まる。

「……君村……先生ですか？」

顔をあげると先ほどの子供連れがぼくを見下ろしている。

「はい？」

――いや、若い母親、というのは見間違いだった。十代にしては大人びた印象はあるが、連れている子供の母親というような年ではない。ぼくと変わらないか、やや下なのは確かだ。ではこれが――？

「四方田です。お忙しいところわざわざお越しいただいてすみません」

二人揃《そろ》って頭を下げる。

「あ、いやそんな……お会いできて嬉しいです。――妹さん、ですか？」

「ええ。一緒に来てしまったんですが……申し訳ありません」

「いいえ。もちろん構いません」

無理して少女に微笑《ほほえ》みかけると、彼女の方も強《こわ》ばった笑みを返してきた。小学校六年生くらいだろうか。みずきは十九だと言っていたから、結構年の離れた姉妹だということになる。

二人を改めて見比べると、年齢も雰囲気《ふんいき》も異なるものの確かに顔立ちはそっくりだった。くっきりした目鼻立ち、清楚《せいそ》だが意志の強さを感じる口元。つやのある黒くて長いストレートヘア。少女が成長すれば、きっと姉そっくりになることだろう。どちらも少し溌剌《はつらつ》さには欠け、何か暗い翳《かげ》りを瞳に漂わせていたが、逆にそれが二人の整った顔立ちをさらに引き立てているようにぼくには思われた。

細身のベージュのパンツに白い涼しげなブラウス。肩から提《さ》げたトートバッグも無地の白で、全体にシンプルで清潔そのものという印象だ。じめじめと蒸し暑い日だったが、汗一つかいた様子はない。

少しの間まじまじと見ていたからだろうか、姉は恥ずかしそうに目を伏せた。

「ごめんなさい。こんなきれいな人だとは思わなくて——」

何でそんなことを言ってしまったのか分からない。お世辞を言うのには慣れていないし、彼女を口説《くど》くつもりもなかったはずだ。ただ、思ったことがするっと口からこぼれてしまっていたのだった。

タイミングよくウェイターが水を持って注文を取りに来たので、さほど気まずい思いはせずに済んだ。

「あ、えーと……みずきさんは学生、ですよね？」

二人が座って注文をすませると、さっきの言葉はなかったもののように訊《たず》ねた。

十九だというから当然そうだろうと思いこんでこれまで確認したことはなかったが、意外な答が返ってきた。

「……いえ……長い間病気がちなものですから……」

病気がち、というわりには元気そうに見えたが、顔を伏せてかぼそく答える彼女に、どこが悪いのかなどと訊ねる気にはなれなかった。

「じゃあ自宅で静養してるわけですか」

「ええ……まあ、そうです」

なるほど。だからこそ、よく本を読むようになったのだろう。ぼくの本まで読むからには、およそあらゆる本を読んでしまったのに違いない、と少し自嘲的に思った。

みずきにはコーヒーが、妹にはミルクが運ばれてきて、二人は黙ったまま少し口をつける。

「妹さんは……小学生、ですか?」

みずきはなぜか少し動揺した様子で妹を見やり、口ごもる。

「あ、いえ……」

「中一です」

少女は姉の言葉を遮《さえぎ》るように初めて口を開いた。

妹の方は、フリルのいっぱいついたワンピースだ。整った顔立ちと相俟《あいま》って、フランス人形のようという形容がぴったりだった。


「それよりお姉ちゃん、サインいただくんじゃないの?」

「あ、そう、そうだったわね。……お願い、できますか?」

みずきは持っていた白いトートバッグからぼくの本とサインペンを出してテーブルの上に置く。

自著にサインをするのは初めてではない。親戚《しんせき》や親の知人に本を送りもしたし、友達からサインを求められたこともある。でもこうして純粋にファンといえる相手、作家と読者として知り合った相手にサインをするのはやはり初めてで、奇妙な感じだった。嬉しくないわけではないけれど、本当にぼくのサインなんて欲しいんだろうかと疑ってしまう。

『コーリング』を手に取り、表紙を開く。考えてみるとこの本を手に取るのも久しぶりのような気がする。みずきの言葉通り、すでに何度も読んだ様子が、ページの端が薄く汚れていることからも分かった。

「四方田みずき様、でいいですね？」

みずきはこくりと頷《うなず》いたので、ぼくはゆっくりとその名を記してから、自分のサインをした。できるだけしっかりと書いたつもりだったが、達筆というにはほど遠い。みずきの方がよほどきれいなのは間違いなかった。

「メールでも書いたけど、こんな字でごめんね」

「とんでもありません。ありがとうございます」

本とサインペンを返すと、みずきと妹はまじまじと本を覗《のぞ》き込んで眺《なが》める。

「……可愛い字」

妹の方がフォローしてくれる。子供に言われてもな、と苦笑いするしかなかった。

「ええ。個性的で、人柄が出てるような気がします」

姉の方も頷きながらそう言った。

「そうですか？」

お世辞というかひいき目というのか、どちらにしても真《ま》に受けるわけにはいかないはずだが、その気持ち自体は嬉しかった。

お茶を飲みながら、メールでしたような話を繰り返したが、文字でやりとりをするのとはまた違って大きく脱線することも多く、彼女の意外な一面を見せられることになった。サッカーが好きでよく見ているということ（ぼくは中学時代サッカー部だった。才能がないと悟ってすぐにやめたが）、小説だけでなくマンガも好きだということ、などなど。ただ大人しい女の子かと思っていたら、結構何でもはっきりと言うタイプだということも分かった。

時折ふっと見せる笑顔には、心臓をぎゅっと摑《つか》まれたような痛みを覚えた。まだ緊張しているせいなのか、その笑顔はすぐに消えてとりすました顔に戻ってしまうのだが、かえってぼくの心には強く焼きつけられてしまった。

ふと気がつくと二時間近くが過ぎていて、少し早めの夕食に誘ってもおかしくないのではないかと考えていた時、みずきはちらりと腕時計に目を走らせて言った。

「大変……もうこんな時間だったんですね。お時間を取らせてしまってすみませんでした」

「いいえ、とんでもない。何時間でも、お話ししていたいくらいです。……そうだ、お腹、空きませんか？　もしよかったらこの後……」

みずきはちらと妹を見やって、心から残念そうな表情を見せた。

「ごめんなさい……妹たちに夕飯の用意もしてあげないといけませんし……」

そういえば母親も入退院を繰り返しているといったようなことをメールに書いていたのを思い出した。

「妹……たち？」

「ええ……あの、もう一人妹がいるんです。一人で待っていますから、そろそろ帰らないと」

妙な話だと思わないでもなかった。もう一人妹がいるのなら、一緒に連れてくるか、それとも二人とも置いてくるのが普通ではないだろうか？

「そうですか。しょうがないですね。――でもほんと、楽しかった。近いんだから、またいつでも会えますね」

「ええ……そう、ですね……」

みずきは再び妹をそっと見やり、口を濁《にご》した。手のかかる妹（たち？）がいては、自由に出歩くわけにもいかない、ということだろうか。彼女自身も身体が丈夫ではないというから、それもあってあまり確約はできないということかもしれないと楽観的に解釈しようとした。もうあまり会いたくないのだなどとは思いたくなかった。

彼女が立ち上がって先にテーブルの伝票を取り上げたので、しばらくそれをどちらが払うかでもめた。何しろ初めてのことなので普通の作家がどうするものなのか分からなかったが、年下のファン、それも女性とお茶を飲んで勘定を払わせるのは沽券《こけん》にかかわるような気がしたのだった。結局彼女が折れた。

　レジで三人分の合計額が三千円近いと分かったときには、現在の財政状況を思い出して少し後悔したが、払うと主張したことよりは、かっこをつけてこんなホテルを待ち合わせ場所に使ったことが激しく悔《く》やまれた。これまでなら、待ち合わせといえばショッピングモールの中の本屋か喫茶店というのが定番だったのだが、一度だけ編集者と待ち合わせをした際に初めてここを使い、「これがオトナの待ち合わせか」といたく感心したことが記憶にあり、作家としてファンと会う場所としてふさわしいのはやはりここではないかなどとつまらない見栄《みえ》を張ったのだった。

　大学を卒業して以来、稼いだお金は、初版印税（売れた分ではなく、刷った分の印税が入るのだとは本が出てから知った）と三度ほど頼まれて文芸誌に書いた短いエッセイの原稿料だけ。当初は、コンスタントに続けていさえすれば、一人くらい充分食べていけるはずの仕事だと思えたが、エッセイは向いていないことが分かったのでなるべく断るようにしたし、「専念」しているはずの小説が書けないとなると、まったくのプータローだ。一年間で考えると、必死でバイトしていた大学一、二年の頃の方が稼いでいたという結果には愕然《がくぜん》とするしかなかった。

　二人はホテルの正面入り口まで来ると深々と礼をしてタクシーに乗り込み、あっさりと走り去っていった。

　ニコニコと手を振りながら見送った後（妹が振り向いてぼくをじっと見ていた）、続いてタクシーに乗るかどうか視線を投げかけてくるドアマンを無視して真幌駅に向かう。駅の自転車置き場に大学時代から使っている自転車を置いてきたのだ。

　大学に入ったときに借りて以来住んでいるアパートまでは自転車で十分ほど。決して高い家賃ではないが、このままだと引き払って実家に帰るしかないかなと考えているところだ。親はもちろん、帰ってこいとうるさく言う。仲のいい友達は、約一名の例外を除いてほとんどが就職して都会へ行ってしまったり、忙しくて会えなかったりだから、特に真幌に未練もない。一人でいたほうが執筆がはかどるのかどうかも、この一年ですっかり分からなくなった。

学生時代から行きつけの定食屋――安くてうまいこの店には未練があるといえばいえるかもしれない――で四百九十円の鯖《さば》の塩焼き定食を食べてから部屋に戻り、パソコンを立ち上げてメールチェック。みずきからのメールはなかった。

返事の必要なメール一通に返事を書き、パソコンはそのままに、ベッドに寝転がって天井をしばらくぼんやりと見つめる。

彼女のときおり見せた笑顔がスライドショーのように次々と脳裡《のうり》に浮かぶ。

何となくテレビをつけてみると、どこもニュース、それも事件などが終わった後の生ぬるい話題ばかり。地元のUHF局では、真幌在住の闇雲《やみくも》A子とかいう推理作家が得意げに何かまくし立てている様子が映り、結局うんざりして切ってしまった。闇雲A子は、顔はまあ美人といっていいのだけど、以前からどうも好きになれず、自分がいざ作家になってみると彼我《ひが》の差を思い知らされてか、余計に気分が悪い。

メールチェック。誰からもメールはなし。

インスタントコーヒーを入れ、再びパソコンの前に座り、久しぶりに小説でも書いてみようとワープロソフトを起動する。

五分、十分……しばらく白い画面を睨《にら》んでいたが、結局キーボードを叩いて最初に出した文字は、「みずき」だった。

変換してみる。水木、水城、水樹……この辺りはどれも名字《みょうじ》っぽい。瑞紀、瑞樹、瑞希……瑞希。何だかこの字が彼女には合っているような気がした。

清楚で、爽《さわ》やかな雰囲気を持っている。もしかしたら本当は漢字だとこう書くのかもしれないなどと勝手に思う。

　みづき、だと観月、海月、美月、とこれまたなかなか可愛い名前になるのだが、これはやはりルール違反だろうか、とくだらないことで悩む。

　恥ずかしくなってすべてを消去し、ワープロソフトを閉じる。パソコンも終了してしまおうかと思ったが、もう一度メールチェックをしてしまう。やっぱりメールはない。


　結局、深夜三時にチェックしたときも彼女からのメールは来ておらず、ぼくは仕方なく寝る前にこちらから出しておくことにした。えらくがっついているように思われはしないか、押しつけがましくはないか、えらそうではないかと何度も書き直したあげく、こんな文面になった。

　四方田みずき様
　今日は久々に楽しいひとときを過ごせました。またもう一度、今度はもっとゆっくりお話ができたらと思います。

　見たいと言ってたコーエン兄弟の映画でも、今度一緒に行きませんか？

　では、おやすみなさい。

君村義一

　これでは完全にデートの誘いだ、何だかちょっと可愛いファンと見ると手をつけるような作家なのだと思われはしないかとまたまた迷ったが、えいっと送信ボタンを押し、気が変わらないよう（変わってももう遅いのだが）すぐさまパソコンを終了してベッドに潜《もぐ》り込んだ。

どう思われても構うものか。

もう一度会いたい。

その思いがもう消せないことは分かっていた。


しかし翌日もメールの返事は届かず、催促するわけにもいかずに苛立《いらだ》ちばかり募《つの》らせる。電話番号でも聞いていればきっと直接かけていたことだろうが、メールという便利な手段があるおかげで、女の子から電話番号を聞き出すのは最近ではますます難しくなっている。

さらに翌日の夜になってようやく、たったこれだけのメールが届いた。

前略　君村義一先生

先日はお忙しい中お出向きいただき、誠にありがとうございました。

これからもご活躍されますよう、陰ながら応援させていただきます。

草々
四方田みずき

ぼくは目を疑い、そこに込められた思い、隠されたメッセージでも読みとれるのではないかと何度も何度も読み返した。

これまでの親密なメール交換、あの日の楽しそうな笑顔、それらがなければ別段変な文面ではない。しかし、これはもう素っ気ないを通り越して、いわゆるひとつの「お友達でいましょう」に相当するメールではないのだろうか？　ぼくが映画に誘っていることに対しても何一つ触れていないのは、行きたくない、という意味だとしか思えない。都合がつこうとつくまいと、映画が何であろうとだ。

作家としてはともかく、男としては完全に拒否されているのに違いない。友人としてでもない。多分彼女はぼくに会って幻滅し、好きな作家となんて会うものじゃないわね、と思ったのだ。

いや、そもそも妹を一人だけ連れてきたのは、怪しい雰囲気にならないための予防策だったのかもしれない。メールの様子から、ぼくが変な期待をしている可能性を予想し、もし変な誘いを受けても断固として断るつもりだったのだ。

頭ではそう納得し、失恋の傷としては軽い方だと思いながらパソコンのスイッチを切ってふて寝を決め込んだが、どうにも胸のもやもやが治まらなかった。

そりゃぼくは別に美男子というわけではない。でも彼女は少なくともファンレターを出す遥《はる》か前から、著者近影を見ていたわけだ。メール上でも対面していても、お互い話題はつきないほど盛り上がった。友達にさえなりたくないと思うほどの悪印象をどこかで与えたとは思えないし、別れ際の彼女もそんな様子は微塵《みじん》も見せなかった。すでに彼氏か何かがいて、ぼくに勘違いをされたくないのだとしたら、やんわりとそのことを伝えて釘を刺しておくという手もある。何もこんなふうにいきなり素っ気ない態度を取ることはないのではないだろうか？

考えれば考えるほど彼女の態度が理不尽に思えて、再びパソコンを起動し、返事を書き始めた。思いのたけをぶつけたり、彼女の気持ちを訊ねたり、色々な文面を考えたものの、最終的には彼女の素っ気なさにはまるで気づいていないかのようにもう一度誘うというものに落ち着いた。

四方田みずき様

映画はどうしましょうか？　あの映画はそろそろ終わりそうなので、隣でやってるフランス映画もいいかもしれません。ご存じのようにこちらは何曜日でも大丈夫なので、都合のいい日を教えて下さい。

そういえば妹さんの名前を伺《うかが》うのを忘れていました。もし映画がお好きならみんなで一緒に行くのも楽しいかもしれませんね。

ではまた。

君村義一

わざわざ妹のことを持ち出したのは、彼女がぼくと二人きりになるのを不安に感じているのならと気遣ってのことだ（もしかすると強度の男性恐怖症かもしれないではないか？）。とにかく彼女に会えさえすれば、多少の邪魔が入ることなど文句は言っていられない。

とにかく会えさえすれば。

しかし、とうとうみずきからの返事が届くことはなく、半月ほどして再び思い切って出したメールは、「User Unknown」と、そのユーザーがすでに存在しないことを告げるメールとなって戻ってきた。

3

「そんなの電話帳を調べりゃすぐだろう。四方田なんて名字はそんなに多くはないだろうし、住所も分かってるんだから」

バーボンの水割りをぐいと空けながらそう言ったのは、司法浪人の法学部六回生、小山田健治《おやまだけんじ》だ。今でも時折この部屋に来て酒を飲んだりするのは、もう彼くらいしかいない。法学部に四年間行きながら司法試験を受けようという気のさらさらなかったぼくの見立てだからさほど信用はおけないが、小山田は充分合格するだけの知識と能力を備えているように思う。三回生の時から三度も受験していまだに一次試験も通過できないのはひとえにその極端なあがり性のせいではないだろうか。こういう場ではでかい口を叩くくせに、いざ本番となると腹を壊したりパニックを起こしてわけが分からなくなったりと、まったく実力を発揮できないのだ。普段の言動と山男風の風貌からは想像できないほどの小心者であることは、ぼくもしばらくつきあうまでは分からなかった。今はそういう態度が半ば防衛本能から出てきているものと知っているから、何を言われても腹も立たない。

「何なら直接訪ねて行ったっていい。地図くらい読めるだろう」

「そんな……ストーカーみたいな真似《まね》はしたくない」

そう答えたが、実のところ電話帳は調査済みで、みずきの家らしい電話番号が掲載されていないことは確かめてあった。もし掲載されていたらそこにかけていたかどうか、それは自分でもよく分からない。

「諦《あきら》めきれてないんだろ？　とにかくもう一度会って、はっきり振られりゃ諦めもつくんじゃないの」

彼がそう言うだろうことは分かっていた。他の誰だって同じことを言っただろう。ぼくだって、誰かに同じようなことを相談されたら、そう答えたに違いない。

「お前が二の足を踏む気持ちもよく分かる。作家とファンという出会いでなかったら、もう少し素直になれたはずだ、そうだろ？」

「……多分ね」

「なら、作家だなんて気持ちは捨ててしまえ。お前は作家か？　作家なんて言えるか？　たった一作、それもほとんど売れない、読まれない本を出しただけで」

「言えないね」

傷ついて当然の物言いだったが、自分の中では余りにも当たり前のこととなっていて、彼から言われると逆にほっとさえした。やっぱり誰が見てもそうだよな、と。

「たとえばこういうことも考えられる。――彼女……みずき、だっけ？　みずきちゃんは身体が弱い。外出はよほどのことがないかぎり禁じられてるし、男女交際なんかも自由にはさせてもらえない箱入り娘だ。お前と会って帰ると、両親にきつく問いつめられ、事情を説明すると、二度と会ってはなりませんと申し渡され、パソコンも取り上げられ、メールも書けなくなった」

「……でも返事は一回来たよ」

反論してすぐに彼の言いたいことに気づいた。

「そんなもんは誰でも書ける。驚くほどそっけない文章だったんだろう？　親が書いたのかもしれんさ。その後、念のためにメールアカウントも解約、と。もしかすると通信そのものも禁止されたかもな」

「でも、今どきメールくらい携帯でも出せるわけだし……」

「身体が弱くてあんまり外出しないんなら、そもそも持ってないかもしれない。もし持ってたとしたら、パソコンを取り上げてそれを取り上げないのはは片手落ちってやつじゃないか？　大体、お前の記号と数字ばっかりのメールアドレスなんか、俺だって覚えてないぞ。もしパソコンを取り上げられたら――」

「メールアドレスは手紙に書いてあるんだぜ」

「手紙なんか燃やされたら終わりさ」

ぼくは首を振った。もしそんな親がこの世にいるとしたら処置なしだな、という思いと、どこまでいっても自分の理屈を通そうとする小山田の頑固さに音《ね》を上げてのことだ。

「ともかく、だ。諦めるならすっぱり諦める。そうでないんなら家まででも押しかけてはっきり気持ちを確かめる。それしかないだろ？」

そうなのだ。結局問題はそこに帰ってくる。

「――そんなにいい女だったのか？」

小山田は少しうらやましそうな口調で訊ねる。

「うん……まあ……」

「中島《なかじま》より？」

思い出したくない名前をこいつは平気で出してくる。

「……ちょっとタイプが違うけど……そうだね」

「ふーん……お前は大体、面食いだからな。お前が言うんだからきっと美人なんだろう」

面食いなんかじゃない、と言おうとして口を閉じた。これまで自覚はなかったがそうなのかもしれない。

「お前の作品のファンで、なおかつ美人だなんて、多分これが最初で最後だと思うな。逃がしたら一生後悔するんじゃないか」

「……ぼくもそう思う」

「変なプライドなんか捨てちまえ」

「まったくそうだ」

「当たって砕《くだ》けろ！」

すっかり顔を赤くした小山田は、拳《こぶし》を振り上げて叫ぶ。絶対に自分では実行できないようなことを、他人には当然のように要求するのだ。でも今は、彼のそんなから元気を切実に必要としていた。

「そうだな。駄目で元々だもんな」

「そうそう。ダメモト。――まあ飲め。女はいくらでもいる」

もう振られたものと決め込んだのか、さっきとは矛盾するような慰《なぐさ》め方をしてくる。

その夜は久々に、二人でボトル一本を空けた。

翌日昼過ぎに起きると案《あん》の定《じょう》二日酔いだったが、さほどひどくはない。小山田の方は驚くほど元気で、「うどんでも食おう」とぼくを外へ連れ出す。真上から照りつける陽射しはもうすっかり真夏のものだ。二日酔いと相俟って立ちくらみを起こしそうになり、ぼくたちは急いで近所のうどん屋へ退避する。

冷房の効いた店内で関西風の熱いうどんを食べていると、段々二日酔いも治まってくるようだ。

先に食べ終わった小山田が話しかけてくる。

「考えたんだがな」

「何を」

「みずきちゃんのことだよ」

「……ああ」

「俺が一緒に彼女の家を探してやろう」

「うん……ええ？」

「お前のことだから、いつまでもぐずぐずして先延ばしにするだろう。幸い今日は暇《ひま》だから、付き合ってやろうって言ってるんだ」

「幸いも何も、いつだって暇といや暇じゃないか」

何しろ実力だけは充分あるので、試験勉強にはさほど身が入っていない。大学の単位は追い出されないように、いつでも取れるのを一つか二つわざと残してあるだけだから、授業に出ることもほとんどない。大学に行くのはもっぱら掛け持ちしている色んなサークルに顔を出したり、同じ司法試験仲間と遊んだり情報交換するためだけだ。

「まあそうなんだがな。――どうだ？　一人じゃ心細いだろ？　俺は生まれも育ちも真幌だからな。月琴町なんてそんなに行ったことはないが、お前よりは分かるだろう」

そもそも住所を頼りに彼女の家を探し当てようなどと思っていなかったわけだが、もし本当にそうするのなら地元の人間がいた方が安心だし、もしみずきにばったり出会うようなことがあっても偶然を装いやすいのではないだろうか。

それに彼の言うとおり、自分一人では先延ばしにするに違いないと分かっている。彼の厚意（?）に甘えることに決めた。

小山田によると月琴町は、真幌市の数少ない観光地でもある土黒城の城下町だったらしい。アパートのあるあたりからは自転車で行くには結構な距離があるので、市民体育館行き、というバスに乗るといいと言う。三十分ばかり揺られて体育館前で降り、小山田について歩いていく。

「ちょうど交番があるな。あそこで聞いて来いよ」

「ちょ、ちょっと待てよ。交番は……まずくないか」

「何がまずい？　知り合いの家を探してるだけなのに？」

「それは……そうなんだけど」

自分たちのしようとしていることがストーカーとはまったく違うと確信してはいるのだが、まったく後ろめたくないといえば嘘になる。

「じゃあ何のためについてきたんだよ」

「交番があるんだからその方が手っ取り早いじゃないか。ほら、一緒に行ってやるから」

彼に半ば押されるようにしながら交番の前に立つと、何か書き物をしていたらしい巡査が気がついて外へ出てきた。

「何か？」

低いしゃがれた声をかけてきた初老の巡査は、こわもての外見ではあったが、唇には笑みを浮かべていた。

「実は友達の家を探してまして」

先に口を開いたのは小山田の方だった。

「ほう。どちらの？」

小山田はこの質問には答えず、ぼくの脇腹をつついた。

「……四方田、というんですが。数字の四に方角の方……」

言い終える前に巡査は大きく頷いた。

「ああ、四方田さんところ。——友達、ねえ。あそこには女の子しかいないし、みんなまだ子供だけど」

多少後ろめたいだけに、どきっとする。まだ何をしたわけでもないが、彼女が年齢を多く偽っていたりしたら、淫行扱いされたりするのかもしれないと慌てる。

「……もう十九だって言ってましたけど」

それでも未成年は未成年だ。やはりまずいのだろうかと思ったが、巡査は意外にもそれを聞いて懐かしそうな表情を見せる。

「へえ……もう十九？　そうか……そういやもうそんな年になるか……最近あんまり顔を見ないから……もう十九か……子供はあっという間に大きくなるな……さつきちゃんって言ったっけ？」

「みずきです。四方田みずき」

「ああ、そうだったそうだった。でもさつきって子もいたな。双子《ふたご》じゃなかったかな」

双子？　みずきに双子の姉妹がいるんだろうか？

「それにもう一人、やっぱり似たような花の名前だった……つつじ、かな？」

この巡査の記憶が確かなら、あの妹の名前はつつじ、ということか。

「みんな可愛かったから、きっと美人になっただろうね」

ぼくは大きく頷《うなず》きかけて、そんなことを教える必要はないと思い直した。

「で、どっちに行ったらいいですか？」

幸いこの巡査は最近は四方田家の誰かと会うことも少ないようだから、二人組の男が訪ねていきましたかなどといらないことを聞く可能性も少ないと判断し、少し大胆になれた。

「あ、そうでしたな。どうも失礼。――この道をまっすぐ行くと、大野《おおの》さんっていう特に大きなお屋敷があるから、そこを左に曲がって、二つ目の角を右。角から一、二……三つ目の家が四方田さんとこだね。周りと違って割と新しい鉄筋の家だからすぐ分かるでしょう」

「ありがとうございました」

二人で頭を下げて、言われたとおりお屋敷町の中へ入っていった。どれもこれも立派な門構えと広い敷地の家が並んでいる。その中でも特に大きいというお屋敷はすぐに見つかり、言われたとおり左へ。

「金持ちなのかな？　どうだった？」

「さあ……わりと格好は地味……っていうか、変なブランド品だのは身につけてなかったみたいだけど」

小山田はさもありなんというように頷く。

「金持ちってのは子供に無駄遣いさせないからな。今どきの若い女が、憧れの作家と会うってのにブランド品の一つも持たないってことは、よっぽど貧乏か、よっぽど金持ちってことだよ」

「そうかな」

「そうだって。そうに違いない」

あたりは予想以上に閑静な住宅街で、どこの家も広い庭に大きな木々を植えているものだから、何だか森の中を歩いているようだった。強烈な陽射しも木陰《こかげ》ではまるで春のそれのように柔らかいし、気温も多分一度か二度は低いのに違いない。ここが彼女の住む街——。こっそりとこんなふうに彼女のいる場所に近づいていることに、胸が苦しくなり、胃まで重たくなってきた。

「二つ目って言ってたから、ここで曲がるんじゃないかな」

小山田が暢気《のんき》に言って角を曲がった時だった。正面から歩いてきた女性と小山田がぶつかりそうになり、道の譲り合いになった。

「みずき……さん」

ぼくは呆然として呟《つぶや》いていた。もし彼女に見つかったら、逃げ出してしまうかもしれないと思っていたが、足はいっかな動いてはくれなかった。

彼女ははっとした様子でぼくを見、何とも複雑な表情を見せた。喜んでいるのか、戸惑っているのか、それとも不安を感じているのか。

今日は黄色いタンクトップに白いスカート、それに白い帽子をかぶっている。露《あら》わな肩が目に眩《まぶ》しい。会えない間に膨《ふく》らんでしまったイメージに負けることのない、魅力的な姿だった。

「君村……先生……?」

「ええっ?　彼女?　彼女なのか?」

小山田が驚いた様子で一歩身を引く。ぼくは結構冷静に、偶然通りかかっただけだという言い訳は通用しなくなったな、と考えていた。

「……お、お出かけ、ですか」

「……あ、はい。——どうして……?」

ぼくと小山田を交互に見ながら、訝《いぶか》しげな視線を投げてくる。

「彼は、小山田といって、大学時代の友達です。今日はその……なんて言うか……ここまで一緒に来てくれたようなわけで」

くそっ、こんなことなら一人の方がよかった。何の役にも立たない上に、隣で見ていられたんでは素直に告白もできない。激しく後悔したがもちろんどうしようもない。

「全然返事が来ないものだから、一体どうしたのかって思って、それで……もしかしたら病気か何かかもしれないいし、何だかストーカーみたいで悪いとは思ったんだけど……」

駄目だ。まったく見苦しい。ぼくが女ならこんな男は絶対に相手にしたくない。多少は好意が残っていたとしても、きれいさっぱりなくなることだろう。

しかし、みずきはぽかんとした表情を見せる。

「返事……って何のですか?」

「……いや、だからメールの……」

彼女は本当に分からないという様子でしばらくぼくを見返していたが、やがて何か思い当たったように眉をひそめた。

「もしかして、メール読んでくれてないの?」

「……あっ、はい。ごめんなさい。パソコン、調子悪くって。どういう、メールだったたんですか?」

「いや、別にどうっていう内容じゃないけど、急に返事が来なくなったから……」

「デートの誘いですよ。デートの」

小山田が横から口を出す。

「お前は黙ってろ！……そんなんじゃなくて……いや、そうなんだけど……映画行きたいって言ってたでしょ？　だからちょっと都合を聞いてみただけで……」

しどろもどろに説明するぼくを見上げていたみずきの顔が、微笑みかけたように見えたが、すぐにそれはまた不安そうな表情に覆《おお》い隠されてしまった。

「……そう……だったんですか。失礼しました」

「い、いや、いいんです。お元気なら、それで」

みずきはあたりを見回した後、慌てた様子でこう言った。

「あの……すみません。今日は急ぐので、携帯の電話番号をお教えしておきます。もしその……また誘ってくださるんでしたら、これからは電話で……」

一瞬、彼女が何を言っているのか分からなかった。

みずきはトートバッグからポストイット式のメモ帳とペンを取り出してさらさらっと電話番号を書き、ぼくの手に押しつける。

「こんなところまでわざわざ来ていただいたのにすみませんけど、今日はこれで」

彼女は二人それぞれに頭を下げてから、小走りにぼくらがやってきた道を通って表通りに消えていった。

「……やったじゃないか」

「え？」

小山田に言われて、ぼくは手の中のメモに初めて目を落とした。みずきの電話番号。これでいつでも連絡が取れる。

しかも、彼女はぼくからの誘いを待っている、そう聞こえた。

夢のようで、まだ信じられない。もしかするとこれはリカちゃん電話か何かで、喜んでかけるとテープの声が応答したりするんじゃないだろうかとさえ思った。しかし、〇九〇で始まる番号は少なくとも携帯のものではあるようで、サービス電話やダイヤルQ2でないことは確かだった。

「しっかし可愛い子だったな。ほんとにあれがお前のファンなのか？」

「あ……ああ」

「ふーん……不思議なこともあるもんだねえ……」

そう呟きながら小山田は先へ歩き出す。

「おい。どこ行くんだよ。帰り道はこっちだぞ」

「馬鹿だな。せっかくここまで来たんじゃないか。家がどこかくらい確認しといた方がいいだろ？　また来ることになったときに、迷わなくてすむじゃないか」

充分過ぎるほどの冒険をした後だけに、もう勘弁して欲しいという気持ちではあったが、彼女の住まいを見ておきたいと思わないわけではなかった。さっさと先へ行く小山田の後を追うと、すぐに彼は立ち止まって一軒の家を見上げる。

半地下のようになっているらしいガレージのシャッターは閉じている。その横のレンガ敷きの階段を昇った先に、やはりレンガで作った門柱があり、「四方田」と表札があった。庭木の向こうに建物があるが、見上げる形になっていることもあって茶色い屋根しか見えない。確かに古い日本家屋の多い中にあっては新しい建物のようだ。

「やっぱり、金持ちみたいだな」

ぼくは黙って頷いたが、ふとどこか荒《すさ》んだような雰囲気があることに気づいた。周囲の掃除が行き届いていないわけではない。庭の手入れも、ここから見える範囲は普通に行なわれているようだ。でもなんだか活気というか活力が、この家からは感じられなかった。ここに住む人々の明るい笑い声が聞こえてくるような、そんな気がしなかったのだ。

それは錯覚だったのかもしれない。母親が病気がちで、みずき自身も身体が弱いと聞いていたものだから、そんな気がしただけかもしれない。ぼくはすぐにそんな想像を断ち切り、もう一度手にしたメモに目をやった。慌てて書いたので相当乱れた字だが、ちゃんと読める。

　ただの数字の羅列だが、これはみずきと繋《つな》がる魔法の呪文なのだ。アブラカダブラ。

「ドラマだと、こういうのは雨に濡れて読めなくなっちゃうんだよな」

「縁起でもないこと言うな」

　万が一に備えて、今のうちに登録しておくことを思いついて自分の携帯を取りだした。

4

　はやる気持ちを抑《おさ》え、電話をするのは夜まで待った。何の用事かは分からないが、急いでいたことを知っているのにすぐかけるのもどうかと思うし、その用事がいつ終わるものやら分からない。せめて夕食後、落ち着いたかなという頃までは待った方がいいだろう。

　その時間を八時、と自分で決めて時計を睨み、ぴったり八時になった途端、すでに登録していた番号を表示させ、メモと間違いないことを確認しながら通話ボタンを押す。ちなみに、固定電話は引いていない。大学に入ったときからずっと、携帯一本だ。

　彼女は電源を切っていて、『電波の届かない地域におられるか～』という例のメッセージが流れるのではないか妙に不安になったが、あっさりと数回のコールで繋がった。

『……はい』

　間違いなくみずきの声だ。担《かつ》がれたのではなかった。

「あ、四方田さん、ですか」

　高校一年の時、初めて好きな女の子の家に電話した時のことを思い出した。あれから色んな意味で大人になったつもりでいたが、胸がどきどきするのはあの頃とちっとも変わっていない。

『はい！……あの、ちょっと待ってください』

少し弾《はず》んだ声が聞こえ、どこか移動するのか、こもった足音とドアを閉める音がした。

『もしもし……？　どうも失礼しました』

「あ、今よかったですか。ご自宅、ですか？」

『ええ。大丈夫です。……昼間はほんと、失礼しました』

「いいえ、いいんです。こうやって、電話で話せるようになったわけだし」

『……そうですね』

しばらく黙って、その言葉の意味を考えた。彼女もまた、電話で話せて嬉しい、そういう意味だよな？　それ以外の解釈のしようがあるかどうかをしばらく検討したが、ないと結論せざるをえなかった。これはもう、先へ進むしかない。

「えー、それで、あの、映画のことなんですが……」

『はい』

ここまでみっともない姿をさらしておきながら、映画の約束をすることが急に馬鹿馬鹿しく思えてきた。

「……実はほんとのところ、映画なんかどうでもいいんですよね」

『……え？』

「いや、映画が好きじゃないとか、そういう意味じゃないですよ。……映画でも何でもいいから、とにかくみずきさんともう一度会いたいって、ずっと思ってたんです。メールの返事がなかったものだから、これはもうよっぽど嫌われたのかなって落ち込んでたんですけど、友達に——あ、昼間の奴ですけど——とにかく本人に確認してみろって。半分以上断られる覚悟だったんですよ。そしたら——」

『……わたしも、また会えたらなって思ってました』

囁《ささや》くような声だったが、はっきりと聞き取れた。

はにかんでいる表情まで見えるようだった。

「ほんとですか？　本気にしますよ」

ぼくは笑いながら言ったが、なぜか声は震えていた。

『……本気にしてくださっていいです』

彼女の声も震えているような気がした。


結局、映画には行った。映画を見て喫茶店へ行くという月並みなデートを繰り返した。久々にゲームセンターにも行った。彼女と小説の話をすることはほとんどなく、それがかえって気が楽なのか、デートの翌日には創作意欲が湧くようだった。

彼女の都合のつく時間は限られていて、週に一、二回、それも長くて四時間くらいのことだったが、その短い時間でぼくたちは急速に恋に落ちた。

自由に会えるわけではないことが、かえって思いを強めたのも間違いない。パソコンは相変わらず調子が悪いというので、ぼくは彼女の携帯へと毎日メールを送り、電話もかけた。彼女もかけてきてくれた。

デートの後で家まで送っていくことはいつもやんわりと拒否されたが、ぼくの部屋に誘うと、少し迷ったあげくに承知してくれた。

八月最初の日曜日だった。うだるように暑く、ガタの来ているうちのクーラーをがんがんにかけてもまだ少し部屋の中はむっとしていた。本当は夜を一緒に過ごしたかったのだが、夜は家を空けられないということで、やっぱり昼間だった。

サンドイッチをバスケットに入れて持ってきてくれたみずきは、「ピクニックみたい」とはしゃいで、ぼくの部屋をあちこち覗いて回った。男の一人暮らしの部屋は初めてだという。

父親はほとんど家にいないということも聞いていたし、三姉妹――さつきという双子の妹、そして中一のつばき――と母親との四人暮らしだから、男という生き物自体彼女にとっては非常に珍しいものなのかもしれない。

みずきが双子だと知って、色々聞こうとしたのだが、そのことについては余り触れて欲しくないようだった。身近なところに双子というものがいたことがないから分からないのだが、そのことをある種負担に感じる人もいるだろうことは簡単に想像でき、それ以上突っ込んで訊ねることはもちろん、一度会わせて欲しいとも言い出せなかった。

夕方、強い西日が入る頃、帰ろうとして玄関に立ったみずきにぼくは言った。

「もう少し……いいだろ」

「ごめんなさい。母の具合もよくないし……やっぱり帰らないと」

「でも、さつきさんがいるんならたまには君がいなくたって――」

ぼくがすねたように言うと、みずきは顔を曇《くも》らせた。

「それだけじゃないの。何だか最近、うちの近所に変な人がうろうろしてて、小さい女の子が声をかけられたって言うの。だから――」

ぼくは思い切って彼女の肩に手をかけ、抱き寄せた。「あっ」と小さく声をあげてうつむく。拒むようにぼくの胸につけていた両手はやがて腰に回り、ゆっくりと顔をあげた。

むさぼるように唇を重ねた。彼女の腕もきつくしまり、強く抱き合った。

「……愛してる……みずき……欲しいんだ……」

突然、彼女はもがき、離れた。上気した顔が嫌悪に歪《ゆが》んでいる。

「……みずき……？」

しまった、性急すぎたかと慌てていると、彼女の目から涙がこぼれそうになっていることに気づいた。

「ご、ごめん……悪かった……」

もしかしたら、キスも初めてだったのだろうか？

しかしたとえそうだったとしても、それで泣くほど初《うぶ》な十九歳がいまどきいるだろうか？

　みずきは背を向け、顔をこする。

「……ごめん……なさい……もう少し……もう少し待って……」

　なぜ謝るのだろう。肌を許さないことを謝っているのなら、さっきの嫌悪の表情は一体何だったのだろう。

「みずき……？」

　みずきはちらりと濡れた頬を見せて無理矢理微笑み、それ以上何も言わず出て行った。ぼくは後を追いかけて、やめた。怒っているわけではなさそうだ。女の子の心理の綾《あや》など、ぼくにはまだまだ分からないということだろうと諦めた。小説家がそれではまずい、と思わないでもなかったが、分からないものはしょうがない。

　ベッドに倒れ込み、先ほどの唇の柔らかさを、この手に残る細い身体の意外な肉感を、何度も何度も反芻《はんすう》した。

5

　その翌日、海水浴場として知られる舞久浜《まいくはま》に死体が打ち上げられるという事件が報道された。鮎川でバラバラ死体が見つかったりと真幌市内でも事件は珍しくはないが、海水浴客であふれかえる浜辺に死体が流れ着いたのだから、ローカルニュースでは大々的に取り上げられた。身元はまだ分かっておらず、十代から四十代の男性、となっていた。

　もちろん、自分には何の関係もない事件だと思っていた。さらにその翌日になって刑事が部屋を訪ねてくるまでは。

　チャイムに応えてドアを開けたのは、夜九時を過ぎていた。こんな時間に突然来るような心当たりはないから、きっと小山田あたりだろうと見当をつけていると、そこに立っていたのは白い開襟シャツを着た二人組。一人は太鼓腹の中年で、もう一人はぼくとあまり変わらない年齢と思われた。セールスや集金ではなさそうな、ただならぬ雰囲気を感じ、一瞬チェーンをかけていなかったのを後悔した。

「木村《きむら》……義一さん、ですね？」

若い男がネームプレートとぼくの顔を交互に見ながら訊ねる。

「はあ、そうですが」

「県警のものです」

太鼓腹の男がそう言い、二人は揃ってシャツの胸ポケットから手帳を出して内側の身分証を見せる。

「……警察？」

「はい。檜山と申します。こちらは中川刑事。ちょっとお聞きしたいことがあるんですが、よろしいですね」

よろしくないなどと言えるわけがない。

「この、君村っていうのはどなたですか？　お二人でお住まいですか？」

「あ、いえ……それはその……ペンネームでして」

「ペンネーム？　ああ、なるほど。本を書かれてるんでしたね」

何で知っているんだろう。ぼくは何かの容疑者なのだろうか。どんどん不安になってくる。

「小山田健治さん、ご存じですよね」

「小山田？　はい。大学の同級生です……でした、というべきかな」

二人が顔を見合わせたように見えた。

「というと……もうお聞きになったんですか？　誰に聞きました？」

喋る役はもっぱら若い方のようだ。

「は？　何をですか？」

「小山田さんが亡くなったのをどなたに聞いたんです？」

「小山田が……亡くなったって……どういう意味です？」

ぼくは呆然として呟いた。

「今、同級生でしたって過去形で言ったじゃないですか！」

「だってそれは……ぼくは卒業したから……そんなことより、小山田が死んだってどういうことなんです？　ほんとなんですか？」

おほん、と咳《せき》払いして、中川と呼ばれた太鼓腹の刑事が、「ほんとです」と言った。

早とちりをした檜山刑事が舌打ちをしながら後を続ける。

「昨日の朝、舞久浜で男性の遺体があがったのをご存じないですか？　その遺体の身元が、小山田健治さんであることが確認されました」

「あれが……小山田……？」

「ご家族の方から、つきあいの深いお友達を紹介いただきましてね、何かご存じないか聞いて回ってるようなわけで」

小山田が……死んだ？

悲しいとも何とも思わなかった。ショックを受けているのかどうかもよく分からない。ただ理解の範《はん》疇《ちゅう》を越えていた。

「最後に、小山田さんとお会いになったのは、いつですか？」

このひと月間というもの、小山田のことなど思い出しもしなかった、と気がついた。みずきのことしか考えていない一ヶ月だった。メールで、みずきとうまく行っているという意味のことは一度書いた覚えがあるが、それだけだ。とすると、最後に会ったのはみずきと再会したあの日、ということになる。

「確か……七月の初め頃だったと思います。小山田がここへ来て、酒を飲んで一晩泊まっていきました」

「それから会ってないわけですか？　電話で話したとかは？」

「……いえ、ないですね。メールは受け取ったりしましたけど」

「電子メールですか」

「ええ」

「何か最近、変わった様子はありませんでしたか？」

「変わった様子……」

そう聞かれて、これはもしかすると殺人事件の捜査なのだろうかとようやく気がついた。

「……小山田は、殺されたんですか？」

「まだはっきりしたことは言えません。そういう疑いもある、ということで。自殺、事故といった可能性も捨ててはいません」

捨ててはいない、という言い方からは殺人の可能性が一番高い、と言っているような印象を受けた。

「何か悩んでいるといった話を聞かれたことは？」

「いえ……特に。そりゃまあ、司法試験になかなか通らないことを愚痴《ぐち》ることもありますが……自殺するほど思い詰めてはいませんでしたよ」

そうだろうか？　そう断言できるほど、ぼくは彼のことを知っていただろうか？　見かけによらず小心者だったのだから、平気そうな顔もまたそう見えただけかもしれないではないか？　彼は案外、深く傷ついていたのかもしれない。

しかし、刑事はさらにぼくを混乱の極みに突き落とすようなことを口にした。

「さつき、とか、みずき、という言葉に何か聞き覚えはありますか？」

「……何……ですって？」

「……さつき、みずき、です。女性の名前、ですかね」

ぼくはごくりと唾《つば》を飲み込むのを、必死で悟られまいとした。

「それが一体……何か？」

「自宅の彼の部屋にメモが残されていましてね、そんな言葉が書き散らしてあって、ぐるぐるとこう、丸で囲まれていたり大きくバツをされていたりしたんですよ。それは家族の方も、意味が分からないとおっしゃってたもので」

「……いえ、ぼくも何も思い当たることはないですね」

何とかそれだけ言うことができた。

「そうですか。実は遺体が発見される前の日の夕刻、小山田さんらしき人物を舞久浜近くで見たという証言がいくつかありましてね。女の子と一緒だった、という人もいるんですよ。ところが家族も友人も、彼にはガールフレンドはいない、と揃って言うものですから、もしかするとその子がさつき、あるいはみずき、という女性ではないか、事件について何か知っているのではと考えて捜しているんですがね」

「……お役に立てなくてすみません。——あの」

「はい？　なんでしょう」

「それって……その、何時頃の話でしょう？　小山田が誰かと浜にいたっていうのは」

「そうですね……五時前後ですが……それがどうか？」

「あ、いや。小山田がそんなところに何しに行ったのかと思いまして。泳ぐにはちょっと遅いですよね」

「そうですね。でも泳ぐには遅いですが、陽が沈むと夕涼みで散歩をする人たちもいますよ。夕日を見ながらのデート、ということも考えられます。——もし何か思い出したり、言い忘れた情報がありましたら、こちらにご連絡下さるようお願いします。どうも失礼しました」

ドアを閉めるなりすぐ鍵をかけ、しばらくノブを押さえていた。

心臓がどきどきと、激しく鼓動を打っているが、自分が一体何に興奮しているのかさえ分からなかった。

小山田が死んだことにももちろん驚いてはいるし理解できない事態であることは確かだが、それよりもそこにみずきやさつきという名前が出てくることが、とてつもなく恐ろしい、不吉な出来事であるような気がした。
みずき——あるいはその双子の妹さつきが、小山田の死に関係がある？　そんな馬鹿馬鹿しい話があるだろうか。いや、少なくともみずきは小山田が一緒に歩いていたという女の子ではない。なぜならその時間彼女はぼくの部屋にいたのだから。では、さつきと……？　ぼくでさえいまだに会ったことのないさつきと、小山田が一体どうして知り合わなければならない？

今すぐみずきに電話をして、小山田の事件について何か知っているか問い質《ただ》すべきだろうかと考え、すぐに首を振った。そんなことは聞くまでもない。何も関係ないのだ。小山田は単に、ぼくとみずきのことについて何かちょっと覚え書きをしたのだろう。さつき、という名前にしても交番の巡査に名前を聞いたのだから、あいつが知っていてもおかしくはない。何のつもりでそんなメモをしたのかは分からないが、それと彼が死んだこととの間には何の関係もないだろう。酔っぱらったあげく、夜中に泳ごうとして溺れ死んだ、そんなところに違いない。誰かが小山田と女の子を目撃したなんて情報は、あやふやすぎてお話にもならない。それは小山田ではないかもしれないし、その女の子はたまたま通りがかって道を聞いていたのかもしれない。よしんばそれが本当に小山田と、ぼくの知らないガールフレンドだったとしても、その子が彼の死に関係があるとは限らない。

関係ない。何も関係ない。

無理にそう言い聞かせなくてもそれが自然な考えだと思ったのだが、胸騒ぎは治まらない。とりあえずみずきの声を聞けば安心するだろうとやはり電話をかけることにした。

この電話はある日突然解約されてしまい、家に行ってみるとみずきの一家は引っ越している——そんな不吉な妄想を最近時々抱く。しかし今日も電話は無事繋がった。

『はい』

「もしもし」

『……義一さん』

「先生」だけは勘弁して欲しいとずっと言っていたのだが、ようやく最近名前で呼んでくれるようになった。

「……元気？」

何と聞いていいか分からず、そんな馬鹿馬鹿しい挨拶《あいさつ》をしてしまう。

『ええ。悪くないけど……この間のことは、怒ってないから安心して。まだ少し、自信がないだけなの』

みずきの様子がおかしくないことにほっとした。小山田の事件に関係あるどころか、彼が死んだことも知らないだろう。

「自信って？」

『……義一さんに、愛されてるって』

「どういうこと？　ぼくはみずきをこんなに……こんなに……愛……してるのに」

『義一さんのせいじゃないの。わたし自身の問題だから……だからもう少し待って』

相変わらずよく分からないが、ぼくの問題でないのなら気長に待つしかない。身体の繋がりを求めている気持ちは充分強いが、彼女を大事に思う気持ちはそれ以上にあるつもりだった。

「……実は、今日、友達が死んだんだ。いや、死んだのは昨日かおとといなんだけど、今日それを知らされて」

言葉にしてみて、改めて自分が冷たい人間であるような気がした。悲しむどころか、みずきがその事件に関係していないかということばかり気にしていたのだから。じんわりと、喪失感《そうしつ》のようなものが押し寄せてきた。もう彼と酒を飲み、笑い合うことはないのだと遅まきながら気がついた。

『お友達が……？　それは……』

言葉を詰まらせる。ぼくだってこんなときに何と声をかけてやればいいか分からない。

「みずきも一度会ったことがあるだろ？　小山田。昨日、舞久浜であがった死体。あれが、小山田だったって言うんだ」

事件性があることについては言わなかった。報道で耳にすることもあるだろうが、わざわざ言いたくはない。

『そんな……』

「酔って海に飛び込んで、溺れたんじゃないかな。大酒飲みだったから」

『そう……大丈夫？』

死んでるんだから大丈夫なわけないだろう、と思ったが、ぼくのことを心配しているらしいと気づいた。

「ぼくかい？　ぼくは大丈夫。まだ実感がないんだ。涙も出ないよ。葬式でも行けばもう少し実感できるのかな。——そういや、葬式って、いつやるのかな？　まだ身元が分かったばかりみたいだから、遺体は警察にあるかもしれないし……」

彼の家には行ったことがないし、家族にも会ったことはないけれど、葬式には出ないわけにはいかない。

「喪服がないな」

スーツは、リクルート用に作ったものがあることはあるが、もちろん黒はない。もし明日とかあさってだとすると、喪章でもつけておくしかないのだろう。——喪章というのはコンビニで売っているだろうか？　そういや香典というのは、ぼくのような立場なら一体いくら包むんだ？

何一つ分からない。小山田も多分、そんなことは知らなかったろう。そんな経験をする前に、自分が死んでしまったのだと思うと急に涙がこぼれてきた。

『……長いおつきあいだったの？』

「……そう、でもないよ。大学に入ったときからの知り合いだけど、よく話すようになったのは三回生からだから。この四年くらいのつきあいだな。親友……って言えるのかな。この年になってからだとさ、そんなに腹を割って話なんてしないじゃない？　酒を飲んで、馬鹿話をして……そんなつきあいだよ。あいつがほんとは何を考えてたのかなんて、よく分からない……」

そう、なぜさつきやみずきといったメモを残したのかも、分からない――。

「ごめんね。暗い話を聞かせて」

『……謝らないで。いい話も悪い話も、聞かせて欲しい』

みずきがそんなふうに思っていてくれる、それはとてつもなく心強いことのように思えた。

「ありがとう。――ありがとう。今日はこれくらいにしとく。また電話する」

『……うん。もし……どうしても一人でいられなかったら……言ってね』

相当思い切って言った台詞《せりふ》のように聞こえた。ぼくを慰めるためなら、これまで断り続けてきた夜の訪問も厭《いと》わない、ということだろうか。しかし、そんなことにかこつけて彼女を抱いても、寝覚めが悪いに違いない。みずきにも、小山田にも申し訳が立たない。

「ほんとに大丈夫だから。心配しないで。――おやすみ」

『おやすみなさい』

しばらくみずきの声を反芻《はんすう》した後、気持ちを小山田の方に振り向けることにした。とりあえずは一人で通夜をやろう。映画かドラマのようであざとすぎるかと思わないでもなかったが、何度も酒を飲んだこの部屋で、彼を送ってやるにはやはり酒を飲むしかないだろう。いつもと同じ酒と、いつもと同じグラスを二つ用意し、ぼくは一人ちびちびと飲んだ。

ほどよくアルコールが回った頃、ようやく少し彼のために泣くことができた。

6

小山田と同じ司法浪人仲間の何人かと連絡を取り合い、葬儀の日取りを知ることができた。遺体が戻ってくるのに時間がかかったせいか、ちょうど送りにふさわしい、十六日となった。

うだるように暑い日に、慣れないネクタイを締め、喪章をつけて葬儀に参列する。帰省していた高校や大学時代の友人も多かったようで、結構な数の参列者だった。友人たちは結構涙を流していたが、ぼくは初めて見る彼の両親の憔悴《しょうすい》しきった表情の方が痛々しく、悲しみというより憤《いきどお》りのようなものを感じていた。こんな年で死ぬなんて、まったく親不孝な奴だ、と。

友人たちと一緒に帰ろうとしたぼくを呼び止めたのは、先日訪れた二人組の刑事たちだった。

「ちょっとお話を聞きたいんですが」

「……ぼくだけ、ですか？」

「はい」

友人たちは急によそよそしい態度を示しだし、そそくさとぼくを置いて帰ってしまう。どこかへ流れるのか聞く暇もなかった。まあいい。後で誰かの携帯にかければ、もし酒でも飲んでいるのなら合流できるだろう。

「喫茶店でも入りますか」

当たり前だ。この炎天下、立ったまま話をされたんではたまらない。

手近の喫茶店に逃げ込み、ぼくはすぐさまネクタイを外してシャツのボタンを開けた。

「あれから何か分かったんですか」

「ええまあ、色々と」

若い刑事が意味ありげに答える。確か檜山と言ったろうか。

「――何をお飲みになります？　アイスコーヒー？　アイスコーヒー二つと、ホットを一つ」

中年刑事に聞きもせず、彼は三人分注文してしまう。彼の好みはもう分かっているということだろうか。

「さっさと用件を言ってくださいよ。そんなに暇じゃないんですから」

少し苛々《いらいら》して、口調に出てしまった。若い刑事の顔からすっと愛想笑いが消える。

「――そうですね。我々だって暇なわけじゃないですから、単刀直入に伺いましょうか。先日、さつき、みずき、という女性には心当たりがない、そうおっしゃいましたね。今もう一度質問をしても、同じ答ですか」

何てことだ。この様子では、まず間違いなくぼくとみずきの関係はばれている。観念するよりない、と思った。

しかし自分の口から飛び出したのは意外な言葉だった。

「小山田の知り合いに、そんな名前の人がいるとは知らない、と言ったつもりだったんですが」

「ほう。じゃあもう一度少し変えて質問させてもらいます。あなたは、さつき、みずき、という名前の女性たちをご存じですか?」

「――はい」

「四方田さつきさんと四方田みずきさんですね」

やっぱり、何もかも分かっているのだ。

「面識があるのは、みずき……さんの方だけです。さつきさんとは会ったこともない」

そんな言い訳があまり意味のないことは分かっていたが、言わずにはおれなかった。

「でも存在は知っていた。なのになぜこの前は黙っていたんですか」

「……だって、小山田とは二人とも何の関係もないはずだから」

「でも、小山田さんは、あなたと一緒に、四方田家を訪れていますね。交番で道を聞いたお二人の顔を、警官はちゃんと覚えていましたよ。おかげですぐに、さつき、みずきというメモの謎も解けたようなわけですが」

「……ええ、確かに小山田は一緒にあそこへ行きましたよ。ぼくのために、ついてきてくれただけなんです。言ってみればその……後押しをしてくれたようなわけで」

くそっ。どうしてこんなプライベートな話を警官にしなきゃいけないんだ。

「詳しく教えていただけませんか」

仕方なくぼくは前の晩、彼に悩みを打ち明けたところから話を始めた。二人で四方田家の近くまで行ったところでみずきに再会し、その後ぼくたちはつきあっていること、小山田とはそれ以来二人とも会っていないということを話した。

「——一体こんなことが、事件と何の関係があるっていうんです?」

「小山田さんのパソコンを詳しく調べた結果、非常に重要と思われる事実が判明しました。小山田さんは、あなたと四方田家を訪れた後、何度もここを訪れ、四方田家の人々を監視していたんです。いわゆる、ストーカーですね」

「小山田が……ストーカー?」

何を言ってるんだ、こいつは?

「恐らく、あなたからみずきさんが非常に可愛いと聞いた小山田さんは、もしあなたが振られたら自分が彼女をナンパするなりなんなりしようと思ってたんじゃないですかね。だから積極的に自宅を突き止めようとした。ところが予測は外れてあなた達はつきあいだした。さすがに友人の恋路を邪魔する気はなかったけれど、他にも姉妹がいると知って、ターゲットをそちらへ移したのです。彼はさつきさんの通う大学を突き止め——隣の市の女子大ですがね——一番下のつばきさんの中学を突き止め、デジタルカメラで大量の盗撮を行なっていました。まだ中学に上がったばかりの妹さん、つばきさんの写真の方が遥かに多かったところを見ると、いわゆるロリータコンプレックスという奴で、ストーキングの対象はむしろ妹だったのかもしれません」

「そんな……ありえない」

「何が、ありえないんです」

「小山田が……そんな……そんなことをするなんて……」

確かにあの妹はみずきに似てきれいな顔立ちだったが、間違いなく子供の部類で、あんな少女に性的魅力を感じる気持ちがぼくには理解できない。小山田がロリコン……そんなはずはないと思いながら、そう思う根拠はどこにもないことに気がついた。ぼくは彼の女性の好みもはっきりとは知らない。

「さすがに、犯罪にまでは及ばなかったようですが、あの辺りでたびたび夜も不審な男性の姿が目撃され、住民の間では不安が広がっているところでした。彼が何か事件に巻き込まれたとすると、この件が必ず関係していると、そう睨んでいるんですがね」

「まさか、四方田家の誰かが彼を殺したなんて言うんじゃないでしょうね」

「――四方田つばきさんとお母さんの真弓《まゆみ》さんについては一応アリバイを確認しています。みずきさんはあなたと一緒にいたという。ところがさつきさんについては、まったくアリバイがないというか捜査にも非協力的で、どこにいたかも答えてくれないんで、現在警察に来ていただいて事情を伺っているところです。ご主人は長らく海外出張で、この三ヶ月、家に戻ってきたこともないそうなのでお話を伺うこともできませんでしたが、まず関係ないでしょう」

一体いつ、みずきたちは取り調べを受けたのだろう。なぜぼくにそのことを黙っているのか。しかもさつきさんが警察で事情聴取とは尋常ではない。重要参考人というやつなのだろうか。

「――確かにみずきは、ぼくといました。あの日はちょうどぼくの部屋にいたんです。帰ったのが五時頃でしたから、小山田が一緒にいたという女の子は絶対にみずきじゃないんです」

みずきではない、と彼女を守ることはもしかするとさつきさんを追いつめることに繋がるのかもしれない。しかし、どちらかを選ぶしかないとなったらぼくの心は決まっている。

「……それが本当だとしても、五時が犯行時刻というわけじゃありませんからね。五時の時点で一緒にいた女の子が犯人なのかどうかも分かっていない」

犯人、という言葉から、もうこの事件は殺人事件と決めてかかっているようだと分かった。

「――自殺や事故ではないと分かったんですか」

「……スタンガンって知ってますよね。遺体に、スタンガンを押しつけられた痕《あと》がありまして。何者かが彼の気を失わせて、海へ放り込んだんですよ」

「女の子が一人でそんなことできるでしょうか？」

「大変なことではないでしょう。海岸までおびき出すことができれば、隙《すき》を見て気絶させ、転がして海に落とせばいい。浅瀬でもうつぶせなら溺れ死ぬことでしょう。――また、女の子一人ではなかったかもしれない。二人だったかもしれないし、男性の協力者がいたのかもしれませんね」

そう言って意味ありげに見返す。

「ぼくが？　ぼくが、みずきと一緒に小山田を殺したって言うんですか！　それともみずきとさつきさんが協力して――」

つい物騒な言葉を大声で言ったものだから、ウェイトレスや他の客がびっくりしてこちらを見る。

刑事たちは二人とも平然としていた。

「その可能性も検討しています。――あなたは、みずきさんが五時頃帰った後、どちらにいらっしゃいましたか？」

「……ずっと部屋にいました。証明してくれる人はいません」

「そうですか。やはり、アリバイなし、と」

わざと怒らせようとしているのだと分かったが、

むっとする思いは止められなかった。

「アリバイのない人間は他にいくらだっているでしょう！　ぼくにもみずきにも、小山田を殺す動機なんかないんだから」

「……たとえばもし、彼が一線を越えてしまったとしたら？　幼い妹、あるいはさつきさんか、特にみずきさんに乱暴を働いたら、あなたは友達でも殺してやりたいと思うのではありませんか」

吐き気がしてきた。みずきが……みずきが小山田に……？

ただの仮説だ、ただの仮説だと一所懸命心の中で繰り返す。

「たとえばの話です。色んな可能性を検討する必要があるんです。分かってください」

ちょっと言い過ぎたと思ったのか、突然低姿勢に戻る。

「旅行の予定などはありませんね？　また何か伺うことが出てくるかもしれませんので、なるべく真幌を離れないようにしてください。——今日のところはこれで」

二人は伝票を持って立ち上がったが、ぼくは動けなかった。二人は気にせず支払を済ませて出て行った。

ぼくは少し待ってから、携帯を取りだしてみずきにかけた。気が遠くなるほどプププッ、という音が聞こえ、ついに留守番電話サービスに転送されてしまった。こんなのは初めてのことだ。

いても立ってもいられなくなり、ぼくは外へ走り出てタクシーを拾った。

「月琴町まで、お願いします」

7

あれから一度も行かなかったが、簡単な道順だったので迷いはしなかった。相変わらずほとんど人気《ひとけ》のない住宅街。小山田は本当にここへ何度も足を運んでいたのだろうか？　そしてみずきの妹たちをつけ回していた？

いくら盗撮写真という証拠があるとしても、どうしても受け入れがたい考えだった。

四方田家の前に立ってみると、改めてその行為の不自然さが分かる。四方田家の人間が出入りするところをつけようと思えば、この閑静な住宅街に昼間立ちつくしていなければならず、その姿はどうしたって人目につく。そこまでして彼が、見たこともなければ口を利《き》いたこともない相手を追い求める必要がどこにあるだろう？　彼がまず、ある女性に一目惚れをし、ストーカーになったというならまだ理解できる。確かにみずきは美人だが、その彼女ではなく、見たこともない双子でもいい、というのは常軌を逸していないだろうか？　一度会ってみたいと思ったのなら、まずぼくとみずきを通じて、ダブルデートを計画してくれと頼むのが普通ではないか？

そして、特に重要なのは、小山田が弁護士を目指していたということだ。人並み以上の、かどうかは分からないが、人並みの正義感やモラルを持ち合わせていたことについては確信が持てるし、普通の職業以上に犯罪歴は重くのしかかる。場合によっては資格を失う可能性があることも、彼は充分承知していたはずだ。

その上でなお、抑えが利かないほど思いが暴走したのだと言われれば、否定はできない。でももしそうだとしたら、どうしてさつきさんだけとかつばきちゃんだけ、というふうにならずに二人ともを盗撮するようなことをしたのだろう？

分からないことだらけだった。

警察が家宅捜索をしたり付近をうろうろしていたりするということはないようで、まだ彼女たちにかけられている疑いはさほど濃いものではないのかもしれないと少し安心する。

決然とレンガ敷きの階段を昇り、ぼくは四方田家のインタフォンを押した。みずきがいるのかどうか分からないが、誰が出てこようとも話をするつもりだった。

『はい』

みずきによく似た声が聞こえた。

「すみません。君村と申しますが」

しばらく返事がなかった。君村という名前に反応しているのだから、やはりみずきなのだろうか。

『……どうぞ、お入り下さい』

いや、よそよそしいその口調はみずきとは思えなかった。姉妹の誰か、おそらくさつきという人ではないか。声質を決めるのは骨格だろうから、双子であれば似ていて当然だ。さっきの刑事たちはまだ取り調べ中みたいなことを言っていたが、入れ違いに帰されたのだろう。

内側へ手を回して閂《かんぬき》を外し、アルミの門扉を押し開いて玄関ポーチに立つと、ドアが開いて、少女が顔を出した。

「先生、お久しぶりです」

みずきの妹だった。出かける予定でもあったのか、今日もこの前と同じようなフリルのワンピース姿だ。

「……つばき……ちゃん？」

ぼくがそう呼びかけると顔がさっと強ばったが、どうしてなのかは分からなかった。ただ冷たい一瞥《いちべつ》を向けられ、ついてこいとでもいうように背を向けて中へと戻ってゆく。閉まりかけるドアを押さえて中へ滑り込み、慌てて靴を脱いで、階段を昇ってゆく少女の後を追いかけた。

三階分の吹き抜けのある広い玄関ホールは大きな窓がたくさんあって自然光だけで充分明るく、その上ほどよく冷房が効いていて涼しい。これだけ陽を入れながらこの大きな家中を冷やすのは結構な電気代がかかるだろうなどとつまらないことを考える。

二階の手すりから、彼女はぼくが追いつくのを見下ろしていた。ぼくが階段を昇りきると、背後のドアをノックし、返事は聞かずに中へ入った。

「お母さん。君村先生がいらしてくれたわ」

お母さん……いきなりみずきの親に紹介される羽目になるとは思っていなかった。完全に少女のペースに飲み込まれてしまっている。

広い、サンルームのような部屋の窓際のベッドで、みずきの母らしき女性は半身を起こしていた。

窓の外に顔を向けたまま、ぼくたちが入ってきたのに気づいた様子もない。やはり姉妹とよく似た面立ちをしているが、いかにも病人らしいやつれ方で、おそらく四十代だろうに実際の年齢以上に老けて見える。

ベッド横に置かれたサイドテーブルに花を活《い》けた花瓶があり、その前につばきにそっくりの双子の写真が飾られている。新しいもののように見えるが、どうやらさつきとみずきの小さい頃のものらしい。

「お母さん、お母さん」

「——お客さんなの？」

ゆっくり、ゆっくりと顔がこちらへと向く。

「そうよ。前にお話ししたでしょ。作家の君村義一先生。サインいただいたの、見たでしょ」

視線の動きもゆっくりだ。数秒かかってぼくの顔を捉えると、かすかに微笑んだようだった。

「まあまあ……みずきと親しくしていただいているそうで」

どきっとする。みずきは、ぼくたちのことを家族に話していたのだろうか？　むしろひた隠しに隠していたものとばかり思っていた。

「ええ……まあ」

「みずきは、ご存じのように身体が弱いものですから、お友達が少なくて……どうか仲良くしてやって下さい」

「はあ……」

まただ。本人もそうだが、母親までそんなことを言う。少なくとも外見から見る限り、みずきはまったく普通で、食事だって外出だってごく普通にしているようだった。一体どこが悪いのかやはり一度聞いておくべきだろうな、と思った。しかし今は、それより小山田のことだ。

「ぼくの友人が先日、海で亡くなりました。そのことで警察がこちらへお邪魔したのではありませんか」

「警察……？　ああ、なんだかそんな方々がいらしてたみたいですねえ。何だったかしら、みずき？」

この母親は少しおかしいようだ。若年性のアルッハイマーか何かだろうか？

つばきは視線でぼくに合図し、部屋を出るよう促《うなが》す。

「お母さんに聞いても分からないわ。心の病気なの。――さ、下でお茶でも飲みましょう、ね」

心の病気――神経症か何かということか。知らないものには重く響くが、家族にとってはそれが日常なのだから、とうに折り合いをつけているのかもしれない。

「……あの……お姉さんは……いる？」

階段を下りながら、少女は振り向きもせず、答える。

「さつきちゃんなら、ここにはいません。警察から帰ってこれないの」

やはりさつきさんはまだ警察にいるのか。本当に彼女が小山田を殺したということなのだろうか？　もしそうだとすると、みずきはどれほどショックを受けることだろう。

「さつきさんじゃなくて、みずき……さんの方は……？」

少女は玄関ホールを抜けて、庭に面した広いリビングに入っていく。と、そこに予想もしない人物を見つけ、ぼくは息を呑んだ。

もう一人のつばき――つばきそっくりの少女がソファに座ってオレンジジュースを飲んでいたのだった。

「つばきちゃんは会ったことなかったわよね。――作家の君村義一先生よ。みずき姉ちゃんの好きな人」

つばき――いや、つばきという名前だとぼくが思いこんでいた少女は、どこか誇らしげにぼくを紹介した。

「……どうも」

ソファの少女が落ち着かなげな様子で頭を軽く下げる。Tシャツにホットパンツという、もう一人のつばきとは対照的な格好だ。

「……君たちは……君たちも……双子……？　さっきの写真は、じゃあ……」

「わたしとつばきよ」

少女は嫣然《えんぜん》と微笑む。

どういうことだ。何かがおかしい。何かが決定的に間違っている、と本能が告げていた。

四方田三姉妹は、実は四姉妹、双子が二組だった。それだけのことか？　誰かが何かを勘違いしていた、そういうことなのだろうか？

ぐるぐると床が回っているような気がした。


「座ってくださいな。今冷たいものをお持ちしますから」

言われるがまま、つばき（と呼ばれている少女）の向かいに腰を下ろすと、つばきだと思っていたがそうではないらしい少女が、オレンジジュースの入ったグラスを二つ、運んできて隣に座った。

依然混乱したまま、二人を改めて見比べる。

Tシャツのつばきは、隣の少女と確かにそっくりではあるが、若干黒く日に焼けていて、ずっと健康そうだ。表情にも年齢にふさわしい幼さが残っている。対してぼくがつばきだと思っていた少女は、その暗い翳りをたたえた表情といい、物腰といい、妙に大人びていて色っぽくさえある。

「つばきちゃん。わたしたち、二人でお話があるから、ちょっとお部屋に行っててくれる？」

「……はあい」

姉か母親に命令されたように素直に答え、少女はジュースを持ってリビングを出ていった。

一人残った少女はぼくににっこりと微笑みかける。

「やっと二人きりになれましたね」

室温が少し下がったような気がして、ぼくは身震いする。

「君は……君の名前は、何て言うの？」

肺の奥から絞り出すようにして質問した。

しかしぼくには、その質問を発した瞬間に答が分かっていた。どうして分かったのかは説明できないし、その答を聞いて新たに生じる矛盾にも答えられなかったが、とにかくぼくには分かったのだ。

「――四方田みずきです」

ぼくは強く目を閉じた。

8

「あなたが愛したのはわたしだったんですよ。そうでしょう？　わたしたち、会う前から、深く理解し合ってた。そう思ってたのはわたしだけ？」

みずきは――そう、彼女の名前がみずきであることをぼくは疑っていなかった――ぼくににじり寄りながらそう訊ねてきた。

「ぼくは……ぼくは……」

ぼくは答えられなかった。確かにぼくはみずきとのメールのやり取りで、すでに恋愛感情に近いものを抱いていたはずだった。理解者を、その容姿はもちろん性別さえ関係なく求めていたはずだった。ところが実際にぼくが求め、恋に落ちたのは、みずきの――いや、違う、さつきの容姿ゆえだったのだ。そしてさつきがそれまでのみずきに抱いていたイメージと異なることを、少しもおかしいと思わなかった。

ぼくは自分の愚かさを憎んだ。

「――どうして……どうして君たちはぼくを騙《だま》したの……」

「最初は騙すつもりなんかなかった。あなたに会えるなんて思ってなかったから、手紙にもメールにも本当のことしか書かなかったし、さつきは先生に会ったとき、自分が四方田みずきだなんて一言も言わなかったのよ」

そうだっただろうか。しかし、どんなに思い返してみても、みずきが――ぼくがみずきだと思っていた女性が「四方田です」以外の名乗り方をする場面は思い出せなかった。ぼくが「みずき」と呼びかけたときにするあの複雑な表情のわけは、そういうことだったのだ。

「……でも君は、自分が十九だって最初から書いてたじゃないか。誰だって君たちを見れば……まさか……？」

小学生にしか見えない少女が、悲しげな笑みを浮かべる。

「小学四年生になった頃、突然成長が遅くなったの。わたしだけがね。原因はいまだに不明。遺伝でないことはさつきを見れば分かるし、ホルモン異常でもない。心理的な要因じゃないかって。病院には今でも通ってるけど、お医者さんももう手の施《ほどこ》しようがないみたい。――でも成長障害のほとんどはわたしと同じで原因は特定できないんですって。母が神経を病《や》んだのも、わたしがこんなだからよ」

成長障害というものに悩む人がいるというのは話には聞いたことがあった。しかし、双子の姉妹のうち片方だけがその障害を持つというのは一体どういうものだろう。自分が普通に育っていればなっていたであろうイメージが、いつも目の前に存在しているのだ。そしてなお恐ろしいことに、彼女には年の離れた妹がいた。妹が、彼女の年に追いつき、やがて追い越していく。それが一体どういう気持ちのするものか、ぼくには想像もできなかった。

「――わたしはこんなだから、滅多《めった》に外には出ないし、出るときはつばきのふりをするの。つばきと一緒でさえなければ、近所の人はみんな勝手にわたしをつばきだと思う。先生をびっくりさせたくなかったから、先生が会いたいって言ってきたとき、一度だけのつもりでさつきに代役をお願いしたの。わたしも一目だけでも会いたかったから、一緒についていったけど、たった一度のことだから、さつきをわたしだと思わせておいても別に構わないだろうって、そう思ったのよ」

少しずつ、みずきの顔は苦痛に歪みはじめていた。

「その後来たメールで、先生がまたさつきに会いたがってるのが分かって、わたしは怖《こわ》くなったの。先生が最初に好きになったのはわたしなのに、結局さつきに先生を取られるって。だからしばらく先生とは会わないようにしよう、メールの返事も書くのはやめようって思ったの。そうしないと、本当に好きになってしまいそうだったから――」

あの素っ気ない最後のメールの裏に彼女のそんな思いが隠されていたとは、気づくはずもない。親が止めたのでも何でもない、自分で思いを断ち切り、メールアカウントを解約したのだ。そしてそのことはさつきには教えなかった。さつきにはその後メールは来ないといった意味のことを言っていたのだろう。さつきの言葉をそのまま信ずるなら、「もう一度会いたかった」のにみずきに騙されていたと知り、少し腹を立てたかもしれない。あるいは、みずきがもうぼくとメールのやり取りをする気がないらしいと聞いて、それなら自分がつきあっても構わないだろうと思ったのかもしれない。

パソコンの調子が悪いからぼくのメールを読んでいない、というさつきの説明が少しおかしいことには気づいていた。それだと最後に来たメールの説明がつかないからだ。しかしそれも、メールの受信だけがうまく行かなかったのかもなどと思っていた。

ぼくは両手で顔を覆った。

みずきは涙声で続けた。

「さつきが最近誰か男の人とおつきあいしてるんじゃないかとは薄々分かってた。さつきは、わたしがこんなだし、母も病気になっちゃったから、気を遣って遊びにもほとんど行かないし、彼氏だって作ろうとしなかった。なのに最近、時々帰りが遅くなるし、日曜は毎週出かけてた。あんまり気を遣われるのも嫌だから、たまには遊べばいいし、デートくらいすればいいのにっていつも思ってたし、実際言ったこともあるわ。だから、ちょっとうらやましくなかったわけじゃないけど、一応喜んでた。——相手が先生だって分かるまでは」

ぼくははっとしてみずきを見つめ返した。話がより重要な部分にさしかかっているのが分かったからだ。

「……どうして、ぼくとみず……さつきさんがつきあってるって分かったんだ?」

「先生の友達だって言う人が、声をかけてきたの。小山田って言ってた。——変わった人ね。先生と二人で家を探し当てて、さつきと会ったときのことを話してくれた。その時どうもおかしいと思ったんだって。みずきと名乗ってるけれど、どうもそれまで聞いていた印象と違うって。この人は、以前先生が会ったのとは別の、双子のもう一人の方なんじゃないかと考えたらしいの」

「なんでそんなことを……」

「全部話してくれたわ。一つには、身体が弱いなんて言いながら、あの暑いさなかどこかに歩いて出かけようとしてたってこと。なかなか外に出られない人が携帯を持ってるのも変だし、きれいな字のはずなのに、電話番号のメモは殴り書きだったって」

立ったまま書いたのだから汚くてもおかしくはないと思っていたが、小山田はそんなふうに考えたのか。一つ一つならいくらでも説明がつきそうなことだが、すべてを合わせて考えれば一つの方向を指し示していたのだ。恋に目がくらんだぼくには、それが見えていなかったのか。

「あの人はだから、本物のみずきが別にいるはずだと考えたのね。どういう理由かは分からないけど、先生が騙されているんじゃないかと思ったらしいの。それでご苦労なことに、張り込みをしてさつきの後をつけた。さつきの学校を突き止めてちょっと聞いて回れば、彼女の本名はすぐに分かる。やっぱり彼女は嘘をついていると分かった。そして今度はさつきにそっくりなはずの『みずき』を発見しようとしたみたいだけど……それはうまくいかなかった」

それはそうだろう。さつきにそっくりな姉妹などいなかったのだから。どこかに目印でもつけていればいいが、そっくりだと思っている限り、さつきが出入りするたびにそれがどちらであるかを確認しなければならない。だからこそ彼は、四方田家に出入りする全員を撮影したのだろう。決してロリコンでもストーカーでもなかった。

「でもそのうち今度は、つばきが学校に行っていていないはずの時間に、わたしが姿を見られてしまったの。当然、双子はわたしたちの方だと思ったみたいね。――近所では何だか変な男がうろうろしてるって噂になってて、さつきは凄《すご》く心配してた。特につばきのことをね。うちは父がほとんど家にいなくて、下着が盗まれたりすることも多かったものだから、痴漢撃退スプレーだの防犯ブザーだのといった防犯グッズには事欠かないの。もちろんホームセキュリティも契約してるわ。去年、市内で連続してレイプ事件があったときなんか、父は三人全員にスタンガンを持たせようとしたくらい」

スタンガン――！

まさか。では、さつきもみずきも、いつも携帯しているかどうかはともかく、スタンガンを持っているということか？

美しい娘たちを三人も持つ金持ちの親としては、それがごく普通のことなのかどうか、ぼくには分からない。スタンガンというとどうもぼくには不良高校生か何かが悪いことに使うようなイメージがあるが、恐らく本来は護身用として販売しているのだろうから、さほど突飛なことではないのかもしれない。

「小山田に一体何が起きたのか、君は知ってるのか？」

みずきはその質問には答えず、先を続けた。

「……小山田さんはある時わたしを呼び止めて、話しかけてきた。みずきさんですねって。近所の人には誤解するに任せてるけど、つばきのふりをしていたいわけじゃないから、ごまかすつもりはなかった。はいって答えると、あの人はうちのことを色々と聞きだそうとした。そこでお互い情報交換したわけ。つばきとわたしが双子だっていう誤解はそのままにしておいたけど、それ以外は大体本当のことを教えてあげた。あの人はすごく満足そうだったわ。ちょっと考えればわたしとつばきが双子だなんておかしいって分かるのに。わたしとさつきは五月生まれだから五月の花の名前がついてるのよ。つばきは一月生まれ」

そうか……さつきもみずきも五月の花だったのか。ぼくもそんなことは気にしていなかった。大体、どんな花かという正確なイメージさえない。多分、小山田もサツキはともかくミズキがいつの花かなんて知らなかっただろう。

「……あいつはそんなことを調べて一体何をしようと思ってたんだ。ぼくのつきあっている相手の名前なんか、どうでもいいじゃないか」

少女は少し微笑んだ。

「どうでもよくはないでしょう。好きな人がどんな人とつきあっているのか、知りたいのは当然じゃない？」

「……何だって？」

「小山田さんは、あなたのことが好きだったのよ。でもかなわない思いだと知ってたから、ずっとそのことは隠してた。あなたの恋愛に協力してあげようとさえ思った。でも、自分が身を引いてまでくっつけてやったその恋愛相手があなたのことを騙してるとしたら？　どういう理由か突き止めないと我慢できなかったのよ。あなたが辛《つら》い目にあうことがないように、守ってあげようとしてたのよ」

「……嘘だ。そんな馬鹿なこと……」

小山田がぼくのことを——ありえない。そんなことはありえない。

「信じないのは勝手よ。——とにかく小山田さんはさつきが嘘をついていることに気がついて彼女を呼び出し、問い質《ただ》した。大人しく身を引かないと嘘をばらす、とか何とかね。逆上したさつきは小山田さんを殺した——」

眩暈《めまい》がした。奈落がぽっかりと足下に口を開いているようだった。ぼくは歯を食いしばり、それに耐えた。

「嘘だ！　彼女がそんなことをするはずがない。殺してまで守らないといけないような嘘じゃないだろう。わたしの本当の名前はみずきじゃなくてさつきなんです、ごめんなさい、それで済む話だ。そうだろう？」

「そうかしら？　さつきは自信がなかったの。愛されてるのは本当に自分だろうか？　それとも最初にメールのやり取りをしてたわたしだろうかって。さつきはね、わたしと違って小説なんてほとんど読んだことないの。先生の本は頑張って読んでたみたいだけど、どこが面白いのかもよく分かってなかったはずよ。そんな自分が、わたしをさしおいて先生とつきあっていいものかどうか、悩んでたのよ」

「ぼくは……ぼくは彼女を……あのままの彼女を愛してた……」

少女は傷ついた表情を見せる。

「——結局先生も、美人なら中身なんかどうでもいいってこと？　先生が『コーリング』で描いたのは、そんな薄っぺらい愛だったの？　違うでしょ？　先生なら、いつかわたしを選んでくれるって、そう信じてるわ」

少女はぼくのシャツにしがみつき、頭を胸に預けてきた。ぼくはそれをはねのけ、立ち上がった。

「……分からない。ぼくにはよく分からない。でも、みず……彼女が小山田を殺したなんて信じない」

「さつきが殺したんじゃなかったら、誰が殺したって言うの？」

誰かが小山田を殺した。それは確かだ。スタンガンを使って。さつきでなければ……つばきかみずき？　いや、つばきにはアリバイがあると刑事が言っていた。ということは——。

「——君が……君が殺したのか？」

少女は黙ってぼくを見つめ返している。

「さつきを犯人に仕立てるために？　小山田も恋敵になるかもしれないと思ったから一石二鳥だと？

……そうなのか？」

口にするのも馬鹿馬鹿しい想像だと思ったが、みずきの落ち着き払った反応はそれを裏付けていた。

「——わたしに殺せるわけがないじゃない。だってその日は先生とデートしてたんですもの。そうでしょう？」

「何だって……？」

血の気が引いた。ぼくは刑事に、「みずきと一緒にいた」と強調したのだ。それ自体はさほど信用されなかったかもしれないが、問題はそこではない。もしさつきが、ぼくと一緒にいた、ぼくとつきあっているのだと主張しても、それを否定していることになるということだ。すべてを理解してもらうためには、名前を偽っていたところから話さねばならず、そんな込み入った話を警察に信じてもらうのは非常に難しいだろう。

「大変だ。彼女を助けなきゃ」

ぼくが行って説明したところで、何一つ証拠はないし、役には立たないかもしれないが、じっとここで待っているなんてことはできない。

「行かないで！　お願い、行かないで！」

泣きわめき、しがみつくみずきを振り払い、ぼくは四方田家を飛び出した。

9

かつて二人の刑事にもらった連絡先は確か県警本部だったと思いだし、ぼくはタクシーで県警本部へ向かった。大学の近くでもあるし、馴染みのない場所ではない。タクシーの中からさっきの携帯に電話したが、やはり留守番サービスに転送された。まだしつこい取り調べを受けているのだろうか。

くそっ。ぼくが馬鹿なせいで。すべては自分の愚かさゆえだと思った。小山田のことも、みずきのことも、さつきのことも、何一つぼくには分かっていなかった。もし誰か一人の気持ちだけでもちゃんと気がついていれば、こんな悲劇は起きなかったかもしれない。

県警本部に乗りつけて料金を払うと、中へ駆け込んで案内板の前で立ち止まる。

刑事課……いや捜査課？　捜査一課か？　何だっけ？

カウンターの向こうから、にこやかな顔で女性警官が訊ねる。

「どうかしましたか？」

「あ、あの……檜山刑事、という方にお話が……」

「檜山刑事ですか。どういうご用件でしょう？」

「あの、舞久浜の殺人事件……小山田って人が殺された事件のことで……」

「舞久浜の事件なら真幌西署に捜査本部が設置されてますから、そちらにいらっしゃるかもしれませんね。確認してみましょうか？」

何て馬鹿なんだ。真幌西署なら遥かに四方田家からの方が近い。ぼくは女性警官が呼び止める声も聞かず、再び本部を飛び出し、タクシーを探した。さっきのタクシーはすでに発車した後で、通りまで出たが、タクシーはたくさん通るのになぜか空車がない。後ろから空車が来たらいつでも拾えるように、時々振り返りながら走りだした。一瞬で汗だくになる。慣れない革靴で足も痛い。線路を越え、五分ほど走ったところで、危うく抜かれそうになった空車を呼び止め、乗り込む。自分でも何をこんなに焦っているのか分からないが、急がないと取り返しのつかないことになりそうな気がしたのだ。

「真幌西署まで」

信号で止まるたびにいらいらして時計を見、時間がほとんど過ぎていないのに驚く。

永遠とも思える五分間だった。財布をはたいて料金を何とか支払い、タクシーを降り立ったときだった。建物からばらばらと制服私服とりまぜて警官が飛び出してきて、パトカーが次々と駐車場から出て行く。邪魔にならないよう、慌てて少し脇にどいて様子を見ていた。これは小山田の事件と、何か関係があるのだろうか？

「──義一さん！」

振り向くと、みずきが──いや違う、さつきが、あの二人の刑事に付き添われて出てくるところだった。長い間会っていないような、そんな気がした。

何と呼びかけていいか分からず、ぼくは黙ったまま駆け寄った。彼女も階段を駆け下り、二人は向き合う。

「……よかった。釈放、されたんだ」

逮捕されていたわけでもないだろうから、釈放、という言葉が適当なのかどうかはよく分からなかったが、おそらく気持ちとしては一番ぴったりくるものだろう。

「どうしてここに……？」

「……君のアリバイを証言しようと思ったんだけど……必要なかったみたいだね」

「ごめんなさい。──わたし……何度本当のことを言おうと思ったか……でも言えなかった……」

ぼくが手を伸ばすと、彼女はそれを握り返す。抱きしめたかったが、周囲を気にしてそれが限界だった。

「いいんだ。いいんだよ。もう一度初めからやり直そう。もう一度、知り合うところから」

そうだ。君村ではなく、木村義一として。四方田さつきとして。

そうして、まっさらな状態でお互いをきちんと見つめよう。そうすればきっと――

「木村さん、四方田さん、乗ってください！」

二人の刑事が駐車場の車で手招きしている。

「何か、あったの？」

ぼくの質問にさつきの表情が強ばる。

「――みずきが、警察に電話してきたの。自分が小山田さんを殺したって。今から死ぬって」

自殺に選んだ方法によっては、まだ助かる可能性はある、ぼくはそう言ってさつきを落ち着かせようとした。

「どうして……？　どうしてみずきが、小山田さんを殺したりしないといけないの？」

前の刑事二人も聞き耳を立てる中で、ぼくの理解していることをざっと説明した。さつきとみずきの入れ替わりについては詳しく説明しなかったので、刑事たちにはよく分からなかったかもしれないが、さつきにはすべて納得がいったようだった。

「……みずきが……そんなふうに思ってたなんて……」

四方田家に到着したとき、周囲はすでにパトカーで埋まっていた。そして回転灯を回したままの救急車が一台、後ろのドアを開けて待っている。住民も何事かと外へ出てきて、ついさっきまでの閑静な住宅街はすっかり様相を変えていた。

刑事の先導で、ぼくとさつきは四方田家の門の中へ入る。ドアは開けっ放しで、玄関には警官たちのものらしい靴が散乱している。

「二階です」

見覚えのある巡査が刑事にそう教える。交番の巡査だ、と後になって気がついた。

二階へ上がると、広々とした廊下が狭く見えるほど人がひしめいていて、誰に教えられずとも、その先に何かがあるのだと分かる。

「道を開けてください！　道を開けてください！」

人々が壁にへばりついて道を開けると、奥の部屋からヘルメットに白衣の救急隊員が担架《たんか》を運んでくる。担架には毛布がかけられていたが、その毛布には早くもどす黒い液体がしみこみ始めていて、その下から、みずきのワンピースの裾がちらりと垂れ下がっていた。さほど急いでいる素振りはないところを見ると、とうに絶命しているのだろう。

「みずき――！」

駆け寄ろうとしたさつきを、見知らぬ警官が制止する。

「今は、見ない方がいいです」

「一体……一体何が……？」

「――包丁で、喉を……」

警官もそれ以上は言えないようだった。

ぐらりと倒れそうになるさつきの腰をぼくは腕を回して支えた。

「……つばきは？　母は？」

「寝室にいらっしゃいます」

よろめきながら歩き出すさつきを抱えるようにして、つい先ほどみずきと入ったばかりの母親の寝室へ入った。

「お母さん！」

寝室では、ベッドの母親にしがみつくようにしてつばきが泣きじゃくっている。その隣に倒れ込むようにして、さつきも母親の手を摑み、妹の頭を抱き寄せた。

ここではぼくは邪魔なだけだ。後でさつきがぼくの慰めを必要とする可能性もあるだろうから、外で待つことにしようと踵《きびす》を返したとき、ひゅっと息を飲む音が聞こえた。

「……みずき！」

いやにくぐもったさつきの声がした。

振り向くと、つばきが――いや、つばきの服を着たみずきが、床に膝をついたさつきの腹に何かを突き立てている。

「みずき!」

ぼくはその時どちらの名前を呼んだつもりだったのか分からない。みずきにやめろと言いたかったのか、それともみずきと呼び続けてきたさつきのことを呼んだつもりだったのか。

さつきの腹から突き出た包丁の柄を摑んだまま、みずきはぼくの方を向いて言った。

「先生がいけないのよ! 先生がさつきなんかにたぶらかされるから! 先生がいけないのよ!」

「……だ……誰か……誰か……」

叫んだつもりだったが、声がかすれて自分の耳にさえ届かない。

さつきの身体がずるずると床に倒れ込むのを見て、ぼくは呪縛《じゅばく》が解けたように突進した。包丁を抜いて再びさつきの身体に突き立てようとしているみずきの腕を摑み、ひねりあげる。赤子の手をひねるとはこのことかと思うほど簡単に包丁は落ち、みずきは「痛い痛い放して」と喚《わめ》く。

「誰か! 人が刺されました! 救急車! 救急車を!」

今まさに窓の下では、救急隊員が担架を救急車に運び込もうとしているのが見えた。しかし頑丈なサッシのせいでぼくの声はまったく届いていないようだった。あの救急車を行かせてはならない。みずきを突き飛ばすと、サイドテーブルにあった花瓶を持ち上げ、窓ガラスに叩きつける。水しぶきと共に、窓ガラスと花瓶が砕け散る。何事かと外の警官たちが上を見上げるのを確認して、もう一度叫んだ。

「人が刺されました! 担架を!」

廊下からも人がなだれ込んでくる。

倒れているさつきに駆け寄ろうとしたとき、みずきがぼくを指さして思い切り叫んだ。

「その人がお姉ちゃんを刺した!」

「な、何を――みずき！」

反論する間もなかった。惨状を目の当たりにした警官は、有無を言わせずぼくを殴り、押さえ込み、手錠をかけたのだった。

「ま、待って……待って……」

誤解され、冤罪《えんざい》をかけられるかもしれないという恐怖はまったくなかった。ただ、目の前で傷つき倒れているさつきから引き離されようとしていることだけが恐ろしかった。

「……さつき！　さつき！　死ぬなよ。ぼくが愛してるのは君だ。さつき！」

繰り返しその名を呼んだ。

部屋から引きずり出されたぼくは、担架で運ばれていくさつきを廊下に転がったまま見送った。これまでずっと間違えて呼んできたその回数を上回るほど、彼女の名前を繰り返し呼び続けた。

「さつき、さつき、さつき、さつき……」

そして救急車のサイレンが遠ざかり、完全に聞こえなくなるまで耳を澄ませていた。

エピローグ

　ぼくは真幌を引き払って、実家に戻った。さつきのことを完全に忘れられるとは思えないが、とにかくこの街にいるのは辛《つら》いし、ものを食べる気も起きないから、餓死《がし》してしまわないよう帰ったのだ。冗談ではなく、体重はほとんど四十キロを切るほどに落ちていた。

　毎日毎日、廃人のようにぼーっとし、親が食えと言って食卓に出してくるものを機械的に胃に流し込んで暮らした。

　マスコミの取材にも警察の取り調べにも素直に応じた。その結果についてはほとんど興味がなかった。『コーリング』は重版を重ね、ベストセラーリストに数週間名前を連ねた。編集には頼むから重版しないで欲しいと言ったが、そんなことが許されるはずもなかった。

　みずきはあっさりとすべての罪を認めたためぼくの疑いはすぐに晴れたが、彼女の両親が雇った弁護士は心神喪失を申し立てて争うつもりのようだった。十九といえば未成年だが、三人もの人間を殺している以上、極刑の可能性もありうるだろう。しかし彼女が特殊な事情にあったことも事実で、それがどの程度減刑の理由となるのかが焦点になるだろう。

　他の姉妹を二人も殺した娘について両親がどこまで本気で守ってやるつもりなのか、ぼくには想像もできない。憎んでいるのか、それとも最後に残った自分たちの娘だから余計に大事に思うのか。

　ぼくは、みずきのことを許しはしないが、憎んでもいない。みずきを殺人者にしたのはぼくでもあるのだから。みずきと同じくらい自分自身を憎んでいると言ってもいいかもしれない。

　つばきまで殺した理由を聞かれて、みずきは「だっていずれつばきはさつきそっくりになるもの」と答えたそうだ。

　みずきからは時々手紙が来る。相変わらず流麗な筆致だ。最初の手紙はこうだった。

　君村義一先生

　ご無沙汰しておりますが、お変わりないでしょうか。

　わたしはご存じのように多少不自由ではありますが、身体の方はこれまでにないくらい元気です。何年後になるか分かりませんが、必ず生きてまた先生にお目にかかれるよう、頑張ります。

　もちろん新作が出れば、どこにいても読ませてもらいます。

　何よりもまずわたしは、先生の作品に惚れ込んだのですから。

　永遠に変わらぬ愛をこめて

四方田みずき

　返事は書かなかった。後から来る手紙は開封するのも恐ろしく、そのまま燃やした。


　一年が過ぎ、また夏が巡ってきた。真幌にいなくても、さつきと過ごしたのと同じ季節の到来は、激しく胸をかき乱した。夏の間中、ほとんど一歩も外へ出ず、テレビも見なければ本も読まずに、ただじっと畳の目を見つめて過ごした。

　夏が終わり、長雨の季節に入ると少し気持ちも落ち着き、久しぶりに気分転換に街へ出ようかという気にもなった。

　高校までを暮らした街は、ここ数年ですっかり様変わりしていて、見たことのないビルや店がいっぱいあった。ぶらぶらと雨の中を散歩していて、かつての通学路にも、「アザレア」という喫茶店ができているのを見つけた。

なぜそこに入ろうと思ったのか分からない。特にぼくが好むような店構えではなかったし、「アザレア」というのが何なのかも知らなかったのだから、偶然としか言いようがない。花の名前であろうということは見当がついたはずだから、もしかするとそこに惹《ひ》かれたという可能性はある。しかし少なくとも、自分では何の意識もしていなかった。

カントリー風の店内は、いくつも花の鉢植えや観葉植物が所狭しと置かれていて、まるで庭の中に椅子とテーブルを置いたような作りになっている。雨のせいもあるのか、客は少なく中年の女性客が二人いるだけだ。

ぼくはツツジのようなピンクの花の鉢植えが置いてあるテーブルに座り、コーヒーを注文した。コーヒーを待つ間、ふと壁際を見ると、ブックエンド代わりの小さい鉢植えの間に植物図鑑などと一緒に『花ことば事典』という本があるのが目について何となく引き抜いてぱらぱらとめくる。

コーヒーを持ってきてくれた女主人がにこやかな笑みを浮かべていたので、つい訊ねていた。

「アザレア、っていうのは花ですか」

きっと彼女にしてみれば恐ろしく間抜けな質問だったに違いないが、彼女は驚きもせず答えた。

「ええそうです。これがそうですよ。西洋ツツジ。サツキも英語だとアザレア」

口に運びかけていたコーヒーを持つ手が止まった。ぼくが受けたショックには気づかない様子で、続ける。

「わたし、名前がサツキっていうものですから、それをお店の名前にして、こうして花も飾ってるんです。ほんとはもちろん、五月くらいの花ですけどね。……どうかなさいました?」

「い、いえ……そうですか。どうもありがとうございます」

サツキと名乗った女主人の顔を見たが、もちろんあのさつきと似ているところはどこにもない。ただ名前が一緒だというだけだ。何でよりにもよってこんな店に入ってしまったのかと悔やんだが、思い出してしまったものはもうどうしようもない。

ぼくは手に持っていた本から、「さつき」の項を見つけ出し、目の前の鉢植えと写真を見比べながら文章を読んだ。

『サツキ（皐月）　サツキツツジの略称。盆栽や鉢植え、庭木に栽培されるツツジ科の低木』

そういった説明に続き、花言葉として「節制、協力を得られる」と書いてある。みずきに頼まれて代役を務めたのだから、協力を得られる、というのはさつきにはふさわしい花言葉かもしれない、と思った。アザレアの項もあったのでそちらの花言葉を見ると、今度は軽い衝撃に襲われることになった。

『私は初恋です』『愛を知った喜び』

さつきの笑顔。さつきの唇。さつきの弾んだ声。すべてが一瞬にして蘇《よみがえ》る。

手が震えだし、嗚咽《おえつ》が漏れそうになった。

くそっ。ただの花言葉じゃないか。こんなものはあの事件とは何の関係もない。

もうやめようと思いながら、ぼくはとりつかれたように「ミズキ」の項を探した。

『ミズキ　ミズキ科の落葉高木』

ミズキは「水木」であるらしい。枝を折ると多量の水が滴《したた》るところからそう名付けられた、と書いてある。

そしてその花言葉は――

『成熟した精神』

ぼくはしばらく凍りついたようにその言葉を見つめていた。

「どうしたんですか、お客さん？　お客さん？」

ぼくはいつの間にか、ぽたぽたと涙を流していたらしい。手を振って女主人を追い払い、顔を覆い、涙は流れるままにした。

みずき——可哀想なみずき——。檻《おり》のような肉体に閉じこめられ、その中でもがきながら育った心は、成熟はしたが同時に歪んでしまった。

二度と会うつもりはないが、ぼくはみずきを許した。そして初めて、彼女のために泣いた。

秋　闇雲《やみくも》A子と憂鬱《ゆううつ》刑事

麻耶雄嵩

10/10 アストロ電機 派遣清掃員殺人
青闇の森
国道607号
時計屋敷
破目戸町
土黒城《ひじくろ》
鮎川
安間
真幌川
3/20 OL絞殺
6/18 老婦絞殺 達珂公園
県警本部
レストラン「電波なげ」
9/26 西頼津 金物屋店主撲殺
鮎川百貨店
鮎鉄真幌駅
JR真幌駅
5/27 石脇町 会社員刺殺
5/3 桂新田 小学生男児絞殺
7/27 大学生撲殺
滝堺町 パチンコ店員絞殺
8/14 女子大生刺殺
網州《もうす》
舞久浜《まいくはま》
舞乱島《ぶらんとう》

やがてあつい夏がすぎ、秋がきました。

やまのけしきは色とりどりになり、かわかみからはモミジやイチョウの落ち葉がゆらゆらと流れてきます。

「ようやくすずしい秋になった。よかった、よかった」

かわべの虫たちが大きな声でよろこんでいます。虫たちだけでなく、かわらに生えている草も同じようによろこんでいます。みんな、まちにまった秋がきてほっとした顔をみせていました。

「ぼくたちは夏はくらせないんだよ。一年のうちで夏だけはダメなんだ」

虫や草たちはよろこびの大がっしょうをなんどもくり返しました。みんな秋がきたことがとてもうれしいのです。

「みんな楽しそうだね」

かわの近くの小高いおかにねを生やしたおじいさんの木が、上からよびかけます。

「みんなの気持ちが、わしにもつたわってくるよ。でも夏をすごせないなんて、きみたちも大変じゃね。わしなんかこんなに年をとってよぼよぼだが、一年じゅう平気じゃよ」

「いいな。ほんとうにおじいさんがうらやましいよ。ぼくたちも夏はだめだし」

かわをはさんでおじいさんの木の反対がわにはえている竹たちが、小さくからだをゆらしました。

「わしだけじゃない。かわの魚たちもずっと平気で泳いでおったよ」

「みずの中はすずしいからね。きみたちも、かわに入れば夏がきてもだいじょうぶかもしれないよ」

なんびきもの魚たちがみなもから顔をだし、とくいげにくちにします。

「だって、ぼくたちは泳げないし。ほんとうにみんながうらやましいよ」

カサカサと竹のはがこすれあう音が、かわらに広がります。

「でも、ぼくらはまだましなほうだよ。あつい夏だけがまんすればいいんだから。お日さまなんて秋になってもまだ現れないんだよ。さぼりすぎだよ」

「それに人間も、ぼくらと同じで夏をこせないいんだ。人間なんて、ぜんぜん大したことないよ」

そういったのは先ほどの虫たちでした。

「そうか、人間もなのか。あんなにいばっててもふべんなものじゃの。わしはこのとおり歩けないが、ここからかわらの四季をいつでもすきなときに見ることができるからの」

おじいさんの木は、やさしくわらいながらいいました。

『川原《かわら》の四季《しき》』より抜粋

1

夏の名残《なご》り。夕暮れの生暖かい俄《にわか》雨。じんわりと汗ばむ首筋。屋内へ逃げ込む群衆。湿気。熱気。坩堝《るつぼ》に入り交じる体臭。人、人、人。生臭い人の匂い。香水の裏からでもはっきりと漂ってくる獣《けもの》の匂い。鼓膜《こまく》がピリリと高周波で震える。どうして誰もが、たいした用事もないのに街に集《つど》うのか。この臭いに耐えていられるのか。

天城憂《あまぎゆう》は敢《あ》えて流れに逆《さか》らい、妻から頼まれたダンボのぬいぐるみを片手に鮎川百貨店を出た。すぐ脇に路駐させていたシビックの助手席のドアを開ける。横目に映《うつ》るしとどに濡《ぬ》れたボンネット。朝にワックスをかけたばかりなので、げんなりさせられる。丁寧に丁寧に磨きあげた。折角《せっかく》の非番を無駄に潰《つぶ》した気分。

助手席に荷物を置いたとき、

「早く乗せて！」

有無を云《い》わさぬ、まるで鉤爪《かぎづめ》で襟首を引っかけられたような甲高《かんだか》く押しつけがましい声。振り返ると、瞳と鼻と口が大きい女が必死で訴えていた。三十半《なか》ば。若かりし京唄子《きょううたこ》のごとき美女だ。

「急いでるの。あ、あの車を追いかけないと大変なことになるのよ」

答える暇《ひま》も与えず女は強引な腕力で身を滑《すべ》らせ助手席に乗り込んでくる。新手の路上売春？　服装も派手な豹《ひょう》柄だ。ただ時刻が早すぎるが……。とまれ三十女の異臭が車内に広がる。

「あれ、あれよ。あの車を追いかけて！」

文句をと覗《のぞ》き込んだ鼻先で女は叫んだ。フロントガラスの向こう側を懸命に指さす。人差し指には親指大の華美なルビー。大きく真《ま》っ赤《か》な唇に、鼻のみならず頬《ほお》や顎《あご》まで齧《かじ》られそうだ。思わず顔を引っ込めた。

待てよ、この特徴ある顔は見たことがある。どこかで……どこだったかな？　人嫌いだが、職業柄人の顔は忘れないはずだ。どこで……どこで……。脳《のう》髄《ずい》に刺さった僅《わず》かな小骨。天城は目を閉じ思い出そうとした。その仕草に焦《じ》れたように女は一層わめき立てる。あろうことかハイヒールでダッシュボードの下部を蹴《け》り上げながら。

「早くしてよ！　捕まえないとどうなるか解《わか》ってるの。あれは〝真幌キラー〟なのよ！」

同時に「先生！」と、オータム・セールのモールに彩《いろど》られた百貨店の入り口から呼び声が聞こえてきた。見ると二十《はた》歳《ち》過ぎの若い男が駆け込んでくる。包装箱をいくつも抱えているためか、漫画のような胡《う》乱《ろん》な足取りで。

「待って、置いていかないでください。A子先生」

その言葉と〝真幌キラー〟というベタな呼び名で、ようやく天城は眼前の三十半ばの女が闇雲A子であることに気づいた。

闇雲A子……ここ真幌市に在住する有名な女流推理小説作家。出す本出す本全《すべ》てベストセラーであるらしい。殺人事件で有名になった君村義一の『コーリング』くらいしか読んだことがない天城にはその売れっ子具合までは判《わか》らないが、そんな彼でも名前は知っているほどの有名人。なにより地元の人気TV番組『真幌得だね！テレビ』に週一で自分のコーナーを持っており、真幌市津々浦々に、その名とともに特徴的な容貌が知れ渡っている。またあまたの著作でもっぱら真幌市を舞台としており、近年の観光客増加にかなり貢献しているらしい。闇雲A子殺人マップ巡りという観光バスがちょくちょく走っている。地方税の高額納税とあいまって、若くして真幌市の名士に祭り上げられている。

その闇雲A子。書くのみならず、探偵のまねごとが好きで、噂《うわさ》では過去に起こったいくつかの難事件を作中の主人公よろしく解決したらしい。TVでも時折手柄話に頰を緩《ゆる》め花を咲かせている。先輩の曾《そ》我《が》の話では、ほとんど眉唾《まゆつば》だそうだが……。ただ関わるにしても一般市民としての身を弁《わきま》え当局には協力的で、彼女の作品に出てくる（らしい）探偵のごとく小馬鹿にしたり身勝手な行動は決してしないため、上層部の受けはいい。広報の意味も兼ね、一日署長ならぬ三百六十五日署長のつもりで適当にあしらえというのが上からの示達《じたつ》である。

だが、今は非番だ。応接する義務はなく、そのまま放り出そうかと考えたが、こと真幌キラーの話となれば勝手が違う。指さす方に目を向けた。が、そこには熟し切った秋の夕焼けが熔《と》け落ちそうに煌《きら》めいているだけ。

「ああ。見えなくなったじゃない。どうしてくれるのよ」

A子は悔《くや》しげな眼で天城を睨《にら》みつけた。今にも憎しみの熱線を放射しそうだ。

「相手はあの真幌キラーなのよ。こんなチャンス滅《めっ》多《た》になかったのに。街を脅《おびや》かす凶悪犯の逮捕に協力するのが市民の義務でしょ」

さすがに絶頂期を迎えている人物だけあって凄《すさ》まじいオーラ。そんなに顔を寄せないでくれ……。天城は謝るようにのけぞった。

「先生、真幌キラーがいたんですか！」

言葉尻を聞いて、先ほどの青年。とすると彼がちょくちょくTVで同席している助手の見処《みどころ》少年だろう。少年といっても二十歳をいくつか過ぎている。立派な大人だが、A子の趣味なのか少年と一般に呼び慣わされている。華奢《きゃしゃ》だが意外とバネはありそう、運動好きな文化部員といった感。自閉的な体育部員の天城とは裏表な印象。

「そうよ」とA子。「それをこの男が逃がしてしまったのよ」

「この男がですか」

助手と二人でずけずけと視線を向ける。だから頼むから不躾《ぶしつけ》は止めてくれ。天城は顔を伏せた。

「どういうつもりなのよ……」

そこでA子の表情が変わった。

「あ、あなた見た顔ね……そうだ一課の刑事でしょう。隠してもダメよ。私はちゃんと覚えてるんだから」

気づかれた。どうして人は自分と関係のない他人の顔まで覚えてるんだ？

「確か会議の時隅っこの方にいたわよね。人目につかないように気配を消そうとしてたから逆に覚えてるのよ」

得意げにまくし立てるA子。作中の探偵のように。その上、説教臭い。

「あなた、ずばり人嫌いでしょ。いるのよね、偶《たま》に。どうして刑事になろうと思ったか解らないような人が。あなたはその典型ね。人の私事に首を突っ込みたくないし、突っ込まれたくもない。身体《からだ》中から拒絶のサインをほとばしらせているわ。よく今まで刑事でやってこれたわね」

天城は余計なお世話だと殴《なぐ》り倒したくなった。しかし上層部にとっては大事なお客。なにせ三百六十五日署長。素性もばれてるし迂闊《うかつ》に怒らせるのも……。

「ところで、あなた。刑事なのにどうして真幌キラーを見逃したりするのよ。解るように説明なさい。返答次第では左頬に紅葉を浮かべることになるわよ」

天城と闇雲A子との出逢いはこんな感じだった。

2

天城が次にA子と出逢ったのは四日後、A子が真幌キラーと呼ぶ連続殺人犯が新たな犯行を重ねた翌日のことだった。正確には出逢いではなく指名。

捜査会議のあと課長に呼ばれ、A子の担当を仰《おお》せつかった。闇雲さんと協力して犯人逮捕にあたり、かつ闇雲さんの要求には可能な限り親切に応対すること、と。要はお守《も》り係。訊くと、A子が天城を名指ししてきたという。あの根暗《ねくら》そうな刑事がいいと。

「俺にはよくわからないが、どういうわけか気に入られたようだな。まあ、天下の闇雲A子の眼鏡《めがね》に適《かな》ったわけだから、光栄に思うんだな」

月亭《つきてい》と渾名《あだな》されるちょび髭課長は笑みを浮かべた。含有量百パーセントの解放感。そういえば今までは課長が責任を持ってお守りしていた。祝杯を挙げたい気持ちは解るが……天城は陰鬱《いんうつ》な足取りで指示された控え室へと向かった。

「よ、メランコリー刑事、どうした。相変わらず性根が暗いね」

扉を開けると、まるで十年の知己《ちき》のごとくA子が呼び掛けてきた。悩みがないのか頬なんか艶々《つやつや》している。

「何ですか。〝メランコリー刑事〟というのは」

どうせ課長あたりから名前が〝憂〟であることを聞いて名付けたのだろうが、一応糾《ただ》しておく。

「刑事は愛称がないと面白くないじゃない。コミュニケーションの一環よ。特にあなたのような陰気な人にはね」

「で、課長は何だったんです？」

「パックよ。ボスじゃありきたりだったし」

パック？　ピンとこないがA子の脳内には理屈が結線されているのだろう。

「……でもメランコリーじゃ、長くて云い難《にく》いでしょう」

「そうね。危急の場合に問題が生じるわね」

真剣に腕組みするA子。その傍《かたわ》らではつられるように見処少年も腕組みしている。

「……じゃあ少し短縮してメランコにしましょ。決定。メランコ刑事」

「まあ、何でも構わないですけど。訳判らないですよ、メランコじゃ」

「いいのよ。愛称なんて符牒《ふちょう》なんだから。名付けるという行為に愛情さえ籠《こも》ってればいいのよ。それより真幌キラーなんだけど、今度は猿の置物が置かれていたそうね」

「ええ、招月院《しょうげついん》で売られている瀬戸物の十二支の申《さる》です。十センチくらい、掌《てのひら》サイズの」

「今年は午《うま》年なのに、申を売ってたの？　時代遅れな神社ね」

派手な支那《しな》扇で顔をぶんぶん煽《あお》ぐA子。昨日が雨だったため室内は蒸しっぽいが、環境都市宣言を宣言した手前の〝クリーンいちから運動〟とかいうお達しのせいでエアコンはオフ。パトカー以外の公用車にLPG車を使用していたりもする。

「いや、この前の鼠《ねずみ》と同じで昔の物ですよ。十年前の」

「十年…ねぇうしとらうぅ」A子は空豆大のエメラルドを塡《は》めた指を折りながら確認すると、「そんな昔になるんだ。真幌キラーもよく残してたわね。それじゃ買った者の名前なんか判らないんじゃなくて」

「まあ、五百円程度の代物《しろもの》ですから。招月院によると毎年一万個は売れているらしいです」

「まあ、その辺は慎重だわね。でも今度は動物シリーズに戻ったわけね。しかも鼠の時と同じでそのまんま干支《えと》じゃない。やっぱり私の説に……」

「干支が絡んでいるとかいう説ですか」

そうそう、とA子は満足げに頷《うなず》く。

真幌キラー。ここ半年、ほぼ半月おきに真幌市民を戦々兢々《せんせんきょうきょう》とさせている連続殺人犯。三月二十日夜、二十五歳のOL九条沙織《くじょうさおり》が鮎鉄鴨里《かもさと》駅からの帰宅途中に絞殺された。それを皮切りに、四月三日夕刻、十八歳の女子高生がコンビニからの帰り道に鈍器で撲殺。四月十六日未明には男子大学生が林中で同じく撲殺。ゴールデン・ウィーク中の五月三日には小学生男児が桂新田《かつらしんでん》の空地で絞殺。同月二十七日、三十二歳の会社員が石脇《いしわき》町の廃屋で刺殺。六月十八日、六十五歳の老婦が達珂《たつか》公園で絞殺。七月十日、三十九歳の買い物帰りの主婦がナイフで刺殺。夏休み中の七月二十七日には隣の九陰《くいん》市に住む二十歳の大学生が舞久浜で撲殺され、八月十四日には盆で帰省していた東京の女子大生が網州《もうす》花火大会の最中に背後から刺殺された。九月四日には三十三歳のOLが絞殺され、そして昨日の九月二十六日深夜。十一番目の被害者、四十五歳の金物屋店主が風俗店からの帰りに鈍器で撲殺された。

被害者たちには何ら共通した点がなく現時点では無差別殺人と考えられているが、現場も時刻も性別も年齢も殺害方法も全くバラバラなこの十一件が同一の殺人事件だと見なされている理由は主に三つある——一つ、ほぼ半月周期で犯罪が行われていること。一つ、被害者の傍《かたわら》に意味ありげな小物が置かれていること。一つ、犯人が常に被害者の左耳を燃やしていること——である。

ただし単独犯であるかどうかはまだ特定されていない。むしろここ半年の警察及び市民自警団の厳重な警戒の中においても犯行を重ねる神出鬼没さから、犯人は複数いるのではないかという意見が多く出始めている。実際八年前にも無差別殺人事件が発生しており、その際は二人の犯人達が真幌市域をコートに、交番をフープに、被害者をボールに見立ててクロッケーに興じていたというものであった。計十五人が犠牲になった当時の苦渋《くじゅう》を味わった捜査員にとっては今なおトラウマになっているらしく、年輩の刑事ほど複数犯説を強く主張していた。

これだけの事件をTVが騒がぬはずもなく、闇雲A子も自らのコーナーで拿捕《だほ》宣言を大々的に行っていた。曰《いわ》く、真幌市の治安は私が絶対守ります。闇雲A子の名にかけて警察と協力しあい犯人は必ず逮捕する、と。『闇雲A子ついに乗り出す！』と地元紙で大きく報じられたのがひと月前。近県での世紀の名怪盗・怪盗ビーチャムによる『レンミンカイネンの黒玉』盗難以来の紙面の割《さ》き具合だった。

「今年分の原稿はなんとか先週までに仕上げたから、これで心おきなく捜査に専念できるわ」

たしかそんなコメントが添《そ》えられていたはずだ。

そのA子が立て板に水のごとく番組で述べたてた推理に、干支が絡んでいるというものがある。

最初の事件で、死体の右脇に五十センチほどの犬のぬいぐるみが横たえられていた。ピンクの舌を出した茶色い柴犬。野晒《のざら》しの場所だったので不自然ではあったが、その時点では被害者が購入した可能性もあり重要視されなかった。しかし二番目の事件で同様に死体の旁に黒い闘牛の置物が置かれているに及んで、犯人の意図的な遺留品である可能性が高くなったのだ（二つの事件が同一犯であると考えられたのは、二人とも左耳が燃やされていたためである）。しかも二つとも死体に添い寝させるように頭を上に横たえられていた。

こうして俄然《がぜん》遺留された動物が意味を持ち始め、二種の動物と被害者との関連性を検討し始めていたとき、第三の事件が起こった。大学生の死体の旁には、ホームセンターで売られている長さ七十センチの角材が添えられていたのだ。動物ではなかったのである。

それから動物は六回目の羊のぬいぐるみまで現れなかったのだが、その時にA子が動物に限れば干支と関係しているのではないかと主張し始めた。呼応するように九回目は鼠。しかも今回の猿と同じ干支そのものを指し示す縁起物だったのである。

結局十一件中五件が動物で、それらは全て干支と関係したものになる。残りはといえば、四件目が市内に聳《そび》える知須田《ちすた》山のジオラマ模型。五件目も同じく真幌谷の模型。どちらも丁寧に組み立てられていた。七件目、八件目が混乱を誘い嘲笑《あざわら》うかのように麻雀の白板牌《パイパン》と紅中牌《フォンチュン》だった。だが三元牌《サンゲンパイ》の緑発《リューファ》は出ず次は干支の鼠になり、十件目がマネキン人形の左足だった。

知須田山と真幌谷のジオラマ模型は市制施行九十周年を記念して三月に地元企業の宮藤《みやふじ》模型の協力で売り出され好評を博した四点の内の二つで、どちらも二千箱以上売り上げたという。残りの二つは舞久浜と青闇《あおやみ》の森だった。

またぬいぐるみや麻雀牌もありふれた市販品で、購買者を特定することはできなかった。そんな中、マネキンだけは足裏のナンバーからベルトーチカ工房の倉庫に放置されていた数十体の一つと判明した。しかし倉庫は施錠されてなく、人形も廃品同然の扱いだったため、いつ盗まれたのかははっきりしないという。また倉庫のマネキン群は割れた窓から十数年に亘《わた》って覗いており、ちょっとしたオカルトスポットとして広く知られていたらしい。

つまり、いずれの遺留品からも犯人に遡行《そこう》することは困難に近かった。むしろ残された小物のメッセージから遡行する方が確実なのではないか……そんな暴論が最近は内部でも囁《ささや》かれ始めている。火をつけたのがA子の干支説だった。

「解ってるわよ」

「残しているのは、干支だけではないですけどね」

私を誰だと思ってるの……そんな瞳で天城を見る。

「でも動物に限っては干支絡みでしょ」

「でも、鼠といい猿といい、わざわざA子さんの推理に添うかのように干支の置物にしているのは、犯人が便乗して誤魔化《ごまか》そうとしているからかもしれませんよ」

「犯人はどんな状況でも左耳を燃やしているんじゃなくて。その目的はまだ判らないけど、たしか六件目の時は雨で、わざわざ遺体を滑り台の下まで二メートル程曳《ひ》きずったあとに耳を燃やしたのよね。濡れてすぐに消えないように。そこまで拘《こだわ》ってるのだから、小道具の方も意味を持ってるはずよ」

「しかし干支と、三元牌と風景模型にどんな繋《つな》がりがあるんです。今度は片足のお出ましだし」

「それが判れば……そうだ閃《ひらめ》いたわ。中国が関係しているのかもしれないわよ。きっとそうよ。干支も麻雀も中国から渡来してきたものでしょ」

意を得たりと、納得顔のA子。ふんふんと二度頷く。自分の才能に惚《ほ》れ惚《ぼ》れするといった風情《ふぜい》。「先生、凄いです」とすかさず見処少年が太鼓を叩く。いや本気のようだ、失礼。

「模型と足はどうなるんです?」

「そうね、風景模型の方は山水画と関係してるのかもしれないわね。丁度山と川の模型だし。だとすると山水画も中国から伝わったものだから合致するじゃない。そうね、これに決まりね。マネキンの足の方はこれから調べるわよ。事典をひっくり返したら思わぬ関連が零《こぼ》れ出てくるかもしれないし。犯人の意図がマイナー過ぎて伝わらないのはビショップこのかたよくあることでしょ」

慧眼《けいがん》なのかもしれないが、それなら模型ではなく山水画そのものを置くのでは。思ったが口には出さない。論駁《ろんばく》出来る有力な説を自分が持っているわけではない。

「それで、訊きたいことがあるんだけど。昨日は警察は何をしていたの? 先月から大規模な包囲網を敷いているって聞いていたけど」

「邀撃《ようげき》班は十数ヶ所にいましたが、まるっきり裏をかかれたようですね」

当局は三班一組の交代制で連夜パトロール及び婦人警官を加えた囮《おとり》捜査を行っている。自分もその一員だが、他人事《ひとごと》のように天城は話した。番記者には決して云えない台詞《せりふ》だ。だが被害者も場所もばらばら、犯人像も摑《つか》めない。そんな中での邀撃には限界がある。いい加減疲労とストレスが溜まった同僚からは愚痴《ぐち》もこぼれている。

「風俗店帰りの中年男性でしたっけ。ノーマークなのは解らないではないけど、西頼津と云えばゴールデン・ウィークに小学生が殺された近所じゃないの」

「人数には限りがありますから。結局ヤマを張るしかないんですよ」

「思いっきり外れたわけね。おたくのところの責任者、ちょっと偏差値が低すぎるんじゃない」

東大卒と著者紹介には記載されているA子が、蔑《さげす》みの眼差《まなざ》しで天城を見る。

そしてA子が二、三突っ込んだ質問を繰り返したとき、

「叔母《おば》様、ジュース買ってきたわよ。オレンジで良かったのよね。いくら捜しても缶の自動販売機が無いのよ、ここ」

紙コップを両手に二十歳くらいの女。萌葱《もえぎ》色のツインニットに白のパンツ。右肩で扉を押し開けて入ってくる。天城に気づくと胡散《うさん》臭げな視線を投げかけた。その目つきや口のサイズがA子との血の繋がりを感じさせる。

「叔母様、そちらは？」

「メランコ刑事。以前話したでしょ。陰気な刑事に邪魔されたって」

「ああ、根暗でまるで引き籠りみたいだって笑ってた人ね」紙コップを置くと、女は下から覗き上げるように天城を見た。値踏み。絞られる瞳孔《どうこう》。かちかちと瞬《またた》く睫毛《まつげ》。「……まあ、叔母様の云う通りだわね。うだつが上がらなさそうな」

「そこまでは云ってないわよ」A子は軽く打ち消し天城に向くと、「で、こちらが姪《めい》の縁《よすが》珠代《たまよ》。大学生なんだけど、暇なときには助手をして貰《もら》ってるの。珠代も探偵事には興味があるみたいだし、私より鋭いところもあるの。半年前に滝境《たきさかい》町で住み込みのパチンコ店員が絞殺された事件があったでしょう。あれで被害者が最初から辮髪《べんぱつ》だったって推理したのがこの珠代なのよ」

「あれはたまたまホーミーに凝ってたから感づいただけよ」珠代は見せかけの謙遜《けんそん》ののち「メランコさん、よろしくお願いします。私の専攻は社会点描学

なんですけど、この無差別殺人事件は恰好《かっこう》のフィールドワークになりそうです。来年の卒論もこれにしようと目論《もくろ》んでますの。もちろん解決しなくては話になりませんけど」

「つまり来年中に解決しないと、あなたの卒業が駄目になるということですか」

「そういうことになりますね。警察には期待していますｍ。もちろん叔母様にも」

珠代は軽く頭を下げ、一歩退《ひ》く。小さく揺れる耳許の真珠。こざっぱりとした見処少年と並んで、A子の後ろに控える格好になる。A子を頂点にした三角形。水戸黄門《みとこうもん》と助《すけ》さん格《かく》さん。なるほど二人並べば美男美女。収まりが良い。当人たち、そしてA子がどういう思惑を交叉《こうさ》させているかは判らないが。

「いま事件のことを訊いてたのよ。でも、要領を得なくて。今回もあいかわらず見事に裏を喰《く》ったらしいんだけど」

「僕も先ほどの会議で初めて知っただけですから」

「それだけかしら。パック課長、あなたを貸して欲しいって云ったら喜んでOKしてくれたわよ。熨斗《のし》までつけかねない勢いだったけど、全然期待されてないんじゃない」

解放されるなら誰でも熨斗をつけますよ……その言葉を呑み込む天城。A子の云うとおりで期待されているわけでもない。

「そういうA子さんこそ、どうして僕なんかを。足手纏《あしでまとい》になるだけでしょ」

「自分で云ってますね。メランコさん」

珠代がA子の背後で笑う。肉厚な唇にA子は意地悪い笑みを浮かべると、

「陰気だし、内向的だし、課長の評価も悪そうだし。あなたみたいなのがどうして一課で刑事を続けていられるのか気になってあれから何人かに訊いたのよ。で、その秘密を知ったの。……時々閃《ひらめ》くのよね」

「閃くって、どういうことですか。先生」

恐る恐るといった感じの見処少年。

「ピータン刑事――たしか中川とか云ったわね、あのマトリョーシカとハンプティ・ダンプティのハーフのような中年刑事よ――の話では、過去に犯人が判っていないと出来ないような行動をしたことが何度かあったようね。仲間内では有名らしいわね。偶に昼行燈《ひるあんどん》に火が灯《とも》るって。ただ彼らはまぐれ当たりと看過《かんか》しているようだけど、私はピンときたのよ。メランコは隠れ名探偵じゃないかって」

　さすが闇雲A子、只者《ただもの》ではない。でも、満点解答でもない。惜《お》しい……天城は警戒しながら顔色をコントロールした。感情を隠すことには慣れている。

「隠れ名探偵って何なんです？」

「意識的にではなく特定の状況が揃《そろ》ったときにのみ探偵としての才能や感性を発揮する探偵よ。私の作品に出てくる塔 脱兎《あららぎだっと》や澄川毛氈《すみかわもうせん》みたいな人ね」

「それが僕だと？」

「十中八九間違いないわね。普通はプロではなく民間人のはずなんだけど。例外もあるわ。それでよ、隠れ名探偵の属性からしても、あなたの頭はしょっちゅう働いているわけではないようだから、オールタイム活性化している私と二人の頭脳を併《あわ》せれば最強の敵・真幌キラーを捕まえることが出来ると思ったのよ。わかって？」

　犯人を最強と持ち上げるあたり、A子らしくない弱気な発言。彼女なりに苦労している証拠？

「僕が、隠れ名探偵ですか。そんな実感はないですけどね」

「自覚がなくて当然だわ。偶《たま》にしか発動しないから、自分でもまぐれと思いこんでしまうのよ。そこがノーマルな名探偵である私との大きな違いなわけね。まあ、メランコはいつものままで陰気にしていればいいから。私も条件が解らないから、発動すれば儲けものくらいの期待しかしていないし。変に気負うと逆効果だしね」

「そんなものですか」

「そんなものよ。私に任せておけばいいの。悪いようにはしないから」

深く頷くA子。誤解の上に誤解を重ね見事な楼閣《ろうかく》が組み上がったところで、その天守に彼女は満足げに鎮座《ちんざ》していた。滑稽《こっけい》だが羨《うらや》ましくもある。

A子の推理はあながち的外れではない。ただ、天城には評価されるような推理能力はない。いかなる条件下でも。探偵の才能を持っているのは、妻の耿《あき》子《こ》だった。A子が聞き込んだ事例で名推理を働かせたのは、全て天城ではなく耿子。だが彼女はA子の云う〝隠れ名探偵〟ではない。むしろA子が自任する常なる名探偵だ。ただちょっと気まぐれ。そのうえ依怙地《いこじ》で意地悪。天城が必死で頼み込んでも気が向いた時しか教えてくれない。焦《じ》らして天城の困惑を愉《たの》しむかのように。解ってるくせに知らないと答える。彼女にとっては、現実の殺人事件もゲームの一つではないか。そう思うときがままある。

「ところで先日は訊きそびれたんですが、どうしてあの時の男が真幌キラーだと判ったんですか」

「私の番組でも流れてたわよ。十番目の事件の一週間前にマネキン倉庫の周囲を何度か彷徨《うろつ》いていた不審人物の話。鳥打帽《とりうちぼう》にサングラス、チェックの上着といった狩猟姿の四十男」

「なるほど、それが鮎川百貨店の前に現れたわけですか。しかしあれは目撃者が不審な印象を持ったというだけで、まだ関係があるかどうか……まあ一応調べてはいますが」

「どうかしら。あなた達の〝一応〟は盗難車の捜査と同じで何もしていないと同義だからねぇ」

「まあ、否定はしませんが……それであれ以降、鳥打帽は見つかりましたか」

A子は首を振った。藪蛇《やぶへび》。恨《うら》めしげに濡れた眼差しで天城を見る。ハリセンで頭を殴られるのかと思わず首を竦《すく》める。

「あなたがもう少し協力的だったなら、あの時突き止められたのに。残念で仕方ないわよ。もちろんパック課長にはその旨《むね》きちんと報告しておきましたから。私の推理ではあの男が犯人の可能性はかなり高いのよ」

三百六十五日警察署長で四六時中脳味噌《みそ》が活性化しているらしい表名探偵。その闇雲A子が初めて〝推理〟という言葉を口にした。ならば一聴するしかない。

「これは珠代も同意見なのだけれど、理由はファッションが特徴的であること。この犯人は、中国に関係する小物を添えたり左耳を燃やしたりと、犯行スタイルに頑固な拘《こだわ》りを持っているわよね。ならば、服装にも強いポリシーがあるはずよ。どちらも不特定多数の他者の目を意識した行為なんだから。更に云えば、心の内を読みとってくれという歪《ゆが》んだメッセージでもあるのよ」

「英国風な狩猟姿というのはこんな田舎では珍しい格好ですけど……そういえば、犯人はどうして耳を燃やすんでしょうか。メッセージだとしたらどんな意味が？」

「無責任な質問ね。残念ながらこの私でもそこまでは推理できていないわよ。警察ではどう考えてらして？」

逆に切り返された。当然だ。

「いや、意味はあると思いますが……正直、何も判ってないんです」

天城は頭を掻《か》く。嘘ではない。少なくとも彼は理由というのを知らされていない。

「耳無し芳一《ほういち》と関係があるんですかね」

三ヶ月ほど前に会議でちらっと出て立ち消えになった説。それを様子見で口に出してみる。A子なら思わぬ発想で膨《ふく》らませられるかもしれない。だが、即座に否《いな》の返答。

「それならば身体に経文《きょうもん》に類したものを残すはずでしょ。両耳ではなく左耳だけというのも釣り合わないわね。この辺りには平家《へいけ》の落人《おちうど》伝説もないし」

「平家じゃなくて、祭や怪しげな儀式でもそういうのはないですかね」

「その辺りは真っ先に調べているわよ。あなた達と違ってね。でも連想できるものは真幌市にも近県にもないわね。耳成山《みみなし》というのが奈良にあるけど中身は関係ないし。また耳塞《ふさ》ぎといって団子で子供の耳を塞ぐ厄除《やくよ》けの風習があるんだけど、焼くと塞ぐではニュアンスが違ってくるでしょ。近いと云えば、方広寺《ほうこうじ》の耳塚かしらね」

「耳塚……ですか」

天城は身を乗り出した。警戒していた三十センチ圏内に入りA子の匂いが鼻に強くついたが、構わない。

「気になる？　耳塚というのは、豊臣秀吉《とよとみひでよし》の朝鮮出兵で敵兵士の耳を首級《しるし》の代わりに持ち帰り葬ったものらしいのよ。殺した証拠として耳を切り取ったわけよね。ただこれも、焼いてしまえば持ち帰れないという難点があるんだけど。今までの中では一番それらしいわね」

「でも、焼くことに拘る理由にはならないわけですね」

だが、溜息《ためいき》はまだ早いとばかりにA子は、

「方広寺の耳塚はそうだけど、首級の代わりに耳というのは古今の合戦でままあったことかも。雑兵《ぞうひょう》の数だけなら首は要らないだろうし。細かく文献をあたればもう少し見えてくるかもしれないわ。特にこの真幌市で行われた合戦とかにね」

「そんなのがあるんですか」

「教科書に載らないような小さいのならいくらでもあるわよ。土黒城が焼け落ちた、土黒の合戦とか……真幌っ子なんでしょ。それくらいのことも知らないの？」

「昔から社会科は苦手なんですよ」

「そのようね。どう見ても社会に向いてないものね」

下手に出てると、辛辣《しんらつ》な言葉が畳み重ねられていく。でも課長より厭味《いやみ》がストレートな分、ましかもしれない。即物的な権力も持っていないし。

「おお、どうした天城。無口なお前がやけに親しげに会話してるな。闇雲先生の魅力にあてられたのか？」

少し前から覗いていたのか、相棒の曾我鬱《うつ》がにやけながら声を掛けてきた。日頃の無愛想に似合わない甘い大声。

「これは闇雲先生。素晴らしいご高察ですね。不《ふ》肖《しょう》の相棒も先生のお手伝いを通じていくらかは成長することでしょう」

見え見えのお世辞だが、A子も悪い気はしないらしく「ほほほ」と笑っている。

五つ年上の曾我とは、どちらも刑事づき合いが苦手で口数も少ないことから、押しつけられ合うようにコンビを組まされている。云うなれば割れ鍋に綴《と》じ蓋《ぶた》。かといって他の者より息が合うわけでもない。一たす一がただの二にしかならない関係だ。

で、人呼んで憂鬱コンビ。天城の「憂」もだが、曾我の「鬱」という名前は親の感性を疑うに充分だ。ただ子供には難しすぎる文字だったので、小学時代に苛《いじ》められたことはなかったらしい。自ら書けもしなかったらしいが。

「曾我さんも一緒に拝聴しますか」

水を向けると、薄くなった頭頂部を指さしながら、

「いや、俺は机で考えるより歩くほうが性に合ってる。医者に脳細胞の発達も終わって、あとは死滅し続けるだけだと云われてるしな。ちょっとお前の様子を見に来ただけだよ。粗相《そそう》なくやれているかどうかを。それだけだ」

ぽんと天城の肩を叩いた。

「でも杞憂《きゆう》だったようだな。むしろ普段より流暢《りゅうちょう》に喋《しゃべ》れているじゃないか。やっぱり闇雲さんのおかげかもしれんな」

「これで話している方ですの？」

怪訝《けげん》そうに曾我に尋ねる。

「ええ、普段は全く喋りませんよ。口に耐水性のチャックがついているかと思うくらいに。そのしみったれぶりは、銀行より性質《たち》が悪いくらいですよ」

「それはひどいわね」

そういう曾我も三日分くらい話している気がする。だが天城は特に反論しなかった。

「お前とのコンビはしばらく解消か。寂《さび》しくなるな」

本気なのか冗談なのか判別つきかねる口調。日頃競馬で擦《す》りまくったようにぶすっとしているくせに、ここぞの憎まれ口だけは達者だ。

「寂しくなりますよ。たぶん」

自信なく天城は答えた。

＊

「今日、闇雲A子の世話役に指名されたよ。実際は押しつけられたんだけど。前に話しただろ、デパートでの件。あれが結局響いたんだよ。A子も僕のことしっかり覚えててさ。何でだろうね。放っておいてくれればいいのに。まあ僕の因果応報《いんがおうほう》なんだろうけど。課長なんか自分が解放されるもんだから、顔中にやけてさ。……それでさ、おかしいんだよ。A子ってさ。若い子分を二人も従えて、まるで水戸黄門みたいなんだよ。三歩下がって師の影を踏まずってやつ？ A子の背後におとなしく控《ひか》えてるんだよ。決して出しゃばることなく。でもA子が見得《みえ》を切ったりしたらすかさず合いの手を入れてくるんだよ。その間合いの決まってること。この調子だと助さん格さんのどちらかが、印籠《いんろう》を披露《ひろう》するかもと思ったね。まあ片方は姪だから女なんだけどさ。その姪も、A子に似て鼻や口のパーツが大きいんだよ。美人なんだけどね。親子でも不思議じゃないくらいそっくりなんだ。口鼻が大きいのは優性遺伝みたいだね。その姪がまた云うんだよ。署の自販機のコーヒーは、〝クルッ〟っていう喫茶店のコーヒーと比べると泥水みたいだって。当たり前じゃないか。専門店のそれと比べられたら、八十円コーヒーが哀れなだけだよ」

帰宅して背広を脱ぐ間も惜しんで天城は語った。いつものように饒舌《じょうぜつ》に、熱を籠めて。

「そうなの。面白そうでよかったじゃない」

目の前の妻は、抑揚のないあっさりとした口調で返す。これもいつも通り。天城から無理矢理上着を脱がしハンガーに掛ける。

「よくはないよ。面白くもないし。余計なストレスが増えるだけだよ。まったく。A子のお守りをしているからって、通常の仕事を減らしてもらえるわけじゃないんだから。その通常の仕事すらパンク寸前だし。もういい加減、犯人が捕まるか終息宣言でも出してくれない限り、みんな白髪で病院送りになって警察の機能は麻痺《まひ》してしまうよ」

ちらと耿子を窺《うかが》う。だが彼女はポーカーフェイス。細く跳ね上がった眉を寸分たりとも崩そうとしない。それが美しくもあるのだが。

「それで、A子が云うんだよ。死体の傍に置かれていた小物は全て中国に関係しているって。動物は全て干支で、干支というのは中国から流入したものだろ。麻雀牌も同じだし。風景の模型も山水画の見立てと考えれば中国産だってさ。さすがにそれは強引だと思ったけど。ただ、足と材木はまだわかってないらしいんだけど。これから事典をひっくり返して調べるって息巻いてたよ。A子のことだから何でもかんでも我田引水《がでんいんすい》で中国説の根拠にしてしまいそうなんだけど……アキはどう思う」

カマを掛けてみたが……

「さあ。ただ中国の諺《ことわざ》には〝足が四本で食べないのは机だけ〟というのがあって、つまり幼児の足も大事な食材なわけらしいんだけど」

相変わらず素直に教えてくれない。ただ感触からすると、A子の説は外れているようだ。それだけでも収穫だ。

「それより、あなた。お風呂が沸《わ》いてるから早く入ってきてよ。あまり遅いと近所が煩《うるさ》いから」

万事この調子。耿子はエプロンを着けて、台所の方へ向かった。子供がいれば違った空気が流れるのかもしれない。母性本能が目覚めて丸い性格になるかも、と思うこともある。曾我にもそう勧められる。しかし、逆に子供に妻を盗られそうな気がして、作れないでいた。

「ああ……なあ、アキ。来週の非番にどこか遊びに行こうか。どうだ、知須田山の浦戸城趾へ行かないか。曾我さんが云ってたよ。紅葉が凄く綺麗だったって。あ、でも行ったのは、曾我さんじゃなく奥さんと二人の子供だけらしいけど。曾我さんは一日中家で寝てたって。奥さんも今が大変な時だと解ってるから文句も云わなかったって云ってたな」

肩に手をやり様子伺《うかが》い。だが、するりと躱《かわ》され、

「ごめんなさい、しばらく忙しいの」

「仕事か……」

「ええ。これが終わったら落ち着くから、あなたの相手もしてあげられるわよ。それにあなたも折角の休日は休んだ方がいいんじゃない。A子さんの相手で仕事は増える一方なんでしょ」

妻と一緒にいる方がよほど英気を養えるのだが。そう思いながらも口には出さない。

「風呂入ってくるよ」

万事解決にはほど遠い気配。いつまで悩めばいいのだろう。

「あと何人死ぬのかな?」

仕方がないので、出て行きざまぼそっと良心に訴えかけてみる。

「事件のこと? さあ。誰かが犯人の意図に気がつくまで続くんじゃないかしら」

これまた冷淡に躱された。

3

胸ポケットの携帯が震える。液晶画面を見るとA子からだった。

A子のお守りを仰せつかってから一週間足らず。過去の現場へ足を運んだり、甲高い御高説に耳を傾けたりと忙しい日々。A子の講釈癖は見処少年や珠代にも見事に伝染して天城を苦しめている。その割に進展はない。しかし妻や曾我以外の他人と長く行動を共にしたのは本当に久方ぶりだった。それだけでも驚異である。結果、携帯の電話帳も二桁になり、三人の体臭にも少しは慣れた。ほんの少しではあるが。

今はといえば、降りしきる雨の中、曾我と共に囮《おとり》を使った邀撃の真っ最中だった。案《あん》の定《じょう》、課長は容赦なく仕事を割り振ってきた。馬車馬以下の扱いだ。ただ、待ち伏せや張り込みは天城の性に合っていた。雨さえなければ。誰とも顔を突き合わせなくていいからだ。車内や路地隅で静かに待っていればいい。それだけで仕事がこなせる。また尾行のように臭い人ゴミを掻き分けなくてもよい。正に自分に適した業務だ。激務の中で天城が胃潰瘍《かいよう》にも心筋梗《しんきんこう》塞《そく》にもならなかったのは、そのせいもあるだろう。張り込み好きな刑事は珍しいとよく云われる。が、天城にしてみれば、どうして平然と地取りなどやれるのか、そのほうが不思議だった。人にものを尋ね回って疲れないのだろうか？

通話ボタンを押す。夜の嵐の午後九時三十分。

「あ、メランコ？」最近は呼び捨て。だが珍しく抑えた小声。「真幌キラーを見つけたのよ。この前のハンター」

「あの狩猟姿の男をですか？」

「そうなのよ。詳しい事情は後で話すけど、そのハンターが今、破目戸《はめど》町の時計屋敷に入っていったのよ。ほら、ずっと空家になってて幽霊屋敷で有名な洋館よ」

「本当ですか」

「嘘云ってどうするの。曲がりなりにも刑事なんだからそれくらいで興奮しないでよ。庭に車を乗り入れて、玄関の扉を開けて入っていくのをきちんとこの目で見たんだから。とにかくそれだけでも怪しいでしょ。今すぐ来てもらえて？」

たとえ鳥打帽＃キラーだとしても、夜中に空家に潜《もぐ》り込む男が温厚な紳士だとは考えにくい。見処少年は格闘技は得意でなさそう。況《いわん》や後の二人をや。そして……A子に万が一のことがあれば深刻な責任問題に発展するだろう。

「解りました。今すぐそちらに向かいますから。ええ、場所は解ります。それまでじっとその場にいてください。絶対に無茶をしないでくださいよ。お願いします」

強く念を押し、曾我に事情を説明する。

「行ってこいや。A子のお守りはお前の仕事だからな。ここはおれ独《ひと》りで何とかするさ」

銜《くわ》え煙草のまま、ぶすっと曾我は云った。そして三十メートル先で傘をさしうろうろしている囮に目を移すと、

「もし手違いであの婦警が殺されても、市民が犠牲になるよりましだろう。課長も許してくれるさ」

＊

破目戸町は真幌市の北西端に位置する辺鄙《へんぴ》な地域だ。近い将来に真幌大がキャンパスを移転するらしいが、それだけ土地が余っている証拠。多くの藪《やぶ》や林で見通しは悪くうら寂しい。

A子が指摘した洋館は隣の土井留《どいる》市へ抜ける国道の近く、ほとんど市境と接する場所にある。壊れかけたブロック塀の奥に時計台の尖塔《せんとう》。緑青《ろくしょう》が浮き出た針は既《すで》に止まり、文字盤のアラビア数字も外れ掛けている。ぐるりと眺めてみても、近くに家屋敷

はなく、鬱蒼《うっそう》とした林ばかり。時計屋敷の名で地元では有名なお化け屋敷でもある。所有権を係争中という噂を耳にして二十年。天城が子供の頃からずっと空家だ。中へは一度だけ、中学一年生の時、忍び込んだことがある。昼間でお化けも幽霊も出なかったが、湿気がひどく汗が止まらなかった記憶が残っている。まだ親友がいた頃の思い出。

国道から枝道に折れたところで車のライトを消し徐行する。門の脇に静かに停《と》めた。雨音がエンジン音を消してくれている。錆《さ》びた鉄門は僅《わず》かに開いている。門の辺りには人気はない。雨粒が砂利《じゃり》を打つ他は静まりかえるばかり。予想していたことだが、A子たちは先走って中に入ったらしい。

空家といえども所有者はいる。無断で敷地内へ入れば立派な不法侵入。それでもA子はまだいい。最悪でも謝罪と示談で済むことだ。だが天城は警察官。

実際真剣に考えたわけではない。真幌キラ！という非常事態。云い訳など幾《いく》らでも立つ。むしろA子が連絡をくれただけでも凄いことだ。折り畳み傘を開くと、天城は静かに門の隙間から身を滑らせた。

十七年ぶりの時計屋敷。当時は古城ほどの巨大さを感じていた。しかしたかだか三階建てでそれから上が時計台の尖塔と、記憶ほど豪壮《ごうそう》ではない。庭も小さく、入ってすぐに本館、脇には小さな納屋《なや》とむしろ窮屈な感じさえする。子供の頃はどうして怖《こわ》かったのだろう。疑問に思えるほどちんまりとした造り。

一階の窓から懐中電灯の明かりが揺れている。出力が弱く、ペンライトか何か。きっとA子だろう。迂闊《うかつ》。不用心。無警戒。これでは気づいてくれと主張しているようなもの。作中の探偵もそんなに手際が悪いのか。呆《あき》れて玄関へ向かおうと歩き出した時、異臭が風に乗って漂ってきた。焦げ臭い。

風上に目を遣《や》ると、扉が欠けた納屋《なや》が目に入る。暗闇に雨が噎《むせ》ぶ中、戸口から棒状のものが二本つき出ている。暗くてはっきりとは見えないがなんとなく想像はつく。天城は進路を変え、納屋へと足を運んだ。

近づくにつれ異臭は強くなり、同時に別の厭な臭いが混入し始めてきた。酸《す》っぱく胸をむかつかせる。いつまで経っても慣れることのない臭い。

懐中電灯のスイッチを入れ、納屋の入り口へと投げかけた。光の輪の中に仰向けの死体が浮かび上がる。左耳を焼かれた女性の死体。血色を失くした頬に、青痣《あおあざ》が浮いた口許《くちもと》。思わず唇を嚙む。そして……傍らに転がっているピンクの人形。

脈をとり死亡を確認したあと、天城は新鮮な空気を肺に籠めるため納屋を離れた。一息吐き、携帯をとり出す。自宅への短縮ダイヤル。ツーコールで妻が出た。

「アキか」妻の声を聴き天城はちょっとほっとする。「悪いけど、今夜は帰れそうになくなった。……ああ、事件が起こったんだよ。だから先に寝てくれないか」

電話を切り、再びダイヤル。今度は一一〇番へ。気が重い作業。

「どうしたの、メランコ刑事」

こちらのライトを見咎《みとが》めたらしい。時計屋敷から声。お化け屋敷気分。A子が見処少年を引き連れやってくる。呑気そうなA子からは横たわっている死体は見えていないようだ。

「駄目じゃない。明かりを点《つ》けたままで。ハンターに気づかれるわよ」

大声の説教とともに、バサとジャンプ傘の開く音。相合い傘の人影。

「見処少年とお二人でここまでやってきたんですか？」

感情を抑えながら訊ねると、

「ええ、そうだけど。いつに増して陰気な声ね」

「で、鳥打帽は見つ《っ》かりましたか？」

「それが電気が灯かないものだから困ってたのよ。

二人だと手が回らないし。思ったより薄気味悪かったし。それにドアとか壁とか、下手に触ると崩れてしまいそうで」

ぴしゃぴしゃと足音を立て、二人は近づいてくる。

「ちょっと焦げ臭いわね。なんなのこれ。暴走族がオイタでもしたの?」

気づいたようだ。

「暴走族ではないですが、さっきまでこの納屋で燃やしていたようです」

「何を? 紙くずとかじゃなさそうだし」

「……耳です」

「耳……じゃあ、真幌キラーが」

慌てた手つきでA子のペンライトが納屋に向けられる。一条の光が対象物を捕らえようと左右に彷徨《うろつ》く。まず足。腰、胸。そして死人の顔が照らし出される。見知った顔が。

「珠代さん!」

A子より早く見処少年が叫んでいた。二、三歩駆け寄る。

その時だった。館の裏手から白のカローラが飛び出し、鉄門にぶつかりながら押し開け消えていった。バンパーが凹《へこ》む鈍い音とタイヤの悲鳴。エンジンの爆音。十秒後、真っ黒な雨空にそれらは吸収されやがてもとの静けさが……いや、A子と少年の嗚《お》咽《えつ》の声だけが残った。

*

真幌メッセで十月から行われている夢創りフェスタ。真幌市の市制施行九十周年記念行事の一環である。そこで『わが街、わが時、真幌』というテーマで講演会を開いていた闇雲A子。雨天にも拘《かか》わらず押し寄せた聴衆の中に、例の鳥打帽を発見した。A子はその時の心境をこう述べている。

「もう、ちょうどミネラルウォーターに口をつけた時だったんだけど、危うく噴《ふ》き出すところだったわ。そうなれば最前列のお客さんが水浸しだったわね。まあ居眠りしているおじさんがいたから、目覚ましにちょうど良かったかも」

終演後、主催者の接待を断り、見処少年たちを引き連れホール出口で監視を始めたのが夕方の六時半。その時点では、縁珠代も一緒だった。

鳥打帽の男はA子の尾行に気づく素振《そぶ》りもなく、ホールを出るとアーケード街を抜け駅向かいの真幌グランドホテル内のレストラン『電波なげ』で独り夕食を摂《と》る。これが七時。A子と見処少年も『電波なげ』に距離をおいて着席し同じく夕食を注文した。

「ハンターが気になって、味どころじゃなかったわよ」

そのくせワインは一本聞こし召していたようだ。

珠代は大学に用事があることを思い出し、ホテルの前で二人と別れた。以降の足取りは摑めていない。大学はホテルから車で十五分、バスで二十分ほどの距離に位置している。

鳥打帽が夕食を終え席を立ったのが八時三十分。地下の駐車場に停めていた車に乗り込む。白のカローラ。品川《しながわ》ナンバー。A子たちも慌てて駐車場に停まっていたタクシーに乗り込みあとを追った。

休日ということもあり、国道が混雑していたらしい。普通なら三十分の距離に五十分ほど費やしている。ただ混雑のせいで追跡を悟られなかったらしい。宵闇《よいやみ》の中、カローラは一直線に時計屋敷へと向かった。

そして九時二十分。降りしきる雨の中、鳥打帽は一旦降りて門を開けると、屋敷へ車を乗り入れていった。A子が塀の隙間から覗くと、屋敷の一室に明かりが灯ったがすぐに消灯。その後二、三分待ってみたが、死んだように静まりかえるのみ。

「ちょうどメランコみたいな気が重くなる暗さだったわよ。で、乗り込んでいって首根っこを押さえようかと思ったけど、相手は殺人鬼だし……それでメランコに連絡したのよ」

それが九時三十分。曾我と婦警を見張っていた時のこと。

「でもあなた幾ら待っても来ないでしょ。雨のせいで背筋が寒くなってくるし。傘は差してたけど、私、病弱だから外気に弱いの。それで思ったのよ。ここに立っていても熱を出して死んじゃうだけじゃないかって。それなら危険でも中で待ってたほうがいいかもって。虎穴《こけつ》に入らずんばって謂《い》うでしょ」

見処少年の証言だと、A子が我慢できたのはほんの二、三分だったらしい。信じがたい短慮の結果、A子たちは時計屋敷へと突入していった。

天城が到着するのはそれから五十分後。混雑に加え邀撃先が市の正反対に位置していたせいである。それまでの一時間弱、A子たちはずっと一階の洋間に陣取っていた。抜き足差し足。扉の開閉にも神経をとがらせ耳を澄ましていたほどだが、物音一つ聴こえなかったし、自身も立てなかったという。信《しん》憑性《ぴょうせい》はともかく。残念なのは、その洋間が納屋とは反対側に位置していたことである。全く気づかなかった。天城のライトを見つけた時は、風向きが変わり雨風の侵入が激しくなり、別の部屋へ移動した直後のことらしい。

「もっと早く移っていれば珠代に気づいたかもしれないのに」

涙声でA子は口惜しがったが、木乃伊《ミイラ》盗りになる可能性が高かっただろう。珠代の死因は後頭部の打撲によるものだが、顔を犯人に殴られた時に壁に激しく打ちつけたためと診《み》られている。口許の青痣《あざ》はその時に生じたものだが、同時に顎の骨も砕けていた。A子や見処少年程度では簡単に伸《の》されていただろう。

「私に連絡したように、珠代さんにもこの場所を教えたのですか？」

「いいえ。だって用事があるって云ってたし。それにあの娘を呼んでも仕方ないでしょ。あの時必要だったのは用心棒だったんだから」

首を振るA子。

「別れるとき、珠代さんは何の用事なのか云ってましたか?」

「ゼミの研究室に忘れ物をしてきたと云ってたわ」

ねえ、と見処少年を見る。少年は赤い眼を腫《は》らしながら、

「はい。来週のレポートに必要だからって。よほど大切なものらしく、凄く慌てた感じでした」

「あの珠代さんが慌てていたんですか」

天城はこの一週間を思い出していた。先走るA子。頼りない見処少年。その中、珠代は最も落ち着き、常に余裕を持っていた。クールなところが妻に似ているなと、ついダブらせた記憶がある。

「はい。あんなに慌てたのは滅多にないと思います。きっと何か重大なことがあったんだと思います。あの時僕が気づいていれば……」

下唇を強く噛む。見処少年は珠代に心を寄せている。この一週間で確信したことだ。A子は全く勘づいてない。だが、天城が気づくくらいだから結構露骨だったはずだ。しかし珠代は応えることなく無関心を装い、気づかぬ振りをしながら状況を愉《たの》しんでいた。その徹底ぶりに、見処少年がちょっと可哀想になったくらいだ。

「思い出しました」必死の形相《ぎようそう》で見処少年が声を上げる。人より尖《とが》った耳がぴくと震えた。「珠代さんが急に慌てたのは真幌駅を抜けてホテルの前に来た時です。そう、その時初めてハンターがサングラスを外したんです」

「サングラスを?」

「ホテルに入ろうとしたハンターの肩に、向かいから女連れでいちゃつきながら歩いてきた若い男の肩が当たったんです。あきらかに男の方がよそ見してぶつかった感じでしたが。それで、互いに顔を向け睨み合い、男の方が『なんだよ、おっさん』とかい

う感じで躙《にじ》り寄ってきて。その時、ハンターが少しの間だけですが迎え撃つように素顔を曝《さら》したんです。目で威嚇《いかく》するかのように。結局、女の方が男の腕を引っ張って止めさせたので喧嘩《けんか》にはなりませんでしたが。で、珠代さんがカメラを持っていたので借りようと振り返ったら、厳しい形相でハンターを睨みつけていたんです」

「つまり、珠代さんは鳥打帽の顔を知っていて、正体を知って驚いたということだね」

見処少年は息を一つ二つ整えたのち、

「……あの時は、真幌キラーの素顔を見て興奮したんだろうと思ったんです。僕がそうでしたし。でも、考えてみれば珠代さんがその程度で感情を面《おもて》に出すなんてことないですよね」

「じゃあ、珠代がハンターと面識があったというわけ？　ナンセンスよ。私の姪がそんな殺人鬼と知り合いだなんて。あのハンターはどう見ても四十歳過ぎだし、珠代の友達や同級生、ボーイフレンドにしては歳が合わないわよ」

家名ばかり気にする宗家のように、A子は突然激しく拒絶し始めた。

「云い訳にせよ大学と口にしたところを考えると、ゼミの教官などかもしれませんね。それなら四十前でもおかしくないでしょう」

「でも、」と食い下がるA子。「それなら、どうして抜け出す必要があったの？　私たちと一緒にハンターを見張ってればいいじゃない」

「何か確認することがあった。もしかしたら、時計屋敷へ先回りしたのかもしれません。慌てないでください。珠代さんが鳥打帽を知っていたというのは、現在のところ仮説の一つにしか過ぎないんです。それは重々承知しています。でもA子さんが描かれる探偵と同じように、捜査には色々と可能性を考えなければならないんですよ」

うんざりしながら天城は答えた。どうして天下の闇雲A子相手にこんな初歩的な弁明をしなければならないのか……と。

＊

検屍解剖の結果、縁珠代の死亡推定時刻は、八時から十時の間と判った。微妙な時間帯。また死斑《しはん》の移動から珠代は死後移送されたと考えられている。つまり彼女は自ら時計屋敷へ向かったのではなく、殺害後に運び込まれた疑いが濃厚になったのだ。

「A子はホールから屋敷までずっと真幌キラーと思《おぼ》しき男を尾行していたんだろ。ハンターだか鳥打帽だか知らんが一風変わった格好の奴を。それでお前に連絡したあと時計屋敷へと入った。中で男を見失い、出てきたときには納屋に珠代の死体が転がっていた。そして第一発見者はお前だ……」

素っ気ない口調で要約する曾我。ビニール張りのソファーに身を横たえ、顔の上半分には冷たいタオルを乗せている。縁から突き出た足はぴくりとも動かない。さながら巨大な蛹《さなぎ》。紫煙を吐く疲れ切った……。

「つまり、僕が曾我さんと別れたあとにどこかで珠代を殺害し納屋へ運んだと云うんですか。冗談じゃないですよ」

「もちろん冗談だよ。ただ、そのくらい突飛じゃないと説明がつかないことが多すぎるんだよな」

「解ってます。捜査会議もそれでかなり紛糾《ふんきゅう》しましたからね」

それまで考えられていた説は、珠代が鳥打帽と面識があり、素顔を知り隠れ潜む時計屋敷へと向かい、そこで殺害されるというもの。理由は……尾行していたA子に気づき、珠代が自分を密告したと誤解したため。

だが検屍結果は、この比較的まとまりが良かった仮説を覆《くつがえ》すに充分たるものだった。もし屋敷外から珠代の死体が搬入されたとすれば、鳥打帽は珠代殺しの犯人ではなくなる。鳥打帽にそんな時間的余裕はなかった。屋敷に着くまでA子たちが監視していたからだ。

一方、珠代は〝真幌キラー〟に殺されたと考えられている。珠代は左耳を燃やされており、死体の脇には〝マホロッシー〟が転がっていた。

真幌市でここ十五年ほど噂になっている、謎の珍獣マホロッシー。古来から青闇の森に生息するという陸生動物。体高二メートル。体長四メートル。四つ足歩行。正面から押し潰《つぶ》されたような顔をしており、目や口、耳は大きく円みを帯びている。短い牙《きば》に特徴的な鼻孔。艶《つや》やかな桃色の肌に螺旋《らせん》状のしっぽ。体毛は薄い。短い足には茶色の蹄《ひづめ》がついているが動きは鈍い。「ぶふ」とかいう潰れた啼《な》き声。好物はキノコで食い意地が張っている。これらがマホロッシーについて判明している主だったもの。

昨春『歴史再見』というTV番組で放映されたことが契機となり人気が出始め、市制施行九十周年のイヴェントではマスコットキャラクターに昇格した。愛らしくキャラクタライズされた陶器の二十分の一マホロッシー人形は、市域のみならずなぜか全国的にブームとなり、真幌市のPRに一役買っている。いまや闇雲A子と双璧《そうへき》を成す名士。メッセの三階には時価三億ともいわれる名匠・榊薬郎《さかきやくろう》作の純金製マホロッシーが堂々と展示されている。

そのマホロッシー人形が珠代の傍らに転がっていた。たかだか千、二千単位の風景模型や干支の置物と比べて、マホロッシーは全国で数万個。今回も手掛かり無しやと思われたのだが、艶《つや》やかな体表面にはっきりと指紋が残されていたのだ。それも二組も。納屋の奥だったので、幸いにも風雨にさらされずに済んだらしい。

幸運は続き、二組の持ち主はすぐに判明した。ひとつは闇雲A子。もうひとつは講演会の男性スタッフ。どちらも補導歴があったため署に指紋が保存されていた。それらから、このマホロッシーが講演会の直後にスタッフからA子にプレゼントされたものではないかと推定された。また、そのマホロッシーは鼻に金箔《きんぱく》が貼られたレアヴァージョンで、全部で二十体しか製作されておらず、残り十九体の所在は既に確認されている。珠代の脇に転がっていたマホロッシーも金鼻だった。

　で、ホールで手渡された金鼻マホロッシーだが、丸裸でリボンをつけただけの体裁だったため持ち運びの手に余り、レストラン『電波なげ』でテーブルに載せておいたところまでは記憶にあるが、そのあとどうしたかは覚えていないという。マニアが見れば激怒の所行だが、所詮そんなもの。見処少年は監視で手一杯だったし、A子の方はワインを一瓶空けていた。おそらく屋敷内で落としたのを犯人に拾われ使用されたのではと推定された。

　これらが珠代殺害犯＝真幌キラーと推測された経緯。同時に、鳥打帽＝真幌キラーの根拠も発見されていた。鳥打帽が乗用し、時計屋敷からの逃走時にも使われた品川ナンバーの白いカローラが、翌朝鮎川の土手に乗り捨てられているのが発見された。東京の盗難車でしかもナンバーの一部を偽造するほどの手の込みよう。また時計屋敷の地下室には、闖《ちん》入《にゅう》者がしばらく隠れ住んでいた痕跡がはっきりと残されていた。密かに電気を曳《ひ》き、羽毛布団のベッドや大型の冷蔵庫が搬入されていたのだ。指紋だけは綺麗にぬぐい取られて。あるいは最初からつけないよう注意が払われて。また奥の部屋には、ベルトーチカ工房の倉庫から盗まれたマネキン人形が一体安置されていた。十番目の事件に使われたのとは別物で、両足がきちんと揃っていた。が、模型や麻雀牌、干支の置物にしても犯人は二度三度似た趣向を繰り返している。新たなマネキンも再び使用するために確保していたのだと見るのが自然だった。

　これらから珠代殺害犯＝真幌キラー＝鳥打帽は揺るぎないものと見なされていた。ところがである。先程のように珠代殺害犯≠鳥打帽の疑いが濃厚になったのだ。

真幌キラー＝珠代殺害犯≠鳥打帽＝真幌キラー。つまり真幌キラー≠真幌キラー。明らかに矛盾が出てくる。数学が苦手な天城でも解るほど単純な数式だった。

「珠代を殺したやつと鳥打帽のどちらかが真幌キラーでどちらかがそうじゃない。理屈ではそうなるが……」タオルの下から曾我が呟《つぶや》く。「お前ならどっちを採る？」

「どっちを採る？　って訊かれても、解りませんとしか……」

天城は首を振った。

「ただ、珠代の件はいままでと少し手口が違うような気がするんです」

「スプレーの件か。それまではガソリンで耳を燃やしていたのに、あの晩は可燃性スプレーだったというやつだな。それでも火がつかず最後には紙くずを添えて何とか燃やしたという」

「はい。あまりにも手際が悪い感じが。あと殺害方法が少し乱暴だったかと思います。鈍器で後頭部への撲殺はありましたが、素手で顎の骨が折れるほど殴るなんて」

「微妙なところだな。確かに手触りが少し違うかもしれん。しかし、犯人は……〝マホロッシー〟というのか？　あの丸い置物。そのマホロッシーを置いていたのはともかく、左耳だけを狙《ねら》って燃やしているからなぁ」

いわゆる〝真幌キラー〟が耳を燃やしていることはマスコミを通じて広く知られているが、片耳だけそれも常に左耳だけを綺麗に燃やしていることはまだ公表されていない。実は二月ほど前に模倣犯が一件生じている。結局身内の犯行と判明し十日後に逮捕されたが、犯人は絞殺したあとで両耳を燃やしていた。耳を燃やす、という言葉は曖昧《あいまい》で、結局その犯人は頬から後頭部までを——ほとんど後頭部の全てを——燃やしていた。

それと比べれば今回のものは非常に類似性が高

い。スプレーとガソリンの違いだけで、左耳を耳たぶだけ的確に燃やしている。

「たとえば以前に現場に遭遇して見ていたとか考えられませんか？」

「まあ、俺たちが到着するまでに野次馬が群《むら》がってたこともあったからな。知ってる者がいてもおかしくはないだろうが……」

そこで曾我はがばっと顔を上げた。生暖かくなったタオル。ぺしゃと床に落ちる。

「もし、もしだ、珠代を殺したのが真幌キラーじゃなく真幌キラーに見せかけた別人だとしても、どうして時計屋敷に珠代の死体を放置したんだ。あそこに鳥打帽つまり本物の真幌キラーが居ることを知っていたからじゃないのか……だから俺は犯人はお前じゃないかと睨んだんだ。どうだ。吐いたら楽になるぞ」

「もう、勘弁してくださいよ」

天城は居たたまれずその場を離れた。冗談である。だが、わずか何十分の一でも、問い質《ただ》す気配があったからだ。それだけ捜査が混迷し、焦りがピークに達しているせいだ、というのはわかる。でも、天城はピンが布団の上に落ちるほどの音でも耐えられない性分なのだ。

＊

「なあ、アキ。アキはどう思う？　僕にはどうなっているのか全く解らないよ。どうして珠代さんを時計屋敷に運び込まなければならなかったのか」

遅い夕食を口に運びながら、天城は訊ねてみた。だが耿子はテーブルに片肘を突きながら静かに天城を眺めているだけ。

「確かに左耳が燃やされていたり脇にマホロッシーが置かれていたりしたけど、僕には別人のように思えるんだよな」

「じゃあ、あなたは鳥打帽の人が〝真幌キラー〟と考えてるの？」

珍しく耿子が話に乗ってきた。昨日は、可哀想ねその珠代さんという人、で済まされた。少しは天城に同情しているのだろうか。表情は依然クールだが、かなりの前進。

「いや、そういうわけでもないんだ。かなり怪しげな人物だけど……」

ちらと妻を盗み見る。僅かの隙も与えないかのように耿子のクリスタルのような瞳は石像のようにずっと天城に注がれていた。

「A子は、真幌キラーは殺害方法――というかその後の装飾――に於《お》いても確固たるメッセージを発しているわけだから、最も卑近な自己表現の手段であるファッションに於いてもポリシーを持っているはずだと唱《とな》えてるんだけど」

「面白いわね。でも、少し違うかも。服装などで簡単に自己表現できるなら、こんな極端な行動に走らないかもしれないわよ」


今日は機嫌がいいのだろうか。事件の話につき合ってくれている。と云っても、いつも冷淡なわけではない。仕事以外の話には普通に応じてくれる、優しい妻。だが、天城が捜査途上で甘え、依存を見せると……。云うなればスパルタ。あくまで刑事として犯人と真相を追及しなければならないのは耿子ではなく天城だから、のはずだが……。耿子は、仮に天城が自力で真相に辿《たど》り着けたとして、果たしてそれを望んでいるのだろうか？　天城の独《ひと》り立ちを。時々、解らなくなる。

「じゃあ〝真幌キラー〟はこれ以外に方法がない、ギリギリの情況で殺人を繰り返しているのか」

「さあ、そこまで追いつめられているかどうかはわからないけど。愉快犯かもしれないし」

悪戯《いたずら》っぽく微笑《ほほえ》む。小悪魔は真相を教えてくれる気がないようだ。

「……そういえば、あなた。最近、〝真幌キラー〟って呼ぶようになったわね。A子さんの影響？」

指摘され初めて気がつく。

「……だと思う。曾我さんも口にするようになってたな。まあ他に適当な略称はないし。云いやすいせいかな？　署内にA子のヴィールスが伝播《でんぱ》してるのかも」

「一昨日までなら伝播するのも良かったんでしょうけど、姫御さんが殺されたあとではね。あなた、ちゃんと慰《なぐさ》めてあげたの？」

「ああ。あんまり効果なかったようだけど。まあ、向こうは僕のことを軽く見てるみたいだから、そんな奴に慰められてもというのはあるのかもしれないな」

耿子は驚いたように四、五秒じっと天城を見つめていたが、

「あなた、慰めるときにちゃんと相手の目を見てる？　そうでなければ誠意も何も伝わらないわよ」

「いや、見てるつもりだけど……」

天城は口籠った。思わず俯《うつむ》く。自分が責められている、そんな視線に耐えられなくなったからだ。

「あなた、相手の目を見ないと感じ取れないこともあるのよ」

「なあ、アキ。〝真幌キラー〟はどうして小物なんか置くんだろう？　メッセージなのは解るけど」

妙な流れに方向修正。

「意味があるからでしょ。考えれば、きっと解るはずよ。ちゃんと直視すれば」

素《そ》っ気《け》ない妻の態度に怒りは覚えない。妻は親切ではない。でも冷淡でもない。自分で解けと叱咤《しった》しているに過ぎない。

「がんばってみるよ」

天城は食器棚の脇の法隆寺《ほうりゅうじ》の模型に目を遣った。

4

『悲しみを乗り越えて』

大きな見出しとともに、涙で頬を濡らすA子のカ

ラー写真が朝刊の一面を占める。新聞だけでなく『真幌得だね!テレビ』もそれで持ちきり。独占特ダネテレビ状態。

厚化粧をばっちり決め、涙で瞼《まぶた》を腫《は》らし復讐、いや逮捕を誓う闇雲A子。まるでヒロイン扱い。さながらジャンヌ・ダルク。だが不思議と今までのヒステリックさは画面や紙面から伝わってこない。A子と見処少年、当の二人を除いて。邪悪な視線。底意地の悪いアングル。天城は煽《あお》りに胃がむかつくのを感じた。

そんなA子とまともに話したのは、葬儀とマスコミ相手の過密スケジュールのため、事件から四日後だった。

「元気そうですね」

真っ赤な唇で栄養ドリンクを一気に飲み干すA子。その姿に天城は安心した。白粉《おしろい》では隠しきれないほどに隈《くま》は広がっている。だが、声には張りがあった。生命力はまだまだ旺盛だった。

「敵《かたき》討ちには雲煙過眼《うんえんかがん》で切り替えないとね。それとも悲嘆と疲労で死にかけてるとでも思った。甘いわね。私が何年作家をやっていると思ってるの。雑誌の〆切《しめきり》なんてこんなものじゃないわよ。今は泣けば世間は同情して優しい視線を注いでくれるけど、〆切は泣けど喚《わめ》けど非情に迫ってくるんだから」

もっともだ。ただ見処少年の方はそう簡単にスイッチを切り替えられず沈鬱《ちんうつ》を引きずっている。表情だけでなく、だらしない立ち姿勢からも若さが掻き消えている。

「それに、いままでは対岸の火事だったけど、これからはマジ本気出さないとね。霊前の珠代に示しがつかないわ。わかったメランコ。あなたも今までの十倍は気合い入れて協力するのよ」

「十倍ですか……」

「がんばるのよ。あなたと私の仲じゃない」

それが奮発サービスであるかのように、A子は身を擦《す》り寄せてきた。三十センチどころか零《ゼロ》センチ。

鳥肌が立った。

「わかりましたから」

結局目を伏せる。耿子の指摘は的確かも、と情けなく納得してしまう。でも、どうして無理して人と目を合わさなければならないいんだ？　伝わらないいんだ。

「それで、考えたのよ。どうしてマホロッシーなのか」

低徊《ていかい》する天城を置いてけぼりにして、A子は突っ走る。

「マホロッシーというのは伝説の動物でしょ。いわば龍の代用だったんじゃないかと」

「辰《たつ》ですか？」

「そう、もちろん龍自体が中国からの輸入品だけど、辰は干支にも丁度あてはまるでしょ」

「でも、それなら中日ドラゴンズの帽子でも残しておいた方がわかりやすかったんじゃないですか。龍だけじゃなく麒麟《きりん》も貘《ばく》も中国では伝説の動物でしょ。龍だけに特定するのは」

「そうねえ」

案外あっさりとA子は撤回した。

「うん、でもね。必ず中国と関わりがあると思うのよ。今までの例からすると。マホロッシーが源《みなもとの》義経《よしつね》と入れ違いに大陸から渡来したとかいう伝承本があれば良いいんだけど」

人差し指で額《ひたい》を押さえる仕草。本気なのか冗談なのか、悲しんでいるのか虚像なのか。幻惑させるだけの姿態。その姿に、カチ、と天城の後頭部の歯車が別の歯車と嚙み合った。言葉と感情を直接結ぶ歯車に。

「……中国に拘るのはいいです。で、〝中国産〟というもので、真幌キラーはどんなメッセージを伝えようとしてる訳なんですか？　A子さん、知りたいのはそこなんです。もう十一人も殺されてるんです」

思わず声が大きくなる。A子は驚いたように、天城を見る。濡れ羽色の瞳孔が大きく見開かれた。一昨日は耿子に似た表情をされた。二つの状況は全く異なるが、他人に関心を持ちつつ持たれない自分にしては珍しいことだ……全く別の箇所の小さな歯車で天城は冷静に分析していた。

「十二人よ。珠代を含めてね」

ぴしゃりとA子は云い放つ。

「あなたはそこら辺の記者と同じで、憤《いきどお》ることしかできないの？　もうちょっと余裕がある人だと思っていたのに」

残念そうな目つき。まるで天城の方が、本気なのか冗談なのか、悲しんでいるのか虚像なのか、幻惑させるだけの姿態、を見せたかのように。

「どうして僕が？」反論が口をつきかけたがかろうじて抑えた。云ってしまえば口論になる。だが自分はA子のお守りなのだ。友人の立場ではない。

「目を逸《そ》らさないで、なんとか云ってみなさいよ」

云えば口論になる。云えば口論になる。床のタイルを見つめながら、呪文のように唱《とな》えた。

「だから駄目なのよ。今日は見処少年と二人で捜査するわ。ついてこなくて結構よ、天城刑事」

A子の足音が遠ざかっていく。かつかつとヒールの踵《かかと》を派手に打ちつけて。

十月十日。珠代の初七日の翌日、真幌キラーは新たな殺人を犯した。『電子は神秘』のキャッチフレーズで有名な〈真幌テクノエリア構想〉の中心企業、アストロ電機。その本社工場の空地に放置された遺体の左耳は焼かれ——それはガソリンに戻った——傍にはハードカバーの単行本が背を上に、これ見よがしに広げられていた。

『推理妻は見た!?8　トブルク挟撃』

先週発売されたばかりの闇雲A子の新刊本だった。

「触発されたのかもな。先週はマスコミは闇雲A子一色で、どっちが主役か判らないくらいだったからな。一気に関心を自分に集めたかったのかもしれん」

希求《ききゅう》半分の口調で曾我。週一で順調に消化したとなれば年末までにあと十一人が生《い》け贄《にえ》になる勘定だ。そうなれば、もはや真幌市の都市機能は形骸《けいがい》化してしまうだろう。現に最近は町の自警団連中も、警察の指導や介入を軽視し始めている。

「主役は僕たちですよ」

漂ってくる紫煙を払いながら、天城はぼそっと呟いた。

「ぼやくな。俺たちは影の主役に甘んじればいいじゃないか。表に出られるのは、あくまでも犯人を逮捕したときだけ。ゴールのテープを切らない限り、決してライトを浴びられないのさ。でも、これで真幌キラーが闇雲A子と関わりを持っていることがはっきりしたな」

＊

真幌キラーは真っ向から挑戦してきた。と新聞は書き立てた。誰に？　もちろん、闇雲A子に。

被害者は工場勤務の派遣清掃員。A子との繋がりは全くなかった。A子の愛読者ですらなかった。あくまでも無差別殺人。

「期間が少し早くありませんか」

会議でも同様の疑念が起こった。珠代の事件からはまだ一週間しか経っていない。異例のスピード。

だが会議での疑念は、珠代の件が別件かどうかよりも、むしろ犯行のインターヴァルが狭まってきたのではないかという懸念が主だった。手を血に染め続けているうちに血を求める期間、血を見なくとも我慢できる期間が短くなっていく。ドラッグと同じ。エスカレートするのみ。それは過去の連続殺人事件で例証されている。

曖昧な表現。天城がかつて述べた疑問、珠代の件は別の犯人ではないか、に答えたものだろう。

「やっぱり珠代は真幌キラーと面識があったというわけですか？　それをカモフラージュするために今回A子を意識したような行動をとったと。A子を挑発するために珠代を殺した、と見せかけるために」

会議で腕扱《こ》きの中川刑事が提唱した仮説。逆に云えば珠代殺しが真幌キラーのアキレス腱《けん》。決して深入りされたくないポイント。邀撃捜査とローラー作戦の限界をひしひしと感じていた捜査陣にとって、その説は強い慈雨《じう》となった。

「わからん」曾我はタオルで目許を拭《ぬぐ》う。「俺は中川さんほど頭は良くないからな。まあ、珠代の件だけは他の十二件とは違うのは確かだ。それくらいは解る。殺害後にわざわざ遺体を運び出したのはあの件一つだけだし。ただ、鳥打帽と珠代の行動をどう説明するか。それがなぁ。死体が運び込まれたという事実が、鳥打帽が殺害に直接関係ないという証拠になっているわけだからな。だが鳥打帽を無視すれば珠代と真幌キラーの接点がはっきりしなくなる。頭が痛いよ。あれ以来、鳥打帽も煙のように消えやがったし。結局、俺たちに出来るのは、主役に成り上がる日を目指して精力をすり減らすことだけだろ。それで命を削って地道にやってれば、寺摩黒様《てらまくろ》もお慈悲を与えてくれるだろ」

曾我は唯一の弱点、妙な信仰の神様を口にした。署内で洩《も》らすなんて、よほど疲れているのだろう。

だがA子の方も主役の座を譲り渡す気はないようす。紅葉柄の服を着て、意気軒昂《いきけんこう》、颯爽《さっそう》と現れる。用途が不明な派手な支那扇を片手に。バサッと広げれば部屋の四半分に風が巻き起こる。芭蕉《ばしょう》扇？

「今日はお独りなんですか？」

気拙《まず》く見上げ訊《たず》ねてみた。あの日以来正面から顔を合わせていない。天城はもとより、A子の方も敢《あ》えて接触しようとしなかったみたいだ。

「見処少年には郷土歴史館へ行って貰《もら》ってるのよ。耳焼きのことでちょっとした調べにね」

今までと変わらぬ口調。さすが闇雲A子。心が寛《ひろ》い？　そんな思いが表情に出たのか、A子はぬっと顔を近づける。いつもと違う香水。おとなしめの臭い。

「胸を撫で下ろしているでしょ。甘いわね」

人差し指で額をはじく。

「何するんですか」

「私の機嫌は天《あま》の岩屋戸に隠れた天照大神《あまてらすおおみかみ》より直りにくいの。これ業界の定説よ。でもね今日は一旦棚上げにしたの。珠代に続いてここまで虚仮《こけ》にされたんじゃ、拘っていても仕方ないからね。先ず真幌キラーを捕まえることが先決。いまはそれだけ」

ロングヘアーをわっさと揺らし、A子はまくし立てた。その大きな唇に呑み込まれそうな感覚に襲われる。

「というわけで、大人な私は人手を貰い受けに来たのよ。曾我刑事。余剰人員のメランコ借りますよ」

「どうぞどうぞ。メランコ、お前もきちんと社会復帰できるように闇雲先生にリハビリしてもらえ。この事件、余り長引きすぎると、本当に左遷《させん》されるぞ。交番ではその性格じゃ勤まらんからな」

まるで他人事《ひとごと》、正に他人事なのだが、後ろ足で砂をかけるように曾我は云い放つ。その上、メランコ呼ばわり。

「左遷されるの、メランコ？　情けないわね」

便乗し、既定路線のように憐《あわ》れむA子。

「まだ決まってないはずです。それに責任はみんな同じでしょ。特に僕だけが……檜山の方が僕より下だし」

「甘いわね。組織のスケープゴートは一人で充分なのよ。で、後々のダメージが少ないように、最も必要のない人材を祭り上げるわけ。ま、その辺のこと冷静に顧《かえり》みられるように冷やしてあげるわ」

片手で芭蕉扇を力強く煽《あお》り、もう片手で天城の腕を鷲摑む。廊下では真幌グリーンサービスの山岡《やまおか》とかいう御用聞きが、こちらを見て冷笑している。部外者にまで……最悪。

「さあ行くわよ」

「行くってどこにですか？」

駐車場まで来たとき、恐る恐る天城は訊ねた。A子の視線が眩《まぶ》しい。手首はずっと抜けそうなほどに握られている。連休のディズニーランドで引率される園児。

「そうねえ。勢いで来たけど……やっぱり事件のあったアストロ電機かしら。最新の現場を見ておかないとね。その後で時計屋敷に向かうわよ」

ほれという感じで、車の前に放り出す。早くキーを取りだしてドアを開けろ、という指図。天城の車はナンバーまでしっかりと覚えられている。そればかりでなく、助手席のシート位置や背の角度も既にA子の体格にカスタマイズされていた。先週久しぶりに妻を乗せたとき、しっくりこないのか怪訝そうな表情を見せていた。

「パック課長も云ってたけど、珠代の事件だけは毛色が違うと思うのよ。だから結局のところそこから調べていくしかないわね。栗《くり》毛だか赤毛だかは判らないけど、色の違いがなぜなのか？」

カチャとシートベルトを締め——それだけは口を酸《す》っぱく注意懇願していた——パワーウィンドウを下げ、片肘をつく。秋風が助手席側から天城の方へと抜けていく。最近はA子の臭いもそう鼻につかなくなってきた。

死体はアストロ電機の本社工場の余地で発見された。三方を高く無愛想なフェンスで囲まれたインダストリアル・ジャングルとも云うべき場所。夕刻にも拘わらず目撃者はいなかった。

「今度はA子さんの本でしたね」

表通りに出たとき、天城から話を振った。先日の詫《わ》びのつもりもある。

「焦っている証拠ね。挑発しているつもりなんだろうけど、逆に追いつめられて焦ってるんだわ」

自信満々の口調。

「追いつめるようなこと、何かしたんですか」

「メランコ。あなた最近口調がぞんざいだし、随分失礼な物云いをするようになったと思うの。この前のことを除いてもね。まあ、メランコだから少しは大目に見てあげるけど。でもあなたもたいがい追いつめられているのに、まだ発揮できないのね。いつもならそろそろなはずなんでしょ」

妻が頃合いを見計らっていただけです……告白したくなったが口を閉じる。説明が面倒臭いということもある。が、話すと自分が必要とされなくなる気がした。

「流れとしては、珠代が殺された時点で発揮してもよかったんじゃない」

非難の目つき。険《けわ》しさはないが、疑問、問いかけは含まれていた。

「どうして、珠代さんの時に？」

「だって、メランコ。珠代に気があったんじゃないの？」

「僕がですか？」

意外な言葉に絶句する。思わずアクセルをふかしすぎ、前の車に突っ込みそうになる。

「気をつけなさいよ。私の身に何かあったら、左遷どころじゃ済まないわよ」

「済みません。でもどうして、僕が？」

「違うの？　珠代をそういう目で見てたじゃない」

そういう目、というのがどういう目を指すのか解らないが、誤解をしていることは確かだ。

「違いますよ。決してそんなことはないです」

「良いじゃない。まあ奥さんいるみたいだから小耳に挟まれると拙《まず》いんだろうけど、そんなに必死に否定しなくても」

大きな口で笑い、あくまであっけらかんとA子。なぜか苛立《いらだ》つ。

「それとも、結構怖い奥さんなの？」

「いえ。アキは優しいです」

「そう。妬《や》けるわね。熱い。熱い」

わざとらしく芭蕉扇で胸元を煽ぐ。扇自体に香を焚《た》き込めてあるのか、新たな異臭が車内に充満する。気があったのはむしろ見処少年だろう。あれくらいはっきり態度に表しているのに……だがA子には伏せておく。気づかないのではなく、気づきたくないだけかもしれない。

「……それで、珠代さんの話ですけど、交友関係で疑惑な点はありませんでしたか」

途端笑顔が消え、怪訝そうに天城を見た。

「大学関係は見処少年に調べさせたんだけど、ハンターに該当する人はいなかったわ。よく大学近くの〝クルッ〟という喫茶店へ行ってたらしいけど、マスターは全くの別人だったし。かといって他に年輩の人と珠代が知り合う機会も場所もなさそうだし……」

「アルバイトなどはしてなかったんですか」

「なに訊いてるの。アルバイトはしてたわよ。私の助手よ」

「なるほど。そうでしたね」

愚問を天城は照れ笑いで誤魔化した。卑屈だ、と自分でも感じる。

「そういえばちらと聞いたけど、あなた珠代は真幌キラーじゃなくて、別の犯人に殺されたと考えているようね」

「ええ、模倣犯じゃないかと。一番気になるのは素手で殴り殺したところです。腕力に任せたようなところが、今までの傾向と違う気がするんです」

「もしかして、今までの隠れ名探偵の才能が少しは発揮されているのかしら?」

値踏みするように目を細める。

「僕に訊かれても判りませんよ。A子さんの話では隠れ名探偵には自覚がないんでしょ」

とぼけてハンドルを切った。ピンク色したマホロッシーの巨大看板。色気をふりまき右を流れる。続いて『蜃気楼の街・真幌』のコピー。これらの営業努力にも拘わらず、観光収入は激減している。もちろん真幌キラーのためだ。

「まあね……。でも、耳の焼き方なども本家と手口が酷似《こくじ》しているんでしょ」

「はい。でも、先日思いついたんです。もし犯人が珠代さんと親しい間柄なら、あるいは手口を珠代さんから伝え聞いて知っていたんじゃないかって」

「なるほどね」顎をしゃくり上げるＡ子。感心した素振り。「珠代は助手だから私と同じ程度には知ってるわね。真幌キラーが左耳しか焼かないこととかも。でも珠代がそんな無責任に他人に話すとは思えないわ。これでも捜査機密の漏洩《ろうえい》には日頃から口を酸《す》っぱくして注意しているのよ」

「しかし、とても親しい人なら洩らしたかもしれませんよ。例えば交際相手とか」

「彼氏ねぇ。いたのかしら？」

首を傾げるＡ子。天城たちの捜査でも珠代の男関係ははっきりしなかった。学内に男友達は多くいたが誰も深い関係ではなく、また友人たちも珠代が誰とまたは誰かとつき合っていたかまでは知らなかった。

「珠代はガードが堅かったからねぇ。カマを掛けてもうまく撥《は》ね退《の》けて、絶対にぼろを出さなかったわよ。あの辺は姉さんにそっくり。姉さんも間際までずっと黙ってて、いきなり婚約者を連れてきたから。メランコはハンターが珠代の相手だったというわけ？　ハンターはどう見ても四十を過ぎてるわよ」

「珠代さんに年上好みの傾向とかありませんでした？」

「あの子。父親を早くに亡くしてるから、もしかするとあったかも……でもおかしいじゃない。メランコはハンター＝珠代の彼氏と勘繰っているようだけど、ハンターは珠代を殺してない可能性が高いんでしょう。つまり珠代の彼氏≠ハンターなわけよね。

ならどうして珠代はハンターの素顔を見て驚いたの？　それによ。珠代から真幌キラーの手口を聴いて真似しただけの素人《しろうと》犯人が、どうしてハンターの隠れ家を知っていたの？」

「……そうですね」

天城はあっさりと引き下がった。天城にも判らない。きちんと整理できているわけではない。まだ混沌《こんとん》。所詮自分は凡な刑事。気が重くなった。

そんな天城の沈殿とは逆に、A子の頭脳はエンジンが掛かってきたようだ。目を半ば閉じ、小刻みに額を震わせている。

「この事件、どこか根本的におかしいわよ。メランコの妄言《もうげん》でようやく判ってきたわ。そうよ、私の『剣道仮面の森殺人事件』と同じなのよ。ハンター＝真幌キラー。珠代を殺した犯人＝真幌キラー。しかし死斑から、ハンター≠珠代を殺した犯人。だけど珠代と犯人の行動から、この二人には何らかの繋がりがありそう。全て説明するとすれば一つしかないわね」

「真幌キラーは一人ではない、ということですか。八年前みたいに」

当時、天城は派出所勤務の警官で、まだ刑事ではなかった。幸いなことに天城の管区では事件は起きなかったが、一つ隣の区では続けて二人が殺害された。クロッケーで相手の球を弾き出すロッケーというテクニックのためだ。二度目はマスコミや遺族の非難も凄まじく、顔馴染みの隣区の警官がひとり半年の休養後に依願退職してしまった。母方の田舎《いなか》へ引っ越したらしく、音信も絶えた。厭な記憶。

「ハンターは珠代の彼氏の友人だった。それで珠代も良く知っていた。で、ハンターの素顔を確認してまず彼氏に進言しに行く。でも珠代は夢にも思わなかったけど、彼氏とハンターの二人ともが真幌キラーだった。そして発覚を畏《おそ》れた彼氏に殺害された」

シートの脇をサンバのリズムで叩きながら、張り切って推理を述べていく。フル回転しているのだろう。

「でも、それも訝《いぶか》しいところがあります」

「なによ」

せっかく良いところなのに、邪魔しないでよ。そう云いたげに天城を睨みつける。ちょっと憎々しげに。

「どうして珠代さんの遺体を時計屋敷に放置する必要があったんですか。あそこはハンターの隠れ家だったんでしょ。鳥打帽と真幌キラーに関係があるといってるようなものじゃないですか。A子さんたちに尾行されていることも知ってただろうし。それよりもっと他の場所に捨てておけばハンター＝真幌キラーが証明されて良かったんじゃないんですか」

「すると、彼氏はハンターに罪の全てをおっ被《かぶ》せようとした。自分だけ助かるために」

「……まだ訝しいです」

ウィンカーを出しハンドルを切りながら、ぼそっと天城は指摘した。それくらいの欠陥は自分にも判る。さすがに。

「ハンターが逮捕されれば自分も危うくなるでしょう」

「そうねぇ。じゃあ、これはどう。ハンターと彼氏は直接の面識はなかった。例えばネットだけの繋がりだとか。メル友だとか。最近よくあるじゃない」

「それなら珠代さんがハンターの顔を知っているはずはないでしょう」

「解ったわよ。ハンターの口を封じればいいのよ。それなら全ての罪をハンターにおっ被せて左団扇《うちわ》になれるわ。ハンターってあれ以来消息が途絶えたんでしょ。もしかしたらハンターは既に舞久浜の地中深くに埋もれてるのかもしれないわね。……土の下かぁ。ちょっと勿体《もったい》ないわねぇ。けっこうな男前だったのよ」

場違いなA子の溜息。たしかにA子の証言を元に作成された似顔絵は、目鼻立ちがはっきりとした、映画俳優のごとき男前。A子の理想が混入？　惜しむのも解らないではないが。

「真幌キラーだったとしても、もう一度拝《おが》みたかったなぁ」

猫が甘えるような声を出し、左手でゆっくりと髪を掻き上げる。その上窓に目を遣り回想に耽溺《たんでき》し始めた。そのとき、

「止めて！」突然叫ぶ。当り屋が突っ込んできたかのような声。

「いたのよ、ハンターが。ほら、そこの道を歩いているわ」

ブレーキを踏み、慌てて指さす方向を見る。鮎鉄安間《あんま》駅前。狭い広場に学校帰りの生徒が二、三十人わらわらとあぶれ出ている。だがどこにも鳥打帽の姿は発見できない。

「あそこよ、あそこ。白のスーツにサングラスを掛けている。でもあの顔はきちんと覚えているもの。間違いないわ」

A子の言葉と指を追う。たしかに白いスーツを身に纏《まと》った紳士然とした男が構内へ消えていく。優雅な足取り。

「あの男に、間違いないんですね」

「ええ。男前だからよく覚えてるのよ。でも、おかしいわね。まだ生きているなんて」

「じゃあ、早く降りてください。ここに車を捨てて追いかけましょう」

後続車のクラクションを無視しコンビニの前に横づけする。運転席を降りるとA子を急《せ》かした。自説が数秒で覆ったせいか、A子の方がもたもたと首を捻《ひね》っている。そんなA子の手を曳き、駅へと走った。しかし警察手帳で改札口を抜けようとしたとき、携帯の着メロのような発車ベルとともにゆっくりと電車が走り出す。残されたホーム。閑散とし、白スーツ男の姿はどこにもない。

「乗って行っちゃったわね」

マホロッシーの看板を尻につけ遠ざかっていく電車。ぼんやりと見送る格好のA子。

「そうだ、早く連絡しないと」

天城は携帯電話を取りだし、急いで曾我に事情を説明した。運が良ければ次の停車駅、鴨里で白スーツを確保できるかもしれない。

「私も見処少年に電話を掛けとくわ」

カラフルで長い爪でプッシュする。見処少年はまだ郷土歴史館にいた様子だ。あ、闇雲先生。安間駅ですか。ええ、こちらもちょっと面白い発見があったんです。今すぐそちらへ向かいます。見処少年の潑剌《はつらつ》とした声が秋風に乗り、携帯越しに小さく天城の耳にまで届いてくる。


しかし天城たちは白スーツの男を捕まえることは出来なかった。一足違いで鴨里駅から逃げられてしまった。それだけではない。その後いくら待っても見処少年は安間駅に姿を現さなかった。

彼は翌朝、鮎川の堤防で冷えきった死体となって発見されたのだ。

5

見処幸二《こうじ》、二十歳。真幌市牛妻《うしづま》町出身。五月三日生。B型。死亡推定時刻、十月十一日、午後二時から午後四時の間。死因は窒息死。頸部《けいぶ》に、手袋を塡《は》めた両手で絞殺された痕跡あり。それとは別に右蟀《こめ》谷《かみ》に打撲痕、内出血が見られる。殴打され昏睡《こんすい》したところを絞殺された模様。死体が馬淵《まぶち》町の堤防に遺棄されたのは深夜だと考えられている。付近の住人の証言では、夜二時少し前に自動車のエンジン音が堤防から聞こえたとのこと。ただ常より頻繁に暴走族がたむろしているので、眉をしかめただけで、特に不審は抱かなかった。他の住人も同様で具体的な目撃者はなかった。犯人の遺留品は発見されていないが、死体の傍らには被害者が所持していた鞄が捨てられていた。A子の証言によると鞄から盗まれた物は特にない。

被害者は午後二時すぎ、郷土歴史館内で携帯電話で通話しているところを注意され——A子からの電話だ——鞄を提《さ》げながら急ぎ足で歴史館を出たところまでは目撃されている。ただしその後の足取りは不明。検屍報告やA子の証言を鑑《かんが》みて、安間駅へ向かう間に殺害された可能性が高い。なお遺体の左耳朶には点火の痕が残されていた。縁珠代の時と同じ可燃性スプレーによるもので、同様に屑紙に引火させた痕跡もみられた。今回、被害者の鞄以外の小道具はなかったが、真幌キラーの一連の犯行のひとつである可能性も指摘されている。

そんな中……

『怪盗ビーチャム真幌市に現る！　黄金のマホロッシー盗難』

真幌キラーにより混沌《こんとん》の極みに達している真幌市に、新たな衝撃が走った。弱り目に祟《たた》り目。泣き面に蜂。時価三億円のマスコット、榊薬郎作の純金のマホロッシーが十月十一日怪盗ビーチャムによって盗まれたのだ。怪盗ビーチャムはここ十年の間日本中を騒がせている美術品専門の窃盗犯である。ちょうど三ヶ月前に近県で『レンミンカイネンの黒玉』を盗んだのが記憶に新しいところ。またこの怪盗は犯行後現場に自らの犯行であることを示すサイン入りの図書カードを残しておくことでも有名だった。模倣犯防止のため、カードの詳細なデザインは公表されていない。しかしそれを利用し、ネット・オークション上で偽造カードによる数百万円の詐欺《さぎ》事件が起きたことは有名である。なおこの事件は犯人の高校生二人が逮捕され、怪盗ビーチャムとは関わりがないことが明らかになっている。

またこの怪盗ビーチャム、氏名は云うに及ばず年齢、国籍等全く明らかになっていない。一説によれば数十人の部下を持っているとも、逆に常に単独で行動しているとも噂されている。手口は鮮やかかつ意表を突くものであり、過去三十五件で失敗はひとつもない。そのため「これぞ現代の〝怪盗紳士〟」と無責任な賛辞を口にする文化人も少なからず存在する。

そして今回のケースでも、三体のマネキン人形を用いて警備員そのものをすり替えるという、ある意味芸術的な機敏さによって、モニターカメラと衆人環視の中で白昼堂々と黄金のマホロッシーを盗み去ったのである。

*

A子の泣き崩れている姿が印象的だった。シーツを被せられた遺体の前。膝をつき謝るように涙を流す。川下に消えていく嗚咽。人とも獣ともつかない声が、喉の奥から搾《しぼ》り出されてくる。スカートの裾やストッキングが墓地の泥まみれになっても全く意に介していない。それどころではない。普段プライドで固められている顔は崩れに崩れて、こんな見苦しい、汚らしいA子を目にするのは初めて。声の掛けようがない。だが嫌悪感は全く湧かなかった。じっと見つめているしか……。

鳶の無情な鳴声が上空で舞っている。

「絶対に、絶対に、犯人を捕まえるわ。お願い、力を貸して。メランコ」

泣き腫らした、いや今なお泣き腫らしつつある瞳で天城を見つめた。A子の瞳。はっきりと焼き付いている。


「とうとうA子は一人になったんだ」

遅い夕食をちびちびと口に運びながら今朝の光景を思い出す。食欲はない。全くない。職業的習慣だけで箸《はし》を運んでいる。体力が現場の最低条件だからだ。

「A子さん、どうだったの。大丈夫だった？」

耿子の問いに、「いや」と天城は首を振った。「さすがに今度ばかりは。ゆっくり話を聞ける状態じゃなかったし。A子の家まで送っていってあとはお手伝いさんに任せてきたよ。A子は数年前に両親を亡くし、近い身寄りはもう珠代の母親くらいしかいないらしいんだ。その母親も珠代の死以来体調を崩して床暮らしらしい。幸いお手伝いさんはしっかりしたいい人らしいから、安心できたけど」

「大変ね。で、あなた。今度はきちんとA子さんの目を見てあげた」

「わからない。見たと思うけど」

実は良く覚えていない。顔を上げ逮捕を誓ったところは激しく印象に残っている。だがその後、きちんと見つめ返して応えてやれたかどうか……ぼんやりとした霞《かすみ》の奥の事象。霞。霧。

「でも、A子を救えるとしたら、犯人を逮捕することしかないだろうな。僕なんかが慰めるよりも。真幌キラーとまでは云わない。せめて珠代と見処少年を殺した犯人だけでも……」

箸を置き、耿子の細い両手を握る。思わず力が入る。だが耿子はやんわりと振り解くと、意外そうに天城を見た。

「それだけで充分なの。あなた」

冷んやりとした感触の声。非難と失望？　あるいはそれらに類したもの、見せかけているものが、含まれていた。

「いや、そういうわけではないけど」

最早A子すら、天城の〝隠れ名探偵〟の力を頼っている。しかし自分にはそんな才能は微塵《みじん》もない。只の凡人。陰気な無能人。歯痒《がゆ》かった。悔しかった。A子の言葉通りに自分が〝隠れ名探偵〟ならばどんなに良かったか。だが違う。それが運命。天城に出来ることは、頼むことだけだ。

「でも、私が何でも解っているわけではないのよ。あなたは勘違いしているようだけど。何度か偶々思いつきが当たった程度で、それだけでしょ」

勘違い。偶々。思いつき。当たる。高い城壁に囲まれた空々しい謙遜の言葉だけが耿子の薄い唇から流れ出る。どうして？

「頼んでも、教えてくれないのか。別に真幌キラーのことを訊いているわけではないんだ」

色白の顔が微動だにせず見下ろしている。むしろ細い眉と同じくらいに目を細めて。水晶玉のような硬質で澄んだ瞳。表面に映るのは自分の姿ばかり。そこから耿子の心の内を読みとることは出来ない。いつものことだ。

「……あなたに教えるといっても。何度も云うように、私にはそんな能力はないし。むしろ鳥打帽だったっけ、あの人に訊けば解るんじゃないかしら」

「鳥打帽が？」

意外な名前。思わず訊き返す。

「ええ。あの人は賢いはずよ。すごーく。なにせ天下の怪盗ビーチャムなんでしょ。アジトに手掛かりを残さない手際の良さや、マホロッシーを盗むのにマネキン人形を使っているところから見ても間違いないわ」

「そうか！　時計屋敷を隠れ家にしていたのは、マホロッシーを盗むための下準備のためだったのか……じゃあ、どうして珠代は鳥打帽の顔を見て驚いたんだ。彼女は誰も見たことがないというビーチャムの素顔を知っていたのか？」

「そんなことまで私は知らないわよ。直接怪盗さんに訊いてみれば良いんじゃない？」

「無茶云わないでおくれ。もし鳥打帽が耿子の云うとおり怪盗ビーチャムだとしたなら、もうこの街にはいないよ。さっさと自分のアジトに引き籠っているはずだ。どうやって捕まえて話を訊き出すんだい。真幌キラーを捕まえるより困難なのかもしれないのに」

「まあ、難しいでしょうね。でも、わざわざ向こうから話をしに来ることもあるかもよ」

耿子は悪戯っぽい笑みを浮かべると、

「たとえば珠代さんたちを殺害したのも、真幌キラーの正体も、すべて怪盗ビーチャムだったとマスコミに発表したりすれば」

「なるほど。怪盗紳士のプライドにかけて釈明しに来るというわけだ。確かビーチャムは殺人はしないと公言していたし。でも、そんなにうまく行くかな」

「行くわよ。わざわざ特製の図書カードを残しておくような自惚《うぬぼ》れの強い人でしょ。プライドは相当なもんじゃないかしら」

さも簡単なことのように云う。失敗すると悲劇なのに。何せ相手は名だたる怪盗。こちらの思惑など全て見通しているかもしれない。もし餌《えさ》に喰いつかなかった場合、包囲網から逃れた真幌キラーは安穏《あんのん》と殺人を繰り返せることになる。耿子はそこまで考慮しているのだろうか?

「……でもそれでマスコミは納得するかな。死体移動のことは既に洩れているし。下手にビーチャムの名前なんか出したら、一笑に付されるならまだしも、ただの責任逃れだ怠慢だと、非難されるだけかもしれない」

「死斑の移動なんて、殺害後にドライヴして元の屋敷へ帰ってくれれば可能でしょう。みんな単純な仕掛けに騙されてるだけよ。それだけのことじゃない?」

こともなげ。耿子の言葉を聞いていると、至極容易に物事が進みそうな気にさせられる。冷静に考えれば無茶な理屈。瑕釁《かきん》だらけ。ドライヴ途中に警察が到着すればどうするつもりだったのか? だがマスコミなら喰いついてくれるかもしれない。細部を曖昧にすればなんとかなるかも。そうすればもれなく怪盗ビーチャムがついてくる。まさに蝦《えび》で鯛を釣る。だが、待てよ……。

「もし、ビーチャムが犯人を指摘できなかったら? 相手は十年間暗躍し続けた怪盗だから、切れ者なのは間違いないだろうけど」

「相手は令名を轟《とどろ》かせている怪盗紳士でしょ。こんなことで味噌を付けたらたまったもんじゃない。今まで築き上げてきたものが全て台無しよ。痴漢で懲戒免職を喰らうエリート官僚の比じゃないわね。心配しなくても、彼は人生を賭けてでも解決するわよ」

「じゃあ、ビーチャムが真幌キラーまで解決したらどうする？」

「いいんじゃない。その時はその時で。あなたも色々得ることがあるだろうし。A子さんも喜んでくれるわよ」

A子は喜ぶだろうな。その時の表情を瞼に思い浮かべた。高笑い？　泣き笑い？　それとも冷笑？　想像がつかなかった。

「解った。何とか課長を説得してみるよ」

もちろん正直に話すわけにもいかない。あくまで課長には真幌キラー＝怪盗ビーチャムを信じ込ませなければならない。

「あの月亭さんとかいう課長？　頭固そうだし、それが一番の問題かもね」

「ああ。A子はパックとか名付けてるけど」

「A子さんて小説家だけあって独特ね。逆にあなたはメランコでストレートだけど。そのうちジェントルとか呼ばれるようになればいいわね」

耿子は小さく笑った。つられて天城も笑う。どこがおかしいのか解らなかったけれど。真幌キラー以降妙に張りつめていた空気が、少し和《なご》んだように感じられた。

「なあ、どうして真幌キラーは人を殺し続けるんだろう。目的は何なのかな？」

耳元に口を近づけ訊ねる。

「どうすれば犯行を止めさせることが出来るんだろう。それとも警察に捕まるまで止めることはないんだろうか。それまで、犯人の目的を知ることは出来ないんだろうか。いや、捕まえた後も犯人の真の目的は聞き出せないままなんだろうか」

気がつくと妻は場所を移動し、天城の問いはただの呟きに変わっていた。言葉を止めじっと見つめていると、耿子は立ち上がり洗い物をしに台所へと歩いていった。元の空気。和んだ、と感じたのは錯覚だったのか。

「なあ、僕はずっと真幌キラーの意図が解らないままなんだろうか？」

「そんなことないんじゃない」

背を向けたまま耿子が応える。

「あなたが優しくなったら解るんじゃないかな。たぶん。A子さんは小道具や耳を燃やすことは真幌キラーのメッセージだと云ったんでしょ。人のメッセージを読みとるにはそれだけの余裕がないと駄目なのよ」

「僕が優しくないって。まさかA子のことで？」

「A子さんもそうね。でもそれだけじゃなく、あなたは誰にも優しくないわね。それが解ってないから問題なんじゃないかしら」

「……アキにもなのか」

ぽつりと洩らす。聞こえなかったのか、答は返ってこなかった。

「なあ、アキは僕のこと嫌いなのか？」

「なに云ってるのよ。好きよ」

どうも信じられなかった。カチャカチャと食器が擦れあう音だけが聞こえてくる。

6

餌を蒔《ま》いて三日後。早速鯛が喰いついてきた。予想していたよりも早かった。ビーチャムにしてみれば明らかに罠と解っていても、その罠の意図（たとえば自分を捕まえるためのものなのか）を判別しかねるはずだ。その見極めに数日は費やすだろうと考えていた。しかし怪盗ビーチャムの対応は素早かった。速度は彼の自尊心の強さを如実に表している。無血紳士を自負する彼にとって、殺人鬼の濡れ衣は一刻も拭《ぬぐ》い去りたいものなのだろう。

耿子の思惑は見事成功したわけだ。だがビーチャムの方も周到にこちらの意図を透かし見、天城とA子の二人だけの前に現れた。二重に情報屋を騙《かた》り時計屋敷へと巧みに誘い込んだのだ。

ソファーに足を組み凭《もた》れているビーチャム。最初にA子に見咎《とが》められたサングラスにハンターの格好で葉巻に火をつけている。隠れ家には半月前に警察が持ち去ったものと同種の家具が並べられていた。電気も水道も人知れず復旧させたようだ。天井には煌々《こうこう》と明かりがついている。雰囲気作りのためか、片隅には黒塗りの木棺が立て掛けてある。この凝りよう。天城たちに釈明するためだけに。しかもたった二日間で。怪盗恐るべし。

「ようこそいらっしゃいました。闇雲A子女史ですね。それと天城刑事」

逃げも隠れもしない、というより主《あるじ》然とした貫禄ある振る舞い。むしろ天城の方が逃げ腰。

「私がビーチャムです。怪盗紳士と呼ぶものもいるみたいだが」

胸元から名刺代わりの図書カードを取り出す。白地に赤のトレードマークの上に、*Beecham* と筆記体でデザインされている。これが時価百万の代物？

「あなたが、怪盗ビーチャムですか。怪盗紳士とは名ばかりの殺人鬼の」

漲《みなぎ》る敵意。怒りに満ちた目で、A子は睨んでいる。課長のみならず、曾我やA子にも本来の目的は話していない。故にA子は真幌キラー＝珠代&見処少年殺人犯＝怪盗ビーチャムと見なしている。その仇敵《きゅうてき》が向こうから現れ、あろうことかソファーにふんぞり返っているのだ。A子の怒りがいかばかりか。痛いほど解る。

「ずいぶんな扱いですね。私はあなたの誤解を解くために真幌市に舞い戻ってきたのです。まあお二人とも落ち着いてソファーにおかけなさい」

「誤解ですって」

奥歯をギリギリ軋《きし》ませながらも、A子は勧められるまま向かいのソファーに腰を下ろした。天城も倣《なら》う。「そうです。私は決して人は殺しません。過去も未来も。ねえ、天城刑事」

　意味ありげに目配せ。この仕草で怪盗ビーチャムが目論見の全てを見抜いていることが解る。

「私は新聞を見て驚きました。身に覚えのない、いくつもの殺人が全て私の仕業にされていたのです。たしかに私が倉庫からマネキン人形を盗み、この隠れ家に棲んでいたことは事実です。しかし……」

「釈明なさりたいなら、それなりの礼儀を弁《わきま》えてください。まずサングラスを取りなさい。失礼ですよ」

「いいでしょう。本来ならその必要はないのですが、あなたは親しい人を立て続けに二人も失った可哀想なご婦人だ。仰せの通り従いましょう」

　サングラスをテーブルに置く。天城はその素顔を初めて目にした。目鼻立ちのはっきりした日本人。がっしりした頬骨と顎。意志の強そうな太い眉。なるほどA子の証言もあながち間違いではない。ただ思っていたより年輩で、四十過ぎというよりロマンスグレイな五十前といった感じだった。髪はオールバックに撫でつけており、艶々した整髪剤の臭いが鼻につく。

　そんななか眼光だけは鋭い。獲物を射すくめる鷹のように。A子へはそうでもない。が、天城にちらと向けられる視線は、彼のポケットにある拳銃よりも凶器として有効に思われた。

「あと煙草も消して貰えますか。ここは換気が悪いですから」

「これは申し訳ない。お許しをミス闇雲」

　諾々《だくだく》と灰皿に押しつぶす。

「レディA子で結構です」

「それならば、レディA子。あなたは私を真幌キラーと思われているようですが……」

「違うというの？」

　一瞬不安げに天城を見る。A子は天城が〝隠れ名探偵〟の才能を発揮して真幌キラー＝怪盗ビーチャムに到ったと信じている。ありがとうようやく、と彼女は涙を流していた。涸《か》れることのない感謝の涙。もしビーチャムが自分の冤罪《えんざい》を見事に晴らしたなら、今度は天城への信頼が失墜するだろう。感動のリバウンド。

それも仕方のないことだ。

「事件のことは、調べました。様々なルートから情報を得て。そして今、身の潔白を証明しに現れたのです」

目の前の男は、膝を組みかえ薄く口許を綻《ほころ》ばせる。余裕の表情。冤罪者が抱える悲愴感は微塵《みじん》も見られない。

「私は犯人ではない。レディA子が命名した真幌キラーという名の殺人鬼とも、あなたの友人家族を殺害した犯人ともどちらでもありません」

「……それを証明できるというの？」

幾分落ち着きを取り戻したA子が、胸を張り問いかける。毅然と。

「はい」

自信に満ちたバス。普通の人間ならこの声だけで証明され説得された気になっただろう。だがそこはA子。大きな瞳で相手を跳ね返すと、

「でもどうやって？　きちんと説明していただけるわけですよね。珠代とのことも含めて」

「もちろんです、レディA子。不幸にも私が真幌キラーと目されてるのは、何よりこの館であなたの姪御さんが殺されたからでしょう。私の不審な行動やマネキン人形の件は、全て黄金のマホロッシーを奪うためのものだったわけですから。つまり珠代さんの件さえ解決すれば、私と真幌キラーを結びつける理由はなくなるわけですね」

挑戦するかのように天城を見た。

「まあ、確かにそうだが」

「どういうこと？　珠代の件さえ解決したらというのは。死斑の移動なら、このメランコが解決して見せたわよ」

「そういう意味ではありません。まあ私もこんな屁理屈で犯人扱いされるとは思いませんでしたが。盲点でしたね」ふっふっと苦笑する。「私が云いたいのも姪御さんと一連の真幌キラーとは別の事件だということですよ」

「どちらもあなたが殺《や》っていないのなら、どうして断言が出来るの？」

懐疑的な言葉を口にしながらも、A子はビーチャムの語り口に引き込まれ始めていた。前に乗り出し僅かに浮いた姿勢が良く表している。

ビーチャムは一つ間を置き、両手の指を組み合わせると、

「理由は簡単です。珠代さんの現場にはマホロッシーの人形が置かれていたからですよ。本物の真幌キラーが遺体の旁にマホロッシーを置くはずがないですから」

「じゃあ、あんたには小物が示す意味も解っているのか」

思わず天城は口を挟んだ。が、空気を乱す場違いな発言だったことに気がつき顔を伏せた。ここの主役はA子だ。コホンと空咳をすると、気を取り直したようにA子が質問を再開する。

「どうしてそんなことが云い切れるの？　あなたは真幌キラーじゃないんでしょう。それともメランコが今口走ったように、小物が何を意味しているのか解っているわけ？」

「真幌キラーがどうして小物を置き続けるのか、動機に関しては私も計りかねます。しかし、レディA子。真幌キラーが残す小物の法則性ははっきりと把握しています。共通項といってもいいでしょう。珠代さんのケースと、あと見処君の時の鞄（意図して残された物としたらですが）の時の二つは、その法則に当てはまらないのですよ」

「仲間外れクイズみたいなものね。でも法則性って……干支に麻雀牌にあと何があったかしら」

「最初からいきましょう。先ず犬のぬいぐるみで

す。次いで牛。次が角材、木ですね。知須田山と真幌谷の模型に、そして羊。麻雀牌の白と中。干支の鼠と猿の置物。子と申ですね。その間に私が疑われる発端となったマネキン人形の足がありますね。そして先週のあなたの本」

一旦言葉を切り様子を窺う。しかし色好《よ》い感触がなかったのでビーチャムは再び口を開き話を接《つ》いだ。

「解りやすく云ったつもりですが……まあ、口頭では難しいでしょうね。しかし書き出せばすぐに判りますよ」と彼は背後からペンと紙を取りだした。

「気をつけなければならないのは、それらは全て遺体の右側に置かれていたということです。そう人の右側にね」

「まさか」A子の顔がみるみる蒼ざめていく。求めるべき答を得たようだ。渡された紙に憑《つ》かれたように字を書き連ねていく。

『伏』『件』『休』『仙』『俗』『佯』『伯』『仲』『仔』『促』『伸』そして『体』。

それで天城もようやく意図を悟った。同時に背筋が冷えた。サウナ一年分の汗が流れた。でもどうしてそんなことを？

「そう小物は漢字の旁《つくり》だったわけです。偏は？　もちろん人偏です。見たまま。人の象形文字。これでお解りでしょう。マホロッシーと鞄が不適格なわけが。挑発的な意味さえ持っていたあなたの著作ですら『体』という文字を形成していたのです。そこまで拘る真幌キラーがこの二件だけ全く意味を成さない小物を残すとは考え難いでしょう。姪御さんと見処君、この二件の犯人は別人です。真幌キラーの意図も解らずただ表面だけ真似たにすぎません」

「……珠代たちを殺したのが真幌キラーじゃないということは納得したわ」ペンを手にしたままA子。

「でもあなたじゃないとはまだ証明されてないわね。どうして珠代はあなたの素顔を見て急に私たちと別れたの？　その後で屋敷で殺されなければならなかったの？　怪盗ビーチャム。あなたが犯人じゃないとしたらどうして珠代は……」

「落ち着きなさい、レディA子。あの二件の犯人が真幌キラーとは別人だと判れば話は早いですよ。犯人は警察関係者しか知らない情報によって左耳のみを燃やしていた。どうして私がそんなことを知っているかって？　それは秘密です。警察が路地裏に情報屋を持っているように、私も毛色の違った情報屋を持っているだけですよ」

　楽しそうに目を細め天城を見る。天城は慌てて表情を隠した。

「つまり犯人は警察関係者あるいはその友人ということになるわけですが、まあ普通に考えて情報は珠代さんからその犯人に洩れたと考えた方がいいでしょうね」

「〝普通〟という言葉はミステリの世界では禁句なんですけど」

「これは手厳しい。ではこう補足しましょう。犯人は耳を焼く燃料がガソリンであることを知らなかったのか、うっかりしていたのか、使えなかったのか。いずれにせよ一度目の珠代さんの時はまだ仕方がないとして、二度目の見処君の時もそのままスプレーを使用しています。火のつき具合が悪いので屑紙まで使って。それらから犯人は、燃料の違いが少しにせよ署内で問題視されていることを知らなかったのではと考えられます。もし知っていればガソリンを用意したでしょうから。つまり、珠代さんの生前は警察の情報をある程度知りえたが、死後は入手し得なかった人物」

「つまり犯人は珠代の関係者というわけね」

「そういうことです。そもそも珠代さんの関係者でなければ真幌キラーの仕業に見せかけて犯行を誤魔化すことはしないでしょう。納得いただけたところで話を進めますが、次に問題になるのは犯人がどうしてこの屋敷に珠代さんの死体を遺棄したかということです。もちろんあの時間に私あるいはレディA

子たちがここにいたことを知っていたためわざわざここに置いたのでしょうが、いったいどうやって知ったのでしょうか？　逆に云うと、誰と誰がその情報を知り得たのでしょうかね」

「あなたと私と見処少年と……メランコ」

強ばった頬。絡繰《からくり》人形のぎこちない動きで首を天城へと向ける。

「あなたが……」

「冗談じゃない」天城は叫んだ。事件の翌日曾我に一寸でも疑われた記憶が甦る。「僕が着いたときは既に珠代さんは死んでいました。それを云うなら曾我さんも知ってましたよ」

「囮捜査の最中だったんでしょう。曾我刑事までいなくなれば囮の高杉《たかすぎ》婦警が気づくはずです」

婦警の名まで知悉《ちしつ》しているのか。急に目の前の男が空恐ろしくなった。冷汗が首筋を伝《つた》う。この男なら自分を犯人に仕立て上げることなど簡単に出来るのではないかと。


「まだあなたが犯人だと云っているわけではありません。まあ、ちょっとした意趣返しですな。それくらいはさせてもらわないと」

怪盗ビーチャムは目を細めふっと笑うと、

「次に、犯人は珠代さんの耳を焼くときにどうしてガソリンを使わなかったのか。これを考えてみましょう。本家の真幌キラーがガソリンを使っているのです。普通にガソリンを使えばいいではないですか。それをスプレーと紙で手間を掛けて焼くなんて。犯人が車を持っていなかったという愚答はよしてくださいよ。珠代さんの遺体は豪雨の中をこの屋敷まで運搬されたのです。つまり犯人はこの屋敷まで車で来たはずなんです」

「確かにそう云われればそうねえ」

首を捻るA子。天城も今まで深く考えなかった。手元にガソリンがないから代用したと軽く考えていたが、怪盗ビーチャムの言葉通り、最も入手しやすい燃料のはずだ。

「トラックなどのディーゼル車だったとか」

　思いついた案を天城が口にする。

「それなら軽油を使えばいい。何もスプレーで苦労して焼くことはないでしょう。これらから導き出されるのは、犯人は車に乗っていたにも拘わらずその燃料を使用できなかった、ということです」

「で、誰なの。それは」焦れるA子。

「まあ、お待ちなさい。最後にもう一つ疑問があります。陶器のマホロッシー人形です。あれは予《あらかじ》め犯人が用意したものではなく、あなたが尾行中に紛失したものでしたね。つまり犯人は最初から真幌キラーの模倣をするつもりではなかったのではと考えられます。真幌キラーの模倣を決断したとき、お誂《あつら》え向きにあの人形が目に入ったと考えた方がいいでしょうね。ではあの人形はどこに落ちてたんでしょうか。屋敷の外？　いやいや、レディA子と係員の二人の指紋がはっきり残っていました。雨に濡れたわけではないようです。ではレストランの中？　それも不自然です。あなたの仕業に見せかけようとするならともかく、真幌キラーの犯行と思わせたいわけですよね。わざわざ人目につく場所で手に取る或《ある》いは拾い上げるメリットは存在しませんよ。あるのは誰かに顔を覚えられるデメリットだけです。真幌キラー（偽）は別段マホロッシーに拘る必要は全くないのですから。では、一般に考えられているように屋敷の中でか？　ここなら雨に濡れる心配もないでしょうし、仮に私が犯人ならば目につけば転用していたかもしれません。しかしです。抜き足差し足忍び足で歩いているあなたがたが、陶器の置物を落として気づかないということがあると思いますか。息を殺し、扉の開閉ですら神経をとがらせていたのでしょう」

　云い終えるやいなや、ビーチャムは背後からマホロッシーを取り出した。鼻が金箔のレアヴァージョン。どこから入手したのだろう。肩の辺りまで持ち上げるとぱっと手を放す。ゴン、と比較的大きな音が部屋に響いた。

「ここは新しい絨毯が敷かれています。それでもこのくらいの音がします。たとえ屋敷の外が豪雨だったとしても、屋内で、それも自分の足元でこのような音がすれば気づくはずですよ」

「確かにそうねぇ。じゃあ、私は一体どこで落としたの⁉　駐車場⁉　あそこは地下だったし」

「レディA子。あなたはこのマホロッシーをリボンだけの裸で持っていたんでしょ。箱に入れたりせずに。ならばアスファルトやコンクリートの上に落ちれば割れなくとも罅《ひび》が入りますよ。落下時の音も屋内とは比べ物にならないほどの音でしょう」

「じゃあ、どこなの？」

「一つだけ適した場所があります。またその場所は、先に挙げた二つの要件を満たしています。それはあなたが乗ったタクシーの中ですよ」

「タクシー？　じゃあ、タクシーの運転手が？」

思わず立ち上がったA子。激しく咳き込む。顔には素直に信じがたい困惑の表情。それは天城も同じ。目の前の相手が怪盗ビーチャムでなかったら、今までの論旨の蓄積がなければ、一笑に付し席を立っていたかもしれない。

「そうです。なぜに犯人は私もしくはあなたがこの館にいることを知り得たのか？　それはあなたと一緒にこの屋敷の前まで来たからです。レディA子。タクシーの運転手に私を尾行させるとき真幌キラーの名を挙げたのではないのですか？」

「ええ」若干申し訳なさ気にA子。明快な推理に圧倒されているためか、どこかしおらしい。「真幌キラーだから追って下さいと云いました」

天城は自分の例を思い浮かべた。初めてA子と会ったデパート前。いきなり助手席のドアを開け〝真幌キラー〟の名をまくし立てた。タクシーでも同様に連呼したのは想像に難くない。

「ただの素人ならいざ知らず、天下の流行作家で名探偵としても名を馳《は》せている闇雲A子女史の云う言葉です。TV番組で真幌キラーの逮捕を宣言していた闇雲A子女史の言葉です。タクシーの運転手も私が真幌キラーだと一も二もなく信じたことでしょうね」

ビーチャムは微苦笑すると、

「またどうして犯人は耳を燃やすのに可燃性スプレーを使ったのか？　これもタクシーの運転手なら説明がつきます」

「LPG自動車か」これは天城。署内にもLPガスだの天然ガスだの、環境がどうのこうのだの、そんな張り紙が山ほど目につく。

「そう。現在、日本のタクシーの約八割が、ガソリンではなくLPガスを燃料としたLPG自動車です。特に環境問題に煩いこの真幌市ではガスステーションも充実しているせいもあり、比率はもっと上がるのではありませんか。つまり犯人はガソリン車に乗っていなかったがためにガソリンを使えず、スプレーという非常手段で耳を燃やしたわけです。ガソリン感覚で気化したLPガスを抜き出すわけにはいかないでしょうし、そもそもLPガスを使えば素性がすぐにばれてしまいます。さすがに幾ら役所やタクシー業界で普及していようとも、一般の乗用車にはほとんど搭載されていませんからね。で、ここまでくれば最後の疑問、レディA子がマホロッシーをどこで落としたかを改めて説明するまでもないでしょう」

「タクシーの座席のわけね。雨にも濡れず転がり落ちても気づかず。犯人にはすぐ目につくところ」

レディA子こと闇雲A子は期待通りに応えた。だがその先を読んだのだろう。急に肉厚の唇を震わせると、

「ちょっと待って。それじゃあ、私たちが乗って来たタクシーに……」

「その通り。残念ですがタクシーの後部トランクには珠代さんの亡骸《なきがら》が横たわっていたはずです。おそらく珠代さんはグランドホテルの地下駐車場で殺害

されたのではないでしょうか。時刻は八時二十分頃。私が駐車場に降りてくる少し前です。犯人は、殺害した珠代さんの遺体を放置するわけにもいかず、とりあえずトランクに詰めた。ところが、」

「そこを私たちが拾ったわけね」と溜息混じり。

「表玄関ではなく地下駐車場でタクシーが客待ちしているわけはありません。何か他の理由で停まっていた。つまり珠代さんが殺された直後と考えるのが妥当でしょう。そして乗り込んだあなたたちが、真幌キラーを追いかけていると説明した。もちろん珠代さんがあなたの姪であることは知っていたでしょう。犯人は背中に冷汗をかきながらも、私を尾行した。やがてこの屋敷に着いたあなたはタクシーを降りる。この時を犯人は千載一遇《せんざいいちぐう》のチャンスと捉え、珠代さん殺しを真幌キラーになすりつけようと考えた。十一人も十二人も同じだろうと。ふと見ると、後部座席にはあなたが置き忘れた人形が。道具は揃ったわけです。豪雨の中、犯人はライトを消しあなたを見張っていました。もしそこの天城刑事が到着するまであなたが門前で我慢していれば、犯人は偽装を思い止《とど》まったかもしれません。しかしレディA子、あなたがたはその無謀な好奇心で中へ入ってしまわれた。それを確認した犯人は珠代さんの遺体を納屋に運び傍らにマホロッシーを置いたのです。なぜマホロッシーにあなたの指紋が綺麗に残っていたのか。それは犯人が常時手袋を塡めていたせいでもあります。ハンカチで包むなりして持ち運んだなら、念のため一度は綺麗に拭き取るでしょうから」

長台詞のあとふうと息を吐きソファーに身を埋める。天城たちも釣られるように緊張の糸を解いた。三人の「ふう」という声が天井の隅へ消えていく。

「でも、」しばらく後、仕切り直しとばかりにA子が口を開いた。「珠代はどうしてあなたの素顔を見て驚いたんですの？　その後理由を付け慌てて私たちと別れたのよ。全てはそこから始まってるはずです」

「承知しています」余裕の表情でビーチャム。おそらくこの怪盗紳士は全ての疑問に応えてくれるはずだ。当初の漠然とした印象は確信へと変わっていた。だが、もし全てが明るみに出たならば……。

「その点がこの事件を複雑にしていることも。では改めてお尋ねします。珠代さんは本当に私の顔を見て驚いたのでしょうか？」

「どういうことです？　何を今更」

「私がサングラスを外したあの場面。グランドホテルの入り口でしたね。なにも私は一人で勝手にサングラスを外したわけではないのです。若い男に絡まれ喧嘩腰に詰め寄られたため、応戦しようと外したのです。もう一つ。見処君の証言によると、珠代さんは私がサングラスを外したときに驚いたのではありませんね。正しくは、私がサングラスを外した直後に見処君が振り返った。そのとき珠代さんが驚きの表情を浮かべていることを、彼は初めて気づいたのでしょう。何気ないようでいて、この差は大きいですよ。なぜなら珠代さんは私がサングラスを外す以前から驚いていた可能性があるからです」

「あなたじゃなく、もう片方の」天城は全ての疑問が氷解したように感じられた。確かに珠代が鳥打帽の素顔についてコメントしたわけではない。単に見処少年がそうと解釈しただけなのだ。

「そう。私に突っかかってきた若い男は、女連れでした。もしかすると珠代さんは私の顔でもなく相手の男の顔自体でもなく、相手の男が女連れだったことに衝撃を受けたのかもしれませんね」

「じゃあ、その若い男＝珠代の彼氏＝タクシーの運転手＝犯人というの？」

「その考えが自然ですね。ホテルの前を歩いていたときはまだ仕事前、あるいは休憩中だった。上着を脱いでいただけかも知れません。そこを珠代さんに見咎められた。珠代さんは咄嗟に理由を捻出し、あなたがたと別れ恋人を追った。あなたがたが私を尾行したように。そして頃合いあるいは決定的な瞬間を見計らって男に詰め寄った。それが地下駐車場だったのでしょう。その場に浮気相手がいたかどうかまでは判りませんし、殺害方法からみて犯人に殺意があったのかすら判りません。ただ結果として珠代さんの遺体がひとつ現れたのです」

珠代の霊を弔《とむら》うように、ビーチャムは胸元で軽く十字を切った。

「そこを、私が拾ったわけね。……すごく悔しい。珠代を殺した男の、それもトランクに珠代を載せたままのタクシーにのうのうと乗っていたなんて。降りる時ありがとうと礼まで云ってチップも弾んだのよ」

男勝りの腕力で、どんとテーブルを叩く。割れんばかりに。ピリピリと灰皿が震えた。

「では、見処少年の件は？」

天城は静かに訊ねた。ここまで説明されれば粗方《あらかた》の展開は見えてきているが、念のためだ。最後まできちんと推理を披露させて花を持たせる意味合いもある。芝居気たっぷりの口上を聴いていると、普段は怪盗ながらも与えられた探偵の役回りを愉しんでいるようだったからだ。

「郷土歴史館から安間駅まで彼はどうやって来る気だったか？　バスでゆっくりと来て、A子先生を待たせておくわけにもいかない。当然タクシーを拾ったわけです」

「そのタクシーが犯人の運転する……」

「不幸は続くというか。残念なことです。ただ車を持たないあなたたちは何度もタクシーを利用したでしょうから、狭い真幌市では遅かれ早かれ出くわすことになったでしょう。見処少年は私だけでなく、私に絡んだ相手の男の顔も少しは覚えていたでしょう。私を尾行していた時は私の車——失礼、私が運転していた盗難車ですね——に意識が集中して気づかなかったのでしょうが、あの日はタクシーの助手席の写真付プレートを見て、自身の誤謬《ごびゅう》に気づいたのではないでしょうか。もし彼がもう少し大人だったなら、冷静になれたなら、腕力があったなら、あのような事態は避けられたかもしれません。しかし彼は若かった。その上、珠代さんを愛していた。頭に血が上り状況も非力なわが身も顧みずに車内で詰問してしまった」

再び十字を切るビーチャム。小さな黙禱《もくとう》。

「あとは珠代さんの時と同じです。犯人はトランクに遺体を詰めたまま仕事を終え、深夜の堤防に冷たくなった見処君を置き去りにしてくる。同じように耳を焼いて。鞄は手抜きですが、自分で小道具を買う度胸はなかったのでしょう」

「すると、そのタクシーの運転手を捕まえればよろしいわけですね。珠代と見処少年を殺した犯人を……」

そこでビーチャムはにやりと笑みを浮かべた。陰湿さのない、陽気な笑みを。

「本来ならこれで冤罪も晴れ、私の役目は終わるところです。しかし先ほども申し上げましたが、私はレディA子の境遇に同情しているのです。決して世辞や追従《ついじゅう》ではなく心からそう思っています。そこで亡くなられたお二人の手向《たむ》け代わりに……」

ビーチャムは立ち上がると、隅に立て掛けてある棺へと歩を進めた。西洋風の水晶型。金色に縁取られた黒い棺。ぱっとこれ見よがしに手を振り上げ、棺の蓋をずらす。中には縄で縛られた男が収まっていた。首は項垂《うなだ》れ目を閉じている。屈強な若い男。紺色の制服を身につけている。

「彼がその犯人です。大丈夫です、死んではいません。クロロホルムで眠っているだけですから。レディA子。この顔に見覚えがあるでしょう」

「はい。ホテルの前であなたに絡んでいた男です」

きっと口許を結び、殺意を含んだ目で男を貫いている。最後の理性がなければ飛びついていたかもしれない。軽く背を丸めた姿勢が、山猫を思い浮かべさせた。

「天城刑事。あなたも見覚えがあるのではないですか」

「そうです。裏付け捜査でこの運転手から証言を取りました」

満足げに二度三度頷くビーチャム。彼のプライドがこれ以上ないほどに満たされているのが解る。

「これで奇妙で不幸な偶然がはっきりと証明されたわけです。つまり私は殺人犯ではないと。私の手は未だ血に汚れていないと。納得いただけましたか」

天城もA子も無言で頷くしかない。派手なイリュージョンを目にした気分。

「ではこの男をあなたがたに差し上げて、私はお暇《いとま》することにします。こう見えても実は忙しい身なのですから」

彼はそのまま入り口へと歩き出した。悠然と。戴冠式を執《と》り行うかのように堂々と。それが当然であるかのように何気なく。止める者は誰もいない。

ゆっくりと部屋の扉を開ける。

「それでは、みなさんご機嫌よう。そうそう、天城刑事。あなたのご賢妻にもよろしくお伝え下さい」

見透かされている。恐るべき怪盗紳士。天城はその場から一歩も動けなかった。鉛のように重い足。膝も動かない。

天城だけでなくA子もその場を動かない。ぼおっと怪盗ビーチャムの後ろ姿を見送るのみ。頬を紅潮させて。畏怖より思慕が強い眼差し。それは見処少年が珠代に向けていた視線と同じだった。

微風のせいか扉がゆっくりと締まり、足音も聞こえなくなったその時、

「怪盗ビーチャム様」

ぽつりとA子が洩らした。天城は敢えて何も云わなかった。まあ仕方のないことだ。彼は多くの人間を畏《おそ》れ軽蔑してきていたが、中には頭から敵《かな》わないと感じた人間もいた。それが怪盗ビーチャムだった。

それよりも自分は棺の男を確保しなければならない。それが自分の職責。天城はようやく曲がるよう

になった膝を折り進め、棺へと向かった。同時に携帯を取り出す。事件の一部解決の報告のために。

「メランコ。よく考えると私の説って当たってたじゃない」

十分後、援軍が到来し、睡眠中の殺人犯を連行していった。目覚めれば拘置所な気分はいかばかりのものだろう。A子の怒りと憧れは幾分収まり、溜飲だけが下がった状態に持ち直していた。つまりほぼ普段どおり。で、助手席に滑り込んだとき「あ」と、A子が突然声を上げた。

「何です。A子さんの説って?」

「中国よ中国。前に云ったでしょ。真幌キラーが残した小物は中国から渡来したものばかりという説。たしかに干支や麻雀牌には意味はなかったけど、なにより漢字は中国から伝来したものでしょ。つまり私の推理は大筋で正鵠《せいこく》を射ていたってことよね」

＊

妻に頼まれたネオンライトを手に私は家に戻った。アラビア数字の9を象《かたど》った装飾品。コンセントに差し込めば紫色に浮かび上がる。わざわざ隣県まで車を飛ばして買ってきた物だ。慎重に。

「漢字か……」

馬鹿げたことだが、腑には落ちる。怪盗ビーチャムは敢えて（きっと敢えてだ）説明しなかったが、真幌キラーが左耳を燃やし続けた理由も、それではっきりする。

向かって右側の耳だけに火をつける。あれは署名だったのだ。真幌キラー自身の。

「耿子」

天城は奥の部屋で絵本の執筆をしている妻に声を掛けた。ネオンライトを手に持ちながら。今べったりと付着している自分の指紋はちゃんと拭き取ってくれるのだろうか?

　耿子が真幌キラーと呼ばれている人物なのは早い時点で判っていた。妻自身それを隠そうとしていない。むしろ知らしめているようでもあった。なぜならあの小道具の類《たぐい》は、元から家にあったり、頼まれて買ってきた物ばかりだからだ。そのせいで天城の家の麻雀牌は白板と紅中が一個ずつ欠けている。その上自分の足で買えば済むものすらわざわざ天城に頼んだ。耿子はつねに謎解きを要求していたのだ。刑事の妻が無差別連続殺人犯であるというプレッシャーを与えながら。

　神出鬼没もタネを明かせば簡単なこと。天城からそれとなく訊きだしたにすぎない。天城も知りながら訊き出されていた。紛れもなく共同正犯。知りたかったのは、真幌キラーの正体ではなく目的。ただそれだけ。

「耿子」

　もう一度呼ぶと襖が開き、妻の顔が現れる。

「今日は早かったのね」

「ああ、ローテーションのおかげさ。珠代と見処少年を殺した犯人が捕まったことで、ちょっと心理的に余裕ができたせいもあるかな」

　ちらと食器棚に目を遣る。法隆寺の模型が無くなっていた。独身時代に組み立てたものだ。模型は趣味の一つだった。次回の小道具に使うのだろうか。『寺』として。

「そういえば、この前買った象のぬいぐるみはどうしたんだい?」

　わざとダンボと呼ばずに『象』と呼んだ。即座に耿子の反応が飛んでくる。表情を変えないまま。

「あなた、ここ二日ほど真幌キラーのことは訊かないけれど、珠代さんのことで一旦棚に上げてるの?」

「いや。もういいんだ」

　スーツを脱ぎ椅子の背に掛けた。同じ椅子に腰を下ろす。

なぜ真幌キラーは小道具を残していくのか？　死体を人偏に見立てて漢字を作るため。じゃあ、なぜそんな手間を？

「耿子。以前、僕に優しくなれと云ったよね。そうすれば全て解るだろうって」

「云ったわよ。だって、あなた優しくないから」

ポットの緑茶を湯呑に注いで天城の前に差し出す。白い湯気がやんわりと立ち昇っている。

人偏に『憂』で『優』になる。……最後には、有効な人偏の旁が尽きたときには、死体の旁に天城憂が転がっているのでは。確かに優しくはなれる。

「あなたに解って欲しいからよ。ちゃんと目を見て話して欲しいから。それだけよ」

水晶のような瞳が天城を見つめる。思わず目を逸らした。微《かす》かな溜息が耳に届く。

だが、漢字が尽きるのはいつのことだろう。何日、何ヶ月の猶予があるのだろう。妻の猶予は優しさなのか、刑罰なのか。さっきの言葉は本心なのか。

どうせ、人の心など解らない。そのはずだ。

天城は憂鬱に湯呑を空けた。

冬　蜃《しん》気《き》楼《ろう》に手を振る

有栖川有栖

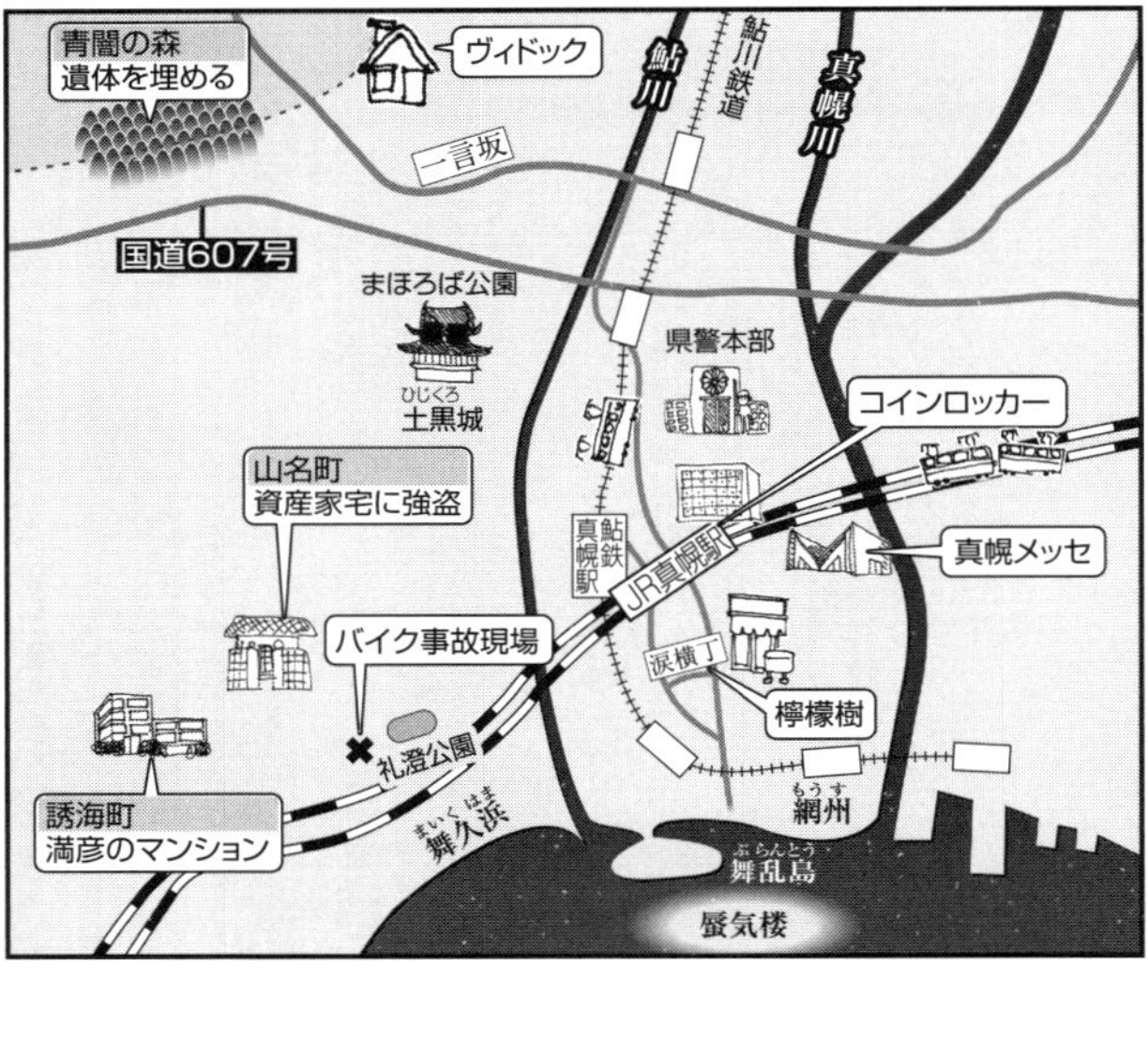

青闇の森
遺体を埋める
ヴィドック
一言坂
鮎川
鮎川鉄道
真幌川
国道607号
まほろば公園
土黒城《ひじくろ》
県警本部
コインロッカー
山名町
資産家宅に強盗
鮎鉄真幌駅
JR真幌駅
真幌メッセ
バイク事故現場
涙横丁
檸檬樹
礼澄公園
誘海町
満彦のマンション
舞久浜《まいくはま》
網州《もうす》
舞乱島《ぶらんとう》
蜃気楼

凍《い》てつくような風が吹く。

十二月の海からの風。

彼は、かじかむ手をズボンのポケットに入れたまま、足踏みをしていた。

「ほら、見えるでしょう?」

母親が波の彼方《かなた》を指差す。

水平線のあたりは雲が多くて、空と海の境目が明瞭ではなかった。

「見えたよ」

最初に声を上げたのは右に立っていた浩和《ひろかず》だ。得意げに母親を見上げる。

「黒い屋根の家が並んでるよ。そうでしょ?」

「漁師さんのお家《うち》かしらね。火の見櫓《やぐら》みたいなものも見えるわ」

今度は左で史彰《ふみあき》が叫ぶ。見えた、と。

「あのね、タンカーみたいな船が通っているあたりでしょう? 船の向こう側に家が並んでる」

母親は史彰の頭を撫《な》でて、頷《うなず》いた。

史彰の言葉をヒントに、彼は懸命に目を凝《こ》らす。すると、低く垂《た》れこめた雲の間に、それはやおら浮かび上がってきた。いったん気がつくと、もう見失うことはない。

「やっと見えたよ、お母さん」

母親が頭を撫でてくれた。

「満彦《みつひこ》にも見えた? よかったわね」

「ぼおっとしてるけど、ちゃんと家だって判る。不思議な景色だな」

「とっても不思議よね。海の上なのに、お家が建っているなんて」

「あれがシンキローって言うんだね?」

そうよ、と母親は優《やさ》しく答えた。

強い風が吹きつけて、その首に巻かれている赤いマフラーが真横に流れる。旗のようだった。

母親の横顔を、彼はうっとりと仰《あお》ぐ。鼻筋のよく通った高貴な美しさは、幼い息子としても誇らしかった。

「ねぇねぇ、お母さん。あれはマボロシなんでしょう。どうしてあんなものが見えたりするの？」

浩和が尋ねる。兄弟の中で、どうして、という問いを最もよく口にするのが彼だった。母親はちょっと困った顔を作る。

「光が歪《ゆが》んで、遠くの景色が見えているんだって。でも、難しいから本当の仕組みはお母さんにもよく判らないの。あなたたちが小学校でお勉強をして、うんと賢くなって、お母さんに教えてちょうだい」

「うん、そうする。僕、シンキローの博士になるよ」

浩和はうれしそうに約束した。

みんな五歳だった。

蜃気楼《しんきろう》は、しだいにその輪郭《りんかく》を明らかにしていく。今や、指差されるまでもなく、海の上の家並みは当たり前に見ることができた。ゆらゆらと、揺《ゆ》れている。真夏のアスファルトに立ち上る陽炎《かげろう》のように。

「前に見た時は、西洋のお城の長い壁が見えたんだけれどね」

母親が言う。いつも同じ景色が現われるのではないのだ。

「あの家にも、やっぱり人が住んでるんだよね？」

史彰が尋ねる。

「住んでいるんでしょうね、きっと」

にこやかに話していた母親だったが、不意に口調をあらためた。

「あなたたち、いいこと。蜃気楼に向かって手を振ったり、おーい、なんて呼びかけては駄目よ」

どうして、と三人が口々に訊《き》く。母親は真剣な顔で言った。

「蜃気楼に住んでいる人がそれに気づいたら、大変なことになるの。何か用事があるんだな、と思って、連れていかれてしまうのよ。こわいでしょ？」

蜃気楼に連れていかれたらどうなるのだ、という質問が飛ぶ。

「さぁ、どうなるのかしらね。あっちに行って帰ってきた人はいないから、誰にも判らない。あなたたちが連れていかれたら、お母さんもお父さんも悲しいから、言うことを聞いてね。蜃気楼に手を振らないこと。呼んでもいけない」

判った、と兄弟は答えた。

真幌ではどの子供も同じことを親から吹き込まれる、と彼が知ったのは、中学校に進んでからである。

「寒くなってきたわね。そろそろ戻りましょう」

母親に促《うなが》されて、彼らはゆっくりと帰りかける。砂に足を取られ、転びそうになりながらも、浩和は未練がましく何度も振り返っていた。と、母親の目を盗んで、蜃気楼に小さく手を振る。

あっ。

それを目撃した彼は、喉元まで出かけた声を呑み込んだ。浩和がこんなにあっさり母親の戒《いまし》めを無視するとは。目が合うと、相手はぺろりと舌を出し、内緒だよ、と人差し指を立てた。

二十五年前の冬だった。

◇

細い指に包まれたグラスが、コトンとカウンターに置かれた。ブランデーの海に浮かんだ氷がバランスを失って、涼《すず》しい音をたてる。

「はい、お待ちどおさま。今夜の最後の一杯」

田村香月《たむらかづき》の形のいい唇が微笑《ほほえ》んだ。水商売の手伝いが板についているが、時々、笑うと十代のようにあどけない表情になる。

二ヵ月ほど前は赤茶色だった髪の色が、今は明るい栗色に変わっていた。化粧もうまくなり、また垢《あか》抜けしたようだ。

「最後の一杯になるかどうか、まだ判らないよ、香月ちゃん。そんなつれない言い方をしないで」

とろんとした目で史彰が言う。隣のスツールに掛けた満彦は溜め息をついた。だらだらと飲むのに付き合うのは好きではない。

「さっさと飲んで帰ろう。今日は疲れた」

「あれ、今日は何曜日だった？」史彰はとぼけて言う。「土曜だよな。じゃあ、明日も休みだ。もうちょっと飲ませろよ」

カウンターの中で、香月が肩をすくめる。赤いドレスのママが笑った。香月の叔母《おば》だ。叔母がママとはややこしい。

「まだ十時半よ。もう少し飲んでいらしてもいいでしょう。山岡さんたちがお帰りになると淋《さび》しいわ」

若造りママの言葉に、満彦はあらためて店内を見渡す。見事にがらんとしていた。暖房は利いていたが寒々しい。十二月に入り、忘年会たけなわというシーズンにこんなことで大丈夫なのか。

「閑古鳥《かんこどり》が啼《な》いてるのは今晩だけよ。たまにこんな日があるの。お馴染《なじ》みさんが揃《そろ》って『今日はまっすぐ家に帰ろう』と思うんでしょうね。ああ、でも今夜は偶然じゃないのかも。昼間から随分と冷えたものねぇ」

この冬で一番の冷え込みらしい。満彦は早く家に帰りたかったのだが、飲んでいきたいと連れが言い張ったので、渋々とここ〈檸檬樹《れもんじゅ》〉に立ち寄ったのだ。アルコールだけでなく、香月とおしゃべりをするのも史彰の目的だったのだろう。そのくせ早々に酔ってしまい、眠りかけている。

「満彦さんは、本当にお飲みにならないんですね。ビールでもお注《つ》ぎします？」

香月が背後のグラスを取ろうとするのを止めた。接客用とはいえ、優しい声をしている。まともに目が合った。彼女は斜視だ。まっすぐに前を見ても、左の目がわずかに外を向くので、二つの瞳に同時に見つめられることはない。どちらの目も、きれいなのに。

「結構です。ハンドルを握る時は一滴も飲まないようにしているので」

「満彦さんは物静かなだけじゃなくて、お堅《かた》いのねぇ」

ママがからかうので、ついよけいな話をしてしまう。

「兄弟を交通事故で亡くしてるからです。酔っ払い運転の車に撥《は》ねられたので……」

まぁ、とママは両手で口許《くちもと》を覆《おお》った。

「ごめんなさいね。知らなかったとはいえ、嫌なことを言ってしまったわ。宥《ゆる》してください」と言ってから、「ご兄弟って、お二人の上だったんですか、それとも下？」

「どちらでもありません」

その答えに、ママと香月はきょとんとした。まさか、と思ったのだろう。

「もしかして……」香月が言う。「山岡さんたちって、三つ子だったんですか？」

「ええ。史彰と僕のことを、てっきり二卵性双生児だと思ったんですね」

浅黒く尖《とが》った顎《あご》をした精悍《せいかん》な史彰に対して、満彦は色白で柔和《にゅうわ》な顔立ちをしていた。身長にも十センチ近い差がある。満彦の方が長身だった。どこをとっても似ていない。性格も史彰は社交的で陽性だったが、満彦は感情を面《おもて》に出さない内向的なタイプだ。

「そりゃあ、史彰さんが満彦さんのことを『双子《ふたご》の弟だ』って紹介なさったもの。『お顔が似ていませんね？』と言ったら、お二人揃って免許証まで見せてくれたじゃありませんか。『ほら、生年月日が一緒だろ』と。二卵性双生児だと信じますよ。もう、意地悪クイズみたいね」

うな垂れていた史彰が割り込む。

「三つ子ったって、浩和は幼稚園の時に死んでるんだから、話のタネにもならないだろう。……五歳だったかな」

「おや、そうなんですか。たった五歳で神様のところに行ってしまうだなんて、かわいそうに」

しんみりと言う。天職と言うべきか、お客の話に熱心に耳を傾け、感情豊かに反応するのがママの特技のようだ。

「神様のところに行ったのかな。子供の頃、浩和は蜃気楼に吸い込まれたんだ、と思っていたけれど」

独白しながら煙草をくわえた。

彼は、史彰よりも浩和と仲がよかった。何倍も。

「え、何に吸い込まれたんですか?」

灰皿を取り替えながら香月が言う。

「蜃気楼に手を振ると向こうに連れていかれる、と真幌では言う。浩和は蜃気楼を見ながら、おふくろからそう聞いた直後に手を振ったんですよ。悪戯《いたずら》心だったんでしょうね。行儀がよくて、利発な子供だったんですけれど、頭がよすぎるあまりか、『お母さんは禁止したけれど、これは破ってもいいルールだ』と自分で判断したんでしょう。——それから一週間とたたないうちに、事故に遭《あ》いました」

ローカルな迷信にすぎない。それは承知していても、やはり思い出すと苦《にが》い気分になった。

「そう言えば、今日の午後、蜃気楼が出たそうですよ。宵《よい》の口にきたお客さんが言ってました」

話が暗くなりかけたのを救うように、香月が明るい調子で言った。

「そうですか。テレビは恒例のニュースを流したでしょうね。『今日、真幌沖にこの冬最初の蜃気楼が現われました』とか。——おかしな街ですよ、ここは。クリスマスが近くなると蜃気楼が海に出るだなんて」

「ほんと、こんな土地は他にないわよね。魚津《うおづ》の蜃気楼も有名だけど、あっちは春先によく見えるんでしょ。アルプスの雪解け水が富山湾に流れこんで、海水が冷えたらどうのこうので」

蜃気楼の街に暮らしていても、その現象のメカニズムを正確に解説できる人間は稀《まれ》だ。満彦にしても、何度聞いてもよく理解できない。

「あちらはそれで説明がつくそうだけれど、真幌の蜃気楼は謎だらけらしいわね。どうしてこの季節にばかり出るのか、学者の先生でも判らないって言うもの」

浩和が成長して蜃気楼の研究者になっていたら、その謎に挑《いど》んだのだろうか？　舞久浜で初めて蜃気楼を見、無邪気に目を輝かせていた顔が思い浮かんだ。

「どうして現われるのか知らないけれど、ロマンチックね。十二月の蜃気楼だなんて」香月がママに言う。「この前、県の観光課の佐々木《ささき》さんが飲みにきた時、言ってたわよ。『なんとか蜃気楼の出現を予測する方法を見つけたい。そうすれば貴重な観光資源になるから、全国からお客を呼び込めるのに』って。私、提案したの。『予測もいいけれど、人工的に作ったらどうですか』って。そうしたら佐々木さん、『いいね』と乗り気になって、『クリスマスには真幌で海に浮かぶ幻を見よう』だの『ミラージュ・クリスマス』だの、キャッチ・コピーを一生懸命に考えていたわ。そんなの人工蜃気楼が実現してから考えればいいのにって、おかしかった」

ロマンチック——だろうか？

迷信が的中するのを目《ま》の当たりにした満彦にとって、真幌の蜃気楼は不吉な存在でしかない。ただの蜃気楼ならば科学的な説明がつくけれど、真幌のそれはどうしてこの季節だけに出るのかも、どうしていつも違う景色が現われるのかも、いったいどこの景色が見えているのかも解明されていないと聞いたことがある。どうかしているではないか。

「どうかしている」

思ったことを、口にしていた。

「何がですか?」とママが訊く。

「いや、真幌のことですよ。変な蜃気楼だけじゃなく、この街では奇妙な事件がよく起きるでしょう。どうかしていますよ」

「まぁ、たしかにおかしな事件も多い街ですけれど、私は好きですよ。何でも揃ってて、住みやすいもの」

「私も好きです」

ママも香月もあっさりと言う。ちょっと刺激してみたくなった。

「よその土地のお友だちから言われることはありませんか? 『真幌って、変わってるわね』と。この春も、夏も、秋も、常識はずれの事件があった。たかだか人口四十万の地方都市で、東京や大阪でも起きないような怪事件が頻発する。それもまた解けない謎ですよ」

「そんな失礼なことを言われた経験はありませんけど……」


香月は跳ね上がった髪の先をいじっている。そう言えば、とこの一年の出来事を思い返しているのかもしれない。満彦はさらに続ける。

「『木曽路《きそじ》はすべて山の中である』という一節があります ね。島崎藤村《しまざきとうそん》の『夜明け前』の書き出しです。もしも僕が小説家で、この街について本を書いたとしたら、冒頭はこうなるでしょう。——『真幌はどうかしている』」

「ん、真幌がどうしたって?」

カウンターに突っ伏《ぷ》していた史彰が、がばりと顔を上げて言ったので、女たちは肩を揺すって笑った。

◇

「お気をつけて」と見送られ、〈檸檬樹〉を出たのは十一時半だった。気温はさらに下がっている。満彦は革の手袋を嵌《は》めた。スナックや飲み屋が蝟集《いしゅう》した涙横丁《なみだよこちょう》に人影はなく、野良猫《のら》が一匹、ごみ箱の陰で丸くなっているだけだった。今夜は閑古鳥が啼いた店が多かったのか。いや、真幌駅の北側は歳末のウイークエンドらしく賑《にぎ》わっているのかもしれない。南側は、ますますうら寂《さび》れていく。

満彦はぶるっと体を顫《ふる》わせてから、横丁の入口に駐《と》めてある車に向かった。その肩を借りる史彰は、すっかり酔って寒さも感じなくなっているようだ。

「自分の脚で立てよ」

酔漢は脱力したままだ。舌打ちしながら車まで運んだ。助手席に投げ入れるようにして乗せた。

「泊まっていくのか?」

尋ねると、こっくりと頷いた。しかし、意識があったのはそこまでで、発車させるとすぐに寝息が聞こえてきた。

本当ならば、週末の夜を独《ひと》りでゆったりと過ごしたかったのだが、定期的に彼と話す時間をとって、近況を把握しておかなくては安心できない。しかし、今夜は話をするどころではなさそうである。

鮎川鉄道の踏切を越え、西へと車を走らせる。家々の明かりは消えて、街はもう眠りに就いていた。ヒーターがなかなか利いてこないので、また舌打ちをする。疲れているだけでなく、何だか侘《わび》しくてならなかった。

久しぶりに面会をした母親の早発性痴呆《ちほう》が、また一段と進行しているのを見たせいだ。聞いたこともない名前を口走ったり、自分と史彰の区別もろくにつかないとは、やはり哀しかった。美しく、聡明で、優しかった母が、まるで砂の城のように崩れていく。

史彰の方は、いたって無感動に見えた。ケアハウスを出るなり伸びをして、「おふくろも人間離れしていくよな」と、不埒《ふらち》なことを口走って恬淡《てんたん》としていた。

鮎川を渡る時、ちらりと左手に海が見えた。真っ黒に塗り潰《つぶ》された夜の海。まるで地獄のようだ。もし人工蜃気楼なんてものが可能になったら、いっそこの暗い海に浮かべてみろ、と思う。それだけのことができれば、地球の裏側からだって物好きが見物に集まってくるだろうに。

ＪＲの高架の下をくぐると、さらに町の闇《やみ》は深くなった。ぱたぱたと中古車センターの幟《のぼり》が虚《むな》しくはためいているばかりで、ほかに動くものは犬の仔《こ》一匹いなかった。左手に通り過ぎていく礼澄《れずみ》公園のサッカー場は墓場のようだ。

車内には、史彰の寝息だけが聞こえていた。その唇が動き、何事か呟《つぶや》く。いい夢でも見ているらしい。

正業にも就かず、ヒモのような暮らしを送って平気な男。父親が六年前に死んだ時も、母親が三年前にボケだした時も、面倒なことはごめんだ、と雲隠れをして、すべての処理を同い歳《どし》の弟に押しつけた男。さらにそれだけでは不充分だとばかりに、去年の夏には路上で大学生と喧嘩《けんか》をした挙《あ》げ句、相手に大怪我《けが》を負わせた。からくも起訴は免《まぬか》れたが、示談《じだん》に至るまでどれだけの金がかかったことか。満彦は翻弄《ほんろう》された。

それでいて、この男の方が楽しげに人生を送っているようだった。史彰は、どこからかうまい儲《もう》け話をつかんできて小金を稼ぐ才覚に長《た》けており、博才《ばくさい》も具《そな》えていた。いずれも満彦には無縁のものだ。おまけに、崩れた感じが性的魅力に転化しているのか、貢《みつ》いでもこの男のそばにいたい、と願う女を簡単に捕まえられた。史彰は、鈍感であること、無恥であることの強みを体現していた。ゴキブリのように逞《たくま》しい。

ふと、脳裏に香月の顔と姿態が浮かんだ。史彰に連れられて〈檸檬樹〉に行ったのは今夜が三度目だった。これまでそうも思わなかったが、気になり始めた。彼女について知りたい、という欲求を感じる。

史彰も、香月が目当てでボトルをキープしているのだろう。今夜、観察したところでは、一方的にアプローチを掛けているだけのようだが。

前方の信号が赤に変わった。人通りどころか、対向車すらないというのに、停車しなくてはならない。煙草に火を点《つ》けた。赤信号はうんざりするほど長かった。青に変わるなり、くわえ煙草で勢いよく発進させ、アクセルを踏み込む。

と――ヘッドライトが、五十メートルほど先に不穏なものを照らし出した。路肩にバイクが倒れている。速度を落として接近した。倒れているのはカワサキの二五〇CCで、路面には生々しいスリップ痕が遺《のこ》っていた。

車を停《と》めて降りてみると、五メートルほど離れたところに、若い男が投げ出されたままになっていた。工場のコンクリート塀が続いていて付近に民家はない。自分が事故の第一発見者なのだ、と確信した。

おい、君。そう呼びかけようとして、満彦は息を呑んだ。ヘルメットをかぶった男の頭部は塀に叩きつけられ、その首が異様な角度で捩《ね》じ曲がっていたからだ。すでに救急車を呼ぶのが無駄なことはひと目で知れる。

脈をとるまでもない状態だが、それでも一一九番に通報しなくてはならないのだろうか？　とりあえず警察に電話をすればいいか、と携帯電話を取り出した。史彰がお世話になって以来、警察と関わりを持つのはもう真っ平だと思っていたが、やむを得ない。無残な死体の傍《かたわ》らで電話をかける気にはなれず、数歩退《ひ》いた。

何かが足に当たる。電話を手にしたまま見ると、黒っぽい手提《てさ》げ鞄《かばん》だった。横転したバイクと死体の中間に落ちているところからすると、死んだ男の所持品だろう。ファスナーが少しばかり開いていた。中に何か詰まっている。

何気なく覗《のぞ》き込んだ。

◈

誘海町《ゆううみ》にあるマンション一階の自宅に帰り着いたのは、零《れい》時前だった。

すっかり寒さを忘れた満彦の額《ひたい》には、うっすらと汗さえ滲《にじ》んでいる。それは、史彰を抱きかかえて車から運んだためだけではない。玄関の扉を開けようとした際には手が顫えて、鍵を差し込むのに難渋した。

彼は史彰をソファに横たえさせると、コップに水道の水を注いでごくりと呷《あお》った。きんと冷えた水が体の中心を流れ落ちる。朦朧《もうろう》となりかけていた意識がはっきりとした。

史彰が眠っているのを確かめた彼は、部屋を出て駐車場に戻った。そして、車の後部座席を覗き込む。黒い手提げ鞄は、ちゃんとシートにあった。

夢ではなかった。

鞄を取り出した。さしたる重量はないはずなのに、心理的な重さだろうか、ずしりとした手応えがあった。彼は、ダスターコートの懐《ふところ》にそれを隠して、小走りに部屋へと取って返す。一人の住人とも出会わなかった。

にやつきながらドアを開けると、史彰がソファに座っていた。酔い覚ましに水を飲んでいたのか、コップを手にしている。予想外のことだった。

「ああ、起きたのか。……ちょっと飲みすぎただろ」

不自然な抑揚《よくよう》がついてしまった。満彦は手提げ鞄を体の後ろに隠そうとしたが、史彰の目がそれを追う。

「……夢じゃなかったらしい」

史彰が呟いた。

「何のことだ？」

問いながら、満彦は蟹《かに》のように横歩きをして、寝室の方に移動した。史彰の視線は鞄に向けられたままだ。

「それだよ。お前が背中に持ってる鞄」

指摘され、鞄を前に出した。

「これが、どうかしたか？」

「さっき拾ったんだろ？」

「俺の鞄だ。トランクに入れてあったんだ」

「嘘つけ」にべもなく言われた。「見てたよ。信号で車が停まった時に目が覚めたんだ。礼澄町のあたりだったっけ。その後、また路肩に寄って停まったよな。そこで変なものを見た。いや、その時は夢か現《うつつ》か判らなかったけど、ここにその鞄があるところからすると、やっぱり現実だったんだ」

「変なものって、何だ？」

確かめずにはいられない。

「バイクの事故だ。男が一人倒れてたな。ぴくりとも動いていなかった。あれは死んでたんだろ？」

「な……」声が掠《かす》れる。「な、何のことか判らないな。バイクの事故だって？　そんなものは見ていない。そりゃ夢だ」

「夢？」

史彰はわずかに首を傾げたまま、ぶつぶつと呟いた。

「夢。……夢、夢、夢」

視線を鞄から剝《は》がそうとしない。

「違うだろ。鞄に見覚えがある。お前がそれを拾って、リヤシートに取り込むのを見てたんだぜ」

「それも夢だろう」

史彰の酔いは完全に醒《さ》めているようだった。いつになく真剣な眼差《まなざ》しで、今度は満彦の目を見据《みす》える。

「どんどん頭がクリアーになってきた。やっぱり夢なんかじゃないね。お前はバイク事故の現場から鞄をネコババしてきたんだ。そばに倒れている人間がいたのに、救急車も呼ばずに。ひどいことをする」

「手遅れだった」

史彰は人差し指を突き出した。

「ガードが甘いぜ。そら、自白した」

史彰は立ち上がり、しっかりとした足取りで近づいてきた。そして、止める間もなく満彦から鞄をひったくる。

「土がついてる。おい、こっちのは血じゃないか」

もはや白《しら》を切ることは無理だ。事故現場で拾ったものであることを認めた。

「柄《がら》にもないことをするんだな」

史彰は鞄を開く。満彦は思わず目をつむったので、中身が何であるか知った瞬間の相手の反応は見なかった。

「おい」

硬い声が部屋に響いた。目を開くと、愕然《がくぜん》とした史彰の顔が思いがけず近くにある。息がかかるほどだった。

「何だよ、これは？」

札束を突きつけながら詰問する。

「……見てのとおりだ」

「いくら入ってる？」

顔に唾《つば》が飛んだ。

「知るかよ。お前が眠ったら数えるつもりだった。いくら入ってるのかって？　百万円の束が三十だ。計算してみろ」

「何を不貞腐《ふてくさ》れてるんだ。お前、まさかこれを懐に収めようって言うんじゃないだろうな？」

史彰は鞄を二、三度叩いた。

「夜中に大きな声を出すな。——警察に届けるつもりなら、家まで持って帰ったりしないさ。判り切ったことを訊くな」

「まったく……」

史彰は額に手を当て、鞄を手にしたままソファに座り込んだ。

「交通事故の現場から死人の金をネコババしてきたのかよ。死体はほったらかしたままで。お前、そりゃ、人の道にはずれてるだろ。行儀が悪いってレベルの話じゃないぜ。立派な犯罪だ」

満彦の中で、何かがプッンと切れた。これまで積もりに積もっていたものがある。

「……うるせぇ？　開き直るな。俺が正しくてお前が間違ってるだろうが。こんなことをしたら、只《ただ》ではすまないぞ」

「ばれないと踏んだから持ってきたんだ。お前にっべこべ言わせない」

史彰が何か言い返そうとするのを、彼は許さなかった。

「いいか、よく聞け。俺がこいつを失敬する間、事故現場を通りかかった人間や車はいない。目撃者はゼロなんだから、ばれるわけがないんだ。お前さえ黙っていればな。──聞けって。それにな、俺はこの金が欲しい。喉《のど》から手が出るほど欲しくてたまらない」

史彰は鼻を鳴らした。

「誰だって金は欲しいさ。俺にしても、お前の共犯者になって『こいつを山分けしよう』と言いたい。でもよ、駄目なものは駄目なんだ。どこにどんな目撃者がいて足がつかないともかぎらない。だろ？　今からでも遅くない。元の場所に戻してこい」

「遅い。事故現場にはとっくに警察がきてるはずだ。そこへのこのこ鞄を提《さ》げて行けるか」

「それなら、別の方法を考えよう。どこか安全なところに置いてきて、警察に匿名《とくめい》で電話でもすれば──」

去年の傷害事件のことがあるので、今度捕まったら自分はやばい、と恐れているのだろう。満彦の知ったことではない。

「おたおたするなよ。ばれるわけがない、と言ってるだろ」

「もし下手《へた》をして捕まってみろ。金を盗《と》るのが目的でバイクの男を襲った、と誤解されかねないんだぞ。近頃は真幌も物騒なんだから」

「捕まるはずがないんだ。金は、もうすでに俺の手の中にある。これを手放すのは、自分の金を奪われるのも同然だ。お前に邪魔はさせない」

史彰は怪訝《けげん》そうな顔で尋ねてくる。

「大金がいる理由があるのか？　サラ金で借金をして返済期限が迫っているとか、会社の金に手をつけちまったとか？」

満彦はかぶりを振る。

「そんな事情はない。なくても、必要なんだ、金が」

「泡銭《あぶくぜに》で贅沢《ぜいたく》がしてみたいわけか」

史彰には何も判っていない。母親の痴呆が進むと、あのケアハウスには置いておけなくなるだろう。厄介《やっかい》払いされることは目に見えていた。もちろん、母親の手首に誰かに抓《つね》られたように痣《あざ》がいくつもついていたのも史彰は気づいていない。看護師のしわざだ。母親の世話がやけることに苛立《いらだ》って、あの中年女が日常的に小さな虐待《ぎゃくたい》を加えているのだろう。証拠はない。抗議することで虐待がひどくなる可能性すらある。不憫《ふびん》な母親を引き取りたかったが、そうすればたちまち自分の生活が立ち行かなくなることは明らかだった。しかし、金さえあれば母親をよそに移せる。

金なら、ある。

母親を劣悪なケアハウスから救い出せるだけではない。三千万というまとまった金があれば、明日にでも会社に辞表を提出できる。いけ好《す》かない上司や同僚に囲まれ、靴の底を磨《す》りへらしながらセールスに飛び回る愚《ぐ》にもつかない毎日。真綿で首を絞められるような生活から脱出できる。会社を辞めて何をするという当てはなかったが、二年や三年は遊んで暮らせるだろうから、その間に納得のいく目標が見つかるはずだ。

「言ってみろよ。どうして金がいる？」

説明する義務を感じなかった。史彰の事件の処理のため、亡父の遺産がみるみる蚕食《さんしょく》されてしまったのだ。彼には満彦の行為を止める資格がない。そもそも、三千万円は今や山岡満彦のものなのだ。それを警察に届けろと言うのは、掠奪《りゃくだつ》に等しい。

「悪く思わないでくれ。もう警察は、ごめんなんだ」


史彰は鞄を小脇に抱えて立った。そして、玄関に向かいかける。満彦は慌てて行く手を遮《さえぎ》った。

「通せ。俺が何とかする」

「歩いて現場まで返しに行くつもりか？」

「何とかするって言ってるだろ。そうだな。近くのポストにでも投げ入れておくか」

「俺の金だ」

「どけって。――ほら」

軽い平手打ちが満彦の左頰《ほお》に飛んだ。冷静になれ、目を覚ませ、というつもりで手を出したのだろう。しかし、結果は意図に反した。

「行かすか」

足払いをかけて史彰を転がし、その上に覆いかぶさった。両手で喉を絞め上げる。自然とその手に体重がのった。

どれほどそうしていたか、満彦は覚えていない。

◈

骸《むくろ》となった史彰の傍《かたわ》らに座り込んでいた。

反射的に喉に手がいった。相手の声帯を圧迫し、自分を非難する言葉を堰《せ》き止めたかったからで、首を絞めるためではない。右手と左手が、勝手に動いたのだ。

「……史彰」

一度だけ肩を揺すって呼びかけた。同い歳の兄は、虚《うつ》ろに開いた目を天井に向けたまま応《こた》えない。その全身からは、早くも死の匂いが立ち上っているようだった。

人を殺《あや》めてしまったのだが、まるで自分の方が死んだ心地がした。見慣れた部屋が、黄泉《よみ》の国の風景に見える。すっと明かりが暗くなったり、常になく眩《まぶ》しくなったりを繰り返すような錯覚を感じた。

取り返しがつかないことをしてしまった。取り返しがつかない、という言葉を嚙《か》み締めながら、立ち上がる力も出なかった。

何をするべきなのかは判っている。すぐに警察に出頭し、ありのままを語る。そして、しかるべき裁《さば》きを受けるのだ。そうするしかないと判ってはいるが、行動に移すことができない。想像しただけで恐ろしかった。警察に身柄を委《ゆだ》ねた瞬間から、これまで当たり前にしてきたことができなくなる。ビールを片手にテレビを観る自由すら剝奪されてしまうのだ。休日に街をぶらつくことも、気晴らしにドライブをすることも許されなくなる。「私は人を殺しました」と告白した瞬間から。

耐えられない。

それに、と思う。もしも自分が刑務所に行くことになったら、母親は今の施設で看護師に陰湿な虐待を受けながら、苦痛にまみれた余生を過ごさなくてはならない。絶対に駄目だ。

自首しないのであれば、犯した罪を隠蔽《いんぺい》するよりないが、それもまた苦痛に満ちた選択だった。傍《かたわ》らの遺体を運び出して始末した上、命を懸けてその秘密を守り通さなくてはならない。茨《いばら》の道だ。しかし、二つの苦痛のうち、いずれかを選ばなくてはならないのなら、後者を採《と》りたかった。

すべての原因である例の鞄が目に入った。史彰と揉み合っているうちにどちらかが蹴り飛ばしたらしく、壁際に転がっている。札束でふくらんだ鞄。それが満彦を決断に導いた。

自首すれば即座に破滅だが、事件をなかったことにしてしまえたならば、あの三千万円を使って未来が拓《ひら》ける。母親にも孝行ができる。葛藤《かっとう》から解放された。

現実に立ち向かう気力が湧《わ》いてきた。進むべき方向が決まれば、あとは具体的にどうやってそれを為《な》すか。

まずは遺体の始末だった。マンションには縁の下も庭もないのだから、山奥に捨てるなり、錘《おもり》をつけて海に沈めるしかない。海の方が近かったが、腐乱した他殺体が五十キロの錘をつけたまま浮かんできた、という話を何かで読んだことがある。

山に捨てるならば、適当な場所の心当たりがあった。九陰《くいん》市との境に広がる森。バードウォッチングに凝《こ》っていた頃、あそこの青闇の森をよくぶらついたから様子が判っているし、道からほんの少しはずれただけで人が足を踏み入れないことも知っていた。

霧が晴れるように頭が冴《さ》えてくる。昨日からマンション前の植込みをいじってオーナーが、スコップを出しっぱなしにしていたのを思い出した。たしかエントランスの隅に立て掛けてあったはずだ。

時計を見ると、一時四十五分だった。遺体を車に運ぶのに五分、森まで車で往復三十分。遺体を隠す場所を探し、穴を掘って埋める作業に一時間要したとしても、三時半頃には帰ってこれる。手間取ったとしても、十二月の夜は長い。しかも、明日は休日だ。

彼は鞄を逆《さか》さにして振り、冬物のジャケットを買った際にもらった紙袋に札束をすべて移し替えた。袋は横にして、押入《おしいれ》の布団の間に隠す。それからコートをはおり、防寒用にマフラーと手袋も身につけ、不快さに堪《た》えながら史彰の遺体を抱き起こした。気のせいか、もう全身が硬直し始めているようだ。

このマンションの一階は高齢者ばかりだ。こんな時間に起きている住人がいるとは思えなかったが、念を入れて廊下に首を突き出して様子を窺《うかが》う。建物全体が眠っていた。

遺体の右腕を自分の首に回し、ベルトを摑《つか》んで持ち上げた。いくら史彰が小柄で軽量だとはいえ、爪先を引きずりながら運ぶしかない。不自然な姿ではあったが、これならば万一誰かと鉢合わせしても、泥酔した男を介抱しているように見えなくもないだろう。駐車場までは三十メートルほど。大した距離ではなかったが、汗が流れるほどの重労働だった。

いったん部屋に帰り、札束が詰まっていた鞄を取ってきて助手席に置いた。始末するなら、一緒にやった方がよい。続いて、オーナーが放置してあったスコップをトランクにしまった。

ハンカチで汗を拭《ぬぐ》ってから、静かに車を出した。静寂がのしかかってくるようだったので、ラジオのスイッチを入れてみた。男性アナウンサーがゲストの女性日本画家と上品に談笑している。そのままにしておいた。

とりとめのないトークを聞き流しながら、車を北に走らせた。目的地に行くには、真幌の市街地を突き抜けなくてはならない。丸の内のオフィス街が右手の車窓を去っていった。

『二時十五分になりました。ここで短くニュースをお伝えします』

ローカル局のニュースだ。例のバイク事故について報じられるかもしれない。死んだ男が何者で、どうしてあんな大金を持っていたのか、興味があった。いや、そんなことよりも、現場から大金が入った鞄がなくなっていることを、警察が不審に思っているのか否《いな》かが知りたい。

最初のニュースは、このところ市議会で問題になっている市立病院建設をめぐる談合疑惑についてだった。入札に敗れた建設会社が談合を裏づける資料を警察に提出したのどうの。彼は待った。

『次のニュースです。昨夜遅く、真幌市礼澄二丁目でバイクの転倒事故があり』

きた。

『乗っていたとみられる若い男性が首の骨を折って死亡しているのをパトロール中の警察官が発見しました。死亡した男性は年齢が二十歳から二十五歳ぐらい。免許証を携帯していなかったため、身元などはまだ判っていません。現場には路面にこぼれていた油でスリップした痕がありました。警察では男性の身元を調べるとともに、事故の目撃者を探しています』

事故死した男の所持品についての言及はなかった。簡単なニュースだけを材料に判断はできないが、警察は金がなくなっていることを摑んでいないのかもしれない。検問の心配が消えた。

しかし、妙だ。

深夜にあれだけの大金を鞄に詰めて、男は何をしていたのか？　単なる不携帯なのかもしれないが、免許を持っていなかった、という点にひっかかった。

そんなことを詮索している場合ではない。彼は雑念を振り払って、これからの段取りを考えることに専念する。どこに車を駐めて、どこまで森に分け入るのか、頭の中でイメージを描いた。

市街地を抜けると、ゆるやかに上り坂になる。〈豊かな環境を守れ　真幌空港建設反対〉という看板が立っていた。丘陵を越えてこのまま突き進むと、九陰市のはずれにあるコミューター空港の予定地に出る。しかし、建設反対派がアピールせずとも、公共事業費抑制の折、採算面が当初から疑問視されていた真幌空港建設計画は、画餅《がべい》になりつつあった。

まもなく富良奈《ふらな》がんセンターが見えてくる。六年前に父親が息を引き取った病院。膵臓癌《すいぞうがん》だった。放射線治療の甲斐《かい》もなく、医師が告げた余命よりずっと早くに逝《い》ってしまった父。働き者で、磊落《らいらく》で、子煩悩《ぼんのう》だった。その父親を何度も見舞い、ついには看《み》取《と》った病院の脇を、史彰の遺体を積んだまま通過しなくてはならない。アクセルを踏み込んで通り過ぎた。

国道との交差点を過ぎると、いよいよ青闇の森が近づく。付近に民家はなく、もちろんすれ違う車も皆無だった。まだ安心できないが、ここまではすべて順調に運んでいる。

森は鬱蒼《うっそう》としていた。自然公園として整備されてもいない原生林なのだ。四つ足の大きな幻獣が棲《す》むという伝説まである。かつての彼は物好きなバードウォッチャーとして森を抜ける径《みち》を散策したことがあるが、普通ならば山菜採りにくる者もいない。もし、この森のどこかに遺体が埋まっていると警察が突き止め、何千人もの捜査員を動員したとしても、まず発見できないだろう。きちんと埋めさえすれば。

径には車が一台かろうじて通れるだけの幅《はば》しかなかったが、百メートルほど行くと木立が途切れた平坦な場所があって、方向転換ができる。そこまで進んで停車し、ラジオのスイッチを切った。

どこまでも深い静寂と闇が彼を包む。暗かった。まるで漆黒《しっこく》の壁に囲まれたかのようだ。

懐中電灯と手提げ鞄を手にして車を降りると、まずトランクからスコップを取り出した。先に穴を掘って、しかる後に遺体を担《かつ》いで運ぶという段取りだった。ここまでやってくる人間はめったにいないが、道の端に埋める気にはなれない。行く手の闇をにらんで、木立の間に踏み込んだ。

奥に行くほど発見される可能性は低くなるが、遺体を運搬する際の労力も考慮しなくてはならないし、そんなに無理をしなくても見つかるわけがない。だが、やはりなるだけ奥に、と迷いながら、径から二十メートルほど入ったあたりで妥協点を見出した。楢《なら》の倒木の陰に適当な場所を見つけ、スコップの刃を突き立てた。

サクサクという音が秘めやかに森に響く。何も考えないように努めた。自分がどうしてここにいるのか、何をしているのかも忘れようとする。寒さに顫えるどころか、汗が吹き出していた。

掘って、掘って、掘る。

満足がいく深さの穴ができるまで、三十分以上を要した。スコップの柄を強く握りしめていたため、指の節々が猛烈に痛む。上腕の筋肉は強《こわ》ばっていたし、やがて腰も疼痛《とうつう》に襲われるだろう。つらかったが、作業は続く。車にとって返し、トランクから遺体を引っぱり出した。明らかに全身が硬直している。右肩に担いだ。そして、右手に持った懐中電灯で足許を照らしつつ木立の奥に引き返す。途中で何度か遺体を右肩から左肩へ、左から右へと担ぎ直し、ようよう穴までたどり着いた時は、気息奄々《きそくえんえん》という有様《ありさま》だった。

遺体と手提げ鞄を静かに穴に投じ、すぐに土をかぶせる。恐怖も罪悪感も失せ、ただ早くこの儀式を終えてしまいたかった。穴が埋まると丁寧《ていねい》にならし、付近にあった枝や枯葉をその上にかぶせた。あくまでも自然に、自然に、と心掛けながら。

これぐらいでいいか、と手を止めた時、作業は芸術的なまでに見事な出来栄《できば》えで完了していた。このまま立ち去ったならば、自分でさえどこに埋めたのか判らなくなってしまいそうなほどに。

彼は不可解な後ろめたさを感じた。しばし逡巡《しゅんじゅん》してから、近くにあった丸い石を拾い上げ、埋め戻したあたりに置く。もちろん、事情を知らない者にとってはまるで意味を感じさせない、自分だけの目印である。少しばかり、気がすんだ。

彼はそれを墓石に見立てて、合掌した。そして、声に出さずに史彰に詫《わ》びる。

おふくろの面倒はちゃんと看るから。

まるで言い訳になっていないことは嫌というほど承知していたが、ただ赦《ゆる》しを乞《こ》うのは憚《はばか》られたのだ。祈りを終えると、彼はスコップを手に車へと向かう。背中を伝った汗が冷えて、寒気がした。

暖かい車内に戻ってシートに深々ともたれた時、〈檸檬樹〉で香月が驚いたように発した言葉を思い出した。

――山岡さんたちって、三つ子だったんですか？

そう、三つ子だった。

そのうちの一人は五歳で死に、もう一人は今夜死んだ。三つ子はとうとう独りになってしまいましたとさ。

赤い服が好きなママが知ったら、史彰を哀れんで言うだろうか？

——たった三十で神様のところに行ってしまうだなんて、かわいそうに。

満彦は車をターンさせる。

一刻も早く自分の部屋に帰り、頭から布団をかぶって眠りたかった。

◇

三日が過ぎた。

街はいよいよ賑わっている。

満彦は何事もなかったような顔で、ふだんと同じ生活を送っていた。朝は七時半に起床して牛乳とトーストで朝食をすませ、八時十五分に家を出て、最寄りの停留所から八時二十分のバスに乗り、真幌駅前の会社へと向かう。八時五十分からの朝礼に間に合うように。

彼が勤める真幌グリーンサービスは、観葉植物のレンタル、植樹や花壇の造園、ギフト用生花の受注などを主な業務にしていた。社員は五十名。営業一課に所属する満彦の担当は、官公庁、オフィスビルやショールーム、ホテル、病院などを訪問して、〈快適な空間作りのお手伝い〉をすることだ。彼が受け持つエリアは真幌市内に限られており、県外に出張することは年に一度もない。夕方まで得意先を回り、デスクワークをすませて、だいたいは七時前には退社していた。

彼自身に意欲がないせいもあるが、変化に乏しく、毎日が退屈だった。社内の人間関係もよくない。そのため、もっと華《はな》やかで、実入りのいい職に就いてみたい、と漠然と憧《あこが》れていたのだが、日々、新たなチャレンジを要求される刺激的な仕事に就く適性がないことを自覚してもいた。

味気ない毎日にピリオドを打つ資金を手にしたものの、まだ辞表は書いていない。急に生活を変え、周囲に不審がられることを恐れたためだ。その気になればいつでも辞められるのだ、と思うと、もう少し続けてもいいか、と気持ちに余裕ができたせいもある。

あいつ最近、様子が変わったな、と思われてはならない。だから、昼食のランクを上げることもなく、目立つほど大きな買物もせず、質素な暮らしを続けた。もちろん、三千万円の大金を手中にしていながらいっさい手をつけないというのも無理な相談で、古い紙幣の束の帯封を一つだけ破った。夕食のランクを上げたり、ちびりちびり遊興に費《つい》やすぐらいはよかろう、と。

あの日以来、変わったことと言えば、朝刊の社会面を入念に読むようになったことだ。警察の捜査がどこまで進んでいるか、を探らなくてはならない。

青闇の森から帰り、疲労のおかげで熟睡し、昼過ぎに目覚めた彼は、押入の金を確かめるより先にテレビのニュースを観た。三千万円がいかなる金なのかは、トップニュースになっていた。

前夜、山名町《やまな》に住む資産家宅に強盗が押し入り、老夫婦を刃物で脅《おど》して、金庫に入っていた金を奪って逃走したのだという。三千万円もの大金を家に置いておくとは不用心な話だが、銀行に預けていてもろくに金利がつかないどころか、当節は倒産して引き出せなくなるリスクさえある、と考えての簞笥《たんす》預金だったらしい。夫婦は縄で縛《しば》られたが、明け方になってようやく自力で縛《いまし》めを解いた。そして、警察に通報をしたところ、思いがけない事実が判明することとなった。夫婦宅に入った強盗は、現場からおよそ五百メートル離れた路上でバイク事故を起こして死亡していたのである。天罰と言うべきか。だが、金は事故現場に遺っていなかった。『警察では、なくなった金の行方を捜索しています』と、言わずもがなの言葉でニュースは締め括《くく》られた。

これはグッドニュースなのか、バッドニュースなのか？　しばらく思案して、悪い状況ではない、と判断した。犯人が死亡した事故現場から金が消えていたのだから、警察は二つの仮説を立てているだろう。犯人には見張り役の共犯者がいて、金はそいつに渡ったのだ、というのが第一の仮説。たまたま現場を通りかかった人間がそれを持ち去った、というのが第二の仮説。もちろん張本人である満彦は、後者が真相であることを知っている。しかし、警察の捜査は幻の共犯者を追ってかなり混乱するであろうし、通りかかった人間による横領だと断定できたとて、それが山岡満彦のしわざだと突き止める術《すべ》はない。目撃者はいないのだから。

ばれないんだ。

どう考えても、その結論はゆるがない。安堵《あんど》した。さらにありがたかったのは、被害者がかなりの資産家だったことだ。後に週刊誌で読んだところによると、箪笥預金の三千万円の他に銀行預金やら有価証券やら不動産やら、まだ一億円以上も財産を持っているらしい。老後の貯《たくわ》えをすべて盗まれた、と老夫婦が途方《とほう》に暮れているわけでもないのなら、さほど寝覚めの悪い思いはしなくてすむ。

すべてうまく行ってる。この事件は迷宮入りだ。

その確信をより強固なものにするため、彼は新聞を開き、テレビのニュースをチェックし続けた。死亡した強盗の身元が判明したのは、月曜日のことだ。バイク——これも盗品だった——についていた指紋が決め手になったようだ。犯人は馬見《うまみ》町に住む野江俊也《のえとしや》、二十三歳、無職。当然ながら、満彦とは何の接点もないから、その男の身辺をどれだけ洗っても自分にたどり着くことはあり得ない。そして、彼が三千万円を着服したことが発覚しないかぎり、史彰を殺める動機も白日の下にさらされることはないのだ。時間がたつにつれて、不安の水位は下がっていく。

残る気懸《きが》かりは、史彰の姿がこの世から消えたことを、いつ誰がどんな形で問題にしだすか、ということだ。いずれ彼のアパートの家主が騒ぎだすだろう。入居の際に満彦が保証人になっているので、必ず連絡がくる。その時は、「あの風来坊《ふうらいぼう》、迷惑ばかりかけやがって」と立腹しながら詫び、滞納している家賃を払って後始末をすればすむ。いささかの演技でそれを乗り切れば、史彰の件にも片がつくのだ。

そして、ほとぼりが冷めたら三千万円を使って自由になる。この街を出て、どこか遠くでやり直してもいい。おふくろの入るところがなければ、施設から引き取ってもいい。

ほとぼりが冷める前とは、どれほどの期間を指すのだろう、と考えた。二ヵ月や三ヵ月では早いが、一年も待つのはごめんだ。来年の夏のボーナスをもらってサヨナラ、というのが自然かもしれない。彼の中で、様々な心の準備が進んでいった。

完全犯罪とは、こういうものか。

推理小説に描かれるような緻密《ちみつ》な計画を立てたわけではないが、そういうものをまったく欠いた偶発的な犯罪であるから、かえって露見しようがないのだ。

また、ことさら忘れようと努力せずとも、史彰を殺害して埋めた夜の記憶は薄らいでいった。罪悪感は感じるが、悪夢にうなされることもない。精神の防衛本能と言うべきものが働いているのだ、と都合のいい解釈をした。三日間でここまで気楽になれるとは、自分でも意外だった。

その日も、ふだんどおりに働いて家路についた。バス停から自宅マンションに向かいながら、ふと思いつく。

正月は温泉にでもつかりに行きたい。知った人間のいないところでなら、景気よく使ってもいいだろう。探せば今からでも予約できる宿があるはずだ。

歩調を速めた彼だったが、マンションの前まできたところで体が硬直した。赤色灯の点《つ》いたパトカーが停まっていたからだ。まさか、と思いつつエントランスに入ると、制服警官が誰かと立ち話をしていた。相手はダウンジャケットをはおったオーナーだった。彼は満彦を見ると、「山岡さん、ちょうどよかった」と言う。

「おまわりさんがね、あなたに訊きたいことがあるそうですよ」

「はぁ……私に、ですか？」

振り向いた巡査の目つきは険《けわ》しかった。

◈

翌朝、満彦は三十分早起きをして、いつもより二本早いバスに乗った。出社する前に、駅のコインロッカーに金を預けるためだ。百万円の束を一つ抜いた二千九百万円。ずっと押入に隠していたそれを、今日から部屋の外に移すことにした。大金を手許から離すのは心穏やかではなかったが、やむを得ない。

昨日、警官の訪問を受けた時は驚愕したが、話を聞いてみると用向きは強盗事件とは関係がなかった。

「今日の午後、隣のマンションに空き巣が入りましてね。ドアをピッキングで開けて侵入し、現金やらパソコンやらが盗まれたんです。犯人は事前に下見をしていたかもしれません。それで、この付近の皆さんに伺《うかが》って回っているんですよ。最近、挙動が不審な人物を見かけませんでしたか？」

胸を撫でおろして、そんな人物は見ていない、と答えた。警官は言った。

「用心してください。同様の被害が市内で頻発しています。犯人は明らかにプロフェッショナルで、独身で独り暮らしの方の部屋ばかりを白昼に狙《ねら》っている。それも低層階の部屋をね。上等の錠をつけていても器用に窓を破って侵入したりしますから、うちは大丈夫、と油断なさらないように」

ピッキングによる空き巣の被害が拡大している、というニュースはよく耳にしていた。他人事《ひとごと》だと思っていたが、こんな身近で事件が起きたとなると、にわかに心配になってくる。押し込み強盗の上前《うわまえ》をはねて手にした金ではあったが、空き巣に盗まれては泣くに泣けない。史彰の命の代わりに得た金でもある。

かといって、他に適当な隠し場所はなかった。ホームの母親に託してはどうか、という考えも頭をよぎったが、信用ならない看護師が彼女の持ち物をいじり回していることは容易に想像がつく。会社の机に隠すのも危険だ。となると、思いつくのはコインロッカーぐらいしかなかった。JR真幌駅なら通勤途上に立ち寄ることができる。

もちろん、ロッカーに放り込んだままにしておくことはできない。午前零時を超えると延滞料がかかり、三日を経過して引き出さない場合は、中身は別の場所に移して保管されるから、三日に一度は金を出し、あらためて別のロッカー——同じロッカーでもよいが——に移し替えなくてはならない。面倒ではあったが、営業で半日中、外を飛び回っている彼にとって、無理なことでもなかった。

JR真幌駅のロッカーの利用状況はあまりよくない。特に裏口の南口は、いつも半分程度ふさがるのがやっとだ。それを知っていたので、迷わず南口の隅のロッカーを使うことにした。金は、このために買った安物のショルダーバッグに詰めてある。

これが一番安全だ。銀行の貸し金庫に預けたつもりでいよう。

バッグを収め、施錠されたことを確かめてから、足早にその場を離れた。これから一日置きにここに立ち寄る。目立つようなら、時々、場所を変えればいい。バスターミナルにも、鮎鉄真幌駅や鮎川百貨店にも、使いやすそうなロッカーはあった。

コンコースの時計を見上げると、八時十七分だ。こんなに余裕があるのなら、この次からは一本だけ早いバスでよさそうである。彼は会社に急いだ。朝礼前に、コーヒーを一杯飲むために。

職場に向かう人の群れに雑《ま》じって、駅前の交差点を渡る。誰もが力なく頭を垂れているようだったので、彼は独りで胸を張った。大金をわがものにしてから気持ちを大きく持てるようになった。金の力は偉大だ。

知らず知らずゆるんでいた頬が、突然、こわばった。前からやってくる一団の中に、史彰を見たような気がしたからだ。死んだはずの男が街を歩いているはずがない。よく見直すと背恰好が似ているだけの別人で、顔はまるで違っている。

苦笑しようとしたが、まだ頬は引き攣《つ》ったままだ。あまり調子に乗るなよ、という無意識からの警告だと思うことにした。

そんなことも、出社して慌ただしい日常が始まると忘れてしまった。今日はアストロ電機に顔を出した後、ウィンター・スケートリンクに行く予定が入っている。アストロ電機の総務は細《こま》かな注文が多くて鬱陶《うっとう》しいが、スケート場の担当者は愛想のいい美人だから口直しができそうだ。持参する資料をまとめていると、電話が鳴った。

「はい、真幌グリーンサービスです」

「田村と申します。すみませんが、営業の山岡さんをお願いできますでしょうか?」

思いがけない人からだったが、名刺を渡したことは覚えているので、驚くほどのことではない。「私が山岡です」と答えた。

「〈檸檬樹〉の田村香月です。お仕事中にお電話をしてしまって、申し訳ありません。今、少しだけよろしいでしょうか?」

ひどく恐縮している。またお店にきてくださいね、という営業の電話でないことは明らかだ。

「実は、史彰さんのことで。全然、連絡がとれないんですけれど……」

「仕事だか遊びだかで、遠征してるんじゃないですか。いえ、私は何も聞いていませんけれど」

「そうですか」

何故、史彰に連絡を取りたがっているのか尋ねてみた。周りの課員たちは出払っていたし、遠い席の課長は糸楊子《ようじ》で歯をせせっている。

「申し上げにくいことなんですが、お金をお貸ししているんですよ。大金ではありません。でも、私にとってはまとまったお金です。それをいつお返しいただけるか伺いたかったもので……」

「お返しする期限がきてるんですか？」

「正直に打ち明けてしまいます。実は、お店のお金をママに内緒で融通したのが、ばれそうなんです。とりあえず、半分でも返していただけたら助かります」

三十万円だと言う。立て替えても痛痒《つうよう》はないが、羽振りがいいと思われても困る。「弱ったな」と勿体《もったい》ぶった。

「兄弟のことを悪く言いたくありませんが、あいつは気まぐれを絵に描いたような男ですからね。糸の切れた凧《たこ》になって、すぐどこかへ行ってしまったりする」

風来坊なのだ、という印象を植えつけようとした。

「それにしても、どうして金を貸したりしたんですか？　店の常連客だというだけで、そんなことをしないでしょう」

「ええ、もちろんです。彼なら信用できる、と思って……」

「答えになっていないな。不躾《ぶしつけ》に伺いますが、あいつと特別に親密な間柄だったんですか？」

「いいえ、親密とまでは……。店の外で会ったことはありません」

「そんなお客に金を？」

香月は口ごもったが、切れ切れに話すのを聞いているうちに、ぼんやりと事情が判ってきた。要するに、史彰が持ち前の才能を発揮したのだ。相手を無警戒にして懐にもぐり込み、操り、自分の利益を引き出す。
「お恥ずかしいんですが、切実なんです。お店、は
やってなかったでしょう？　内情は苦しいんです。
月末の支払いに支障が出るかもしれません」
三十万程度の金で支払いが滞《とどこお》るとは、危険な兆
候だ。〈檸檬樹〉を助ける義理はない。が、ここで
香月に恩を売っておくのも悪くないかもしれない。
「とりあえず今晩、お店に寄りますよ」
「ありがとうございます。でも、叔母の前ではお金
の話はできません」
「判っています。これ以上、ご迷惑はかけません。
それよりも、あまりくよくよすると美容によくない
ですよ」
軽口を叩いて電話を切った。そうは言われても、
香月の不安は晴れないままだろう。そこに救いの手
を差し伸べてやれば、頼りがいのある男であること
をアピールできる。外に出たついでに、ちょいと銀
行に寄って金を下ろすことにした。先月末に出たボ
ーナスは、まだ手つかずのまま口座に残っている。
資料を鞄に詰め、帰社予定時刻をホワイトボード
に記入していると、「おい」と課長に呼ばれた。
「アス電の尻はしっかり撫《な》で回してこいよ。お前の
テクニックしだいで、あそこはまだまだいい声を出
す」
平家蟹《へいけがに》がネクタイを締めて、人間の言葉をしゃべ
っている。
「はい」と答えて出た。
アストロ電機は鮎鉄真幌駅から二つ目の安間駅前
にあった。駅周辺は前市長が〈真幌テクノエリア構
想〉に基づいて誘致したIT産業を中心とする新興
の工業地帯で、シリコンバレーなどと御大層《ごたいそう》に呼ば
れている。アストロ電機はその中核をなし、市の発
展のシンボル的存在だった。もっとも、行政や市民
の期待に反して、昨今の半導体不況の影響で業績は
芳《かんば》しくないようだが。

切符を買っていると、「時限式爆弾が爆発」という言葉が聞こえた。駅構内のテレビが、何やら不穏なニュースを告げているらしい。壁の液晶ヴィジョンを振り返った。

『――幸い怪我人はありませんでした。警察では、悪質な悪戯と見て捜査をしています。なお、この爆発の影響で、今日、真幌メッセで行なわれる予定だった〈21世紀・観光フォーラム〉は中止になっています』

押し込み強盗にピッキング盗、お次は時限爆弾。真幌も物騒になったものだ。

寒心に堪《た》えぬ、とばかりにかぶりを振って、改札口をくぐった。

◈

退社間際にアストロ電機の担当者から電話が入った。見積もりの数字がおかしい、と今になって言うのだ。先方の勘違いであることを理解させるのに小一時間もかかったおかげで、〈檸檬樹〉に着いたのは九時近くになってからだった。

先客が一人いた。髪を七三に分けた中年の男で、止まり木のスツールに掛け、ママと香月に熱弁をふるっている。

「いらっしゃい。山岡……満彦さんね。史彰さんはご一緒じゃないの？」

ママは明るい声で言った。今宵はワインレッドのワンピースだ。彼は、先客から二つ離れたスツールに座った。

「今晩は独りです」

香月と目が合う。きてくれてありがとう、というサインが読み取れた。

「何になさいます？」とママに訊かれ、とりあえずビールを頼んだ。

「夕飯がまだなんです。何か腹がふくれそうなもの、できます？」

「それなら、焼きおにぎりをお作りしましょうか。ちょっと待っててください」

ママは奥に引っ込む。先客は、そんなやりとりが終わるのを待っていたように、香月にしゃべりかけた。

「で、続きなんだけれど、魚津じゃ夜の海に蜃気楼が現われることもあるそうなんだ。ごく稀《まれ》にね。真幌では、そんな現象は観測された記録がない」

「夜も蜃気楼が出るんですか」

満彦は思わず反応していた。相手はうれしそうにこちらを向く。銀縁眼鏡《めがね》の奥で、目が細くなっていた。

「ええ。対岸の工場の夜景が映るそうです。幻想的ですよね。それを人工的に作れたら最高なんだけれどなぁ。カナダやアラスカのオーロラ観光に匹敵するインパクトがありますよ」

「こちら、市の観光課にお勤めなんです」香月が紹介してくれた。「ほら、この前、お客さんと蜃気楼の話をした、と」

銀縁眼鏡が「佐々木です」と名乗ったので、満彦も自己紹介をする。

「僕の噂《うわさ》をしていたの、香月ちゃん？　蜃気楼かぶれの変なオッサンがいる、とか」

佐々木は、独りでけらけらと笑った。ほろ酔いなのだろう。

「いやいや、否定しなくていいよ。おそらく、この真幌市で蜃気楼について語らせたら僕の右に出る者はいないよ。左に出る奴はいるかもしれないけれどね。いたらそいつは僕の蜃気楼かも、はは。だけど、伊達《だて》や粋狂だけで日夜蜃気楼を研究しているわけじゃないよ。何とかあれを真幌観光の目玉にしたい、と希《ねが》って取り組んでいるんだから。しかし、難題だね。魚津にしたって、蜃気楼は観光資源として成立していない。あそこには『蜃気楼節』って俗謡があるんだよ。その中でも『名所見たさにはるばるきたが、待てば出ないし帰れば出る』と歌われている。厄介《やっかい》な代物だよね」

よく舌が回る男だ。

おにぎりがきたので、ぱくつきながら耳を傾ける。ママも佐々木の話に聞き入った。

「そもそも、蜃気楼がどうしてできるのか。私、何度聞いても判らないんですけど」

香月が新しいおしぼりを出しながら言う。佐々木は、鰹節《かつおぶし》を与えられた猫と化した。

「光というのはせっかちで、最短の時間で進もうとする性質を持っている。だから、空気に密度の大きいところと小さいところがあったならば、折れ曲がってでも密度の小さいところを通るんだ。人間が見ているものは、すべて光が何かに当たって反射したものが網膜で像を結んでいるわけだろ。だから、光が曲がると思わぬものが思わぬ場所に出現するわけさ。空気の密度というのが判りにくいかな？　簡単な話だよ。空気は暖められると膨張するよね。もし気圧が同じだとしたら、膨《ふく》らむと密度は小さくなるじゃないの。その反対に冷たくなると縮《ちぢ》んで密度は大きくなる。つまり、光は空気の密度が大きい方を迂回《うかい》して、小さい方へ曲がり、さらに冷たい方に折れ曲がるんだね」

「空気が冷たい方に曲がると……どうなるんです？」

「十二月の海は冷たい。するとだね、海の向こう側からまっすぐ進むはずの光が、屈折して海水面に引き寄せられる。ほら」と紙ナプキンにボールペンで図を描く。「真幌のはるか沖にこんな風景があったとしよう。そこから光がまっすぐ進むと、地球の表面は湾曲しているから、真幌に届かないだろ。それが、大気の密度のムラによって折れ曲がり、真幌に届いてしまう、つまり見えてしまうという仕組みだね。この場合、上下が正しいまま海面から浮き上がって見える上位蜃気楼になる。砂漠だと、逆に地表面が熱くなって空気の密度が変わるから、上下が逆様の下位蜃気楼が実際よりも低い場所に像を結んだりする。真夏の道路で見かける逃げ水というのが典型さ」

図を見ながら真剣に耳を傾けたのに、やはり判ったような判らないような説明だった。質問したいことが一つあったのだが、香月が先に尋ねる。

「空気の温度差ができると光が曲がるので、景色も普通でない見え方をする、ということは何となく判りました。でも、すごく不思議。その説明だと、いつも沖合いの同じ風景が見えるはずなのに、真幌の蜃気楼は見る度《たび》に違ってるし、そもそも、真幌の沖に陸はありませんよ」

「ミステリーだよね」佐々木は舌なめずりをせんばかりだ。「でも、それも光学的に説明は可能なんだ。蜃気楼の見え方は一様じゃない。大気の密度の差や対象との距離によって、浮き上がって見えたり、逆立ちして見えたり、縦に引き伸ばされたり、二重・三重に見えたり、色々と変形をする。海上に出る蜃気楼というのは、彼方の波が伸び上がり、変形してできた幻影なんだな。イタリアのレッチェ地方の海にも、真幌と同じような蜃気楼が出るそうで、変身とかオバケという意味の〈ムタータ〉と呼ばれている。幻影だから、毎度違って見えるわけ」

「しかし」満彦は割り込んで、「黒い屋根瓦《がわら》の家並みや高層ビルを見たことがありますよ。あれも遠くの波が変形して見えているだけなんですか？」

観光課の男は、いともあっさり「はい」と答えた。

「僕だって、これは実在する街の風景としか思えない、という蜃気楼を観測した経験がありますよ。電信柱の一本一本まで見えるような奴を。アラビアン・ナイトに出てきそうな宮殿を見たこともある。でも、それも思い込みによるイリュージョンです。だから、香月ちゃんが『すごく不思議』という感想に戻る。真幌の蜃気楼は、人の目を欺《あざむ》き、心を騒がすほど、すごく不思議な見え方をするんですよ」

実感は乏しかったが、納得するしかないらしい。

「しかし、そうだとすると真幌では夜の蜃気楼は拝《おが》めない理屈になりますね。夜中の海から屈折して届く光がないわけですから」

「はい。でも、沖合いに照明だらけの船がたくさん浮かんでいれば、蜃気楼が出現するかもしれないでしょう。できないものかなぁ、人工蜃気楼。――あ、香月ちゃん、水割りのおかわりを」

彼女はボトルの栓を抜きながら、

「賢い人は何にでも説明をつけられるんですね。昔の人は、蜃気楼を見て不思議がるだけだったんでしょうけれど」

「うん。蜃気楼の語源は知っているだろう？　古代中国では、巨大な蛤《はまぐり》が吐き出した息が空中で楼閣になったのが蜃気楼だと考えられた。蜃というのはミズチ、すなわちその蛤を指しているんだ。中国では蜃楼と呼ぶらしい。日本では、地方によって〈貝の都〉、〈貝櫓《かいやぐら》〉と言ったり、狐《きつね》の妖術とみなして〈狐の館〉、〈狐の森〉と呼ぶところもある。〈海市《かいし》〉、〈龍王の城〉、〈蓬莱《ほうらい》〉なんて表現もあるな。西洋では〈ガラスの塔〉や〈世界柱〉。挙げていけばキリがないね。蜃気楼にまつわる神話や伝説、伝承は世界のいたるところに遺《のこ》っているよ」

「おかわり、どうぞ。――真幌では、蜃気楼に手を振っては駄目、と言いますね」

「うん。香月ちゃんも言われたことがあるだろ？　僕なんかも、子供の頃に『あそこは死んだ人が暮らす国だから、あんまり見てると誘われてしまうぞ』と祖母《ばあ》ちゃんに脅されたよ。その祖母ちゃんも、今はあっちの人だけれどね、はは」

佐々木は水割りで喉を湿らす。

「ありふれたイメージだよ。蜃気楼は楽園に見立てられることも多いけれど、虚空に浮かんだ死者の島にも擬せられる。英雄や神々が住む島がある、そこは空気に洗われていて下界の人間たちは上陸できない、という伝説をプラトンが書き遺したりしているのも、蜃気楼を指しているのかもしれないな。ケルトには海を渡る神の船、イヌイットには〈雷の鳥〉という大きな鷲の伝承がある。そんな想像上の乗り物や鳥は蜃気楼のことだ、と見る人もいる」

彼の饒舌《じょうぜつ》は止《とど》まるところを知らなかった。蜃気楼が死者の島だとしたら、史彰もそこにたどり着いたのだろうか？

水割りのグラスが空くと、蜃気楼博士は「じゃ、お勘定」と言った。ママがお釣りを精算している隙に、満彦は金の入った封筒を取り出し、目配せをしながら香月に差し出す。厚みで、三十枚ほどの紙幣が入ってることは見当がついただろう。彼女は驚いた様子だったが、素早く封筒をカウンターの下にしまった。そして、囁《ささや》くように「すみません」と言う。

「お礼には及びません。ちゃんとあいつを捕まえて回収しますから」

「どこにいるか、心当たりはあるんですか？」

「いいえ。――これまでは簡単に連絡が取れていたんですか？」

「ええ。だから心配なんです」

「あいつのアパートへは行ってみましたか？」

「いいえ。携帯の番号を聞いているだけですから、お住まいは知りません」

ママと佐々木は、金のやりとりをしながら軽く冗談を言い合っている。満彦は、社用の名刺に自宅の電話番号を書き添える。

「どこかで一度、ゆっくり話しましょう。こちらに連絡していただけますか？」

「はい、お願いします。今日はお仕事中にお電話をして、すみませんでした」

「お気になさらず。――それよりも」

ビールのおかわりを頼んだ。

◈

香月から連絡が入ったのは、自宅の電話番号を教えた翌日の夜だった。おかげで年の瀬の払いをすますことができる、とあらためて感謝の言葉を述べてから、店が休みの次の日曜日に会いたい、と言う。午後、グランドホテルで待ち合わせることにした。

山名町の強盗事件の捜査は、依然として進展していないようだ。ロケットの打ち上げに喩《たと》えるなら、燃料タンクを切り離して成層圏に突入した、というところか。明日はまた駅に寄って金の入ったバッグのロッカーを移し替えなくてはならないが、それしきの手間を厭《いと》うこともない。盗難の恐れはないし、万一、このマンションが火事にあっても金は無事だ。考えれば考えるほど、ロッカーに預けたのは正しい判断に思えた。

机の抽斗《ひきだし》からロッカーの鍵を出して、スーツの内ポケットに入れる。明日の準備だった。冷蔵庫から缶ビールを取り、ニュースを観るためテレビを点けた。

国会のごたごた、きな臭い中東情勢。いずれも興味がないので聞き流す。早く地元のをやってくれ、と思いながら観ていたが、全国ニュースの最後は真幌市発の事件だった。また爆弾騒ぎだ。今度は県警本部に爆破予告状が送りつけられたらしい。

『――予告状にあったJR真幌駅のコインロッカーをすべて調べましたが、爆弾らしきものは見つかりませんでした。この騒ぎで、駅付近はしばらく混乱し、列車の運行にも一時影響が出ました。予告状が二日前に真幌メッセで起きた爆発事件との関連があるのかどうかは不明で、警察は引き続き捜査を続けています』

噎《む》せて口に含んでいたビールを吹き出した。JR真幌駅と言ったようだが、鮎川鉄道の間違いではなかったか？　淡い期待を抱きつつチャンネルを変えたが、聞き違いではなかった。速達で届いた予告状には、稚拙な字で「JR真幌駅のコインロッカーに時限爆弾を仕掛けた。午後三時にセットしてある。爆発すれば駅ごと吹っ飛ぶぞ」と書かれていたと言う。

　そんな手紙がきたら、警察はどうする？　いや、どうするも何も、ロッカーをすべて調べた、と言ってたではないか。バッグは見つかり、中身も見られた。二千九百万円の札束。山名町の事件の被害金額とほぼ等しい。あの金だとピンとこないはずがない。

　最悪の事態が起きたのだ。金についてニュースで報じられないのは、警察が口をつぐんでいるからに違いない。そして、間抜け面をさげた犯人がのこのことロッカーを開けにやってくるのを待ち伏せするつもりだろう。そんなところへは、断じて近づけない。

　ということは、あの金を回収できないってことか？　そうなのか？

　瘧《おこり》のように絶望が湧き上がってきた。何とか希望を呼び戻せないものか、と懸命に考える。

　警察は金属探知機の類《たぐい》を使って爆弾を探したのだとしたら、機械は札束が詰まったバッグに反応しない。金を発見していない可能性もある。

　その仮説にすがりつきたかったが、賭けるには危険が大きすぎた。イチかバチか、は愚《おろ》かだ。しくじれば拾得物を横領した軽犯罪ではすまず、史彰殺しまで発覚してしまうだろう。つまり、破滅する。

　さらに、別の恐怖が彼を襲った。バッグに指紋が遺っているのではないか？　もし遺っていたとしても、自分の指紋は当局に記録されていないから、たちまち刑事が飛んでくることはない。それでも、何かの拍子《ひょうし》に捜査線上に浮上してしまった時がこわかった。最悪の場合、強盗自身が事故死しているため、彼が共犯者だったと勘違いされてしまいかねない。

　だが、と思い直した。あのバッグはビニール製だが、表面に荒い凹凸があった。指紋を検出することは困難だろう。素手で札束に触れた記憶はない。したがって、警察がバッグの大金を発見していたとしても、そこから自分に手が伸びることはなさそうだ。

やはり問題は、どうやって金を回収するかだ。放っておいてもロッカーは開けられて、金は手の届かないところへ行ってしまう。指をくわえてそれを見ているだけとは、悪い冗談だった。

頭痛がするほど思案したが、妙案はついに浮かばないまま、夜が更けた。

崩壊の始まりだった。

◈

日曜日だというのに、まだ薄暗いうちに目が覚めてしまった。枕元の時計を見ると六時半だ。眠気がすっかりなくなっていたので、仕方なく新聞を開いたが、活字がまるで目に入らない。二千九百万円をふいにしたショックから立ち直れないでいた。

爆破予告事件の翌日、彼は会社の帰りに鍵を手にして、南口のロッカーまで足を運んだ。警察が例の金を発見したかどうか定かではない、と自分に言い聞かせ、堂々と鞄を取り出そうとしたのだ。遠くから観察したところ、柱の陰に刑事が張り込んでいるふうでもなかった。しかし、いざとなると体がすくんで動けなかった。大金を隠した303号のロッカーに鍵を差し込んだ瞬間、四方から警官が飛び出してくる情景が脳裏に鮮明に浮かんで。

「出来心です。コンコースでロッカーの鍵を拾ったので、何かいいものが入っていないか、と開けにきたんです」

いざとなれば、そう言い張って通すつもりだったが、そんな芝居が通用するはずもない。気がついたらロッカーに背を向け、逃げるように駅から去っていた。

二千九百万円が消えた。

こうなってしまうと、香月に気前よく渡した三十万円までが惜しい。

意にそぐわない会社でも不毛の労働がこれからも延々と続くのだ。母親をあのホームから出してやることもかなわなくなった。

史彰は何のために死んだんだ？

食欲も出ない。悔恨《かいこん》にまみれながら、一時間も二時間も布団にくるまっていた。午後三時に香月とホテルで会う約束をしていたが、昨日の夜になって「親類に不幸があったので、明日はいけなくなりました」と電話があった。予定がキャンセルになって幸いだ。今日は、日が暮れるまで自堕落にこうしていたかった。

玄関のチャイムが鳴ったのは、正午前だ。セールスか宗教の勧誘だろう。無視しようとしたが、なかなかチャイムがやまないので、仕方なくインターホンに出た。

「山岡さんですね？　警察の者です。ちょっとお話を伺いたいのですが」

たちまち背筋が伸びた。


「……どういったご用件で？」

「山岡史彰さんについて、お聞きしたいんです。お時間は取らせません」

急いで着替え、ダイニングのテーブルをざっと片づけた。

深呼吸をしてからドアを開けると、でっぷりと太った中年の男が立っていた。まだ新米っぽい若い男を連れている。貫禄《かんろく》のある方が警察手帳を示し、「上がらせていただけますか？」と言うので、ダイニングに通した。

「日曜日にお寛《くつろ》ぎのところ、申し訳ありませんね。手短にすませます」

中川と名乗った中年の刑事は、単刀直入に切り出した。

「山岡史彰さんと連絡が取りたいんです。どこにいらっしゃるんでしょう？」

「史彰ですか」さりげない口調を心掛ける。「先々週の土曜日に会ってから、電話で話してもいませんね。あの、史彰にどんな御用があるんですか？」

「ある事件の捜査に関して、お訊きしたいことがありましてね。われわれにとって有用な情報をお持ちかもしれないんです」

「どんな事件です？」

「それは、ちょっと」と中川は渋《しぶ》る。

「あいつが何かしでかしたわけではないんですね？」

返事は「多分」と短かった。

中川は無表情で、その腹の中を読むのは難しそうだった。押し出しがいい男は、愛敬《あいきよう》があると好人物に見える一方、表情が乏しいと無気味な印象になるものだ。もう一人の檜山という若手は黙ったままで、先輩の聞き込み術の見学をしについてきているのか、と疑いたくなった。

「史彰さんが立ち回りそうな先はご存じありませんか？」

立ち回りそうな先という表現は、まるで逃亡者を追っているかのようだった。中川もそう感じたのか、白々しく咳《せき》払いをする。

「さぁ。あいつの交友関係は把握していませんからね。今、どんな仕事をしているのかもよく知りません。少し前まで、駐車場の誘導係をしていたっけな」

「郊外の大型パチンコ店の駐車場で働いていたようですね。しかし、先週の月曜日から無断で欠勤したままです。それ以前から、勤怠《きんたい》状況はよくなかったそうですが」刑事は二重顎の肉をつまんで、「親しくしていた女性はいませんでしたか？」

香月を煩《わずら》わせたくなかったし、質問の答えに該当するかどうか微妙だった。

「知りませんね。そういうことは、兄弟でも判りませんよ」

「あまり行き来がないんですか？　たった一人のご兄弟で、同じ真幌市内に住んでいても」

「何ヵ月かに一回会う程度です。母親が介護施設に入っているので、その様子を見にいったりします」

「仲がよろしいんですな」

「普通ですよ」

「ご親戚などは？」

「加亜《かあ》市に父方の伯父がいたんですが――」

「何をしてらっしゃる方ですか？」

刑事はせっかちだった。

「産婦人科の医者でした。でも、四年前に死んでいます。現在、行き来のある親類はいません」

間が開いたので、逆に質問してみる。

「どうもひっかかりますね。史彰は何かの事件に巻き込まれたんですか？　驚きませんから、本当のところを教えてください」

「ご心配なさるお気持ちも判ります。史彰さんが過去に傷害事件を起こしているのは、われわれも承知しています。またよからぬことをしでかしたのでは、と危惧《きぐ》しておられるわけだ」

はい、と答えて不自然ではない。

「はい。人懐《ひとなつ》っこい奴ですが、酔うと見境がなくなることがあるんです。喧嘩をやらかして、逃げ隠れしているのでは？」

「詳しいことは話せませんけれど、違います。ただ、何らかのトラブルを抱えて姿をくらませている可能性はありますね。そういう場合、肉親や友人に連絡を取ろうとするものです。もし連絡があったら、警察にくるよう勧めていただけますか？　それが本人のために一番いいんです」

「と、おっしゃられても、それだけでは事情が判りません。どういうトラブルなんでしょう？」

食い下がったが、中川の口は堅かった。

「先々週の土曜にお会いになっているそうですね。その時、変わった様子はありませんでしたか？　心配事を抱えているふうだったとか、その反対にいつになく上機嫌だったとか、どんなことでも結構です」

檜山刑事の視線が、頬のあたりに張りついているのを感じた。にらみ返すわけにもいかない。

「別に。いつもどおりでした」

「お金に困っているとか、その反対に懐具合がいいとか、そんな話は出ませんでしたか？」

「金の話はしていませんね」

「用があってお会いになったんですか？」

「ええ。一緒におふくろの様子を見に行きました。あいつは放っておくと面会に行こうとしないから、私が定期的に誘うんです。あの日もそうでした。私だけで行くと、おふくろが拗《す》ねる時があるんですよ。『史彰はどうしたの？』と」

「面会にいらして、その後はどうしました？」

極力、嘘は避けるのが得策だ。

「街に戻って、晩飯を食べて、一杯ひっかけたら酔ってしまったので、この部屋に泊めました。あくる朝、私は眠かったので、布団の中から見送りました」

「それは何時頃？」

「八時前というところでしょう」

さらりと嘘を並べた。ここを出る史彰を目撃した人間がいるはずはないが、満彦の証言を覆《くつがえ》す者もいはしない。

「はーん、そうですか。今のところ、それが最後の目撃証言だな」

他意はないのだろうが、鎌をかけられているように聞こえた。

「史彰さんとは、双子のご兄弟だそうですね」

アパートを調べた時、大家から聞きでもしたのだろう。

「はい。正確に言うと、生まれた時は三つ子でした。子供の頃に一人死にまして」

「ああ、そうだったんですか。お父さんもお亡くなりのようですから、大変ですね。介護施設のお母さんの世話が、あなただけに掛かってくる」

「世話？　犬や猫じゃありませんよ」

中川がポーカーフェイスを崩した。

「これは失礼。不愉快でしたね、お詫びします」

黙って頷いた。中川は元の無表情に戻る。

「ご協力、ありがとうございました。くどいようですが、史彰さんから連絡があったら、警察に行くよう強く言ってください。と同時に、私どもにご一報をお願いします」

「承知しました」

檜山は、最後に一礼しながら「よろしくお願いします」と言っただけだった。

刑事たちが帰ると、コーヒーを淹《い》れた。眠気をさまして、彼らの訪問の意味を考えるために。

おくびにも出さなかったが、史彰は本当に何かの事件に巻き込まれていたのではないのか？

最近は駐車場の誘導員で口を糊《のり》していたようだが、それは次の儲け話をキャッチするまでの一時しのぎだろう。半年前までは、競馬のノミ屋の手伝いをしていたのを知っている。他にも公言を憚《はばか》る商売に手を染めていた匂いがぷんぷんしていたから、詐《さ》欺《ぎ》まがいのことをやらかしそうだが。

いや、違う。今きた二人は、殺しや強盗を担当する捜査一課の刑事だった。

やはり山名町の強盗事件の捜査できたのだろうか？　しかし、それと史彰を結ぶ線がないはずでは――と考えたところで、「あっ」と声が出た。

線は、つながっている。

彼の手から鞄をひったくった史彰は中身をあらためて、「何だよ、これは？」と詰め寄った。あの時。札束を一つ摑んで、満彦に突きつけた。新札の束だった。その時に、指紋がついたのだ。傷害事件で逮捕され、起訴手前までいった史彰の指紋は警察に記録されている。

つながった。決してつながるはずがない、と思っていた鎖が、いともあっさりと。

一昨日から今日にかけての警察の動きが、手に取るように判った。爆破予告がきっかけとなって、駅のロッカーから不審な大金が見つかった。それが山名町の老夫婦宅から盗まれた金であることは、帯封その他から確認できたのだろう。そして、新札に遺っていた指紋から山岡史彰の名前が捜査線上に上る。

やっぱり刑事はロッカーの近くで張り込んでいたのだ。史彰が現われるのを待ち構えて。

状況は急変した。

だが、救いはある。刑事らは史彰を追っているだけで、満彦が事件に関与しているとは疑っていないようだ。このまま史彰の行方が知れないままだったら、事件は迷宮入りするかもしれない。

だが、そうなったとしても、結局、彼の手には何も残らない。鞄から抜き取った百万円など、たちまち使い切るだろう。もはや、望みうる最善のことは、史彰殺害を隠しとおすことになってしまった。

史彰の失踪を刑事が不審に思ったとしても、満彦に殺されたのでは、と怪しむことはあるまい。彼らの想像がどんなに逞《たくま》しくても。さりとて、油断は禁物だ。

満彦は、303のタグがついたロッカーの鍵を抽斗から取り出した。未練がましく、無意味に持っていた鍵だ。もしも今、刑事が引き返してきて、「家宅捜索をする」と言い出したなら、こいつが自分を破滅させる。

早く棄《す》てなくては。

どこかで、誰も見ていないことを慎重に確認してから。

◈

その夜、彼にとって無視できないニュースが二つ報じられた。一つは、山名町の老夫婦宅から強奪されたらしい金が、真幌駅のロッカーから出てきた件。警察が情報をコントロールしているのか、発見の経緯については詳《くわ》しく語られなかった。爆破予告の日に見つけていたことは疑いない。預けた主がバッグを引き取りにくることはない、と判断して公《おおやけ》にしたのだろう。もちろん、金の大半が回収できたことを、とうに被害者には連絡していただろうが。

もう一つは、二十一歳の理工学部生が捕まった、というニュースだった。真幌メッセで手製の時限爆弾を爆発させたのも、爆破予告状を県警本部に送りつけたのもその男で、爆弾に使われていたステンレス缶の入手ルートから逮捕に至ったと言う。男は「世間が騒ぐのが面白かった」と動機を語り、取り調べ中も悪びれた様子がないらしい。

きょとんと目を丸くした犯人が映る。高校時代のものなのか、ひどく幼い顔写真だ。満彦はその顔を見つめながら、手にしていたビールのアルミ缶を握り潰《つぶ》した。

◈

火曜日の夜、刑事らは再びやってきた。満彦が帰宅するのを待っていたかのようなタイミングで。

「史彰さんから連絡はありませんか?」

「別れ際に、どこかに行くと言っていましたか?」

そんな質問をしにきただけだ。「ありません」「聞いていません」と答えると、二人はすごすごと退却した。あっけなかった。

それでも、日曜日以来、彼は常に誰かに監視されている気配を感じるようになった。通勤の途中も、営業に出歩いている時も、近くに買物に行く時も、背中に誰かの視線が張りついているように思えてならない。不意に振り向いたり、ショーウインドーの商品を覗き込むふりをして背後を窺《うかが》ってみても、尾行者を確認することはできないが。

警察が身辺を見張っている可能性はある。史彰が街中で俺に接触してくることを期待してるのだろう。ならば、微塵《みじん》も恐れることはない。彼としては、平凡で善良な市民としてふるまっていればいいのだ。金は手にしていないし、ロッカーの鍵も棄てた。いくら自分を監視したところで、何も出てきやしない。煩《わずら》わしいことではあるが、警察だって捜査に使える時間や人的資源に制限があるのだから、そのうち諦める。

とは言え、やはり刑事の訪問を受けるのは気味が悪かった。「連絡はありませんか？」と訊くだけなら、電話でもすむことなのに。もしかすると、彼が史彰の逃亡を助けている、と勘繰っているのかもしれない。

好きなようにしろ。いくらしつこくしても、出す尻尾はない。

こうしている間にも、青闇の森に埋めた史彰の遺体は少しずつ腐敗し、土へと還《かえ》っていっている。死体が見つからなければ、警察としても手の打ちようがあるまい。勝負に勝てなかったが、負けることもない、という気分だった。

水曜日には、香月から電話があった。先日のことを詫びてから、あらためて会いたい、と言う。もしも自分に尾行がついていたとしたら、彼女の存在を刑事に教えてやることになりかねない。あいにく忙しくてね、と逃げた。

「ご無理は言えませんね」電話の向こうの声に失望がにじむ。「昨日、お店に刑事さんがきたんです」

「えっ？」

警察は香月にたどり着いていたのか。

「史彰さんのことを探しているんだそうです。事情は訊いても教えてくれなかったんですけど……」

「そうですか。実は、僕のところにもきました」正直に話した。「ご迷惑にならないように、僕は香月さんのことを警察にしゃべっていません。彼らはどうやって、あなたに接触してきたんでしょう？」

「彼の携帯電話の通話記録を調べたんだそうです。お店の番号があったので、そこから手繰《たぐ》って」

「なるほど、それで。色々と訊かれましたか？」

「彼と最後に会ったのはいつか、としつこく尋ねられました」

非常にまずいことになった。あの日、満彦と史彰が十一時半に〈檸檬樹〉を出たことを警察が摑んだら、彼らがバイク事故直後の現場を通りかかることに気づくだろう。事故死した強盗が持っていたはずの金がなくなっていたこと。ロッカーで見つかった金から史彰の指紋が検出されたこと。史彰が強盗事件の翌日から誰にも姿を見られていないこと。それらの事実をジグソーパズルのように組み合せると、きれいな一枚の絵が完成する。追い詰められた。

いやいや。

すでに史彰は殺されているのではないか、と警察が疑ったとしても、いわゆる〈死体なき殺人〉だ。犯罪が行なわれたかどうかを証明するのは困難だろう。遺体を森に埋めるところは誰にも目撃されていない。最後の砦《とりで》は難攻不落なのだ。

「何という刑事でしたか?」

「中川という太った中年の刑事さんと、若い刑事さんです」

「うちにきたのと同じコンビだな」

「そのようですね。お会いした、と話していました。先週、満彦さんが独りでお店にきたと聞くと、『その時の様子はどうでしたか?』なんて質問もされましたよ。史彰さんが犯罪を犯して逃亡していて、満彦さんに匿《かくま》われていると疑っているみたいでした」

「ほぉ」

「ほぉ、って」香月は力を込めて「そうなんですか?」

「いいえ。まるで見当はずれです。僕だってあいつの行方が知りたい」

そっけなく突き放してから問い返す。

「どうして所在を調べているのかを刑事は言いましたか?」

「訊きたいことがある、としか……」

新しい情報は得られないようだ。

「私、胸騒ぎがするんです。先日のお礼もちゃんと言っていないし、お目にかかりたいんですけれども」

会って話すと、何かの拍子に彼女が史彰の失踪と山名町の事件を結びつけてしまうのでは、と恐れた。

「申し訳ありませんが、仕事に忙殺されているんですよ。大晦日《おおみそか》まで走り回っているかもしれない。時間が取れるようになったら連絡しますよ」

微《かす》かに溜め息が聞こえた。

「ぜひ、お願いします。——夜分に失礼いたしました」

電話を切ってから、彼は窓辺に寄り、そっとカーテンを開いてみた。電柱の陰に人影はないか、見慣れぬ車が停まってはいまいか、と見渡す。刑事が張り込んでいる気配はなかった。

◈

夢を見た。

建売住宅のコマーシャルに出てくるような吹き抜けのリビングで、父が新聞を読んでいた。天窓から陽光が降り注ぎ、その横顔を照らす。父の足許では浩和が腹ばいになり、クレヨンで絵を描いていた。

階段から、若い母が降りてくる。

「史彰と満彦は？」

父が顔を上げ、「見ないね」と答えた。

◈

母は、ぼんやりと窓を見ている。その視線の先には、芝生の枯《か》れた寒々しい庭しかなかった。

「大きなツリーだね」

談話室の片隅のクリスマスツリーを見て言った。

母は反応せず、大きな欠伸《あくび》をした。今日は口数が少なかった。

「浩和はどうしてこないの？」

またか。

このところ、彼と史彰とを取り違えるだけでなく、浩和にきて欲しがったりする。明らかに痴呆は進行していた。

「史彰も顔を見せないし、淋しいね」

「みんな忙しいんだよ」

浩和は死んでいる、と諭《さと》すことも無意味に思えて、話を合わせた。

「ヨシノリだって、もう随分と見ていないわ」

以前にも、そんな名前を口走ったことがある。二度目だったので、尋ねてみた。

「ヨシノリって、誰？」

うまい冗談を聞いたかのように、母は破顔してこちらを向いた。

「何を言ってるの。ヨシノリったら、あのヨシノリよ。他に知りませんよ、私は」

「だから、どこの人だっけ？」

「年寄をからかわないで」

父は吉輝《よしてる》だった。かつての夫の名さえ忘れつつあるのか。史彰の言葉を思い出す。

おふくろも人間離れしていくよな。

二人は沈黙した。母は両手を膝に置いて、また庭に目をやる。息子は、その手首を見た。この前あった痣は、すっかり薄くなっていた。

背後から上履きの足音が近づいてきた。髪をひっつめた大柄の看護師が、「こんにちは」と挨拶《あいさつ》をする。起立して、頭を下げた。

「お世話になっています」

「昨日まで風邪気味だったんですけれど、もういいみたいですよ。お食事もたくさん召《め》し上がるし、お元気です。——山岡さん、よかったわね。また息子さんがきてくれて」

母は看護師を向き直って、「はい」と応えた。素直な笑顔になっている。虐待されている、というのは早とちりだったのかもしれない。

「ご面倒をおかけしていませんか？」

囁くようにして、看護師に訊いた。

「いいえ。自分で何でもてきぱきしますよ。この前なんて、私が先生に叱《しか》られて沈んでいたら、『くよくよしないで』と励まされたぐらいです」

「私はしゃんとしてるわよ」母が振り向いた。「だから心配しなくていいの」

「達者なのは判った。——さて、そろそろ行こうかな」

「もうお帰りですか？」

看護師が残念そうに言う。長居をしても、母を疲れさせるだけだ。お互いに短い会話で充分なのだ。

母も「よいしょ」と立ち上がった。

「私も戻るわ。せっかくの土曜日にきてくれて、ありがとう」

「大晦日に迎えにくるよ。三が日はうちで過ごそう」

「そんなことより、体に気をつけなさい。忙しいだろうけど、無理をしないように」

そして、最後に言い添える。

「みんなによろしく言っておいて。ヨシノリにもね」

部屋に戻っていくのを看護師と見送った。足取りは、しっかりしていた。

「息子さんが面会にくると喜ぶんですよ。お忙しいでしょうけれど、なるべくいらしてください」

「そうします。——ボケたことを言ったりしませんか？」

「昔と今とが、ごっちゃになるようです。よくあることだから、ご心配には及びませんよ」

「しかし、父の名前も間違うようになりました」

「頭では判っていても、言い間違うこともあります。——旦那さんとは大恋愛で結ばれたそうですね。のろけ話を楽しそうにしてくれます」

看護師は、にっこり笑う。

「旦那さん愛妻家だったみたいですね」

「子供の目から見ても、そうでしたね。親父が死んで、おふくろはガクンときたんでしょう。還暦を迎えたばかりなのに、あんなふうになってしまって」

「スナックで知り合ったとか。カウンター越しに旦那さんが見初《そ》めたんですね」

父は検査会社の技術者だった。たまたま寄った店で、母と出会ったらしい。自分が香月と出会ったように。

「馴れ初めについては詳しく聞いていないな。僕たち子供からも尋ねませんしね」

「旦那さんのことを、情熱家だったと言っていました。ご馳走さま、ですよ」彼女は腕時計を見て「では、失礼します」

会釈して別れた。

ケアハウスを出ると、知須田山から吹き下ろす風が頬を叩く。山の向こうは、もう加亜市だった。何度もきている場所なのに、今日はやけに遠くにきてしまったように感じる。

まっすぐに伸びた道の先に、真幌の街が見下ろせる。その手前で、乾いた枯葉が舞っていた。

❖

中川さんと檜山さんの面会です、と聞いて眉をひそめた。取り次いでくれた女子社員に「すぐ行くよ」と答えてから、さして急ぎでもない電話を二本かける。十分ほど待たせてから、応接用のブースに向かった。

「警察からきた、と名乗らなかったのは、せめてもの配慮ですか？」

軽い皮肉に、中川は頭を掻《か》く。

「近くまできたもので。ご迷惑は承知していますが、夕方遅くになると予定が入っていましてね。いや、こちらの都合を申してすみません」

「史彰からは電話もかかってきません。何かあったら警察に連絡する、とお約束したじゃないですか」

「ええ、それはそうなんですが……。捜査が難航しているんですよ。上の方も焦《あせ》っていて、手ぶらで本部に帰ったら首を絞められかねません」

太った刑事は、自分の首に両手を回した。不快な喩《たと》えだった。

オフィス内が賑《にぎ》やかなので、ブースのやりとりが外に洩れる心配はない。それでも、彼は声を低くした。

「協力を求めるのなら、何の捜査をしているのか教えてください。概要だけでも」

中川は折れた。

「今月一日の深夜に、山名町で強盗事件がありました。あなたのお住まいからそう離れていないところだから、ご記憶にあるでしょう？　三千万円を奪った犯人が、バイクで逃げる途中に転倒して死んだ事件です」

「覚えています」

「犯人は死亡しましたが、盗まれた金が現場になかった。共犯者がいた形跡はまるでないので、何者かが拾って逃げたんでしょう。その金が、数日後に真幌駅のロッカーから出てきた。爆破予告騒動がありましたよね。その捜査の副産物ですよ。金は、間違いなく山名町で盗まれたものです。犯人の手掛かりはないかと調べたところ……言いにくいのですが、史彰さんの指紋が検出されました」

ついに相手はカードをさらした。満彦は驚いてみせ、本当なのか、と念を押した。

「史彰さんが拾得物を横領した疑いがある。それで、お話を伺うために行方を探していたんです。しかし、待っていても、あなたに連絡は入らないようですな」

「こわくなって、街を出ていったんでしょう。連絡がないのは、警察が僕の身辺を見張っているからと察しているからですよ」

「でしょうな。しかし、腑《ふ》に落ちない点があるんです。それは、あなたにお訊きしなくてはならない」

隣の檜山が、ごくりと生唾を飲んだ。お前が緊張してどうする、と思う。

「あなたと史彰さんは、午後十一時半に涙横丁のスナックを出て、車で誘海町に向かったんですね。ところが、史彰さんが金を拾ったとしたら、それは十一時四十五分より少し前ぐらいのはずなんです。つまり、あなたと一緒にいた時間だ。これはどういうことでしょう?」

「僕には説明できません」

「彼が金を拾ったことはない、と断言できますか?」

「はい。事故で倒れたバイクなんてものを見てもいません」

「しかしですね」檜山が珍しく口を挟んだ。「盗まれた金には、史彰さんの指紋がついていたんですよ。新札だから、どれも鮮明なものです」

檜山は気負っていた。眉の薄い貧相な顔が、なおさら頼りなく見える。

「だから、説明させないでください。僕に言えることは、あの夜、あいつを車に乗せて家まで帰り、あくる朝の八時前まで一緒にいた、ということだけです」

「でも、金に指紋が——」

「日曜の朝、あいつが出ていった後のことは関知しません。その金を拾ったのが史彰の知り合いか何かで、あいつと接触したのかもしれないでしょう」

檜山は黙った。

「今の説明では不満ですか?」

「いいえ」と中川が答える。「筋が通っていますな。問題なのは、あなたの部屋を出た後、史彰さんの足取りがまるでたどれないことです」

「それは僕の責任ではありません」

中川は机の上で両手を組み、もぞもぞと指を動かした。

「あなたは関与していませんね？」

「はい」

弁明がましい言葉はつけ加えなかった。

「本当に金を拾いませんでしたか？」檜山が上ずった声を出した。「あなたと史彰さんの二人が拾って、山分けしようとしたとも考えられる。史彰さんの行方だって、ご存じなんじゃないんですか？」

「おいおい」

中川が制した。横目で満彦の反応を窺いながら。田舎芝居《いなか》だ。

「知りませんね。繰り返すのに飽きてきました」

「金の配分をめぐってトラブったのかもしれない」

なおも檜山は未熟な新米刑事を演じ、中川は「よさないか」と止める。

「刑事さん。つまらない憶測はやめてください。トラブって、僕があいつを始末したと言い出しかねませんね」

「ありそうなことです」

「もうやめろ、檜山」

子供の頃に転んで膝を擦りむいた時、こわくてなかなか傷口が見られなかった。だが、見れば、ほっと安心したものだ。

「単なる憶測ではなく、僕が史彰を殺したと考える状況証拠はあるんですか？」

「それはまだ見つかっていません」

檜山は鼻息を荒らげていた。

「永遠に見つかりませんよ。僕はやっていない。そもそも、あいつの死体が出てきたわけでもないでしょう」

「はい、そのとおり」と中川が言う。

「刑事さんのお話を聞いて、僕も心配になってきました。あいつは金を拾った人間を偶然に知って、それを横取りしようとしたのかもしれません。そして、いったんは金を奪ってロッカーに隠したのだけれど、今度は相手の逆襲に遭《あ》って殺された。だから突然に姿を消した。そんな不吉なことを想像してしまいました」

「飛躍しすぎですよ。史彰さんが殺されている、という証拠はまったくありません。私たちは殺人事件の捜査を担当しているわけではないので、その点はくれぐれも誤解しないでください。――お前、思いつきでしゃべるな」

一喝され、檜山は萎《しお》れてみせた。

「もういいですか？」と訊く。

「はい。参考になりました」

中川が答えた。腰を上げながら、ブースの仕切りに貼られたカレンダーを見て、最後の質問をする。

「ところで、イヴまで一週間ですね。こちらのお仕事は、クリスマスには繁盛するんですか？　ほら、街路樹の飾りつけや何やらで」

「あれはよその仕事です。忙しくしていますけれどね。それはリストラで人が減ったからです」

「いずこも宮仕《みやづか》えは大変ですな」

曖昧《あいまい》に頷いた。

◈

十七日以降、刑事はぷっつりと現われなくなった。街を歩いていて、背中に誰かの気配を感じることもない。行動を観察していても無駄だと判断し、尾行を打ち切ったのだろう。より巧妙になって、まだ継続しているのかもしれないが、どちらでもよかった。二十四時間、ビデオで撮影されようとも平気だ。煙草のぽい捨てさえ慎《つつし》んでいるのだから。

日常が帰ってきた。

ふりだしに戻ったのだ。

部屋の押入には札束の残りが眠っている。百万円だったものが、少し使って今は九十一万円になっていた。これだけが犯罪の収穫であり、痕跡だ。古い紙幣の束を選んで抜いたので、たとえ家宅捜査で見つかったとしても、自分の金だと言い張ればすむ。行なったことの重大さに比べれば、あまりにもささやかな収穫だった。

警察の影を見なくなり、落ち着いてくると、香月のことが気になりだした。会いたいと言うのをつれなく一蹴《いっしゅう》してから、電話もかかってこない。遠慮しているのだ。

会いたくなった。カップルがあふれ、華やぐ街を歩いているうちに、人恋しさを思い出したのかもしれない。クリスマス・イヴだった。

営業を終え、会社に戻りかけていた彼は、夕暮れの街角で立ち止まり、開店準備中の〈檸檬樹〉に電話をかけた。「ご無沙汰ですね」とママが出た。鼻声だった。香月に替わってもらう。

「ずっとお電話したかったんです」

開口一番に彼女は言った。

「ようやく仕事が山を越えました。そちらは、いかがですか？　とりあえず、お店に一度伺おうかと思うんですけれど」

「すみません。あいにく、今夜はクリスマスパーティで貸切のご予約が入っているんです」

「それはよかった」

「私は残念です」

「いいえ、お店がはやっているようだから、よかったと言ったんです」

くすりと笑う声がした。

「よろしければ、夕食に付き合ってもらえませんか？　ふだん女性に奢《おご》る機会がないもので」

「いけません」と固辞された。「私が奢る立場です」「奢りたい人間に奢らせるのも親切ですよ。――それはさて措いて、ご都合がいいのはいつですか？」

「ママが体調を崩しているんです。私を頼っているので、明日、あさっては無理みたい。……土曜日はいかがですか？」

「二十九日ですね？　いいですよ。そうしましょう。香月さんはどんな料理がお好きですか？」

「何でも。おまかせします」

いいレストランを情報通の女子社員に推薦しても

らおう。土曜日の午後六時に真幌駅の南口で待ち合わせることにした。

「楽しみにしています」

「あの……」香月は言いにくそうに「史彰さんの件は、どうなりましたか？」

「あの後、刑事が何度かきましたけれど、事態に変化はありません。それについても、土曜日に」

「判りました。私もお目にかかるのを楽しみにしています」

電話を切ってから、彼女の声をしばらく反芻《はんすう》した。史彰の死と引き替えに得たのは、札束ではないのかもしれない。もしも香月を得られるなら、救われそうだ。

彼は会社に向かって歩きだした。さっきまで冷たかった風が、今はそうでもない。クリスマスソングに合わせて歌いたくなる。

そんな気分が、信号の手前まできたところで消し飛んだ。異様なものを見た。電話ボックスの中で、黒いブルゾンを着た男がもがいていた。右手で受話器を握ったまま地団駄を踏み、左手の拳でアクリルの壁をどんどんと叩いている。まともではなかった。傍らを行く人々はそ知らぬ顔をしていたが、満彦は無視できない。

何なのだろう？

後ろ姿ながら、男は受話器に向かって叫んでいるようだ。それでいて、声がまったく洩れてこないのだ。不可解な光景だ。恐ろしいが、目が引き寄せられる。男は左手で壁を乱打するだけではなく、顔を覆ったり、髪を掻きむしったり、わなわなと顫えながら虚空を摑んだりした。信じられない凶報を聞いて、発狂してしまったのか？

通り過ぎざまに顔を覗きたい誘惑に駆られたが、目を合わすのはごめんだ。見てはいけない。見ないように。そう思っていたのに、突然、男は歩道の方を振り返った。はっとする。男は虚ろな表情で、どこか遠くに視線を向けていた。

満彦は駈け出した。

カップルの間を割り、制服姿のOLを後ろから突き飛ばし、ケーキ屋の店員に肩をぶつけながら、会社とは反対側に。三ブロック走り、信号を渡り、さらに一ブロックいったところで息が切れた。銀行の壁にもたれ、はあはあと言いながら振り返る。電話ボックスは、視野になかった。

街を歩いていると、時折〈おかしな人〉に遭遇する。彼らはそれぞれに滑稽《こっけい》だったり、無気味だったり、危険な匂いを発散していたりして、周囲の空気を捩《ね》じ曲げるが、たった今出喰《でく》わしたのは、そんな生易《やさ》しいものではなかった。

身の毛がよだつ、という言葉の意味を実感した。吐き気さえする。

受話器を手に暴れていたのは、〈史彰〉だった。

❖

ショックのあまり、会社に戻る気になれなかった。取引先の人に食事に誘われたので、と嘘の電話を入れて直帰することにした。

平家蟹に似た課長が、「得意先のお姐《ねえ》ちゃんとデートじゃねぇよな」などと言っているのを最後まで聞かずに切った。

ネクタイを緩《ゆる》めて、あてもなく歩きだした。歩きながら、興奮を鎮《しず》めようとする。街の賑わいには背を向けていた。鮎川に架かる橋の中ほどで立ち止まり、川面から吹き上げる風に吹かれたりしているうちに、しだいに落ち着きが戻ってきた。

電話ボックスの男がどれほど史彰にそっくりだったとしても、本人であるはずがない。あくまでも他人の空似なのだ。いや、じっくりと見たなら、どうして見間違えたりしたのか、と拍子《ひょうし》抜けしたかもしれない。異様なふるまいをする人物に驚いて小さなパニックを起こし、男の顔に史彰の幻影を重ねてしまった、と解釈するのが妥当に思えた。

理性はそのような結論をつけるが、まだ恐怖は生々しく残っている。男に出会う直前、香月と電話で話していたことと関連づけ、彼女と食事の約束を交わしたことに史彰の魂が逆上し、死霊となって出現したのではないか、と考えたりする。男は香月に電話をかけていたのだ。そして、満彦と親密にするのはよせ、と嫉妬《しっと》に狂って脅していた……。

くだらない。

臆病者が視た幻覚だ。やはり、罪の意識が精神の内奥に根を張っているのだ。頭でそう理解しても、こればかりは時間をかけて消すしかなさそうである。

彼はきた道を引き返した。日はとっぷりと暮れ、街路樹の電飾が点灯していた。イルミネーションに彩られたイヴの夜が幕を開けたのだ。ショーウインドーは、メリー・クリスマスの文字だらけ。

香月に、今夜、会いたかった。

◈

同期入社の女子社員を昼食に誘い、ランチを奢るかわりにお薦《すす》めのレストランを教えてもらった。フレンチなら〈シェ・ルコック〉か〈ヴィドック〉、イタリアンなら〈ウンベルト〉、創作エスニック料理なら……。

「デートなの？　メモしながらにやけてるわよ、山岡さん」

冷やかされると、「そんなところさ」と答えた。

「昨日のイヴはどうしたの？　あ、すっぽかして、その穴埋め？」

今度は答えない。穴埋めという言葉が刺激的だったからだ。あの夜以来。

食後のコーヒーをすませ、オフィスに戻りかけた。連れが「あっ」と婦人靴店の店先で足を止める。洒落《しやれ》たブーツが並んでいた。「ちょっとだけ待って」と言うので、彼は隣の貴金属店のショーウインドーを覗いた。新しい時計が欲しい、と思っていたのだ。しかし、ざっと見たところ気に入ったものはない。

もう行こうか、と声をかけようとした時、傍らに男がすっと立ち、首を突き出して熱心に商品を見始めた。ガラスにぼんやりとその顔が映る。満彦は息を飲み、よろよろと後退《あとずさ》った。

あの男だった。

昨日と同じ黒いブルゾンを着ている。男はウインドーに額を寄せ、両手で頬をしごくようにしていた。ごしごしと、執拗《しつよう》に。機械が誤作動を起こしたような無意味で不自然な所作だ。斜め後ろから眺めても、男は史彰に酷似していた。いや、似ているという次元ではなく、本人にしか見えない。腕に立った鳥肌が、ゆっくり全身に広がっていった。

「お待たせしました。いいのがあったけど、手が出ないなぁ」

気がつくと、同僚と並んでオフィスに向かって歩いていた。知らないうちに交差点を渡り、角を一つ曲がっている。山岡さん。一分間ほど意識が欠落していた。——ねぇねぇ。——放心したまま脚だけが勝手に動いていたのだ。

「山岡さんってば」

われに返った。

「……ああ、何?」

「考えごとをしてたのね。どのお店に彼女を誘うか迷ってるんでしょ」

「違うよ。……それより、さっき時計屋の前に変な人がいたよね」

「変な人って、どんな人?」

「ショーウインドーの中を覗き込みながら、頬っぺたを両手でこすっていた男だ。黒いブルゾンを着ていた」

「さぁ。そんな人、いたっけ」

自分だけが白昼夢を見たと言うのか?

「その人がどうかしたの?」

「いや、何でもない」

変なのは山岡さんよ、と笑われた。

雲の上を歩いているようで、足の裏に地面の感覚がなかった。盲人用信号機が奏《かな》でるメロディは何かの暗号に聞こえ、見慣れているはずの街は異界の風景に見えた。


課の忘年会は、先月の末に早々とすんでいた。その席で、超能力は実在するか否《いな》か、という話題が出た。おそらくある、絶対にない、あるかもしれない、多分ない。みんなが意見を戦わせるのを傍観していたら、お前はどう思うんだ、と訊《き》かれた。幼稚な議論に興味はなかったので、どうでもいい、と答えると、座が白けた。

超能力など、あってもなくても、どうでもいい。だが、幽霊が実在するか否かは深刻な問題となった。

子供の頃、友だちから聞いた怪談話があまりに恐ろしくて、トイレに行けなくなったことがある。男の子のくせに、と母は笑った。父は、幽霊はいない、と真顔で断言した。昔から幽霊の正体見たり枯れ尾花と言って、こわいこわいと思っていると枯れたススキが幽霊に見えることがある。それだけのことだよ、と。

幽霊はいない。

では、自分が見たものは何だったのか?

ビールを飲みながら考えた。ふた缶を空けた後も、煙草を吸いながら考える。三本のマイルドセブンを灰にする間に、驚くほど史彰によく似た男がいるらしい、という常識的な結論に達した。そんな男が真幌にいたとしても、二日続いて自分のすぐ近くに現われたことは、やはり気味が悪い。しかし、それはあくまでも偶然というものの無気味さにすぎないのだ。

偶然というものの無気味さ。——それがしごく気の利いたフレーズに思えて、彼は満足した。奇跡に等しい現象ではあるが、殺された恨みのために成仏《じょうぶつ》できない史彰が化けて出た、と考えるよりはリアリティがある。どんな奇跡が起きようとも、死者が甦《よみがえ》ることだけはないのだから。

幽霊のことを振り払った彼は、手帳を開いた。ここに女の子を連れていけば尊敬される、とまで同僚が推薦したのは〈ヴィドック〉だ。坂の上にあって真幌の夜景が見下ろせるのがポイントで、看板を掲げていないので知らない者は何度前を通っても気がつかない超穴場だと言う。彼自身が興味をそそられたし、そういう店にエスコートすれば女性に感心されることは確かだろう。足の便がよくないのが珠《たま》に瑕《きず》だが、料理も雰囲気も極上なので騙《だま》されたと思ってぜひ、と同僚は力説した。信じることにした。

電話をしてみると、予約が取れた。メニューを聞いて、一万円のコースを頼んでおく。「当店は看板を出しておりませんので」と注意を促《うなが》された。馴染み客を中心にもてなしたい、という店主の方針らしい。

受話器を置いた瞬間、背中で小さな音がした。ぎくりとして振り向くと、ソファに積んであった雑誌の山が崩れただけだ。胸を撫で下ろした。もしもそこに史彰の幽霊が座っていたら、気絶していただろう。

◈

水曜、木曜は何事もなく過ぎ、金曜日も平穏のうちに床に就いた。黒いブルゾンの男を見ることもなければ、未練がましい刑事たちの訪問を受けることもなく。

幽霊など実在するわけがない。あの幻覚は、史彰を死なせてしまった衝撃の余震だったのだ。

その夜、また浩和が夢に現われた。

◈

土曜日は午前中で業務を終えた。今年もお世話になりました、という電話を何本かかけ、机の周りを整理した後は、会議室でサンドイッチをつまみながら乾杯をする。それが真幌グリーンサービス恒例の御用納めだった。これで年明けまで一週間は平家蟹の顔を見なくてすむことを喜んで、二時過ぎには退社した。

六時には間があったので、大型書店に寄ったりショッピングモールをひやかして時間を調整した。それから、いったんバスで自宅に戻ると、カジュアルなジャケットに着替え、車で待ち合わせの場所に向かった。ハンドルを握ると酒が飲めなくなるが、タクシーを使いたくなかった。

六時五分前、香月はもう待っていた。ネイビーのコーデュロイ・ジャケットにベージュのパンツというラフないでたちだ。彼女がスカートを穿《は》いているのはまだ見たことがなかった。満彦が車でピックアップにくるとは思っていなかったらしい。窓から声をかけると、驚いた顔をした。

「これから行く店がちょっと遠いので、車にしたんです」

それも理由の一つだが、香月を助手席に乗せ、帰りは家まで送り届けたかったからだ。この前、助手席に女を乗せたのはいつのことか、にわかに思い出せなかった。

「会社は明日からお休みなんですか？　いいですねえ」

店で話す時より、いくらか口調が砕《くだ》けている。新鮮だった。

「お店はいつまで？」

「大晦日《おおみそか》も開けています。でも、開店休業になるでしょうね。――そんなことより、私、こんな恰好でよかったですか？　山岡さんは、ばっちり決まってるのに」

「まるで問題ありません」あまりにそっけないので、言い足した。「素敵ですよ」

香月は、そこで口調をあらためる。

「この前は、ありがとうございました。あの三十万円でどれだけ助かったことか。私が無断でお店のお金に手をつけた始末をしていただいて、心苦しく思っています」

「元はと言えば、僕の身内が無責任なんです。こちらこそ、お詫びしなくては」

「山岡さんには何の責任もないのに、ご迷惑をかけてしまいました」

「山岡さんだと紛らわしいですね。もしお嫌でなければ、満彦でお願いできますか？」

香月は「はい」と答えた。

「それにしても、史彰の奴はよほど言葉巧《たく》みだったんですね。世の中、口先が武器だという人間も少なくありませんから、注意した方がいいですよ」

言ってから後悔した。説教をたれている、と思われそうだ。

「ぼぉっとしてたから、私がいけないんです。不用意に友だちの保証人になったら、三十万円の借金を背負いこんでしまった、と聞いたもので……」

愚劣な作り話だ。

「同情したわけですか。でも、そう聞いただけで金を貸したということは、あいつに好意をお持ちだったんですね？」

努めてさらりと訊いた。

「恋愛感情とは違うんですが、一種の好意だったんでしょう。史彰さんは、不思議な魅力のある人です」

「判るな。小さい頃から甘え上手でしたよ。僕とは反対にね。三つ子でも性格はバラバラでした」

「まだ行方不明なんですか？」

「ええ。どこへ逐電《ちくでん》したんでしょうね。僕に尋ねても埒《らち》が明かないので、警察もこなくなりました。

——その件では、もうご迷惑をかけていませんよね？」

「この前にお電話でお話しした後、もう一度だけ刑事さんがきました。それだけです。私が史彰さんの情婦じゃないと判ると、がっかりしたみたい」

「しつこい人たちだ」

「刑事さんが聞き込みにくるなんて、ドラマの登場人物になったようでした。『最後に見た史彰さんの服装は？』だなんて。たしか、黒っぽいブルゾンを着てらっしゃいましたよね？」

「ええ」

彼は、そんな質問をされていなかった。

「あいつの話はやめにしましょう。忘れた頃にひょっこり帰ってくるだろうから。その時は、もう甘えさせちゃ駄目ですよ」

「そうします」

まほろば公園に聳《そび》える土黒城を左に見ながら、なおも北へ走って市街を抜ける。どこまでいくのかしら、と香月は期待をふくらませているようだ。これまで、何度も彼女を乗せて走ったような気がした。

「満彦さんは、史彰さんとはまるで違いますね」満彦と呼ばれた。「とても誠実」

「猫をかぶってますからね」

「まさか。——私には双子の友だちがいたことがありますけど、その二人は性格がよく似ていましたよ。一卵性だったからかな」

「一卵性だろうと、二卵性だろうと、人格が別なんだから性格まで似ているとはかぎらないでしょう」

「そうですね。どうしてるかな、あの子たち。朝子《あさこ》ちゃんと夕子《ゆうこ》ちゃんと言ったんです。新聞みたいで変でしょ？」

「色んな親がいるもんですね。覚えやすい名前だけれど」

「満彦さんのご両親も、覚えやすいようにと考えたんですね」香月は微笑する。「浩和、史彰、満彦でしょ。ひぃ、ふぅ、みぃ。お名前で長男、次男、三男が判ります」

彼女の勘のよさに感心した。

「よく判りましたね。そのとおり。死んだ親父のアイディアだったそうです。でも、厳密に言うとそれも変だ。だって、三つ子の場合、三男、次男、長男の順に母親から出てきているんだから、三男の僕から、ひぃ、ふぅ、みぃと数える方が自然じゃないですか？」

「それだと覚えにくいですよ」

「そうかな。——香月さんが双子や三つ子をお産みになったら、どんな名前をつけますか？」

「考えたこともありませんよ。……そうだ、アメリカ人と結婚して女の三つ子が生まれたら、アリス、バーバラ、シンディにしようかな」

「そうきましたか」

とりとめのない話が楽しかった。

「このまま行くと、お墓ですね」

市の北の丘陵には、真幌霊園が広がっている。

「ええ、そうです。墓地でお弁当……だったら、怒りますよね？」

「それはこわい。でも、真幌霊園からの夜景はきれいだそうですよ。私、死んだらあそこにお墓を建ててもらいたい」

幽霊のことが脳裏をよぎった。

「ちょっと黙りましょうか」

ゆるやかな上り道が、左折した途端に急な坂道になる。一言坂《いちげんざか》だ。今でも市のはずれだが、その昔は夜ともなれば化け物が出そうな辺境の土地だった。魔物に遭いたくなければ、この坂を上りきるまでひと言も口をきいてはならぬ、という言い伝えが遺っていた。

〈ヴィドック〉は急坂を上りつめたところにあった。こぢんまりとした煉瓦《れんが》作りの平屋で、なるほど、看板は出ていない。知らなければ民家だと思うだろう。「ここなんですか?」と香月は訝《いぶか》しがったが、ドアを開けた瞬間、「わぁ」と顔をほころばせた。暗い店内を柔らかな間接照明が包み、南向きの窓の向こうには真幌の夜景が望めた。さほど高いところまできてもいないのに、思いのほか美しい眺めだ。そして、窓辺のテーブルの一つに〈予約席〉の札が立っていた。

「いらっしゃいませ。山岡様ですね? お待ちしておりました」

赤いベストを着た初老のマスターが近づき、香月のジャケットを受け取った。

◈

あの店を薦めてくれた同僚には感謝しなくてはならない。

夜景を見ながらのディナーは、申し分がなかった。香月は「最高です」と喜び、卓上のキャンドルに照らされたその顔は、溜め息が出るほど美しかった。

食後のコーヒーを飲み終えると、九時半を過ぎていた。こんなにゆったりと食事をとったのは久しぶりだ。〈ヴィドック〉には特別の時間が流れているらしく、彼らが入ってきた時にいた客たちは、ほとんど全員が残って、静かに語らっていた。もしかすると本当の客は自分と香月だけで、他のテーブルの人間たちは上品な雰囲気を醸《かも》すため客のふりをした従業員なのではないか、とすら思える。

「今日はお付き合いいただいて、ありがとうございました。楽しかった。そろそろお送りしましょう」

まだ早い、と香月が言うのを期待したのだが、彼女は「はい」と答えた。残念だったが、このムードのまま別れた方がいいのかもしれない。

店を出たところで、彼女は携帯電話を取り出した。急に日常に戻るようで、不粋《ぶすい》に感じた。

「友だちからのメールに返事をするのを忘れてたんです。結婚する子にどんなお祝いをするか、という急ぎの相談だったのに。駄目だな、私」

「車の中で打てばいいでしょう。どうぞ、僕を気にせずに」

助手席に座った彼女は、「ちょっと失礼します」と断わって、電話をかまえた。顎に片手をやって、一語一語を選びながらカチカチと文字を打ち込んでいく。彼はエンジンブレーキを利かせながら、一言坂をゆっくりと下った。くすぐったいような静寂が、しばし車内を包んだ。

坂を下り切ろうかというあたりで、ハイビームにしたヘッドライトが黒い影を照らした。男が一人、うつむいて道を横切ろうとしていた。酔っているのか、ふらふらと頼りない足取りだ。スピードは出ていなかったが、相手が予期せぬ動きをしても回避できるよう、ハンドルをしっかりと握った。

距離が縮まる。男は、黒いブルゾンを着ていた。香月はメールを打っている。

まさか、と思った瞬間に、男がおもむろに顔を上げた。

あいつだった。

「うわっ！」

香月が電話を取り落とした。彼の悲鳴に驚いたせいか。

次の瞬間、けたたましいクラクションと眩《まばゆ》い光。対向車が迫っていたのだ。そのヘッドライトに目を射られながら、慌ててハンドルを左に切る。二台の車は、道の真ん中に立った〈史彰〉を挟んですれ違った。

「危ない！」

ずれたタイミングで香月が叫んだが、もう危機は去っている。

彼は、坂下の交差点で右折すると、前だけをまっすぐに見てアクセルを踏んだ。香月は電話を拾い上げ、乱れた髪を整えた。

「……びっくりした」

「何に？」

「え？」

「何にびっくりしたんですか？　教えてください」

香月がぽかんとするのが、見ずとも伝わった。

「何にって……衝突しそうになったからですよ」

「男の顔を見ましたか？」

「誰のことです？」

「黒いブルゾンを着た男が道に立っていたでしょう。あいつの顔を見ましたか、と訊いてるんです」

「道に人なんていませんでしたよ」

満彦は、歯の根が合わないほど顫えていた。恐怖に怒りが混じりつつあった。

「とぼけないで欲しいな。人が立ってたじゃないか。見えなかったはずがない」

「いいえ、見ていません」

「すれ違う前にあなたは電話から顔を上げた。男を見ましたよね？」

「ですから、見ていません」

「ふざけてるのか！」

隣を向くと、香月は首をすくめて怯《おび》えていた。この人、頭が変になったのかしら、とその目が言っている。

「……前を向きましたけれど、本当に誰も見ていません。急に怒りだして、どうしたんですか？」

彼は唇を噛み、黙った。

すれ違いざまに目が合った。〈史彰〉も愕然としていた。まるで、満彦が生きているのが信じられない、と言うように。それなのに香月は、嘘をついているふうでもないのに、誰も見ていないと言い張る。あり得ない。興奮を抑えながら尋ねた。

「香月さん、大変に失礼なことを訊く。あなたは、視力に障害はありませんか？」

「いいえ」彼女はきっぱり言った。「私は斜視です。でも、目の前にあるものはちゃんと見えます」

「失礼ついでに、もう一つ。あなたは、僕を陥《おとしい》れようとしていませんね？」

短い沈黙が車内に流れた。呆《あき》れて、答える気にもならないのだろう。

「……すみませんでした。どうか宥《ゆる》してください」

さらに沈黙があった後、香月は言った。

「お疲れなんですよ、満彦さん」

それっきり、会話は途切れた。

〈檸檬樹〉から歩いて五分ほどのアパートに香月を送り届けると、彼は逃げるように自宅に帰った。彼女は最後に「今日はありがとうございました」と言った。その言葉がいつまでも耳の奥に遺り、苦しかった。

部屋に戻ると、頭を抱え込んだ。

あいつは史彰と瓜二つの別人ではなく、やはり幽霊だ。だから自分の行く先々に現われるし、他の人間の目には映らないのだ、と思いかけて、激しく首を振る。

幽霊など実在しない。

それでも、そんなものが見えるということは——そう、自分は発狂しつつあるのだ。

冷蔵庫を開けたが、ビールが切れていた。酔ってしまいたかったが、またあいつが塀の角から現われそうで、近所の自販機まで行く気にもなれなかった。このままでは眠れないかもしれない。ひと晩中、がたがたと顫えて過ごすしかなさそうだ。

窓の外で、パンと音がした。

誰かが手を打つような音だ。

何の音だか知りたくもない、見たくもない、と脳は拒んでいるのに、未知の電波に操られているかのように体が動いた。立ち上がって、少しカーテンを開く。

〈史彰〉だった。

五メートルほど向こうに、死んでいるはずの男が立っている。よく似た別人ではない。見たことがないほど淋しげな目をした〈史彰〉が、街灯の下にいた。

二人は見つめ合う。

どうしたんだよ、と声をかけたかったのに、言葉が口から出ない。と、〈史彰〉は後退りで歩きだした。甦った死者は、そのように歩くのか？　窓辺で立ち尽くして見送っていると、闇にまぎれて黒い影となった男は、角を曲がって消えた。

❖

一睡もしなかった。

世界の底が抜けた。決まり切ったことしか起こらないはずの日常が輪郭を失い、どのような形をとるか見当がつかないものに変容してしまったのだから。今や、死者さえ生き返る。

幻覚だ。

何度、そう繰り返したことだろう。奔馬《ほんば》のごとく押し寄せてくる狂気を理性の力で食い止めようとするのだが、挫《くじ》けてしまいそうだ。それでも彼は、懸命に闘い続けた。ベッドに腰掛け、ひと箱の煙草を灰にしながら考える。しかし――

史彰は死んだ。

幽霊は実在しない。

なのに史彰を見た。

この三つの事実に折り合いをつけるのは困難だった。誰かが史彰の変装をして悪戯をしているのではないか、史彰が死んだと思ったのが錯覚だったのではないか、といった仮説が浮かんでは、たちまち通り過ぎていく。とても納得がいく説明ではなかった。そして、やはり幽霊なのか、と堂々巡りになる。煩悶《はんもん》しているうちに煙草も切れた。

明け方、少しだけうとうとしたが、すぐに目が覚めた。午前六時だった。外はまだ暗く、暁《あかつき》の気配もない。

宙吊りのままなのが堪えられない。せめて、どこかに片足を着けたかった。仮死状態だった史彰が土の中で蘇生し、這い出してきたのではない、ということは実証が可能だ。埋葬をした現場を調べてみればいいのだ。これから行動を起こせば、森に着く頃には明るくなってくるだろう。

彼は決然と立ち上がり、キーを取った。

また、あの道をたどる。夜明け前の街は、黒い霧に包まれて眠っているようだ。その深い闇を突いて走った。

あいつが、ひょっこり現われたらどうしよう？　希《ねが》ってもないことだ。幽霊か生身の人間か確かめるチャンスではないか。車をぶつけてしまえばいい。

彼は恐怖を払うため、開き直ろうとした。

そのせいなのか、ハンドルを握って香月との会話を思い出したせいなのか、これまでにない仮説が閃《ひらめ》いた。

浩和、史彰、満彦。

ひぃ、ふぅ、みぃ。

自分は三つ子だと聞かされてきた。しかし、本当にそうなのか？

母は、ヨシノリと言う名を口にした。痴呆症のせいで父のことを言い違えているのだと思っていたが、もし、自分たちが四つ子だったとしたなら、もう一人の名前としてヨシノリはぴったりだ。兄弟ならば、史彰によく似ていることもあり得るだろう。メイクアップしだいでは化けられないともかぎらない。

実は自分は四つ子なのだという仮定はあまりにも唐突で、すんなり受け容れるのは難しい。父も母も、そんな事実を匂わせたこともなかった。しかし、何か事情があって隠してきたのだとしたら、世界の歪《ゆが》みは元に戻るだろうか？

まだ駄目だ。

四男のヨシノリが存在したとしても、そいつが史彰の死をきっかけに出没するようになった理由が判らない。これまで三十年の人生で、一度も遭遇したことがないというのに。単なる偶然？　そんなことがあってたまるものか。

それに、兄弟は似ているといっても、メイクの助けを借りたとしても、そっくりにはなれない。名医が整形手術をしても、瓜二つの人間など造れはしないのだ。

謎は、まだある。

男が自分にしか見えないのは、何故だ？

街中の電話ボックスで暴れていた姿も、貴金属店のショーウインドーを覗いていた姿も、さっき車の前に立ちふさがった姿も、そばにいた者は見ていない。まさか真幌中の人間がぐるになって自分をからかっているわけもあるまいに。

判らない。判らないことだらけだ。

東の空が白みだし、知須田山のシルエットがくっきりと見えてきた。冬の夜は、ゆっくりと明け始めていた。

〈真幌空港建設反対〉の看板を過ぎ、富良奈がんセンターを過ぎ、森が近づく。ふと奇妙な感覚が彼を捉えた。

今、自分が青闇の森に向かっているのは、はたして自分の意志によってだろうか？　そのはずなのに、誰かにコントロールされているような気がする。ハンドルから手を離し、アクセルから足を浮かせても、車はそのまま走り続け、あの場所まで自分を運んでいくのではないか？　不吉であったが、もう止まらない。漏斗《じょうご》の中の水と同じだ。逃れようのない一点へと、渦巻きながら落ちていく。

引き返すべきではないのか、と逡巡しながらも、両手はハンドルを右に切り、森の中へと進んでいった。まだ仄暗《ほのぐら》かった。が、恐れるのはやめた。恐怖に打ち克《か》つには、その懐に飛び込むしかないのだし、朝はもうそこまできていた。

あの場所に車を駐めて、木立に入った。覚えのある笹藪を掻き分け、倒木をまたいで、スコップを使った地点を目指す。目印にした石ころはまだ遺っているだろうか、と案じたが、歩いてみるとそこに至る風景を鮮明に記憶していた。迷うこともなく、五分もしないうちにたどり着いた。

石は、あった。

彼だけに判る墓標も、事後に敷きつめた枯葉も、あの時のままだ。地中から史彰が這い出してきた形跡はどこにもない。笑いたくなった。気がつくと、本当に含み笑いをしていた。

あれが史彰ではないことは確認できた。それでは何なのか、とひと眠りしてから考え直そう。彼はひとまず満足し、車に戻りかけた。が、少し行ったところで、足を止める。

人の気配がした。またあいつか、と身を硬くしたが、どうやら一人ではない。あちらにこちらに、幾人もが隠れて彼のふるまいを観察していたようだ。誰だ、と呼びかける前に、一人が姿を見せた。中川だった。

「こんな早朝に、こんなところで、何をしていたんですか?」

左右の木の陰から、別の男たちが出てくる。一人は檜山だった。刑事たちに尾行されているとは、まったく気づいていなかった。

軽率だった。ではあるが、遺体を掘り起こしていたわけではない。失地は回復できる、と彼は信じた。

「気まぐれな散歩ですよ。昔、よくこのあたりにバードウォッチングにきました」

「今朝は野鳥観察にいらしたのでもなさそうですな。双眼鏡をお持ちじゃない」

刑事は大きな声を出した。話をするには離れすぎているのに、自分から歩み寄ろうとはしない。彼も動かなかった。

「だから、ただの散歩なんです。ほら、手ぶらでしょ」

「地面を見ていましたね。あのへんに宝物でも埋まっているんですか?」

罠《わな》に嵌《は》まった、と知った。

彼らはマークをはずしていなかった。いつか満彦が遺体を埋めた現場に立ち戻ると予想して、ずっと監視を継続していたのだ。迂闊《うかつ》だった。

だが、ここで諦めるのは早い。

「漫然と森を歩いていただけですよ。朝露でズボンが濡れるので、引き返そうとしていました。刑事さんたちこそ、どうしてここに、とお尋ねするのも白々しいな。私を見張っていたんですね？」

「そんなところです」

「ご苦労さまです。史彰を見つけたいのなら、よそを当たってください」

中川は、すました顔で二重顎をつまむ。

「どれだけ探しても足取りが掴めない。もう、死んでいるのかもしれません」

「縁起でもない」真顔で言った。「そう考える根拠はあるんですか？」

太った刑事は頷く。

「路上で拾った三千万円を巡って諍《いさか》いになり、殺されたんでしょう」

「それは根拠を欠いた想像じゃないんですか？」

刑事は、全部で五人だった。後方の二人は少しずつ移動して、満彦の側面に回ろうとしている。漁師たちが獲物を網に追い込むように。

「十二月一日土曜日の深夜、あなたは午前零時前に史彰さんと帰宅した。その途中、金を拾いましたね？ そして、それが原因で口論、喧嘩になった。マンションの両隣の住人が、大きな声と物音を聞いています」

「勘違いでしょう。あいつが酔って大声を出したのを聞いただけです」

「われわれは、あなたのお話を伺うためだけにマンションを訪問していたんではないんですよ。オーナーからも、興味深い事実を入手しています。彼は土曜日に植込みの手入れをした後、スコップをエントランス脇に放置していましたが、日曜日に見た時、誰かが無断でそれを使用した痕跡があったそうです。無視できない情報でしょう」

警察を見くびっていた。

「あとはビーズに糸を通すみたいなもんですよ」刑事はジグソーパズルに喩《たと》えなかった。「最後に史彰さんと会ったのはあなただ。お二人の間でトラブルが起きて、不幸な事態が生じた。殺意があったと思いたくありませんが、あなたは結果として史彰さんを死なせてしまったんでしょう。そして、エントランスにあったスコップを借用して、遺体をどこかに埋めた。——違いますか?」

気持ちを強く持て、と自らを叱咤《しった》した。

「心外です」

「難しい事件でした」刑事は過去形で語る。「〈死体なき殺人〉というのは、実に厄介なんです。しかし、どうやら最大の難所を乗り越えられそうです。これから五十人ばかり動員して、ここらを掘り返しますよ。あなたが立っていたあたりは、特に入念にやる。かなり絞り込まれたから、大した作業でもありません。今日の夕方には、捜し物にぶつかるでしょうな」

敵は最後の砦に侵入し、火を放った。守りきれなかった。だが、まだ逃げることはできる。

「もしも、の話ですよ。もしも、そこいらから遺体になった史彰が掘り出されたとしても、私が埋めたという証拠はないじゃありませんか。大きな声や物音だの、誰かが無断でスコップを使った痕跡だの、何の証拠にもならない。そんなことでは、起訴することもできないと思いますよ」

中川は泰然とかまえている。

「警察をなめてますなぁ。遺体さえ出てくれば、あなた、逮捕は免れませんよ。無駄な抵抗はよしなさい。丁寧に積み重ねられた状況証拠を元に、練達の刑事が時間をかけて取り調べれば、みんな吐くんです」

自分には通用しない一般論だ。史彰を死なせた罪は自覚している。だが、そんな言葉しか持っていない刑事に屈伏するのは　彼のプライドが宥《ゆる》さなかった。

「私は何度でも繰り返します。散策していただけだ。もしも、この近辺から史彰の遺体が出てきたとしても、それは奇跡的な偶然でしょう」

初めて中川が気弱な表情になり、檜山や周りの刑事たちと視線を交換した。手強いぞ、どうしよう、と問うかのように。

「山岡さん。もう終わりにしましょうや」今度は宥《なだ》めにきた。「あなたは頭がいい。だから、さっき私が何て言ったか覚えているでしょう。『殺意があったとは思いたくありません』。あれは私の本心だ。あなたに言い分があるのなら、じっくりと聞かせてもらいますよ。がんばる場面じゃない。悪事は、いつかお天道《てんと》様の下にさらされるんだ。さんざん小突き回され、ぼろぼろになってから縄を掛けられるよりも、きれいに自分で幕を引いてください」

「今夜から楽になりますよ」

檜山が言った。

その説得に、かえって勝機を感じた。刑事たちは必死だ。彼が言うとおり、このままでは起訴に持ち込む自信がないから、自白を欲しがっているのだ。

「私に自供を迫るのは、お門違《かどちが》いです」

「山岡さん……」

「やってもいないことを吐くもんですか。冤罪《えんざい》事件になりますよ」

中川はうな垂れた。そして、翻意《ほんい》を促すように沈黙した後、やおら顔を上げて大声を発する。

「これだけ言っても駄目ですか！」

からくも逃げ切った。警察に勝った。そう思ったのは束の間だった。

がさり――と音がした。

檜山の背後に、人影が現われる。

あいつだった。

ゆらゆらと上体を揺らしながら、こっちに向かってくる。満彦は目眩《めまい》に襲われ、ふらついた。

「どうしたんですか、山岡さん？」

そう言う檜山のすぐ後ろまで、あいつはきていた。若い刑事はまるで気づいていない。下草を踏む足音が耳に入らないのか、と満彦は訝しんだ。

「そこに……」

史彰であるはずはないが、史彰にしか見えない者を指差した。檜山はちらりと振り向いて「何ですか？」と言う。背後のあいつが見えていないのだ。

「史彰なら……そこに……」

「そこにって……」中川も彼の指の先を一瞥《いちべつ》してから「何を指差しているんですか？」

あいつは、さらに数歩進んで、檜山と並んだ。檜山は言うに及ばず、満彦の両側に回った刑事たちの視野にも入っているはずなのに、誰も反応しなかった。

彼の脳内では理解不能という赤いランプが明滅し、警報のブザーが鳴り響いた。この怪異に説明がつくのなら、誰かに罪を告白してもいい、という気にさえなりかける。

誰かに罪を告白してもいい？

別の警報が鳴りだした。

罠だ、罠だ、罠だ。

どうしてここまで似ているのか不思議だが、この男は史彰ではない。ヨシノリだ。警察がどこかで見つけてきた自分の肉親なのだ。そいつを利用してパニックを誘い、こちらの自白を引き出そうという魂胆か。

彼は、戦慄をこらえながらヨシノリを見据えた。お前は誰だ、と叫びたいのに、そこまでの勇気は出ない。もどかしかった。

自分は四つ子で、こいつはヨシノリ。ヨシノリという人間だ。ただのヨシノリ。暗示をかけるように自分に言い聞かせた。

ヨシノリの方も、満彦を見つめる。表情がなかった。

がさり。

今度は、彼の後ろで音がした。まだ他に刑事がいたのか、と振り向き――絶叫した。

土が盛り上がり、腐乱した史彰の手が突き出してたとしても、これほどまでには驚かなかっただろう。満彦はあまりのショックに薙《な》ぎ倒され、尻餅を突く。後ろにいたのは、〈満彦自身〉だった。

自分が立っていた。

まぎれもなく、〈山岡満彦〉だ。

「どうしたんです？」

中川が駈けてきた。太った刑事と満彦の間を、もう一人の自分が平然と歩いて行く。その先には、史彰そっくりのヨシノリがいた。

「しっかりしてください、山岡さん。大丈夫ですか？」

腰を抜かしたまま、満彦は見た。もう一人の自分が無防備に立つヨシノリの首に両手を掛け、ぐいぐいと絞め始めるのを。二人は無言だ。首を絞められた男は、両腕を振り回してもがく。朝の光が差し始めた森の悪夢。それを見ながら、満彦は泣いていた。

「やめろ。……やめてくれ！」

「何をやめるんです？」

彼は、中川の胸ぐらを掴んだ。

「史彰が死んでしまう。あいつを、俺を止めてくれ！」

「わけが判らないな」

組み合った二人、史彰と自分を無視して、刑事たちが三方から集まってきた。満彦は嗚咽《おえつ》しながら指を差す。

「あいつを止めてください。すべて話します。私が史彰を殺して埋めました。だから、あいつを止めて……私を正気に戻してください」

男たちが揉《も》み合う音が、やんだ。

◈

恐る恐る顔を上げると、二人は並んで立ち、静かに満彦を見下ろしている。

「やっと話す気になってくれましたか」

〈史彰〉が言った。

「どうか撤回しないでください」

〈満彦〉が言う。

彼は、涙を拭きながら頷いた。

「しない。……取り消したりしない」

逃げられなかったのだ、と彼は悟る。史彰の遺体のそばには、強盗が持っていた鞄も埋まっている。あれには自分の指紋がついているのだから。

中川は彼の腕を取って立たせた。その顔にも、安堵の色が浮かんでいる。

「さぞ、びっくりしたでしょうな。紳士的でない卑怯な手を使ってしまいましたが、こうでもしないと、あなたはしゃべってくれそうになかった。宥してくださいよ」

「宥すも何も……」満彦は二人の男を見る。「この人たちは、何者なのですか？」

「あなたのご兄弟です」

やはりと、納得した。

「あなたが、ヨシノリですか？」

〈史彰〉はかぶりを振り、〈満彦〉が胸に手をやった。

「慶紀《よしのり》は、私です。こっちは英之《ひでゆき》といいます。――こんな形で初対面の挨拶をするのは残念ですが、初めまして」

「初めまして」

二人は微かに頭を下げたが、満彦は会釈を返す気力もない。

「どういうことなんだろう。まだ混乱している。まさか私は五つ子だったとでも？　そうだとしても、この人たちが私や史彰と同じ顔をしているのが理解できない」

中川が説明を引き受けた。

「あなたは四つ子の三男です。長男が英之さん、次男が史彰さん、そして慶紀さんが四男」ひぃ、ふぅ、みぃ、よぉ、か。「ご両親が隠してきたので、ご存じなかったのも無理はない」

「待ってください。英之さんが長男？　それは違いますよ。長男は五歳で死んだ浩和だ。英之さんが長男だとしたら、浩和は何者なんです？　彼は養子でも同居人でもなく、たしかに私の兄だった。それも生年月日を同じくした」

複雑な経緯があるのだ、と中川は言った。

「生年月日を同じくした浩和というご兄弟がいたことは知っています。でも彼は、あなたや史彰さんと同時にお母さんから生まれたわけではない。――ああ、きょとんとしていますね。言い直します。彼の母親は、あなたのお母さんではありません」

「嘘です。戸籍謄本ぐらい見たことがありますよ。浩和は、私の兄弟です」

「でも、母親が違う。彼は、あなたのお父さんの連れ子だったんですよ」

ますます混乱した。父も母も初婚だった。それなのに連れ子とは、意味が判らない。

「連れ子という表現も不正確か。ご両親は結婚する前に別の男性、女性と恋愛をして、それぞれ子供を儲けていたんですよ。お母さんが授かったのがあなたたち四つ子。お父さんには、浩和さんがいた。いやいや、それも正確じゃないな。どの子供たちも生まれてはいなかった。五つの命が誕生する直前に、二つの恋愛は破綻《はたん》したんです」

父は相手を身籠もらせたまま、相手と別れた。恋愛が終わった経緯については、中川も知らない。彼が突き止めたのは、五つの命が生まれる前後に、父と母が結婚したことだった。二人の関係がどの時点からどのように始まっていたのかについては、もう証言する者がいないと言う。

「仮にお父さんのかつての恋愛の相手をA子さん、お母さんの相手をB太郎さんとしましょう。ご両親とA子さん、B太郎さんの間で、生まれた五人の子をどうするのかが話し合われました。その結果、お父さんの子供はお父さんが引き取り、お母さんの子供は二人をお母さんが、もう二人をB太郎さんが引き取ることになった。ご両親が秘したため、あなたたちは自分が何人兄弟なのかも把握できなかったんですね」

判らないことだらけだった。

「……結婚するなり父と母の許には三人の子供ができた。三人とも赤ん坊だったのをいいことに、両親は三人を三つ子だということにしたわけですか？

しかし、変でしょう。私たちと浩和は生年月日が同じだった。親たちは嘘の届けを出したんですか？」

「いいえ。浩和さんをとり上げた医者に不正を頼むことはできない」

「では……？」

「奇遇と言うべきです。あなたたち四つ子と浩和さんの誕生日は、偶然に同じだったんです。驚いて気絶する必要はありませんよ。同じ齢の子供を連れた男女が再婚をした場合、三百六十五組に一件は発生する現象です。ご両親はその偶然を利用して、あなたたちを三つ子として育てたんです。みんな私の子供で区別はない、とあなたたちを慈《いつく》しもうとしたんでしょう。だから、形の上でも区別がないようにしたかったのかもしれない」

浩和が死んだ時の父の気持ちを忖度《そんたく》した。父は、血のつながった唯一の子供を失ったことになるが、遺った満彦たちに浴びるほどの愛情を注いでくれた。浩和を亡くしたればこそ、「お前たちと父さんは、本当は血がつながっていないんだ」と言いたくなかったのだろう。

「浩和のことは判りました。しかし……」満彦は、英之と慶紀を見やる。「どうして、あの二人は……」

「英之さんと史彰さん、あなたと慶紀さんがそっくりな理由ですか？　皆さんは医学的にごく稀な生まれ方をした。普通の四つ子ではなく、一卵性双生児がふた組できる、という四つ子だったんですよ」

思わず耳を疑った。

「一つの受精卵が二つに分裂して生まれるのが一卵性双生児なのはご存じですね？　それが、お母さんの胎内で二つ同時に進行したわけです。排卵誘発剤を服用したり、体外受精で複数の受精卵を子宮に戻したわけでもないのに、そんなことが起きるのは極めて珍しい」

「本当にあるんですか？」

「ええ。海外で報告された例もあります。それより何より、ここに三人の生き証人がいるではありませんか。史彰さんを加えれば……完成だ」

胸に棘《とげ》が刺さるようだった。

「あなたと同じ顔をした方が慶紀さんだというのも道理でしょう。三番目が満彦だから、慶紀は四番目。つまり、あなたと慶紀さんは一卵性双生児の第二ペアなんだ」

「親たちは、双子をバラして分けたんですね？」

あえて即物的な表現をした。

「どちらかの顔しか見られなくなるのがつらかった。だから、分けたんだそうですよ。どのみち、赤ん坊には決定する能力がないし、どう分ければ子供たちの幸福が最大になるかは誰にも判らない。不自然な決定ではなかったと思いますね」

もし、自分と史彰が違う親に引き取られていたら、と満彦は考える。悲劇は起きなかったかもしれない、と。

「『分けたんだそうですよ』という言い方をしましたね。いったい、誰に聞いたんですか？　父は死に、母はまともな会話が難しくなっているというのに」

「あなたたちを取り上げたのは、亡くなった伯父さんです。加亜市で産科のお医者さんをなさってたんですよね。その病院で働いていた当時の看護婦さんを捜し出して、いきさつを聞いたんです。伯父さんに堅く口止めされていたようですね。なかなか話してもらえず、苦労しました」

玉葱《たまねぎ》の皮を剝いているみたいだ。剝いても剝いても、まだ判らないことがある。

「だけど……その看護婦さんを探そうと思いついたのは、どうしてです？　まず私たちが四つ子だと知ったのが先でしょう？」

「そうです。まず、檜山が気づいた」

若い刑事が話しだす。

「私は、この春に県警本部にくるまで、加亜の某署で留置場係をしていたんですが、そこの地域課には、山岡さんと瓜二つの巡査がいました。萱野《かやの》慶紀さんです。苗字《みょうじ》も違うし、あなたの戸籍上の兄弟は他にいないはずなのに、おかしいなと思ったので、調べました。そうしたら、中川さんがお話ししたようなことが判明したんです。――ちなみに、英之さんも加亜のある警察署に勤務している警察官です」

「『戸籍謄本ぐらい見たことがありますよ』とおっしゃいましたが、じっくりとはご覧になっていないでしょう」中川は言った。「しかし、戸籍にもヒントがあった。お父さんは、あなたと史彰さんを認知していましたから、あなたたちが実子か連れ子か判別がつかなくなっていました。しかし、浩和さんがお母さんの実子でないことは読み取れました。彼を取り上げたのが伯父さんだったら出生証明書の偽造も可能だっただろうけれど、彼は別の産科で生まれた。だから、母親が追跡できたわけです」

自分の周りで起きていたことの全容が、ようやく満彦にも見えてきた。英之と慶紀も警察官だったのか。だから、こんな奇態な捜査に協力したのだ。それは合点がいったが、〈満彦〉役が〈史彰〉役の首を絞めようとしたのが判らない。警察は遺体を見つけておらず、殺害方法は知らないはずなのに。

「首を絞める演技をした理由ですか？　あれは当てずっぽうですよ。ただし、まったく根拠がなかったわけじゃない」中川は淡々と語る。「ほら、あなたの会社まで押しかけた時。『手ぶらで本部に帰ったら首を絞められる』とか何とか私が言ったら、あなたの顔がすっと蒼《あお》くなったんです。見逃しませんよ、刑事ですから。それで見当がついた。ははぁ、やっていたなら絞殺や扼殺《やくさつ》だな、と。——種明かしを聞いてみると、つまらんでしょう？」

中川を侮《あなど》っていた。痛感する。

「面識もないとはいえ、兄弟を罠に掛ける。そんな気の進まない仕事に、萱野君たちはよく耐えてくれました。不愉快で、難しい仕事だったのにな」

労《いたわ》られて、慶紀が首を振る。

「満彦さんがやっていないなら、シロだと証明するお手伝いになる、と思ってやったんです。こうなってしまい、残念です」

満彦には返す言葉がなかった。英之が口を開く。

「この任務に就いたのは、十五日からでした。僕は何度もすれ違ったのに、あなたはちっとも気づきませんでしたね。焦りましたよ。中川さんからは『この大根役者。もっと思い切ってやれ』と叱られるし。それで、イヴのあたりから過剰なまでのアクションであなたの目を引きつけるよう努めました。気味が悪かっただろうな、と察します。やりすぎた点は、勘弁してください」

「勘弁だなんて……」

謝罪など不要だが、教えてもらいたいことがあった。どうして彼の姿が自分にしか見えなかったのか、その理由を。

英之は答える。

「みんな、電話ボックスでばたばたやってた僕が見えていなかったわけじゃない。頭がおかしい野郎だ、かかわるな、と目をそむけていたんですよ。役者の方からは手に取るように判ります。ショーウインドーを覗いていた僕をあなたの同僚が見ていない、というのも違うな。あの女性は、単に覚えていなかっただけでしょう。彼女がこちらを向くなり、僕は臭い芝居をやめて普通の通行人に変身しましたからね。何の印象にも遺らなかったはずです」

言われてみれば、それだけのことだったのかもしれない。しかし——

「香月さんがあなたを見ていないのは、どうしてですか？　道の真ん中に立ったあなたはヘッドライトで照らされていたのに。彼女も警察に協力していて、嘘をついたんですか？」

「いいえ、あの人は無関係です」英之は断言した。

「なのに見ていないのは……どうしてだろうなぁ」

誰も答えられないのか、と思った時に、「あのぅ」と檜山が手を上げた。

「その件については、光学的に説明がつくと思うんです」

光学的に説明がつく。以前にもそんな言い回しを聞いた気がしたが、どこでだったか思い出せなかった。

「萱野さんは、二台の車の間に立っていたんですよね」

「ああ。無茶をしたら満彦さんの車も自分も危ない、と注意はしていたんだけれど、いきなり対向車がきてね。どきっとしたよ。両側からヘッドライトをくらって、目が眩《くら》んじまった」

「それですよ。両側から強い光を浴びたら、ものはよく見えるようになるどころか、逆に見えなくなるでしょ。ハレーションを起こしたんですよ。満彦さんには萱野さんが見えて、助手席の田村さんには見えなかったのは、見た位置の微妙なズレが原因だと考えられます」

他の刑事たちは、そんなものか、というふうに頷いていた。蜃気楼の原理を聞かされたのと同じだ。判ったような気になるしかない。満彦も「なるほど」と納得してみせた。

「何もかも、判りました。おかげで正気に戻れそうです」

「では、罪を償《つぐな》うこともできますね」

中川の言葉に、「はい」と答えた。

罰は受け容れられる。今となっては、母のことだけが気懸かりだった。それを見透かしたように、慶紀が言う。

「早発性の痴呆を発症しているけれど、元気なんですよね」

「……ええ」

彼は、英之と目配せを交わした。

「会いに行きますよ。私たち二人で。——そして、いつか兄弟三人で、この三十年間のことをゆっくりと話しましょう」

全身の力が抜ける。

満彦は、遺体を埋めた場所へよろよろと進み、跪《ひざまず》いた。そして、柔らかな土に両手を突く。

朝の森には、鳥の囀《さえず》りが満ち始めていた。

❖

「今日みたいな日には、真幌名物が出そうだな」

森から出たところで、中川は言った。

「私は気象学者じゃないが、経験で判るんです」


母と浩和と史彰と、四人で見た蜃気楼を思い出した。その想い出そのものが、夢とも現《うつつ》ともつかない蜃気楼のようだ。

中川はパトカーのボンネットに尻をのせ、煙草に火を点けた。

何と常識はずれな刑事だろう、と思う。警察があんな罠を仕掛けるとは。

声に出さずに呟いた。

やはり——真幌はどうかしている。

空は青く、高かった。

こんな日には、どんな幻影が海に浮かぶのだろう。

それを見ることはない。

自分が今、蜃気楼にいるような心地がするから。

こちらから見た陸地こそが、蜃気楼。

その遠い浜辺に香月が立っている気がして、ふと手を振りたくなった。

（本書は、平成十四年六月、小社から文庫判書下ろしとして刊行された四作品を一冊にまとめたものです）

まほろ市の殺人

ノン・ノベル百字書評

キリトリ線

なぜ本書をお買いになりましたか（新聞、雑誌名を記入するか、あるいは○をつけてください）

- □ （　　　　　　　　　　　　）の広告を見て
- □ （　　　　　　　　　　　　）の書評を見て
- □ 知人のすすめで
- □ タイトルに惹かれて
- □ カバーがよかったから
- □ 内容が面白そうだから
- □ 好きな作家だから
- □ 好きな分野の本だから

いつもどんな本を好んで読まれますか（あてはまるものに○をつけてください）

●**小説**　推理　伝奇　アクション　官能　冒険　ユーモア　時代・歴史
恋愛　ホラー　その他（具体的に　　　　　　　　）

●**小説以外**　エッセイ　手記　実用書　評伝　ビジネス書　歴史読物
ルポ　その他（具体的に　　　　　　　　）

その他この本についてご意見がありましたらお書きください

最近、印象に残った本をお書きください		ノン・ノベルで読みたい作家をお書きください	

1カ月に何冊本を読みますか	冊	1カ月に本代をいくら使いますか	円	よく読む雑誌は何ですか	

住所					
氏名		職業		年齢	
Eメール	※携帯には配信できません	祥伝社の新刊情報等のメール配信を　希望する・しない			

あなたにお願い

この本をお読みになって、どんな感想をお持ちでしょうか。

この「百字書評」とアンケートを私までいただけたらありがたく存じます。個人名を識別できない形で処理したうえで、今後の企画の参考にさせていただくほか、作者に提供することがあります。

あなたの「百字書評」は新聞・雑誌などを通じて紹介させていただくことがあります。その場合はお礼として、特製図書カードを差しあげます。

前ページの原稿用紙（コピーしたものでも構いません）に書評をお書きのうえ、このページを切り取り、左記へお送りください。電子メールでもお受けいたします。なお、メールの場合は書名を明記してください。

〒一〇一―八七〇一
東京都千代田区神田神保町三―六―五
九段尚学ビル　祥伝社
NON NOVEL編集長　辻　浩明
☎〇三（三二六五）二〇八〇
nonnovel@shodensha.co.jp

NON NOVEL

「ノン・ノベル」創刊にあたって

「ノン・ブック」が生まれてから二年一カ月、ここに姉妹シリーズ「ノン・ノベル」を世に問います。

「ノン・ブック」は既成の価値に〝否定《ノン》〟を発し、人間の明日をささえる新しい喜びを模索するノンフィクションのシリーズです。

「ノン・ノベル」もまた、小説《フィクション》を通して、新しい価値を探っていきたい。小説の〝おもしろさ〟とは、世の動きにつれてつねに変化し、新しく発見されてゆくものだと思います。

わが「ノン・ノベル」は、この新しい〝おもしろさ〟発見の営みに全力を傾けます。

ぜひ、あなたのご感想、ご批判をお寄せください。

昭和四十八年一月十五日

NON・NOVEL編集部

NON・NOVEL—864

推理アンソロジー　まほろ市《し》の殺人《さつじん》

平成21年3月20日　初版第1刷発行

著　者　有《あり》栖《す》川《がわ》有《あり》栖《す》
我《あ》孫《び》子《こ》武《たけ》丸《まる》
倉《くら》知《ち》淳《じゅん》
麻《ま》耶《や》雄《ゆ》嵩《たか》

発行者　竹内和芳

発行所　祥《しょう》伝《でん》社《しゃ》
〒101—8701
東京都千代田区神田神保町 3-6-5
☎03(3265)2081(販売部)
☎03(3265)2080(編集部)
☎03(3265)3622(業務部)

印　刷　堀内印刷

製　本　関川製本

ISBN978-4-396-20864-6 C0293　Printed in Japan

祥伝社のホームページ・http://www.shodensha.co.jp/

長編推理小説 殺意の青函《せいかん》トンネル 西村京太郎

長編推理小説 十津川警部「家族」 西村京太郎

長編推理小説 十津川警部「故郷」 西村京太郎

長編推理小説 十津川警部「子守唄殺人事件」 西村京太郎

長編推理小説 夜行快速《ムーンライト》えちご殺人事件 西村京太郎

長編推理小説 十津川警部二つの「金印」の謎 西村京太郎

トラベル・ミステリー 十津川班捜査行 湘南《しょうなん》情死行 西村京太郎

長編推理小説 近鉄特急 伊勢志摩ライナーの罠 西村京太郎

長編本格推理小説 小京都 伊賀上野殺人事件 山村美紗

長編本格推理小説 愛の摩周湖殺人事件 山村美紗

長編冒険推理小説 誘拐山脈 太田蘭三

長編山岳推理小説 奥多摩殺人溪谷 太田蘭三

長編山岳推理小説 殺意の北八ヶ岳 太田蘭三

長編推理小説 闇の検事 太田蘭三

長編推理小説 顔のない刑事〈十八巻刊行中〉 太田蘭三

長編推理小説 摩天崖《まてんがい》 警視庁北多摩署特別出動 太田蘭三

長編本格推理小説 終幕《フィナーレ》のない殺人 内田康夫

長編本格推理小説 志摩《しま》半島殺人事件 内田康夫

長編本格推理小説 金沢《かなざわ》殺人事件 内田康夫

長編本格推理小説 喪《うしな》われた道 内田康夫

長編本格推理小説 鯨の哭《な》く海 内田康夫

長編推理小説 棄霊島《きれいじま》 上下 内田康夫

長編推理小説 還《かえ》らざる道 内田康夫

長編旅情ミステリー 石見《いわみ》銀山街道殺人事件 木谷恭介

長編本格推理 死者の配達人 森村誠一

長編推理小説 棟居刑事の一千万人の完全犯罪 森村誠一

長編本格推理 南紀・潮岬《しおのみさき》殺人事件 梓林太郎

長編本格推理 越前岬《えちぜんみさき》殺人事件 梓林太郎

長編本格推理 薩摩半島 知覧《ちらん》殺人事件 梓林太郎

長編本格推理 最上川《もがみがわ》殺人事件 梓林太郎

長編本格推理 天竜川殺人事件 梓林太郎

長編本格推理 釧路川殺人事件 梓林太郎

NON NOVEL

長編本格推理 立山アルペンルート 黒部川殺人事件　梓林太郎
長編本格推理 緋色の囁《ささや》き　綾辻行人
長編本格推理 暗闇の囁き　綾辻行人
長編本格推理 黄昏《たそがれ》の囁き　綾辻行人
ホラー小説集 眼球綺譚《きたん》　綾辻行人
長編本格推理 霧越《きりごえ》邸殺人事件　綾辻行人
長編本格推理 一の悲劇　法月綸太郎
長編本格推理 二の悲劇　法月綸太郎

長編本格推理 黒祠《こくし》の島　小野不由美《ふゆみ》
長編本格推理 紫《むらさき》の悲劇　太田忠司
長編本格推理 紅《べに》の悲劇　太田忠司
長編本格推理 藍《あい》の悲劇　太田忠司
長編本格推理 男爵《バロン》最後の事件　太田忠司
本格推理コレクション 謎亭論処《めいていろんど》 匠千暁《たくみちあき》の事件簿　西澤保彦
長編ミステリー 警視庁幽霊係　天野頌子《しょうこ》
長編ミステリー 恋する死体 警視庁幽霊係　天野頌子

連作ミステリー 少女漫画家が猫を飼う理由《わけ》 警視庁幽霊係　天野頌子
連作ミステリー 紳士のためのエステ入門 警視庁幽霊係　天野頌子
長編本格推理 扉は閉ざされたまま　石持浅海《いしもちあさみ》
長編本格推理 君の望む死に方　石持浅海
長編本格推理 羊の秘《ひ》　霞《かすみ》 流一《りゅういち》
長編ミステリー 警官倶楽部　大倉崇裕
長編ミステリー 出られない五人　蒼井上鷹《あおいうえたか》
長編ミステリー 俺が俺に殺されて　蒼井上鷹

長編本格歴史推理 金閣寺に密室《ひそかむろ》 とんち探偵一休さん　鯨統一郎《くじらとういちろう》
本格時代推理 謎解き道中 とんち探偵一休さん　鯨統一郎
サイコセラピスト探偵 波田煌子シリーズ〈全四巻〉 なみだ研究所へようこそ!　鯨統一郎
長編本格歴史推理 まんだら探偵 空海 いろは歌に暗号《かくしごと》　鯨統一郎
長編本格歴史推理 親鸞《しんらん》の不在証明　鯨統一郎
天才・龍之介がゆく!シリーズ〈十一巻刊行中〉 殺意は砂糖の右側に　柄刀《つかとう》 一《はじめ》
長編サスペンス 陽気なギャングが地球を回す　伊坂幸太郎
長編サスペンス 陽気なギャングの日常と襲撃　伊坂幸太郎